U0528903

THE 群星
STARS

七月 著

人民文学出版社

代　序

如《2001：太空漫游》一般，向人类文明发问
陈楸帆

这次受八光分戴浩然老师之托给七月新书写序，其实心情是有点纠结的，纠结到甚至不敢问七月："喂，你真的想好要让我写序了吗？"直到七月不断在微信上敲打我"到底写好了没？！"，我才一边享受被催稿的快感，一边放下心开写。

纠结的原因无非有三：一是七月出道比我早，早在2003年便以一系列短篇《分身》《维序者》《艰难求生》《另一种故事》在《科幻世界》上华丽亮相，而当时的他不过是个十八岁的如花少年；二是七月写得比我好，在2006年出版的中篇合集《星云Ⅳ：深瞳》里，由我主打的都市超能"科玄幻"《深瞳》备受批评，飞氘的卡尔维诺式科幻童话《去死的漫漫旅途》广获赞誉，而七月的本土赛博朋克《无名氏》相较之下则被忽视了——事实上，从那篇小说里就可以看出七月的写作野心：庞大复杂的世界观架构、科幻经典元素的本土化尝试、流畅激爽的叙

事节奏……只不过由于篇幅所限，无法施展出他所有的能量罢了。

在之后漫长的岁月里，七月逐渐淡出了科幻读者的视野，写过几本奇幻，做过游戏创业，离开成都又回到成都，从一个人变成两个人即将变成三个人……与此同时，中国科幻也从姥姥不疼舅舅不爱的边缘状态变成了众人热捧的香饽饽，大刘和《三体》成为国民级的IP，而《流浪地球》也引爆了2019年春节档的票房。

熟悉我的人都知道我有一个毛病，就是对科幻"老作者"习惯性催稿，虽然不是编辑却比编辑还操心。我总是希望这些当年一起从一片荒芜中便开始热爱着耕种着中国科幻这片贫瘠土地的"码农"兄弟姐妹能够重新回到前线，回到市场的视野中来；希望他们把这些年的成长与积淀，以好作品的形式回馈给读者，而不是让诸多披着科幻外衣蹭热点的"劣币"驱逐了良币。

被我催的人很多，而嘴上答应得好身体却很诚实的作者占了多数——年纪大了、孩子太小、工作太忙、想不出新东西、怕丢人……都是他们惯用的理由。而真正拿出好作品的，七月是一个。

《群星》就是这场盛大回归的开场致辞，它符合我判断优秀科幻小说的三大标准。

第一是提出重要问题。

在我看来，优秀的科幻小说不仅能让读者在阅读过程中产生对惯常世界的怀疑，更会在故事结束之后，将这些问题带回到真实世界，持续发问，引发更多的思考。从科幻元初的《弗兰肯斯坦》到经典的《2001：太空漫游》再到《群星》，无不在对人类文明发问。

我是谁？我从哪里来？要到哪里去？这终极三问同样是贯穿《群星》始终的大哉问。这些关于人类在宇宙间位置的问题被七月通过精妙的情节安排包裹，如剥洋葱般在读者面前层层展开。从江口镇的神秘事件引出威胁成都全城的恐怖袭击，由 FAST 接收到不可能的外太空信号，引出解答费米悖论的全新视角。在这一过程中，读者对于宇宙与人类的认知被逐一颠覆，直指恐怖的真相；而随之而来的道德抉择困境又带来令人战栗的崇高感，那正是科幻的精髓所在。

第二是陌生化的审美体验。

也就是所谓的惊异感（Sense of Wonder）。优秀的科幻小说应该有一种想象力与创造力，需要带来一些新的奇观，一些新的审美体验，这种体验跟我们的日常经验完全不一样，它是有距离的、陌生化的。它可以是《神经漫游者》里的赛博空间，也可以是《黑暗的左手》里雌雄同体的冬星社会，总之它要让人眼前一亮，觉得开启了一扇通往新世界的大门。

在七月的《群星》中，我们可以看到小到基因改造的密码，大到宇宙万物的基本常数，都被逻辑严密的世界观构造组织起来，围绕着"构造体"这一核心科幻概念，绽放出令人无限遐想的惊异美感。甚至连人类科技树的分岔所带来的地缘政治、经贸格局乃至社会阶层文化上的异变，也都与之紧密关联，这需要巨大的知识储备与超强的推演能力，可七月仿佛信手拈来不费吹灰之力。同时，他不忘将许多经典的科幻元素植入其中，例如克苏鲁神话、戴森球假设……让人在陌生的语境下寻见熟悉的符号，莞尔一笑，建立起属于科幻领域的想象共同体。

第三是情感上的联结共鸣。

科幻如何"出圈"走向更广阔的大众市场，在我看来，它必须与每一个读者建立生活语境与情感上的联结，产生感同身受的共鸣，即便它描述的是亿万光年之外的外星系，甚至并非从人类的视角出发，但归根结底，科幻是给每一个活生生有血有肉的人类看的，它必须能够打动人心，引发共鸣。

《群星》在这点上无疑做得非常出色。尽管讲述的是未来历史，但在七月笔下，一座立体的充满了真实感与烟火气的成都跃然纸上，所有的人物行为与情感也都有接地气的根基。而主角汪海成作为一名天文物理副教授，他对抗庞大系统的动机却来源于一次荒谬的购房纠纷，这一设置不仅增强了现实感，更以俗世生活之渺小之琐碎，与宇宙真相之浩渺之悚然两相对照，让每一位读者能够深切代入，体会到在人类历史关键节点上做出艰难抉择的切身感受。这让小说的感染力更进一层，甚至超出了类型文学的边界。

七月正在步入他创作的黄金时期，《群星》只是他回归创作之后的第一炮，他丰沛的创作力和极高的效率让我们期待接下来即将陆续面世的作品，而中国原创科幻的版图也将发生改变。

说到这里，也许已经有读者发现，不是说好纠结的原因有三吗？第三点呢？

并不是我这个文科生数学太差，而是故意将纠结的最后一点放在末尾：认识七月太久，夸赞朋友总是容易用力过猛，需要把握好分寸。所以序言写到这里我也该停笔了，把真正的舞台留给我们的主角——七月。敬请各位用心欣赏。

目录
contents

古玩商 · 1

恶魔 · 19

信仰 · 35

异界 · 51

静海 · 67

天启 · 81

超限 · 95

绝密 · 111

跳舞小人 · 127

追踪 · 141

良知 · 161

锚点 · 181

光体 · 199

- 拉绳子 · 215
- 栖身 · 235
- 暗构造 · 257
- 成长 · 269
- 纷争 · 289
- 供述 · 311
- 中心 · 327
- 障壁 · 341
- 反叛 · 359
- 影子 · 379
- 群星 · 395
- 旅行者 · 411
- **后记** · 417

01 古玩商

THE STARS

四川的早春惯常是细雨绵绵，这才三月出头，盆地里已满是温润的气息。树上嫩叶薄黄，浸在清晨乳白的雾色中。

从成都往南不到五十公里，就到了一个叫江口的小镇。这镇小得很，只有一条两三公里长的街，街镇也是一路破败，从二十世纪七十年代以后就再没修葺过。满街都是近百年前建的木梁泥墙房子，因为年久失修的缘故，大约有一半都已经柱斜梁倾。

清晨八点出头，蜀地还尽是晨雾，公路上的车辆只得纷纷满打雾灯，小心翼翼地迟缓前行，远远看去，映成一串延绵的昏黄。江口镇两车道的狭窄路面上也堵了不少车辆，路面失修残破加上浓雾的缘故，一步一顿，一不小心就连片鸣笛响，司机的咒骂声不绝于耳。

这些车辆多是过路的，又以超载大车为主，都是为逃避干道的收费点才选了江口镇这么一条崎岖的村道。遇上浓雾湿滑的天气，大车都自带事故高发的危险属性，为数不多的小车被夹在当间，各自心惊。江口镇上巡逻的特勤也临时承担起交通疏导的责任来，大声在路边吆喝着，指挥车左右腾挪，免得出什么意外。

这时，前方拐弯处传来激烈的争吵声，当街的特勤老李听着心中就是一紧：想必是有车剐蹭上了。这两车道的路再堵上一条，交通可就堵死了。老李赶紧上前询问是怎么回事儿。

只见一辆黑色小轿车停在路中，试图插入对向车流的缝隙，像是想从内侧的路边找地方开进去。对面的重型卡车本来就一步一挪，卡车司机正是火大的时候，马上就把喇叭按得山响。小车并没理会他，司机自然也不敢真撞上去，就摇下车窗，操着四川话粗野地怒骂："瓜娃子女司机，挤铲铲挤，不怕撞死你娃！"

被骂的女司机倒是没有回嘴，只是继续往里面挪动，卡车的喇叭就按得更响了。老李让卡车收声，上前问了两句，才知道女司机是要在镇上停留。这老旧村道临街都是老木房，哪有临时停车的位置？老李赶忙指挥小轿车向前，在一个土坡停下，这才使交通得以恢复。

车在坡上停稳，女司机刚刚推开车门，脚还没着地，就向老李连声道谢："实在是不好意思啦，没想到今天会这么堵呢。"声音略带一丝吴越口音，老李虽过了那个岁数，还是绵软得让他一颤。车上下来的姑娘在二十五岁上下，一袭修身黑短裙，衬得一米七的身高格外挺拔，初春寒意也没妨碍她衣衫单薄，现出玲珑的曲线来。

老李上下打量了她一眼，不由得起了疑心。这姑娘显然不是本地人，这美目婉转的模样加上明显贵得咬人的衣着，正常情况下，怎么会来这么个破败荒芜、连像样的路都没有的小镇？

怕是跟老李这群特勤长期驻守小镇的事情撇不开关系吧？

要说江口这个地方，虽然小，历史却很久远。此处地属四川眉山市彭山县。彭山，据传是彭祖的封地，据先秦起大量典籍所载，彭祖，姓篯名铿，帝颛顼之玄孙陆终之第三子，寿八百岁。既然彭祖长寿八百岁，自然也就被冠为中国五千年福寿之尊。

虽然彭祖之说不可当信史来看，但小镇江口却另有乾坤。长江岷江段的两大支流府河与南河在这里相会 小镇也因此得名。而在交汇之处的河堤岸上，有一整片悬棺。悬棺崖墓开凿于东汉，共有墓室七十九处，开凿之法不明。早在新中国成立前，江口崖墓就被中外考古学家大书特书。1972年的时候更是在这里发现了汉代五铢摇钱树。这五铢摇钱树，被定为我国文物等级最高的一级甲等，象征着汉代工艺的巅峰，也被写进中国义务教育的历史课本里。按照常理，这古镇早该游客接踵摩肩，但可能是地方政府运作能力太差，附近的黄龙古镇老早就成了闻名的4A级景区，而江口却不为人知。

到了二十一世纪初年，已经错过第一次旅游开发机遇的小镇又另起风波。2016 年，国家文物局破获"2014.5.1"特大盗掘倒卖文物案，涉案价值超过三亿的近百件文物，全部来自江口镇江面下。而这在古董贩子口中，还只是他们在江口镇所得之物的冰山一角。

这些文物与江口悬棺崖墓没有丝毫关系，却是明末流寇张献忠最后的遗产。传说张献忠兵败之时，搜刮的金银财宝无法运出川去，运宝船队不得不将财宝沉入江底，以图后事。为求有朝一日东山再起能有迹可循，张献忠在沉银处留下石龙石虎，以此标记财宝所在。从此，川中留下"石龙对石虎，黄金万万五，谁人识得破，买到成都府"的民谣。

文物盗掘案破获之后，江口小镇上那些蒙在鼓里的镇民才把这民谣跟见熟的石龙石虎重新联系起来。镇上一时喧嚣，不少人这才恍然大悟，为何挖沙船常年停在江中，却甚少见贩沙。一时间，镇上居民都等着旅游建设拆迁，做饱了一夜暴富、日日麻将、不事生产的美梦。

应了"人作孽，不可为"的古话，本来政府已经敲定拆建翻修古镇，做文化旅游，但梦饱了的镇民得知消息之后，个个狮子大开口起来，几年下来，竟然没有两家谈妥拆迁。

一怒之下，政府将遗址博物馆迁到了临镇，理由则是发掘现场的遗址身处长江河道，不便就地保存，江口转眼又变回了被遗忘的旧街。如今，整个成都旅游经济完全绕它而过，镇民后悔之余，发现手上的房子竟一钱不值，古镇很快就更破败了。

这已经是多年前的事情，如今这古镇小街沿河已经无人居住，只剩失修的泥墙木屋。但河岸之下还围着几公里长的河滩，正是张献忠沉银遗址的考古挖掘保护区。镇上制服井然的特勤便是为看守考古现场，防止沉于河床沙下的宝藏再被盗掘。

老街没了人住，平时自然也就不太会有访客。前些年，往彭祖山的地方悄悄住下了些成都的古董商，说是彭祖山山灵气清，这些人在"2014.5.1"特大盗掘倒卖文物案的时候却是抓了一半。剩下的一半没有实锤，基本也都搬了出去，只剩下有数的几个被文物部门高度监控着。

这南方口音的俏丽女子虽然年轻，也不像常见的文物贩子，但这些年随着盗墓影视和文物收藏热度的回升，古玩这行也越来越年轻了。"麻烦出示一下证件。"特勤老李伸手拦住她。

话音一出，这姑娘稍稍一愣，调皮地吐了下舌头，一边从提包内里的口袋掏钱夹，一边说："我是来看亲戚的，干吗还要看证件？"

老李接过她递来的身份证一看，姑娘名叫"云杉"，身份证倒是四川的证，但证号却是"35"开头，说明出生地在福建。虽然如今走私文物的全国都有，但福建一脉接着几百年走私史不断，依然人才辈出。

"您福建的，在这儿的亲戚，是本地人？"老李问，"住上江口啊？"一边问，他一边虚指一下彭祖山。

这位叫云杉的赶忙应声答道："是是，上江口。"她也指着山上，又解释道，"我老公这边的亲戚。"

上江口、下江口是江口镇沿江上下之分，府河南河相会之处为下江口，府河往上则为上江口。这叫法是本地乡名，不入籍册，而彭祖山本地人则称为仙女山。云杉指仙女山又称上江口，这分明就是胡说了。老李暗点腰间的通信器，呼叫支援，打算将此人带去派出所详细盘查。她就算不是倒卖文物的，也怕是有什么见不得人的事情。

这姑娘看起来虽然柔弱，但老李却不敢掉以轻心，因为她身材长相足有九分往上，如今这样的人，很有可能改造过基因构架。老李这样的穷特勤，虽然看起来五大三粗，但真要面对新人类，实打实不是对手——在格斗培训的时候有交过手，不用说力量，只谈肌肉协调能力和神经反应速度，他就根本连边都摸不到。

这姑娘单薄的衣服下看不出什么肌肉来，不像是练过的样子。但老李不太懂生物科技，新人类的身体能力对他来说如同魔法一般，自己高出对方一个头，却不敢开口叫她跟自己回去调查，只能翻来覆去看着手上的身份证，一边盘算怎么拖上两分钟，等来了支援一起应付这云杉。证件上，这姑娘刚刚二十三岁。

这时候，耳机里突然传来分队长熟悉的声音："老李，你是不是拦了一个叫云杉的女的？放她过去。"

老李略微一愣。他也是跟过几个大案的人，知道这话里的意思。老李把身份证还给云杉，又打量了她两眼，带着半真半假的语气说道："以后开车到这种乡下地方，少看导航，你看这路堵得……"

云杉赶忙点头，收回证件，提好提包，迎着雾气朝山上走去。老李见她走远，这才狠狠踢了一脚路边的石头泄愤。

自己果然是被排除到了队伍的外围，连有行动都没人通知自己一声，参与行动更他娘的无从谈起。

岷江在江口镇的河道这段，宽约一里。江口对岸彭山县城再往内约有四百米，是彭山电视台的楼，几十年前为了信号广播的缘故，修得较高，在江边一眼可见。从电视台塔楼窗口到小车所停的土坡，直线共有一千三百多米，在这样的距离下，即便是大口径狙击步枪也很难保证有效杀伤。

临江的窗口本是县电视台的演播大厅，里面的设备早被堆到一旁靠墙，空出一个百来平方的空间。房间中央是一个大沙盘台，沙盘上正是小镇江口的塑形，山形赤黄，林木青绿，河床阶梯、车道土坡甚至木房砖楼都分色清晰，尺寸精确。

这沙盘不是高精度的成型模型，而是由磁粉塑形、电压显色而成。只需借助沙盘台超导磁场磁雕便可任意改变形状，辅助电信号改变不同物体的显隐色彩，灵活度远胜成型沙盘，推演时的便利程度又胜过全息投影。只这一台沙盘，价值就过三百万。若老李看到这东西，就知道自己怪错了人——文物局的那点经费，是绝对用不起这东西的。

沙盘上代表人、车、行船的微型雕塑此时高亮，缓缓移动，只需看此沙盘，江口镇的情形就实时了然于胸。

监控影像占满了大厅一整面墙，画面之一正显示着老李和云杉的实时音画：见云杉收回身份证，转头朝山上走去，大厅里传来轻声放松的呼吸。

"不吉利。"说话的是一个中年男人，看起来四十岁上下，按这个岁数的标准，算是微胖。他面前摆着一只巨大的烟灰缸，里面堆满了烟头，大多才抽了不到三分之一。烟头满满扎起来的样子像是某种没发芽的盆景。

"老秋，给你说过多少遍了，吉利不吉利是迷信，抽烟会阳痿才是科学，"话还没说完，这人就被烟味儿呛得闷咳了好几声。从身材和相貌上，这人应该比中年人年轻不少，光看脸和体型，是二十多不到三十的样子，但如果细看他脸上已经开始现形的皱纹，应该已经三十好几；不过要是看头发，却已花白了一大半，连六十岁的老人都比不得。

老秋也没有回答，听这话嘿嘿一笑，又把刚点燃的烟摁灭在缸里。

"布置得怎么样？都到位了吧？"年轻人问道，虽然口吻平静，但说话的时候不自觉地摸着额头，完全无法掩饰自己的紧张。

"全部到位，等待导演指令。"老秋伸手指向沙盘，山腰一处房屋亮了起来。"蒋奇带暗组十二人守上山方向；宏伟率红组十人锁住水库方向；橘林区域由三十五名特警队员布控；下山方向已经在沿途屋内埋伏了白维三和李勤两个分队互为接应。"他一边说明，沙盘一边把对应人员位置描出了红点。"只要信鸽确认剧本，马上开戏。除非他是超人，否则包管插翅也难飞。"

沙盘上那个老旧的农房被围得密不透风，看上去颇让人心安，但包围都在一公里开外。房子周围六百米范围在沙盘上标记着一个微亮的环，像是防护场似的慢慢呼吸着。年轻人盯着这环默默发呆。

"老大还在担心暗区的问题？"老秋问，"安啦，以前我们啥准备都没有，说抓就抓，连地方都没摸清楚的时候不也多了去了？"

这话并没有让端木汇安心。他端木汇三十三岁当上分局长，绝不是凭老秋这样见招拆招、随遇而安的路数。在如今随处都有监控的年月，偏偏这么巧，这地方就荒凉得一只监控摄像头都没有。之前派侦察兵开视野，靠近那房子五百米左右就发现电磁检测干扰，不敢打草惊蛇，只能放弃接近。花了一周时间几次定位，小组才在房子周围画下了一个暗区，加上百米左右的缓冲带，就差不多是这么一个圈了。

任何异常通信设备的信号进入这个圈，都有被识破的危险。也就是说，自己人一旦进了这个圈，就必然失去跟暗线的联系。到那时，就只能等信鸽给出"开幕"信号了。

端木汇不知道是担心信鸽多一些，还是担心目标逃脱多一些。

"信鸽进入暗区。"老秋报告。

"全体注意，三十秒后进入无线静默，等待信鸽信号。"端木汇眼中精光一闪，下了指令。

"暗组收到，二十五秒后静默。"

"红组明白，二十二秒后静默。"

"特警组入短链通讯，长链准备静默。"

"白组OK，应答暂停，完毕。"

"目视可见信鸽，强攻组消音，不再应答。"

沙盘上明亮的红点逐次转为暗红。白色的信鸽标志也走入暗区的环内，转成灰色标记，两分钟后标记进入了房间，随即就在沙盘上彻底消失了。

指挥中心一时间陷入死寂。

大概过了半分钟，老秋按打火机的声音打破了宁静。端木汇瞪了他一眼，他才讪讪地把烟收回匣子。好像是实在忍受不了这等待，老秋开口问道："老大，你不是最开始不同意这个计划吗？"

端木汇叹了口气，像是要用目光把老秋瞪到墙里去，"什么时候了，还在扯这些！有意义吗？"

这时候，就算是担心信鸽的安全，也得把私心抛到脑后，当一个冰冷的机器了。信鸽入场已经过去了五分钟，从现在开始，随时都可能是开幕时间。

安全部的战士个个都是身经百战，而且今天参加行动的超过一半都是新人类，在任何杀场上都是足以扭转乾坤的撒手锏，他本来不应该担心。

但整个行动直到现在，他们了解的情况还是太少，绝不光是暗区这么简单。

目标只有一个人，可在端木汇眼中，他好像是藏在阴影处的一个开关，信鸽按下他，不可名状的妖魔就会无穷无尽地从黑暗里喷涌出来。

云杉推开木门的时候，总觉得这门马上就要掉下来一样，嘎吱嘎吱地响。

这种老农户的房子开间既大,进深又深,唯独房子矮,全屋也没两扇窗户。虽然是白天,不开灯就阴得瘆人。云杉人还没进去,就听见里面传来小提琴的乐声,琴声悠扬,是一曲演奏到下半段的《梁祝》。

纵然云杉不太懂乐理,可也听得出这小提琴最多算自娱自乐而已,远谈不上精妙动人。循着声音望去,只见堂屋靠里间院门的地方站着一位男子。他身高一米七左右,眉目俊秀,身材消瘦,看岁数三十出头,国字脸上却是一副懒洋洋的表情。他歪着头拉着小提琴,见到云杉进来,只是微微向她点头示意,并没有停下手里的琴弓,也没有招呼她的意思。

云杉没有打断他。男子把一首曲子拉完,回身将小提琴挂回背后的土墙上,这才出声跟她说话:"要的东西都收来了?"

"汪先生倒是好兴致。货我收是收来了,就是刚才差那么一丁点儿就落到警察手里了。你们这地方巡逻的特警也太多了!"云杉抱怨道。

"差一点点,那就是没有嘛。"这位汪先生一笑,让出桌边的椅子示意云杉坐下,"那就请把东西拿出来,让我瞧瞧吧。"

云杉手伸进包里一边摸索,一边娇滴滴地问:"汪先生,这回可是说好了的:货我给你带来了,你可得给我讲明白了这东西的来历。这不明不白的,好像是提着脑袋干活一样。人家好歹也算个软妹子吧?好端端的买卖搞得倒像是要命的生意。要是今天我被拿着了,回头法院给我定个倒卖稀世国宝,判个死刑,你说我冤不冤?人家连这是什么都不知道呢。"

汪先生一笑,"哪有这事儿?我们这儿都是合法经营。你放一百个心。"

云杉手停下,没有急着把东西拿上桌,"大哥这样不好吧。你要人家信你当然可以，但你也得信得过人家啊。就算这个值十个亿，我们谈了五万那就是五万，难不成你以为云杉年纪小，就连这点儿信用都没有？大哥你要是不告诉我这是什么，这活儿我可真就不干了！"

"行，我说话算数，这次只要货没问题，我保证告诉你。现在可以看货了吗？"汪先生倒是不急不躁，伸手示意要东西。云杉暗暗叹了口气，一双纤手从包里掏出来。她的手本就娇小，但那"东西"攥在手心里却看不出形状来，直到在桌上把掌心摊开，才露出真容来。

云杉层层拨开手心的绢帕，露出的是一个纯黑的圆片。说是圆片，绢帕上的褶皱却分明是被一个球体坠着拉扯出来的。无论从左右上下任何方向去看这个东西，人眼都看不出体积感，与其说是圆片，不如说洞更贴切些。

这是一个直径约两厘米的浑圆黑球，但这黑却不同于世间常见的黑，它似乎不反射任何光。所谓黑色，是视觉对无光的判断，但世上任何一种黑，都还是多多少少会反射一点光线的。而这黑球没有一丝反光，视觉找不到用来辨识立体感的光影，看起来似乎就是一个几何圆贴在了现实的空间裂隙里，只有下面绢帕的褶皱暴露出那是个球——眼前的景象对人脑空间认知造成了严重冲突，稍微看几眼，云杉就觉得头晕。

汪先生小心翼翼地把这颗珠子捏起来，在掌心轻轻转动了几圈。也不知他是怎么判断这东西的真假，就点了点头。

"既然货没问题，那麻烦大哥你按约定，先给我开开眼，这到底是个什么？"云杉把绢帕叠起来，揣进自己包里，"这东西非金非玉、非瓷非木的，古玩行里这么多门，大哥你可得好好讲讲到底该归到哪一门里了吧？"她略带吴侬软语的口音，加上欲说还休的一双美目，横生一股娇媚之气。

汪先生一笑，"云老板你倒是有意思得很。东西我收了，你不先跟我清账算钱，倒是三番五次地问我这东西的底细。要不是我已跟你第二次做这东西的交易，我都怀疑你到底在图啥了。"

云杉粉脸唰地一变，扶着椅子站了起来，嗔道："大哥，你这话怎么这么奇怪？我能图些什么啊？难不成你疑心我勾兑了你的上家，要自己出货吗？都是干这行的，明人不说暗话，这是不怕货打眼，就怕不识货。不说别的，光这镇上，当年可是抓了小几十人，这些人有几个赚了大钱？有的听说就几千块，一判就是十年起步。妹妹我就是个生意人，可是一只手进，一只手出，总不能连进出的是什么都不知道吧？回头操着卖白粉的心，赚着卖白菜的钱，被拿进去一问，二十年起步，我受得了受不了啊？你好歹得告诉我，这是什么？要不然我真不敢做，大不了人家洗手不干了。我连人都还没嫁呢。"云杉气得满脸绯红，本就瓷白的肤色染上飞霞。

汪先生却只是笑，"好好，我不是疑心你，我是笑你钱都没拿，要不要这么心急？来，我先把钱给你点了，再跟你慢慢讲。"

云杉刚想阻拦，又怕这一来二去，他真起了疑心，只得点头。见汪先生走进内屋，她这才环顾四周，这房子里没什么陈设，若是强攻，这人即便有三头六臂，也绝无逃出生天的理由。

就算他也是强化过的新人类，自己也有自信正面缠斗绊住他，等到队伍赶来围捕。现在就怕两点：一，这人生死不说他们到底要干什么，这古怪的"货"绝不是什么古玩，到时候费了这么多功夫布的局可就白费了；二，这人见势不妙自杀，没了活口，上下线都还没锁定，再下手又不知道从哪里开始了。

就是看在费了这么大力气的分上，云杉也得在这里想办法搞清楚这东西的用途，然后确保活捉此人。

从自己进入暗区已经过去了十多分钟，外面的队员恐怕早就等得心急如焚。

汪先生一从里屋走出来，云杉赶紧藏起自己的心思，接过那一叠现金，也没有点就掩着笑意放进了包里。

"来来来，我来好好给你介绍一下，这到底是什么东西。"汪先生露出灿烂的笑脸。

"你说这东西非金非玉、非瓷非木的，想知道古玩行里这么多门类，它到底归在哪里，对吧？

"好，我给你讲实话，这东西其实不归在任何一个门类里。如果不是问我，你拿着这东西问谁也问不出来。"

这是大实话，这东西到手之后，他们拿去找了各方面的鉴定专家，做了各种无伤技术鉴定，始终一点眉目也摸不到。

"原因非常简单，你猜猜是什么？"

云杉一愣，倒不是因为这话本身有什么问题，只觉得汪先生的语气有点古怪。

"因为这东西根本就不老，它根本就不是古玩，"汪先生的笑容突然严厉起来，露出一股冰冷的煞气，"就像姑娘你一样，根本就不在这行里！"

不好！云杉不知自己是怎么被识破的。无暇多想，她马上抬腕捏碎了右手的翡翠戒面，里面的发信装置立刻全功率启动，发出了突击信号。就这么不到半秒，汪先生已经回身走入了天井当间。

不能放走他！这是云杉的第一反应。她一个箭步欺身向前，想要近身擒拿这汪先生。只一步，就抓稳了他的手腕。

云杉一愣。跟嫌犯接触这两回，从他的反应来看，神经敏锐反应迅速，就算不是新人类，也是经历过系统搏击训练的。她先前料定这次抓捕会有一场苦战，万万没想到一伸手就抓个满准。

不对！这完全是出于直觉的预感，但这时候自己绝不能放手，右手一边发力箍住对方手腕，猛地一扑，要把汪先生按倒在地，扣上双手。谁知，她的左手刚搭上对方的肩，就感到地下一阵蒸腾热浪朝自己袭来。

只见汪先生松开右手，手心一个四五厘米的长柱体脱手，直直坠到天井的地上。农舍天井正中有一片砖围的菜地，种着些葱、薄荷之类的调味品。那长柱体也是一样的纯黑无光，刚一沾地，突然就像水滴一样溅开，全无阻力地化入地下。

"这？"超自然的现象让云杉脑子里顿时一乱，目光无法移开。

"姑娘，作为帮了我这么多忙的答谢，如果你有什么亲戚朋友还在成都，让他们出去玩几天吧！"汪先生连声音都变了。

伴着话音，脚下这片菜地突然翻腾了起来。一堆不知道是枝叶、藤蔓还是软体动物，甚至是昆虫外骨骼的东西，夹杂着黏菌似的生物质从土里涨了起来，先是掀翻菜地，然后屋子里薄薄的水泥地面拱了起来，把云杉抛翻在地。

"不好！"端木汇心脏骤然一紧，作战指挥室红色警报乍起，他伸手抄起指挥麦，用力拍下行动通讯令，大吼道："B计划启动！信鸽已暴露！强攻！快！"

沙盘上静默的五支分队瞬间都亮了起来。三人为一组战斗单元，各分队留一组镇守路口。包围分队散开成网，剩下各队从四个方向朝目标屋子强攻突击。

老秋在指挥频道里急叫道："主动监控设备呢？现场画面！马上！激光测音装置难道还要我喊吗？把暗区给我打亮！"一直沉默的主动

监控设备全部启动，制空雷达和反无人机系统也快速升空，整个江口镇立刻被电磁干扰笼罩，力求让目标无路可逃。

最近的突击组距目标不到一公里，两分钟的路程。第一队全副武装的突击单位刚赶到院外的铁门，山上下来的红组两个战斗单元也逼近了后墙。双方点头示意，红组按预定方案散开包围，把房子死死锁住，突击员仗着动力装甲直接撞上了铁门。

巨响之下，铁门应声飞入院内，一地乒铃乓啷乱响还没停，破门的战士就大喊道："屋里听好，你已经被包围！放弃抵抗！"

辅助视镜上有队友测距雷达提供的实时地图，而枪里上膛的是橡皮子弹。虽然隔着墙，但红外视野良好，他们只要强冲进室内，就能剥夺目标的行动能力。

突击小组在院内稍做停留，互成犄角援护之势，然后打了进攻手势。这时候，就在红外视野里，室内突然急速升温。

"踹门！"

战士一脚下去，那摇摇欲坠的木头门板早已朽空，被动力装甲直接捅了个洞，却没有撞开。

"该死！"老秋骂道，另外两名战士反应迅速，立刻上前撞碎门板，冲入屋内。

此刻，红外监控上室内本来暗淡的光越来越亮。"不对，不对。"端木汇的心跳越来越快。

没有听到枪声。

那房子中央的天井陡然冲出一道黑雾喷在半空，朝四面两三百米的范围盖了下去。突击队员的头顶突然一暗，正抬头，脚下的地面却像被巨拳从地底打穿，突然掀开的水泥地直接把屋里的两名战士冲出门去。紧接着，一堆梦魇似的生物质蠕动着，从地下卷了出来。

老秋完全不能相信自己在监控上看到的东西，似乎主体是植物的枝干，像是膨胀了几十倍的树根瘤往外挤着，边上蔓生着不知哪里算头哪里算尾、没法界分彼此的蠕虫样东西。老秋常年在反恐部队摸爬滚打，见惯了各种血腥惨状，但这画面还是吓得他两脚一软，差点倒在地上。

"撤回来！"端木汇倒还清醒，大叫，"放弃行动！撤离目标地！马上！越远越好！"

话音刚落，就看见红外监控里，那周围两三百米的山地红外反应越来越强。通讯频道里一下就乱了起来：

"地下！地下！"

"哒哒哒……"枪声四起。

"停火！停！"

"这他妈是什么东西？！"

即使是最精锐的部队，面对这种无法理喻的情况也会陷入混乱。尤其是完全陷入这三百米范围内的三个分队，在不断翻腾的地面上，就算是新人类也无法站稳，任你如何身经百战，能以一当百也毫无用处。战士们只能恐惧地伏在地上，紧贴着翻腾蠕动的生物质地表，努力让自己不被掀飞出去，也不被吞到地里。

这混乱持续了将近五分钟，那些翻腾的恐怖之物才慢慢停了下来，不再无穷无尽往外长。

一时间，端木汇竟然不知道该下令去搜索云杉和目标的下落，还是该赶紧执行撤退命令。战士们没有一个人在频道里发声，他们亲身经历了不可名状的异变，无线电里只听见失序而沉重的呼吸声。

这里到底发生了什么？

这是什么东西？生化武器？

静默中,原来那间屋子的废墟里,一只手拨开倒塌的土墙,爬了出来。

云杉的黑裙已被磨得稀烂,蓬头垢面。她也顾不得全身剧痛,硬是拖着一瘸一拐的伤腿走到门口的战士身边,一手抢过他的通信器。

"目标已脱逃。货物属性未确认。成都可能有危险。完毕。"

O2 恶魔

THE STARS

国安临时作战指挥中心的空气都要凝固了。端木汇一寸一寸地检视着现场传来的画面，在失控的混乱中，他首先冷静了下来。

现场发生了什么当然很重要，但需要延后再去看，技术部门自然会有报告。现在的首要问题是：一，目标脱逃；二，目标得到了他想要的东西（而且是自己亲手交出去的）；三，自己没有得到任何他们想要做什么的线索，也不知道那黑色之物会在其中派上什么用场。

"封锁现场，不允许任何人出入。外宣上推给文物局。"

"接管沿路所有乡镇的天网和私人所有监控设备。包括交警在内，所有警力沿线设卡盘查。人大概率抓不到，但可能会有相关线索。"

端木汇一条条密密布置下去，情知如此阵仗的前期安排下，对方都能轻易逃脱，如今亡羊补牢就更是大海捞针。

布置到一半，云杉回到了作战中心，她披了件大衣，也没遮住身上的瘀伤。几分钟的混乱，她狼狈的样子却像是在荒野挨了几个月。云杉对着远程录像把当时的情形从头讲了一遍，她的记忆精准，语速极快，两分钟就把自己近距离观察到的一切说得清清楚楚，一丝不差，甚至比亲眼见到还更明白。只有提到那个奇异的黑色柱状体时，她声音才慢了下来，还有些发颤。

那无光的黑色柱体，在别的地方从来没有见过。除了形状大小不同，其材质和云杉亲手给汪先生的那两个黑球看起来一模一样。

"他最后说：'如果你有亲戚朋友还在成都，让他们出去玩几天吧！'这是他的原话？"

"嗯，他就是这么说的。"

端木汇沉吟了半晌。自己现在已经坐实了引狼入室这个大失误。虽然之前他反对过这个方案，但这时说这个也没什么用了，行动成功了，方案错的也是对的；行动失败了，那只能说明你对上级方案心存不满，没有全力执行。

端木汇可以不在乎这些破事儿，自己来办这个案子也不是为了升官发财。但如今标名挂号的恐怖分子手里拿到了一些不知道是什么、也不知能做什么的东西。他们会做出什么事来？他们打算怎么做？

端木汇看见云杉紧咬下唇，两片原本鲜艳的薄唇都被咬得泛白，这才发现自己也在不自觉中咬着指甲。他赶紧把手放了下来。

"我们需要假设成都会是他们的袭击目标吗？"老秋顺着端木汇的思路问道。

端木汇略微思考了片刻，"他为什么要告诉我们？"这位汪先生，为什么要说这句话？

汪先生，全名汪海成，这人和端木汇交手过的恐怖分子全然不同，一来他过去没有犯罪前科，二来他没有接触过极端主义宗教信仰，甚至也没有任何相关的军队、刑事履历。正常情况下，这样的背景怎么也跟恐怖分子沾不上边，而更诡异的是汪海成的档案履历。

汪海成二十五岁就已经是中山大学的天文物理副教授。五年前他突然人间蒸发，五年之后重新出现时，就变成了一个恐怖分子。半年前，海南文昌新能源研究中心被炸成灰烬，甚至连废墟都不算，偌大的基地只剩下一堆粉末。事后包括监控录像、目击证人、通信记录在内的各种证据都证明，爆炸与此人有关。

专案组成立了半年，却没有多少实质性进展。一个占地两千亩的研究中心被炸平，这无论如何都不是独狼式袭击能做到的。这种规模的袭击需要极强的组织能力，要投送出百吨级的炸药，并且还能悄无声息地渗入一个国家绝密级研究所。所有的一切都指向一个组织严密、行动有序、成员众多的大型恐怖组织，但是半年的调查，除了汪海成以外，他们几乎一无所获。

就连组织的名字代号，他们特别行动组都是在近三个月才搞清楚的。该组织内部自称"萤火"，萤火虫的萤火，除此之外，特别行动组对对手知之甚少。为什么叫这名字？有什么含义？萤火两个字指代的是什么？或者说暗示了什么？跟什么势力有关？却是毫无头绪。

如果不是急红了眼，上面也不会提出这么一个近乎荒诞的行动计划——由高层出动亲自去找汪海成要的货，派卧底钓汪海成的鱼。

好，现在货出手了，鱼却脱了钩。他到底要做什么？

"如果他们真的要袭击成都，那汪海成为什么要告诉我们？"端木汇双手交叉，沉吟道，"挑衅吗？不太可能吧？"

"你的意思是，烟幕弹？"老秋问。

"我不认为他会自大到故意挑衅我们，"端木汇答道，"我宁可相信他每一步都有严密的策略。如果他的目标是成都，那透露这个目标绝对是愚蠢的行为。"

"我倒是觉得有袭击成都的可能。"云杉提起裙子给自己喷镇痛喷雾，头也不抬。

"嗯？怎么讲？"

"如果我们假设是文昌那种规模的袭击，那他们肯定要做大量的准备工作，对吧？"云杉说话的时候声音很轻，"这些准备，尤其是人员的调配、安插，是很难靠汪海成远程遥控完成的。"

"嗯，我们还不清楚他们的组织结构，也不知道汪海成所处的位置，但我倾向于假定他在那里面是一个重要角色。"云杉想了想，补充道，"这样的话，整个行动肯定需要汪海成在中间协调调度，这些如果不进行本地接触是做不到的。"

"如果他真的要袭击成都，那选在这个地方当落脚点就能说得通了。"老秋若有所思地说，"确实有这种可能。"

"而且……"云杉低下头，说话有些犹豫，"从我的接触看来，这个人……不像是……嗯，普通的恐怖分子。"她说不出来为什么有这样的想法，只是感觉上不太对。

端木汇沉吟片刻，快步走到电脑前开始查新闻——

《成都喜迎十九国联盟科技峰会，九区六县居民均获三天长假》

"混蛋！"端木汇怒骂，然后脑子飞转，"我去联系部长，请她协调四川当地的反恐部门，借调最熟悉本地情况的人过来。"

这个烫手的山芋，不知道要谁来一起扛了。

四川偏居西南，在全国三十四个省级行政区里，不论是从经济、政治还是文化上，都算不上第一序列，但如果说起情报部门，这里绝对是藏龙卧虎。因为身处盆地，四川满是崇山峻岭环抱，唯独成都平原沃野千里。盆地地形整体来说难进难出，在特殊的历史时期，这块本不算适合工业发展的区域被赋予了特殊的历史使命——承担三线建设。

所以，这个以"蜀道难，难于上青天"闻名于世的地方，搬来了各种各样的重工业、军工企业，以及不可明言的特殊部门。如今虽然因大熊猫和休闲娱乐为全国人民所津津乐道，但隐藏在幕后的这些东西一个也没有消失。国内顶尖战斗机设计制造的成飞集团、核技术研发中心绵阳九院、战略导弹东风系列的制造基地长征机械厂、亚洲最大的风洞……这个名单可以一直开下去，而它们都在成都方圆一百公里以内。

这直接后果就是，这地方的隐蔽战线的密度高得可怕。

端木汇的报告打给自己的顶头上司，部长听了他的汇报，倒没有太过留难他，毕竟钓鱼计划是部长的直接命令。

不到一个小时，跨部门协调的结果出来了。收到正式消息之前，部长又亲自给端木汇打电话来提前吹风。

"这事情我觉得需要亲自跟你说一下，按你的要求，我调了最熟悉本地情况的人过来。我希望你们能好好配合，完成工作。如果有什么问题，我需要你自行解决。"

端木汇最开始不太明白这话是什么意思，直到二十分钟后，下属递给他一份封得严严实实的情报员情况简报。

派来的情报员名叫郭远，八年经验，只见名字下面有一排醒目的黑体大字：严重反社会人格障碍。字大得不太符合正常格式。

端木汇顿觉情况不妙。他还在愣神，一旁的老秋就先闹了起来：

"这是嫌犯的档案，还是情报员的？"老秋心直口快，"老大你解释一下这是什么意思？给我们派来一个疯子？是这个意思吗？"

"人格障碍只是一种疾病……"端木汇嘴上这么说着，心里却早就翻江倒海。

"老大你不要跟我扯这些好吗？这就是部长给我们找的本地最好的情报员？"老秋气得跺脚，"这摆明了是要甩锅给我们嘛。"

"老秋你先别激动，"怕吵闹的声音传到普通战士那边影响不好，云杉也过来安慰道，"我们自己不要先乱了阵脚。"

"我……我不乱，背锅就背锅，多大点事儿？问题是该干的事情谁来干？到时候出了事情撑死了我们转业而已，了不起啊？问题是人谁来抓？真出了大事儿，可怎么得了？"

"闭嘴！"端木汇一声断喝，他知道，老秋说得对，但事已至此，就算被当作炮灰，也不能当得这么难看吧？"我们的天职是什么？服从命令，完成任务。有空中支援，我们就用空中支援；有枪，我们就用枪；给把匕首，你就用匕首。明白了吗？"

老秋叹了口气，不甘心地点了点头。

"只希望还有别的兄弟也在跟这案子。"端木汇心下暗想，"现在，我这里只能走一步算一步了。"

"云杉，"他看了一眼她的伤势，狠了狠心，问道，"你还能行动吗？"

"换身衣服就好。"云杉揉了揉腿，笑道，"等我上好了药，消消肿先。要不然腿粗了就变丑八怪了。"

从申请协调到得到回复，花了一个小时，从知道"严重反社会人格障碍"郭远的大名到人来报到，又过去两个小时。考虑到路程和跨部门协调，这已经是快得惊人了。

这段时间里，专案组一直上满了发条狂转着，情报筛查、现场检视、技术侦查，各部门都在有条不紊地紧张工作。在任务惨败的巨大压力下，所有人随时都是一路小跑，连上厕所撒尿都硬生生往后憋。

尤其是现场技术组。那堆突然蔓生出来的巨量生物质在两个小时后快速凋亡，消退了。植物样的部分 副枯败、凋萎的残余模样，动物样的部分则直接溃烂成泥一样的东西，散发着恶臭。他们戴着口罩、穿着防护服抢救着收集样品，忙成 团。

除了老秋和云杉，端木汇没有告诉其他人协查情报员郭远的情况，怕是一说，大家就先泄了气。

沙盘已经换成了成都市十三区的整体图，现在自己所在的地方，已经不在沙盘之内。端木汇盯着这沙盘，眼前的新战场自己完全陌生。除了市中心、北郊的十九国联盟峰会会场，自己并不认识哪里是哪里。他身在异乡，作战中心其他人也跟自己一样。端木汇顺着道路和水系想要尽快在脑中勾画出这个城市的全貌，似乎光凭这个就能辨识出汪海成一伙的目标，把他们从那里抓出来。

当你不知道城市本来是什么样儿的时候，就没有办法知道什么地方是异常的。这也就是需要郭远的原因，但……

就在端木汇心绪烦乱之际，门被咚咚咚敲了三下。"请进。"

"情报员到了！"一名战士把人引了进来。

端木汇上下仔细地打量着来人。为了避免老秋管不住嘴，端木汇事先把他派去现场了，云杉也送去休息，这时的指挥中心就只有自己一个人。

虽然早有准备，见人进来，端木汇还是愣了一下。这人虽有三十来岁，模样却如同二十多岁的大学生，小圆脸，长发及肩，一双大眼，眉毛细长，清秀得有些男生女相。与这容貌不相称的是那一脸厌倦的表情，郭远无礼地打量了端木汇一下，又鄙夷地撇了撇嘴。

没有报告、敬礼，连寒暄都没有，这个娃娃脸的家伙冷笑着开口说："我在路上已经看过简报了，你们脑子有问题吗？现在部里已经是智力障碍收容所了吗？"

端木汇一愣，他哪想过居然会有下属这么跟自己说话，何况还是新调来的。他没有说话，等着郭远把话说完。

"我第一次听到这么蠢的计划，动用部里的力量去找恐怖分子想要的，而且不知道是干什么用的东西，亲自送到他手上。脑残行动我见得多了，你们这个真是突破了天际。"郭远耸了耸肩，"你们不如去九院拿一颗氢弹快递上门，这样至少还知道那东西是干什么的。"

端木汇知道，如果这时候降不住他，后面就可以直接缴械了。他平静地看着郭远，等他喷完，没有说话，只是看着对方。

这是他的指挥中心。

过了半分钟，端木汇才开口。

"1999 年。"

郭远困惑地皱着眉。

"1999年11月，FBI在亚利桑那州抓获了两个沙特人，基地组织的中层干部。这两个人在美国招募有飞行经验的穆斯林。这两个基地组织的中层在全球恐怖分子通缉名单里排名前五十。为了抓这两个人，FBI暴露了安插在基地组织的五个卧底。因为害怕两个人出境逃脱，在没有摸清上下线和对方意图的情况下，他们展开突击行动，成功将两个人抓捕。

"当时，这个行动被当作一次大的胜利。但因为两个案犯'拒绝合作'，导致线索中断，基地组织招募美国飞行员的行动目的一直不明。2001年9月11日，十九名有飞行经验的恐怖分子劫持了四架航班，其中七名是飞行员，剩下的在飞行学校进行过培训。"

郭远明白对方想说什么了，但没有任何反应。

端木汇继续说道："如果他们想要什么，他们总能拿到。但是如果我们不知道他们在干什么，我们就连怎么应对都不知道。这是你来我这里的第一课，我们不解决孤立案件，我们要解决可能发生的阴谋。"

"所以，你们现在知道了阴谋是什么。"郭远语带讥讽。

似乎没有听见郭远的话，端木汇走到中控台前，麻利地调出了资料档案，显示在屏幕上。档案上印着血红的"绝密"二字。

"2030年6月17日，德国格拉苏蒂镇，全镇蒸发。就是字面上的意思，二十公里半径内，留下一个半球形的洞，没有留下任何物质——注意，是任何物质都没留下，更别提活人。没有影像记录，完全不知道当时发生了什么，但整个镇的蒸发过程不会超过一分钟。没有留下辐射残留，什么都没有。

"2030年11月，海南文昌新能源研究中心，在十五秒内被炸成废墟。爆炸产生的尘埃云悬浮在文昌上空长达半个月，这导致火箭发射中心也停止运转了半个月。到现在也不知道爆炸物是什么。"

端木汇随手点开的两场袭击的现场视频和照片虽然没有声音,但大屏幕上层叠的恐怖场面黑压压地涌过来,仍旧让人喘不过气来。可是,端木汇平静的声音却没有受到什么影响。

"事后没有任何组织声称负责。袭击行动的规律也不符合任何已知的组织的情况。欧盟方面和我们交换了数据,交叉对比得到唯一的有效情报,就是这个男人在事发之前都在附近出现过。"

画面上出现了汪海成那张消瘦阴郁的脸。

"天文物理学家、汪海成汪副教授,"郭远接口说,他的声音透着冷冷的嘲讽,"就是档案里那个中科大少年班毕业,二十三岁博士出站,二十五岁升任副教授的人。突然放弃很有前途看星星的人生,跑去当恐怖分子。很有想法的小伙子。"

郭远倒是把卷宗读得很细致。

端木汇继续补充:"文昌的天网监控系统还收到了一句语焉不详的通话记录。"

"蜂后反应强烈,可以开始行动。"

"这就是我们之前得到的所有信息了。这些信息没办法构成一个合理的解释,部里花了大半年时间终于锁定了汪海成,最重要的不是抓到这个人,而是弄清楚这背后的缘由。"

郭远这才收起之前仿佛厌倦一切的表情,但嘴角带着的讥讽好像是天生的。"然后你们既没有得到解释,又发现成都可能也要从地图上消失了。"他摇摇头,"哎哟,我也是服气。"

"行动彻底失败,我们的线索全部中断。所以我们现在必须首先全力保证成都的安全。"端木汇说这话时,盯着中央的沙盘,这个陌生的城市有一千多万人,如今因为自己的疏忽,可能遭遇恐怖的末日。

想到这里，他脸色煞白。

"全力保证安全？为什么？如果现在的首要目标是要找到汪海成背后组织的真相，我们应该观察他是否真的以成都为目标，以哪里为具体目标，打算怎么行动。这是我们最好的机会才对。"郭远说道。

端木汇一开始还以为郭远是在讥讽，但四目相对的瞬间，一阵恶寒就从脊柱往上爬了起来。这人的眼神清澈，没有一丝玩笑的意思。

他这时才真的理解"严重反社会人格障碍"的含意，不是某种残暴和恶意，这少年般面孔的家伙只是单纯地没有把这个世界上的其他人当作"人"。

"不，"刹那间端木汇心跳加速，"不不。我向上级申请调你协助的目的，是保证成都的安全！"

"可能吗？"郭远问，"怎么保证？有点想象力，我的长官大人。在这个年代，你给我一周时间准备，我有一万种办法毁掉一座城市。"

"你太夸张了吧？"端木汇说道。郭远阴恻恻地说："夸张吗？好，我给你举例来看看。通过地铁合适的投送线路可以在半小时内向所有人员密集场所投送高爆、生化武器，这还是考虑安检的前提。给我二十辆汽车，在医院和学校引爆，就可以调走全城大半安保力量，创造防卫真空……"

端木汇听得心底发凉，嘴里却说："这些常规袭击手段我们早有预防……"

郭远眉毛一挑笑道："那我就给你介绍一下毁掉成都的非常规手段。离成都不到一百公里范围内至少有五个武器库，或者说是相当于武器库的设施。你不需要我告诉你里面是什么武器吧？最近的军用机场到城市中心的距离不到五十公里，劫持飞机以后能做什么，我也不用介绍了吧？对了，一个月前我结了一个案子，理工大学的高能化学材料实验室被盗，实验室里有威力比TNT炸药高二十倍的试验品，叫什么来着？高能氮基阴离子盐还是什么来着？你给我一个月的准备时间，我能让很多事情发生。你们给了汪海成多少时间，你自己算吧。"

端木汇听他说着，心想自己确实需要这样一个对成都整个情报系统和地上地下网络烂熟于心的人——但这个人，真的可以拿来用吗？他不置可否地点了点头，"我可以告诉你我们也做了准备。"

"恕我直言，如果你们真的认为已经做了充分的准备，那你们根本就不会调我来。"郭远摇了摇头，"我直说了吧，长官你有没有想过这个可能？你拿给汪教授的那颗无名黑球，很可能就是把格拉苏蒂镇或者海南文昌弄成废墟的东西。如果是那么小的东西，发个顺丰快递，故事就结束啦。"

"你的恐怖故事麻烦到此为止。"端木汇打断他，长吸了一口气，"说你的想法。"

"长官大人，眉头松一松呗，稍微轻松一下。"郭远咧嘴笑了笑，"我说我的要求。实话实说，我读了这个卷宗，又听你说了这么多以后，对保证成都的安全并没有什么信心。我这人有什么说什么，要是你觉得我说得难听了……你也就听着。"

"你说。"

"您是领导，我是下属。干我们这行的，没什么可抱怨的。你们说要抓人，那就抓人；说要反恐，那就反恐。我在意的事情其实是这个，在路上看卷宗的时候我就在想，到底是发生了什么，会让一个前程似锦的天文物理学家变成了一个丧心病狂的恐怖分子？"

其实这个问题，已经烦恼端木汇很长时间了。

"如果这个事情搞不清楚，要想抓住他，还要搞清楚这个组织的动机是什么——就像你刚才举的911的例子一样，恐怕是很难的。"

端木汇眉头一皱，"你总不能让我们去做背景调查，放下这里的事情不管吧？"离十九国峰会只剩短短几天，来不及了。

"领导大人你说得对。这就是我的问题了，既然该做的事情根本就来不及，为什么非要拉我下水来做垫背呢？你们安排我来接手这个案子，不像是要干活，倒像是找人来背锅。"

端木汇一时语塞，好在此时门外传来一个清亮的女声：

"这位新同事倒是挺看得起自己，一个小小的情报员，刚进门就以为自己擎天柱了。我们这里所有人都没用，就指着你一个大救星？"

伴着这声音，云杉大力推门而入，门差点撞在墙上。她已经换了一袭红衣，样式宽松。这衣服是用来掩饰身上的瘀伤，避免伤势恶化，乍一看跟紧张压抑的工作环境决然不搭，倒像是一个飘进来的精灵。

云杉杏目圆睁，盯着郭远，她比这个男人还要高小半个头，便故意挺胸俯视着他，径直朝他走来，"这位郭探员太把自己当人物了吧？看到一群目的不明的恐怖分子，不想自己能做什么，先想自己身上的锅，您这么深的算计，怎么才当个小情报员？可惜了。"

闯进来的姑娘吸引了郭远的注意力，他打量了云杉一番，微微一笑，"新人类，基因强化改造过，对吧？"云杉一惊，新人类没有挂牌子，不是那么好分辨，他是怎么一眼就认出来的？然而，郭远没有纠缠她的身份，"回答你的问题。不好意思，身为一个精神病患者，你觉得我要不算计深一点儿，能当上探员？你对我们精神病有什么奇怪的误解吗？我可不像丫头你做过基因强化改造，我这种人，当一个正常人就够费劲了。"

听他直言反社会人格的事情，云杉一时竟不知该说什么好。先前进门的气势顿泄，她吮起手中的能量补剂来掩饰自己。这时候，她才突然意识到，大概是能量补剂出卖了自己的身份：基因改造大幅提升了人体的体能，但能量消耗也大了很多，因此新人类对能量补剂比较依赖。

端木汇终于缓过神来，轻叹一口气，"行了。说你的条件，别再卖关子了。我们知道，我们都没什么选择，直说，你的条件是什么？"

郭远沉吟了片刻。端木汇说得对，大家都没得选，他不管说什么，自己毕竟是战士，没有抗命的资格。彼此的不信任和不满除了发泄情绪，并没有多大用处。

他摇摇头，开口道："那我也就有话直说。在这样的情况下，如果想要我在三天内找办法解决这个问题，一切行动，要按我的规矩来办。"

端木汇还没有说话，倒是云杉怒目相对，"什么叫按你的规矩？"

郭远眼中闪过一道寒光，"我的规矩，就是我说怎么干，就怎么干。"

端木汇心里先是一寒，随即就明白了。正如郭远说的，成都在外人眼里是安逸悠闲的慢城，实际水深似海，各种能量和势力复杂交织，若是按正常的法律规章，别说三天，三个月都未必能解决此事。要让这人协助收拾眼前的烂摊子，就必须让他放出体内的恶魔，忘记那些规则，用最直接有效的办法向前推进。

话虽如此，这一切的后果，必然由端木汇来承担。

端木汇还在思考，云杉问："照你的说法，不就是你想杀人就杀人，你想放火就放火？"

郭远毫不客气地点了点头，"说得对。"

"你……"

"而且是我想杀人，就要你来下刀；我想放火，就要你来点火。本人一来是个精神病，二来又是个弱鸡，不像你这种经过基因改造的新人类，脖子以下都是大长腿，一脚就能踢死人。"

33

云杉本来就很差的脸色这下更难看了，正要说什么，却被端木汇伸手制止了。

"你们之前都在温室里。"郭远摇头道，"没有见过真正的黑暗和真正的危险。如果不同意我的条件，我们不如先抽空去烈士陵园给自己选块风水好的坟地。反正是国家出钱。"

"什么叫真正的黑暗、真正的危险？"端木汇问。

郭远没有看端木汇，反倒是笑着望向云杉，一字一顿地说："你做好了在行动中，必须选择牺牲队员当炮灰的时候，能公平地根据情况，决定牺牲哪一个的准备了吗？"

端木汇还没有回答，郭远继续说道：

"你做好了在行动中，假如必须在队员和无辜百姓之间进行选择的时候，能公平地根据情况，决定牺牲哪一方的准备了吗？"

如果说第一个问题端木汇还有准备的话，第二个问题则根本就连其中含义都未曾考虑过，只能牺牲自己和战士啊，难道还有得选吗？

"我们是先去烈士陵园，还是先去现场，给个话呗。"

端木汇紧锁眉头半晌，最后终于发话道：

"去现场。"

不知不觉中，主动权就已经掌握在了郭远手里。

03 信仰

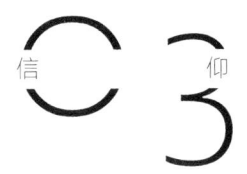

THE STARS

距离十九国峰会还有三天,时间紧迫。

云杉领着郭远勘查现场的时候面若冰霜,一句多余的话也不想说。除了对这个矮个子的厌恶,她多少还有些想要考验他本事的念头。自己折腾了几个月,最后落得这么一个结果,无论如何都是心有不甘的。

郭远倒不在乎她的厌恶,云杉甚至能感觉到那双懒洋洋的大眼睛一直在背后毫无顾忌地检视她的身体,这让她心生寒意。倒不是单纯被人视奸的问题,她在一旁偷眼观瞧这双眼睛,目光清澈纯洁,完全没有这行人特有的浑浊复杂。唯独在看人的时候,却好像是盯着一团肉、一件器具,而不是一个生命。

这是小孩子一样的眼神。孩子是世界上最残忍冷酷的人类,他们没有成年人的道德感。

"汪海成喜欢拉小提琴?"郭远蹲在废墟上,挖出一块土,先捏了捏,又闻了闻手上的味道。地面乱七八糟不成样子,他也不知从何下手。这时,他想起之前云杉提到的一个细节。

"会拉。要说拉得怎么样……就……"云杉照实说,不明白郭远为何提起这个来。

"那就更好了。"改不掉的习惯和爱好最能暴露一个人的本性,很多无头悬案最后都是靠犯人抽烟的牌子和烟屁股的咬痕破的案。如果汪海成伪装成古玩商的时候喜欢喝茶下棋,可能还是表演,但是小提琴就不一样了,琴跟古玩不搭。"琴呢?"

现场勘察组从采样箱里翻出了已经损毁的琴身,呈在郭远面前。他没有戴手套,直接上手翻看了一下:琴箱碎了,弦断了两根,指板也折断了。琴不是名牌,不过也是杉木,背面虎纹,属于普通爱好者常用的档次。这让郭远有些失望,他以为如果是喜欢音乐的人,潜伏时带的琴应该有更多的个人特色,但这明显只是凑合一下——想必考虑过这东西是不会带走的。

"查一下这个琴的牌子,以及销售渠道。"郭远对技术鉴定员说,伸手把琴还过去。手才递了一半,突然想起什么,又抽了回来。他对着阳光窥探着共鸣箱内部,伸手进去摸索了一会儿,然后眼里精光一闪。

"把这块给我锯开。"郭远在箱体上画了一个范围。鉴定员动作麻利,不到三分钟,就以最小的破坏把那块区域切割了下来。

看到取下的箱板背面,郭远微微一笑,递给了云杉。那箱板背面贴着一个古怪的章鱼样徽章,约有五厘米见方。"想找汪海成背后的组织吗?试试这个吧。"

云杉本来一直板着脸,对郭远她不仅心存戒蒂,还满腹怀疑,没想到他几分钟就摸到了自己眼皮子底下漏掉的线索,云杉不禁又惊又喜,但努力不形于色。

她接过徽章,小心翼翼地查看:徽记是金属质地,椭圆形。图案中间形似章鱼,双目,扁头,下连着六条触手,头手之间有一对翅膀向两侧展开。整个徽章形状上略有些像漫画蝙蝠侠的标志。正面是图案,背面清掉了胶水之后,还发现有蝇头小楷雕刻的文字:

有一分热,发一分光,就令萤火一般,也可以在黑暗里发一点光,不必等候炬火。此后如竟没有炬火:我便是唯一的光。

"鲁迅,《热风》。"郭远随口说出了出处。这自然跟萤火组织的代号出处有关。但这段文字是什么意思?跟恐怖分子的身份不仅不搭,而且也想不出有什么联系。难道是说汪海成是唯一的光?

"没想到郭探员你还看书呢。"云杉随口说。

郭远反唇相讥:"不比你们新人类过目成诵,但好歹认识几个字。"

云杉讨了个没趣,她的基因改造并没有调整与记忆相关的东西,那些技术风险还比较大。

但不管怎么说，有徽章，就有了线索。

"这种东西,还藏在私人物品里这种隐秘的位置，"郭远补充道，"看来是一群信徒啊。这就麻烦了。"

这话内含深意。若是单纯利益驱动的，以恐怖袭击为工具的买卖人，行事必以精密稳妥为第一要务，是不会留着带有可追踪信息的东西的。但如果是有特定信仰之人，他们往往会携带一些东西来强化自己的信念。

事实上，以利益为核心的买卖人，行动规律更为有迹可循，他们有自己的得失成本判断；但信仰驱动的恐怖分子，可就不一样了，他们为了一些无法理解的事情会变成最凶残的怪物，无法沟通，更难以预料。

云杉是部里的反恐探员，跟郭远这种地方情报员比起来，她对这些情况更有经验。她接过徽章，递给技术鉴定员，"取一下天网监控数据，做图像对照分析，所有跟这个有关系的结果都要，先走最近一个月的数据。有结果马上通知我们。"

"地上这乱七八糟的东西什么时候能出结果？"郭远问道。

"初步结果至少需要一天。"离他们最近的技术人员答道。

离十九国峰会只有三天时间，怎么可能花一天去等？

"你们以前遇到这种情况一般都怎么做？"郭远一边漫不经心地在废墟上走着，一边贴到了云杉身边，看似只是闲聊，但云杉却觉得这是在挑衅特别行动组的工作能力。

"天网系统已经在筛最近的可疑通讯，我们的系统中有危险人物二十年的动态追踪资料，现在也在对比核查，筛出半年来跟四川有过交集的目标。怎么，郭同志你有什么高招吗？"云杉话里带刺。

"很好很好，很高端嘛。部里直属就是好。公安系统的数据谁去协调呢？"

"公安系统的什么数据？"

"最近一个月的报案，民事案件、刑事案件，连打架斗殴都算上。有些小偷小摸报警都不会上内网，需要一个派出所一个派出所找人发资料过来，什么时候能搞完？"

看着云杉困惑的脸，郭远说道："行吧，没做就赶紧做。"他直接拉过离自己最近的鉴定员吩咐了下去，并未对云杉解释要公安案件资料的原因。

在废墟上转了一圈，这混乱的场面想必技术部门会有很多收获，但郭远并没找到多少有用的东西。这时候，随行的鉴定员手上平板响了起来，那小伙子抬手一看，马上上前一步，大声道：

"徽章对比已经有了初步结果！"

云杉习惯性地伸手，到一半又停了下来。郭远见状一笑，示意她先看。云杉这才接过平板，一目十行地翻了下去，郭远在一边才气定神闲地问道："克苏鲁神话？"

云杉一惊，平板上显示的图像参考来源正是一个名叫"克苏鲁"的人造神话体系。原来郭远之前就已经想到，云杉心中大为不快，既然知道，何不早说，还要等到现在？同时又有些困惑，这既然是一个很小众的"人造神话"，郭远又是怎么知道的？

云杉快速扫过相关的说明。克苏鲁神话是一个二十世纪初美国小说家[1]自创的神话体系，其最大的特色，是创造了恐怖而且不可名状的上古众神，与传统神话中众神对人类的特殊感情——有的是爱，有

---

1. H.P. 洛夫克拉夫特。

的是恨——不同，克苏鲁神话中的上古众神根本不关心人类，它们拥有可怕的智慧，不可名状的外形和人类无法理解的意志，凡人甚至只要接触这些神灵，就会因为心智无法承受对方的智慧而疯掉。这些小说发表之初无人问津，后来却渐渐成了一种小众圈子的亚文化。

按克苏鲁神话小说的描述，这些众神是不可名状的，人类的视觉只能看到它们影像的碎片，用人类的语言也无法描述它们的外形，人类的心智更会在接触后直接崩溃。但后来大家还是根据原作者的那些片段描述，绘制了众神的外形，最出名的就是"克苏鲁"，一个形似有翅膀的章鱼的古神——也就是这个徽章的来源。

"你是最近距离目睹过当时情况的人，"郭远指了指地下，目光直勾勾盯着云杉的脸，"有想起什么跟这个神话有关的事情吗？"

不可名状，无法理解的神。云杉心中一寒。她是一个唯物主义者，但越回想当时的场面越后怕，越觉得是一场恐怖的幻梦。那藤蔓和生物质确如触手一样伸向天空，想要把一切都卷进去，同化成它的一部分。

"喂，喂！"郭远在旁边喊了两声，云杉才从失神中清醒过来。郭远笑道："总不能真是古神吧？"

不知道什么时候，他已经接过平板电脑，快速翻看了后面的比对结果，指着照片沉声道："好了！出发！找人！"

照片拍摄于成都南面，一个学生模样的青年背着包穿过校园，在他的双肩包拉链上，挂着一个模糊的金属徽章。

上级用一辆拆掉座椅、重新整备的中型客车把他们几个人送往成都。后面的车厢整备出一个不算太小的空间，端木汇、郭远、云杉和老秋围坐在一起。这是郭远第一次和老秋见面，老秋面色不善，郭远也根本没把这人放在心上。装备和作战队员另有其他车辆运送。

现在,整个作战中心和队员悉数迁入成都,这标志着本次防卫行动正式启动。

车速不疾不徐,车外暮色渐启。除了郭远,三个外地人还没习惯四川晚来的落日。初春,落日时分已是七八点,一天真要结束了。若汪海成一伙的目标果真是十九国峰会,那就只剩下七十二小时不到了。

四人中间的方桌上摆着一幅大尺寸的军用精度地图,虽不及沙盘好用,但在车上也只能将就了。端木汇要郭远利用这点时间给他们过一下成都的大致情况,做到方位交通、区块布局心中有数,不说信手拈来,至少提到地点要明白方位距离,而不是离开辅助两眼一抹黑。

"简单地说,传统上成都四门按东南西北分为四块——东穷,西贵,南富,北乱。以天府广场——本地人地标一般是叫省展览馆——为中心辐射开。除市中心繁华商圈外,东边,以前是成都老工矿厂区,居民以本地工人为主,后来国企改革,老厂破落,工人下岗,消费循环不畅;如今虽然有改善,但东边现在还有人量老旧厂房和职工宿舍,道路状况也不好,穷破的框架还在。西边自古就多官宦,杜甫草堂、武侯祠、青羊宫,之后省市公务员住房也都在这一片,气象幽静,不算商业繁华,但有贵气。南面旧来多商贾,属于发展很早的本地社区,富而不贵,商贸繁华,美食众多,宜商宜居;而且之后成都整体发展中心南扩,尤其是高新产业区往南,直接导致外地高级人才向传统南城更南的区域聚居,本地人戏称'国际城南',风格又跟传统成都大为不同,更接近北上广。

"北乱,原因要复杂一些。旧时交通枢纽在北面,后来大西南物流商贸批发又在这个区域,加上靠近老火车站,鱼龙混杂,盗抢骗高发;小帮派势力聚集,危害性不值一提,但人脉复杂。这些年整治下来，北边已经算不上乱，但比起南边来还是不够发达。"

作为当地土生的情报员，郭远说得详略得当，脉络清晰，远比纸面资料易记。不到二十分钟，三人脑中就有了整个城市大概的构造，然后再讲起地理、交通、地标来就容易多了。

这城市外人看来松散闲适，暗处内里却勾连错综，不说别的，光是一大堆保密单位就已是理不清的麻。有这些大大小小的保密单位在，就像许多美味的蛋糕，多少敌对势力都想要染指一把。不到半小时车程，这些情况郭远只能点到为止。

车眼看见着就进了城区，沿着中轴线朝目的地四川大学开去，郭远也就停下了解说。他望着窗外拥堵的车流也不知道在想什么，过了一会儿突然问道："谁来猜一个？监控拍到的那个学生，是哪个系的？"

三人一时不解，端木汇第一个反应了过来，只觉得颅内如电涌。汪海成在他心中作为一个恐怖分子的身份太久，已经完全掩盖了他之前的那个身份，青年学者，天文物理教授。

难以描述的不安从端木汇心中升起，线索似乎在朝某种不正常的方向发展。郭远在暗示什么？这人脸上总是挂着一种提前看破什么的挑衅笑容，让端木汇颇不好受。在百忙之中，端木汇专门抽空看了"反社会人格障碍"的资料。其实这病跟想象中不同，反社会人格障碍不是什么杀人狂，或者幼年缺爱之类；它更接近于神经疾病，具体表现为缺乏共情能力，不会把其他人当作和他一样对等的个体。正因如此，这样的人严重缺乏社会责任感，必须通过法律和惩罚才能规范他的行为。尽管如此，他也是一个绝对的利己主义者，这是改变不了的。

这样的人是一把尖刀，用得好是快刀斩乱麻，用得不好就是自残手脚。

端木汇操起车载安全电话，接通了技侦部，"查到这个目标的信息了吗?……嗯，好……学生？好的，哪个系的?……好的，就这样。"

端木汇瞥了郭远一眼，放下电话，"物理系。"

他语气平静如常，在场其他人的心中却都有一种说不出的异样。车外夜色渐深，仿佛有浓黑的雾透过车窗爬进来，卷在四周。只有郭远的笑容没有什么变化。"长官，我说的是猜啊。猜是什么意思？您的生活太乏味了。"他边说边摇头，"刚才要是开一局下注，我还能赚点饮料钱。"

庄琦宇，男，二十三岁，四川大学物理学院博士生，高能物理方向。

夜色低垂，四川大学往来的人们反而多了起来，八辆电信检修车有序停靠在校园外，车上的涂装显示它们分属于中国移动、中国联通、中国电信和广电网络。除非绕校园走一圈，普通人很难察觉这异常的局面，八辆大车将川大校园锁住，密不透风，将覆盖校园的网络全部接管。

确认徽章主人庄琦宇的身份之后，部里以最快速度锁定了他的手机、微信、QQ、微博账号。但还是慢了一步，部里追踪到他的时间是下午十六点，而手机最后联网的时间则是下午十四点，他名下已知的网络账号也没有再登录，不过最后的定位信息仍在四川大学的校园内。

部里又花了一个小时左右进行技术筛查。和很多人以为的不一样，即使是反恐部门，技术分析所用的数据也主要是依托公开数据，并不需要通过太多秘密通道去获取信息。

锁定了庄琦宇之后，部里立刻以社交联系网为线索开始摸底排查。他的好友、联系人有哪些？这些联系人在朋友圈、微博发言、QQ群、微信群留下的公开数据有哪些？其中多少与庄琦宇有关？即使他自己刻意避免在任何地方留下轨迹,也没有办法阻止社交圈的其他人泄露他的足迹。

朋友在QQ、微信里对他的备注,各种群里其他人标记的他的各种名字、职业、兴趣、生活习惯——父母标记他的名字,导师标记他的年级,商家记录的购物历史——从庄琦宇的真实身份到他编造的每个虚假人格,这一切很快就能被扒个底儿掉,甚至不需要调用身份数据库。将这些数据完全整合起来,部里只需要一个小时。不需要使用任何隐私材料,就可以比他的父母恋人更清楚这人的每一寸皮。

然而,结果让他们失望。

从天网整合的资料来看,这就是一个普通的博士研究生而已,就连科研能力都没有得到多出众的评价。他喜欢打网游,用实验室的代理账号上外网,除了学术用途,主要是浏览色情网站,也没有筛出可疑的联系人来。这样一个人怎么会加入汪海成的萤火组织?如果他不是中午突然断掉了手机通信,他们简直要怀疑庄琦宇只是在哪个地摊恰巧买了一个同样的挂饰而已。

那边刚出事,这边就断了一切通信,这绝无巧合的可能。

郭远跟云杉先去宿舍敲了门,门没关,两个学生正缩在床上打游戏。问起室友的下落,两人都说早上出了门就没回来,应该在实验室。

庄琦宇归属的实验室建在校区交通最不便的偏远角落,是一栋古旧的三层物理系老楼——这不是因为校方没钱,恰恰相反,在如今寸土寸金的地方,保留这种容积极低的老楼更花钱。之所以这样的老实验楼能留下来,只因实验室设备有极高的环境精度要求,对细微的震动都极为敏感,所以既不能在高楼里,也不能靠近车辆密集的交通要道,更别说地铁之类了。

老楼虽破,保安倒是周全。郭远和云杉亮明了身份之后,保安本来要打电话联系实验室主管,被郭远硬生生拦了下来。两个人绕过楼梯到了地下一层找到实验室,郭远连门也没敲,跟云杉对视一眼,就直接推开门,两人闪身入内。

他们刚进门就听到里面有两人在大声争执,正在说话的是一名女性,听声音年纪不大,可能还是学生。"老板,现在的问题不是这个啊!所有的设备已经重新校准过了,这已经是第三次测量了。三次结果之间差异不超过百万分之一,这个结果绝对是可信的!"

郭远快速扫过屋内,这是实验室的办公间,隔得很小,只有几个白板的空间。屋里只有说话的女学生和一个壮硕的中年人,也就是学生的"老板"——这是研究生对自己导师常用的称谓。庄琦宇不在这里,这早在他们意料之中。

"晓娟,你是不是……唉!现在的问题是,我们怎么理解这个数据?如果这是对的,那么我们需要解释这个数据啊!这已经超出我们所知道的所有理论范畴了,一个常规手段怎么会得到这样的数据?"说到这里,他用力地砸了两下桌子。

这时候,那个叫晓娟的学生才注意到郭远和云杉,她大概本来想继续说什么,看到两个陌生人无声无息地闯了进来吓了一跳,"你们……有什么事情?"她的老板见状转过头来,这才意识到实验室里进来了两个人。

"你们怎么进来的?!"那个老师模样的人声音一下高了起来,"这是国家重点实验室,闲人不得入内!出去!"

郭远和云杉同时掏出安全部的证件,在他面前晃了一下,云杉抢先一步开口道:"您是魏伦魏教授?"

魏教授眉头一皱,点了点头,看到证件他的脸色反而更难看了,他不耐烦地问:"什么事儿?快说,忙着呢!"

"您的学生庄琦宇,您知道他在哪里吗?"

魏教授望了晓娟一眼,冷笑一声,"问得好,什么时候了,这个人哪儿去了?你打通他电话了吗?"

"没,一直是关机。"晓娟答道,"昨天回去之后,就没联系上他了。"

听了这话,魏教授突然瞳孔一缩,盯着云杉说:"不是出事儿了吧?不要告诉我这时候他出了什么事情……"

这时候?是指什么?这对师生眼睛通红,布遍血丝,脸上尽是殚思竭虑后的憔悴之色。郭远在一边答道:"不,我们有事找他配合调查。你们知道他可能在什么地方吗?据我们了解,今天中午他应该还在学校。"

"今天中午还在学校?"没想到魏教授听了这话勃然变色,"我怎么知道他可能在什么地方?中午还在学校?好嘛,上午也没有来实验室,也没有请假,电话也打不通。他还想不想读了?!"

郭远掏出录音笔说道:"如果您不介意,我们有几个关于他的问题……"

"我介意!"魏教授看了一眼面前的桌子,上面堆满了数据资料和翻得乱七八糟的文献,"我们现在没时间浪费在这些莫名奇妙的事情上。"

云杉没想到这么一个普通的要求居然会遭遇如此强烈的反弹,只见郭远脸色一沉,"请你不要搞错对象,不管你是否介意,你都必须配合我们的调查……"

"滚!"话还没说完,魏教授就狮吼一样咆哮,也不等郭远他们有反应,直瞪着这两个不速之客的眼睛,同时抄起手边电话,按了一串零,喊道:"保安部吗?我这边有两个莫名其妙的人,马上给我赶走!国家重点实验室,什么阿猫阿狗你们都能放进来,你们要疯了啊!"

云杉见郭远的眼中凶光陡现，一时心情复杂。她心中既担心这人会做出什么可怕的事情来，又隐隐想看郭远到底有些什么"干净利落，快刀斩乱麻"的手段。

不过那道凶光只存在一瞬间，很快就褪去了。郭远点点头，"抱歉，打扰了。"说完，也不等保安真来赶人，郭远推门出去，云杉赶紧跟了上去。

"怎么看？"郭远出门不到一米，就轻声问云杉道。

云杉也没多想，"可能是在帮他的学生打掩护。"

郭远立刻摇头否定，冷笑道："不是，我看跟庄琦宇没什么关系。这人根本就不关心他的学生，相信我。提到庄琦宇的时候，他第一反应是这人没来实验室，不给他干活，然后才以为担心我们找他是因为庄琦宇出了事儿。他这个担心也是怕影响了他的工作，不是真担心自己学生的安危。这来回反应不过半秒时间，绝对不是装出来的。"

云杉听着郭远笃定的语气，一下明白过来，他说得对，没人比他经验丰富。郭远自己便是利己主义的标杆，他看别人自然是一看一个准。

云杉略有些失望，"那我们要从别的地方再找庄琦宇的下落了。"也不知道时间来不来得及，还有什么线索可以继续往下抓。

这当口郭远突然在楼梯上站住，猛地回过头来，云杉一个不留神险些撞个满怀。他眉头一皱，沉声说："你不觉得很奇怪吗？偏偏就在出事的时候，魏教授的实验室忙得不可开交，他到底在忙什么？"

"可你不是说他不是装的……"云杉真有点不明白。

郭远微笑道："跟上我的思路，丫头，我的意思是，他们实验室到底发现了什么？看样子偏偏不早不晚在这个时候有了很重要的发现。这个发现跟汪海成的活动只是一个巧合？没有这么巧的事情吧？

汪海成正在进行的行动、庄琦宇的实验室找不到解释的发现、庄琦宇失联,这三件事恐怕不是正好同时出现的吧。"

云杉打断他,"我提醒你一句,他们是研究高能物理的。你明白高能物理是研究什么的吗?我们的任务是什么,你不要忘了!"

时间在一分一秒溜走,汪海成的行踪且毫无眉目。

听了这话,郭远脸色却沉了下来,"云杉同志,我不知道你之前是怎么工作的。但在这里,你必须重新理解一些东西。"

"你说。"云杉忍住不快说,"长话短说!"

"我之前跟端木分局长说过,你们太缺乏想象力了。我给你讲一个案子,你好好听着。

"事件发生在二十几年前,地点在绵阳。这个地方你们可能不熟,离成都也就一百多公里。乡下,偏远农村,有三家紧挨的农户,一共五口人。五个人同时突发白血病,被村卫生所送到了县医院。不到两周时间,五人相继死亡。你觉得这事情跟安全部有关系吗?"

云杉知道答案自然是"有",但她盯着郭远眼睛半分钟,最后还是老老实实地回答:"不知道。"

"好,我来告诉你。卫生局在排查毒害污染源的时候,在其中一个农户家中发现了一块钢板,辐射值超标两万倍。这人是个收荒匠,钢板是他从隔壁镇上收的。卖这个钢板的人已经死了,他在一个废弃的厂房捡到这东西。这钢板属于绵阳九院核物理实验室的一个隔离装置,位置属于军事机密禁区,但已经半年没有启用。日本谍报人员设法拿到了整套实验装置,把屏蔽实验装置的原始隔离钢板丢弃在了厂房,这个钢板之后被收荒匠捡到。直到六个无辜的人因为'白血病'死亡,我们这才反过头来追查这件案子,最后把装置收了回来。

"你们需要想象力,在这个地方,各种线索不是证据链一样连环串起来的,是天一脚、地一脚地泄漏出来的。你得伸手去抓,靠自己把它们绑在一起。"

郭远说完,就不再搭理云杉,径直掏出通信器,检视起庄琦宇相关联系人的资料。"晓娟"本名"杜晓隽",比庄琦宇高一级,也就是他的师姐。郭远快速浏览了杜晓隽的私人资料,三分钟后,他拨通了后勤支援组的联络内线。

四十五秒后,杜晓隽的手机响了,EMS的快递员情绪饱满地在电话里说:"杜小姐吗?您有一捧罗先生送来的鲜花,请签收一下。我在你们这个什么物理楼外面,门卫不让我进去。"

杜晓隽因为这几天泡在实验室里工作连轴转,跟罗先生吵架之后一直冷战,此刻接到电话,低落的心情终于舒畅了起来。她洗了洗脸,走出实验室。

看到杜晓隽兴高采烈地走出大门,探头探脑地找快递员,郭远拍云杉后背一下,说道:"走吧,送花姑娘。"

04 异界

THE STARS

杜晓隽看到他们俩的时候先是愣了两秒，困惑四望，然后很快明白了过来。

"根本就没有那家伙给我送的花儿，对吧？"见姑娘眼里悦动的神光渐灭，只剩落寞，云杉心中倒有些不忍，自己也是差不多的年纪，深知其中滋味。

"我知道你们想问什么，赶紧问吧。问完了我还要回实验室干活。"杜晓隽说。

"你见过这东西吗？"郭远小心地从证物袋里把徽章拿出来递过去，语气很温柔。她拿在手里看了看，摇头，"不认识。这是什么？"

"你在实验室里没见过这样子的徽章吗？庄琦宇包上有一个，就挂在拉链上。"郭远提醒。

杜晓隽回想了一会儿，"可能见过吧，我不太在意这种东西。能给我说说到底是怎么回事儿吗？"

郭远简略地提了几句，只说这徽章可能与恐怖组织有关，所以庄琦宇携带徽章自然也有嫌疑。更复杂的细节自然是没有，只要她明白自己师弟有多大麻烦就可以了。八台通信车已经架起环绕整个学校的通信天幕，他们不用担心走漏风声——对方的一切通信都被天幕的过滤系统接管，如果真有人走漏风声，反而会帮助行动组更快地锁定目标。只是郭远反常的耐心让云杉有些不解，她觉得这女博士并不知道什么有用的情报，在这里纠缠只是浪费时间。事情如此紧急，找她问这些，还不如找庄琦宇的室友呢。

"你这位师弟，你有察觉到他有什么值得注意的地方吗？他跟你关系还是比较不错的吧？"

"这……我想想……"杜晓隽回忆了一会儿，"我不知道什么算值得注意的地方。小庄不像是有什么极端思想的人，虽然有时候是会偏激一点……"

"什么意思?"

"怎么说呢?技术狂热吧?不知道怎么给你们解释。就是觉得世界上一切问题都可以通过技术的发展来解决,如果解决不了,那就是科学还不够发达。然后世界上所有问题都是科技造成的,不需要政府和社会来添乱。科技无政府主义?但他就是说说而已,应该不是……你们觉得……"杜晓隽都觉得自己是越描越黑。

郭远接着问道:"那他最近有没有跟什么特别的人有过接触?"

"这我真不知道了……我们高能物理是很基础的研究,一般除了同行,没人对我们感兴趣。我们也给外人说不明白,所以说……嗯……你们明白我的意思吗?"

"你们造不出核武器,是这个意思吧?"郭远心里变得愈发烦躁,这姑娘的表达能力真的堪忧。见对方点头,他接着问:"我看你们这么忙,是有什么发现吧?这是在庄琦宇失联之前发现的,还是今天刚刚发现的?"

"好些天前的事情了,那时候他……"女博士突然一愣,咦了一声。这立刻引起郭远的注意,"怎么?想起什么了?"

"四天前,第一次出结果的时候,我是先找小庄一起看的。嗯……因为基础数据不正常,我当时以为是设备有问题,老板也抱怨说肯定是设备出什么毛病了。但是……当时小庄没有说话,而且脸色好像很难看。我当时以为他不太舒服什么的,后来光顾着跟老板研究设备的问题,商量要不要停机检修,就也没太在意了。"

"你能给我大概介绍一下你们发现的到底是什么吗?"郭远瞥了云杉一眼,"不需要说得太复杂,如果可以的话。"

云杉颇感奇怪,杜晓隽不是一个擅于跟人沟通的人,但脾气乖张的郭远在她面前却显得格外耐心和温柔。这只是郭远的伪装吗？不过"实验室有什么发现"这种事情，怎么也不该跟自己的案子扯上关系，问了又有什么用呢？她虽然颇为不解，但心里反而起了看热闹的念头。她倒要看看这郭远能打听出什么来。

"嗯……"杜博士又思考了一分钟，努力组织外行能听懂的语言，"高能物理其实就是研究微观粒子物理的，这个你们知道吧？"

"现在知道了。"郭远点头。

"那你们知道光速不变原理吗？"

"大概知道。"

"光速不变作为一个第一性原理……"

"等一下！"郭远打断了她，"什么叫第一性原理？"

杜博士愣住，痛苦地伸手抓了抓头，"第一性原理……就是……算了，我换一个说法。光速在真空中是不变的，并且是自然界物质速度的上限，这个你们明白吧？"

"相对论。"

"嗯，然后……你们知道光速是多少吗？"

"每秒三十万千米。"云杉在一旁答道。

"嗯，准确地说，是 299,792,458 米每秒。这是自然界物质速度的上限。但五天前，我们在加速器里获得了一个比这个速度高十万分之四的中微子束。这个数据太离奇，所以我们自己做了一次空腔共振测速……嗯，就是一种测量光速的办法。测量出来的结果……"杜博士无比庄重地看着两人，一字一句地说："是每秒 299,807,446 米。"

两人面面相觑，完全没有任何预想中的反应。杜晓隽急道："比我们知道的正常光速高了很多！"

郭远困惑地望向云杉求助，出于礼貌，云杉努力回忆之前的数据，

55

想要心算个结果："所以说，光速……嗯……"

"光速变快了！"杜晓隽焦急地叫道，"你们不明白吗？光速快了十万分之五！"

郭远不知道自己该对这个"重大发现"做何反应，只好问道："然后呢？这是什么意思？"

杜晓隽深深吸了一口气。这就是给外行讲解最麻烦的地方。这些专业人士觉得颠倒乾坤的可怕发现，外行人总觉得平常无奇，反倒是一些简单得不能再简单的常识能把外行人吓得失魂落魄。

"光速不变，是第一性原理，它代表我们这个宇宙的一些核心构成特征。这个世界的构成直接与光速的大小相关。比如说，质能转换你们知道吧？$E=mc^2$，这个你们肯定很熟悉了吧？核聚变的能量就来自质能转换，氢弹爆炸的时候，大约有不到百分之一的物质湮灭转化成了能量。"

等到两个人都点头表示明白，她才敢继续往下说。

"那么想象一下，公式中的 c，也就是光速，提高了十万分之五，那聚变释放的能量就会提高万分之一，对吧？"

两个人只能静静地听着，杜博士开始进入了状态，说话越来越快，但声音也越来越颤抖，整个人都激动了起来。后来他们才明白，这颤抖和激动是面对深渊的恐惧。

"恒星的能量都来自核聚变，对吧？如果包括太阳在内的所有恒星释放的能量增大了万分之一，这是什么概念？整个宇宙的能量构成都会发生变化！

"这还只是光速变大的影响里比较微不足道的方面。整个宇宙的引力构成，驱动星系运转的引力，银河旋转依赖的黑洞引力，全宇宙的基本逻辑都基于这个基本参数。如果真空光速真的不一样了，"她有些抓狂地抓着自己的头发,"我不知道该怎么形容……"

但给了杜博士半分钟时间之后,她还是想到了。

"如果太阳系是一个孤立系统,那么万分之一的太阳能量增加会直接让地球升温到生物全部灭绝,更强大的太阳风会把地球大气层吹走,地球会像金星一样变得寸草不生。我们再放大一点,银河系的引力潮汐都会因此发生巨变,大多数我们已知的星系都会被撕裂变形;靠近银河中心的星体有的会被扯进黑洞,有的会分崩离析,有的会几个聚成更大的星体,大量本来稳定的大恒星会在引力下塌缩,然后发生超新星爆发。我们知道的整个宇宙都会崩解。"

小杜不自觉地抬头看了看夜空。成都早春的空气并不通透,只能看到少得可怜的几颗零等星[1]。这反而更让人恐惧,似乎星空已经被撕裂吞于无形了。

"所以你们发现宇宙规则发生了变化,"郭远道,"之后你那位师弟就失去了联络。"

"这两件事情没有关系吧?"杜晓隽说。

"也许有,也许没有。"郭远说着收起手上的记录仪,"光速这个事情,对你们来说是个大发现吧?"

杜晓隽意识到自己虽然已经解释了很多,但郭远和云杉并没有真正理解这其中的严重性。她张了张嘴,最后只是说:"是的。现在老板正催着我们验证结果,确定光速是不是真的发生了变化。如果是真的,这绝对是影响整个物理学的发现。"

"就在这个关键时刻,庄琦宇不见了。所以你们导师才这么着急上火。"郭远点点头。光速改变的事情听着玄妙,但毕竟离他们太远,

---

1. 星等,是衡量天体光度的单位,星等值越小,星星就越亮。

他和云杉都没有那么上心。"好吧。如果有了庄琦宇的消息,还请你立刻通知我们,配合我们的工作……"

郭远话未说完,云杉腰间的通信器突然震动起来。为了避免在工作中暴露,通信器都设在无声状态,但此时周围一片死寂,震动就分外显眼。云杉掏出通信器点亮,屏幕上现出刺眼的红字警示。她只扫了一眼就拨到投影外放。

端木汇的微光影像悬在半空,"成都电力枢纽中心监控发现疑似庄琦宇的身影,和他一起的还有另外两人。改变作战计划,马上前往电力枢纽中心!"

话音刚落,就听到一边的杜晓隽发出一声微微的惊叹。郭远立刻问道:"咋了?"

"嗯……我记得……好像……成电枢纽中心的研究所跟小庄有过合作项目。"博士犹犹豫豫地说。此言一出,云杉和郭远立刻对视一眼。事情线索终于连上了,成都电力枢纽中心必是对方密谋的关键所在。不到半分钟,校园的静谧就被疾驰而来的呼啸打破,校区原本禁行一切车辆,这个为精密实验室保留的角落更是连车道都没有,行动组的电力轿车却完全无视规定,径直闯过人行小径,冲到两人面前才一个甩尾停下。

"国家安全部特别行动组执行公务!"驾驶员对冲上前来的保卫人员晃了下证件。郭张二人跳上车,车辆立刻绝尘而去,在草地上留下一堆烂泥胎痕。

虽然没有从杜晓隽口中问出什么跟案子实际有关的情报,但她讲的那个怪异的发现却在云杉心里留下一大块阴影。而且她也意识到,郭远确实不简单,至少不是一个单纯的"精神病"那么简单。

"发挥想象力",确实,这案子必须发挥想象力才有可能找到答案。

车驶出校门，郭远调出详细情报来仔细查阅了一番。从庄琦宇断开手机网络信号作为时间节点，以四川大学作为位置起点，技术部调用监控视频进行了人脸比对。显然，庄琦宇早有行动预案，也受过良好的反侦查训练，系统一直没有找到匹配。直到十分钟前天网系统才有了反应，此时搜索范围已经扩大到了全市。通过更复杂的行走姿态模型配合面孔综合对照，系统在往南十公里左右，位于高新区的成都电力枢纽中心外的两组监控探头里找到了庄琦宇的踪迹。

"庄琦宇跟那边的研究中心有合作，他们合作的项目是什么？"郭远通过车载内线问坐镇指挥中心的端木汇，"我需要这个项目的详细资料。"

"稍等。"在端木汇的指示下，情报部门用了一分钟时间给出了结果。"你确定他们有合作？我这边没有找到你说的合作项目。"

"是庄琦宇实验室的师姐杜晓隽说的，不会有错。再查一下。"云杉在一旁补充。

"试试高能物理实验室，不一定挂在庄琦宇名下。"郭远说。这种事情很常见，项目可能只挂导师名字，实际工作人员反而在记录里找不到。

又等了两分钟，"没有查到跟电力中心有关的研究项目。"端木汇通知了他们，自己略一沉吟，转身对情报部门的工作人员说："等一下，你们把高能物理所的所有项目全部调出来给我。"

端木汇虽不出外勤，但对情报是非常敏感的。云杉说庄琦宇有项目合作，那就应该是有，但为何查不到？其中莫非有什么蹊跷？端木汇快速筛了一遍高能物理实验室的资料，又过了一遍电力枢纽中心附属研究所的资料，这才注意到研究所的项目有三条"未公开"的条目。

"稍等。"他向内线系统提请这三条条目的详情。系统应声弹出保密等级申请框，端木汇麻利地输入自己的账号和授权码，页面上随即弹出一行字：

授权等级不足，禁止访问。

端木汇一愣，心中大惊。以他的权限，不应该在这种"常规"密级的单位遇到授权等级不足的情况，就算是绝密级军用和外事情报，自己也有不经审批的安全级别，怎么会被这个既不是机密军用单位，更不可能涉及外事的民用单位拒绝呢？

事有不妙。这不是他今天第一次有这样的感觉了。情报工作没有什么比未知更可怕，但今天连眼皮下面都笼罩着迷雾。

"查到了没有？"内线传来郭远的问询。

"没有查到具体的项目资料。"端木汇说，"研究所有几个条目我这边拿不到，可能是你们说的那个。川大高能物理实验室那边也没有相关的情报。"

他隐去了自己密级不够的事情。如果那边是云杉一个人，他会直说，但现在是郭远负责，他担心会引发别的问题。好在郭远并没有追问，端木汇立刻指挥老秋派人再去找杜晓隽了解情况，看能挖到什么更多的有用情报。

郭远一行穿过天府大道，拐入小路，从四川大学出发到抵达目标附近不过短短十几分钟。虽然纯电动力的车行驶没有发动机噪音，但疾驰产生的胎噪和风噪依然可能暴露他们的行踪。三辆车在靠近电力枢纽中心五公里的地方就开始减速，然后正常行驶到距离一公里左右处停了下来。

下车前云杉掏出一串补剂，一袋电解质，两袋能量。"这玩意儿国家给报销吗？"郭远笑道，"多少钱一袋？"云杉白了他一眼，自顾自灌进喉咙。只回了两个字："有用。"

郭远、云杉携两个五人特攻组步行进入目标区域。

郭远和云杉带的是手枪，上了膛，特攻组的突击步枪也开了保险。电力枢纽中心本来是一个超高压变电站，地处成都高新区西面，正好在一个四面都是待修荒郊的位置。随着这些年可控核聚变技术快速成熟，原本的超高压变电站改建成了电力枢纽中心。虽说名字和规模都发生了变化，但基本功能没变，还是承担着电力系统的输电降压配电工作，成都和附近一百公里的区域都经由这个枢纽中心提供大部分电力。

且不提这群行事诡异的恐怖分子要干什么，哪怕只是让枢纽中心停工，成都市电网都至少会出现一半以上的电力缺口，附近几个城市也都会出现严重的功能停摆。

远看枢纽中心似乎并没有什么异常，变电站早就高度自动化，虽然身负重任，但只有二十多个工作人员职守，其职责也主要是监控异常和常规巡检。枢纽占地巨大，却也只有零星的一点灯光从建筑里透出。外面巨大的变电设施寂静无声，在夜色里，陶瓷绝缘体像是古怪的天线向四方支棱着，有些瘆人。

郭远倒是很熟悉这类东西，他是四川老三线军工厂子弟出身，厂子就是做电力设备的。从小他就见惯了这种大得可怕的粗笨机器，此刻有种回到儿时的奇妙感觉。这时，耳机里传来端木汇的声音："根据无人机回报，联网报警系统已经被机械阻塞。联网监控的视频电缆上发现有伪装信号阻塞装置。现在还没有枢纽中心内部的监控信号。我们想派遣无人机进入室内，但室外两百米有飞行控制信号干扰，侦查取消，室内情况不明。"

端木汇的声音冷静得听不出波澜，但通报的情况却一件比一件惊心。电力枢纽中心虽不是什么严防死守的绝密单位，但也关系到一个城市的正常运转,所以安防级别也不低,防控设备达到了准军用级。对方就这么轻松写意地阻止了报警系统和监控的正常工作,这说明他们不仅准备充分,而且投入巨大。

巨大投资是需要更大回报的,所有人都一样,恐怖分子更是如此。

没了无人机前方侦查,战斗小队如同瞎了一只眼睛。对方至少也有十多个人,而且十有八九已经掌控枢纽监控,此行变成了敌暗我明,凶险异常。

特攻甲组先行,从正门闯入,谨慎地确认了没有埋伏之后,郭远他们才鱼贯而入。枢纽中心只有地面一层,虽然占地巨大,但实际建筑面积不算太夸张,进门绕过中央过道没几步,就看到一名身穿制服的工作人员软倒在墙角。

地上没有血迹,云杉两步纵身向前,发现工作人员胸口插着两支麻醉镖。她小心张望了一下四周,俯身下去探这人的鼻息:呼吸迟缓,但并无生命危险。她这才招呼队员和郭远上前,自己也松了一口气,"没事儿,是麻醉剂。"

郭远跟上前去,反复仔细查看这两支麻醉镖,一股控制不住的寒意爬上他的脊柱,一瞬间手都有点发抖。

不对,不对,完全不对。

这应该是一群准备充分、行事冷静的恐怖分子。郭远已经准备好要面对各种穷凶极恶的场面。就在刚才,他还在脑内预演过,如果是自己组织袭击枢纽,这里的工作人员必然不能放着不管,除开掌握核心密码的负责人可能需要留下,二十多名员工都应该直接杀死。如有特殊必要,可以留下两三名好控制的女性作为人质,以待后手。像这样留下活口不仅风险剧增,事后还会有目击证言。对方之前费了那么大功夫来隐蔽他们的行踪和身份,部里费尽全力也一无所获,为什么还会留下目击者？

就算出于某种他不了解的原因，也绝不应该使用麻醉枪。一方面，这东西有效射程低得太离谱；另一方面即使近距命中，目标也有很长的行动时间，会带来极大麻烦。比如为了制住这一个人就连射了两枪才解决问题——这是何苦？

不合理，太不合理了。

正是这种不合理让郭远害怕起来。他感觉事情哪里都不对劲。这不是正常的行为逻辑。

顺着走廊过去几十米，又有两个工作人员倒在地上，一样是被麻醉的。云杉着急冲在前面，郭远一把拉住她，沉声说："事情不对劲，别往前冲。这中间肯定有蹊跷。"

来不及解释怎么个不对法，队伍谨慎地拉开距离。一路前行到中央控制区的铁门外，铁门从里面紧锁。郭远抬手示意强攻，队员结成攻击方阵，一人上前在隔离锁上贴上复合热溶剂。两秒钟不到，闷燃就产生了惊人的局部热能，几厘米的锁扣连门一起融出亮蓝的大洞。不等融烟散去，战士一脚踹开门，扳机半压，准备迎击。

没有反应。门内无人？

中央控制区不太大，队伍鱼贯而入。放眼望去并无敌人的踪影，只看见好些个工作人员，有的倒在操作台，有的瘫在地上。依旧只是麻醉。场面并不混乱，考虑到对方使用的是麻醉枪，当时必然是以雷霆之势强攻，在这群人还没来得及有任何反应之前就把他们放倒了。

郭远快速探看了几个枢纽控制台，上面没有异常的操作痕迹。对方的目的似乎并不是要对电力枢纽进行什么破坏。

不是为了破坏电力枢纽，不下死手，那他们的目的到底是什么？这让郭远更感费解。云杉也察觉到不对，赶忙循着地上的踪迹去找入侵者的下落。这已经是主控室,庄琦宇他们几个入侵者还要去哪里?

地上的足迹清晰,杂乱的脚步穿过主控制室,绕到一旁的边门,消失在门的尽头。云杉的动作比郭远快得多,门很薄,她听见门外并无人声,就毫不犹豫地推门循迹而出。她动作敏捷无声,像一只猫,刹那间就只留下了一个小小的背影。

郭远虽知道新人类的本事,但从未想过她本领如此惊人,自己连捕捉她的动作都困难,只得一面紧跟其后,一面心中暗想:确实有用。

根据事先调取的建筑设计图上的信息,这是通往休息室和卫生间的过道。还没走到岔口,就闻到一股残留的子弹火药的味道。

郭远心知不妙,快转到拐弯处,果然发现一位身穿制服的精干男子倒在血泊中,眉心、胸口三处中枪,下手的人显然务求一次毙命不留活口。云杉警惕地持枪戒备着,以防潜在的袭击。在她的保护下,郭远蹲下身仔细查验,发现尸体的手探在腰间,顺手摸下去,竟从尸体的腰间掏出一只军用制式手枪。

郭远略一思索,就明白了这意味着什么。"萤火"还是会杀人的,死者是一名军人,没有穿军装,而是普通制服,显然是在枢纽中心工作的卫兵。枢纽中心不应该有军人,但这里却守着一名便衣卫兵,说明这里有什么本不应该存在的东西。

高能物理实验室庄琦宇参与的那个查不到的研究项目。

郭远掏出手持通信器,再次调出枢纽中心的建筑设计图。这边尽头正如眼前所见,是封死的,但墙后却有一个五米多长的空缺,里面什么也没有。

他用手轻叩地板,地上铺着环氧树脂。沿墙一寸寸摸索,只觉快到墙边的时候,触觉和声音突然脆了起来。后面不是混凝土,是金属。

国家的电力枢纽中心,为什么会修出一个密室来?

指挥中心的端木汇是知道还是不知道？

他没有问，只顾着顺边往上叩下去，果然很快就在尸体背后的墙上发现一块饰板。用力一按一推，饰板被抬了上去，后面露出巴掌见方的一道密锁。那锁看样子是瞳孔声纹加密，但这时候已从中间被打碎了。一个不知道是什么的东西接在了面板后的控制电路上，开锁按钮也被拽了出来，闪着断续的光。

墙后的锁露出来时，就听见云杉一声惊呼："为什么会有这东西？！"听她的语气，郭远知道她不是在作假，是真不知情。他按下了按钮，只见边上的墙无声无息地快速升了上去，里面露出一部巨大的电梯。

"这……"云杉见状马上也明白了大半，"等一下，如果这涉及机密，我们需要申请……你干什么？"

郭远一把拉过这姑娘，把她推进电梯，紧跟着自己也挤了进去。这时候哪容得再打什么申请？且不说等申请下来黄花菜都凉了，这密室的情况没有事先通知自己，建筑图上也没有，说不定连端木汇都被瞒在鼓里。十有八九根本就不会允许自己下去。

"枪拿好！"他沉声说，猛地按下电梯的按钮。

电梯门应声关闭，这电梯连正常的缓冲时间都没有，唰的一声闭门，快速地降了下去。

郭远紧贴电梯壁，听见自己的心脏急促地咚咚跳动起来。

05

静 海

THE STARS

电梯面板上没有层数的显示，才下降了几秒钟，就停下了。郭远估计了一下深度，大约十米。

在四川从事了多年的保密工作，说起来打交道的单位和项目大半都是绝密，但会在建筑里修密室的，还真非常少。正常的保密方式是多重隔离，让外人根本没有机会进入需要涉密的场所，而不是在一个人员混杂的场所内部藏什么东西。越危险的地方就越安全那是电视编剧的意淫，不是现实。

电梯门打开之前，郭远犹豫了一下，轻推云杉，让她靠在另一边门内侧。如果可以，他更愿意让装备精良的战士挡在自己前面作为保护，但现在进入这个密室的只有他们两个人。

两人各躲一侧，若敌人守在电梯旁，略可有些掩蔽。敌人已经对守电梯的卫兵下了杀手，自然不能指望他们还用麻醉枪。

电梯门缓缓打开，却没有预想的攻击出现。门刚开到一半，云杉立刻闪身冲出，在外面找一张桌子作为掩体滚了过去。一秒过后仍不见敌人的反应，云杉朝他招手示意安全，郭远这才跟过去。

躲在桌台下，郭远小心地扫视了一下四周。电梯出来是一个两百平米左右的中庭，三叉形朝前伸出去，分叉的位置左右放着两张桌子。刚躲进桌台，顺着云杉的手势，郭远就发现有血从地上淌过来。桌后躺着两具卫兵的尸体，子弹准确命中心脏，胸口弹痕都不止一发，血流得很快。

凶手毫不避讳地踏过血迹走进了正中的房间，那带血的脚印爬进大门，触目惊心。

他们之前太小看"萤火"了，没想到对手如此目标明确，行事果断：先是从外面阻塞了联网安保系统，然后径直从正门闯入电力枢纽中心；普通员工用麻醉枪解决，进到机密区域之后，遇到的所有军警都是第一时间准确击杀,这想必是利用了庄琦宇在这边工作的关系,一来情报准确,二来对方以为是自己人,没想过会有问题。等发现对方举枪的时候已经反应不及,一梭子弹准确命中心脏毙命。

云杉轻身走到门口,紧贴墙壁,先慢慢地用手枪推开门,门没有声音,也不见门后有任何反应。她这才猛地跃入,迅捷如豹,郭远紧随其后。

屋里光线晦暗,只有几个无指向光带大致映照出房间的轮廓。刚一入内,云杉就把郭远往地上一拽,示意他俯低。郭远连忙卧倒,这才注意到大房间内部另有一个隔间,透过隔间上部的窗户,发现里面有光亮。

这是典型的双隔离实验室结构,郭远他们所在的是外间,以内间为中心,环形架设着一堆不知道干什么的装置和数据处理台,而里面则是核心实验室。这样的布局更验证了郭远的不安,类似的布局他只见过两次,而且都是极危险的绝密地方。

这样的结构设计只有一个目的:假如内间的核心实验室发生致命事故,双重隔离的布局可以避免事故直接扩散,把事故可能造成的破坏通过二次隔离限制在可控制的范围内。

里面亮,外面暗,郭远借着明暗差小心探出头,瞄了一眼实验室内部。之前枢纽中心大门口监控拍摄的三个人都在实验室内,庄琦宇正在其内,另两位身份有待确认。再侧耳一听,核心室内声息几不可闻,显然是隔音封闭的。郭远不敢莽撞,拉过云杉附耳说道:"看样子他们还没有察觉自己的行动已经暴露。"

云杉杏眸一转,轻声说:"等特攻组下来多半又有其他情况了,我们突击。"

郭远点点头,这正合他意。"等一下。"郭远从手持终端上拉出摄像头光纤,往上探去。摄像头专为这样的用途做了优化、消光处理的表面不容易被敌人发现。郭远扭动光纤,隔着玻璃从各个角度把核心实验室看了个遍。

室内中央是一个看起来坚固异常、棱角分明的平台,平台两边延伸出去是复杂的控制设备。有两个人一左一右各站一边,其中一个正是庄琦宇;另一个人看起来要年长许多,可能有四十岁,长着一张岩石般棱角锐利的脸,剃着寸头,郭远没有见过这人。另外还有一人则高大许多,身高在一米九到两米之间,此人站在两人背后,握着手枪,想必此人正是之前的行凶者。

那人并不是汉人的面孔,虽然脸上胡须刮得非常干净,但深眼眶和高鼻梁都暴露了他中东人的血统。

郭远心念一动,莫非"萤火"里面有中东极端主义势力在捣鬼?

如果是这样,那很多东西就说得通了。自从五年前中国核聚变技术突破实用关口以来,原来的中东石油产业摧枯拉朽般倾覆殆尽,原本以土豪著称的中东诸国迅速被国际资本抛弃,榨干了资金储备之后,三年不到的时间就没落成几近一片废墟。石油时代规划的金融中心和高科技产业计划的发展大计化作迷梦,只留下无力维护又高耸天际的一堆尖塔。

巨变之下,极端主义思想快速蔓延。中东在国际舞台上失去了原来能源产地的地位,几个大国自然没有动力去理会一个被历史抛弃的地区。残余的资本快速被极端主义恐怖组织吸收,这钱对国家来说顶不上什么用,但对极端组织来说,却犹如沙漠中的甘霖。

郭远在心里把线索一串,海南文昌被袭击的新能源研究中心和这里也就连得上了。但这也有很多蹊跷之处,极端主义思想一来有宗教根基,二来基本只有低学历底层才会被洗脑,汪海成和庄琦宇这样的人完全是极端主义信徒绘像的反面……

也没有时间想太多,这时候只见庄琦宇和对面的男人说了句什么,然后就同时伸手拉开控制台上的封闭面板探进手去,两人一左一右同时在控制台下抓住了什么。

郭远本还是悄悄观察,一见这情景顿觉头皮一麻。这控制台的样式他记忆深刻,左右相距有五米,必须两组控制器同时启动才能生效。这样的设计保证了操作必须双人同时执行,保证无论如何也不会出现误操作,类似核武器的启动程序。

动手!

没时间再细看商议,两人只对了一个眼神,就明白了双方的意图。云杉化作一道黑影猛地暴起,撞开核心实验的侧门。门哗啦巨响,那高大的中东男子刚要动作,郭远一跃而起,趁他向云杉举枪的空档连开三枪,正中胸膛。

中东男子在衣服下穿了防弹背心,并未直接毙命,甚至还挣扎着抬起枪来。哪里能容他动手!郭远稳住准心疾步上前,把十发弹夹快速泄空,子弹全部打在胸口。巨大的冲击动能被背心吸收,像十把巨锤连续猛击,中东男子的嘴角溢出鲜血瘫倒下去,生死不明。

突袭显然吓破了庄琦宇的胆,他在巨响中转身,正好看到中东男子倒下,被吓得后退了两步。"别动!举起手来!"云杉枪口虚晃过庄琦宇,指向了另一个中年男子。这中年人却不为身后巨变所动,连头都没有回。这时候,台子中间的密闭舱打开了,一个漆黑的环状物架在托台上升了起来,同时整个房间的警示灯也从原本的日光色变得有些昏黄。

"别动!不然开枪了!"云杉再次大声警告,"放下手里东西,双手举过头顶,慢慢转过来!"

中年人还是没有回头,但也没动作。过了大约一秒钟,一个平静的没有波澜的声音从他口中传出:"如果你开枪,两分钟之后,方圆十公里内不会有任何物质留下来。"

说完,中年人伸手抓过台子上的东西。郭远这时才注意到,台子上那个圆环直径大约比手掌略小,是深不见底的黑色。见了第一眼,他就明白之前云杉把黑色描述为诡异的原因。与视频录像上所见的不同,这不是所谓的"漆黑"。漆黑是有反光的光泽和纹理,光影能让你感觉到那是眼前实实在在的物体。但这东西像是一个突兀在三维空间的二维切片,吸收了所有光谱,不祥地亘在台上。

他明白这是镯子一样的环,但视觉上却只是一张薄片。看着那东西,人类三维景深感知所依赖的视觉信号都失效了,那东西似乎无穷远,又似乎近在鼻子下面,郭远顿时一阵头晕。

第一次见到这东西,郭远心中只有一个念头:这不是人间之物。

中年人伸手拿过那环,背后有两把枪指着他的头,但这人却毫不在意。

见他有所行动,云杉再次大声警告:"把东西放下!否则开枪了!"她说着把枪口上移一寸,指着对方的后脑,"马上!"

"不要!"庄琦宇缩在一边,突然惊恐地大叫起来,"不能开枪!'摩西'一旦失控,这里的所有物质都会向低能态跌落,释放的能量会把整个城都炸平!"

这句话里信息太多,云杉一时不知该做何反应。中年人的声音平静而充满威压地传了过来,仿佛被枪指着后脑的不是他,而是郭远和云杉,"不想把这里炸平,就乖乖收声,安静。"

中年人左手掌心攥着被庄琦宇唤作"摩西"的圆环,右手从衣服胸口掏了进去。郭远用枪瞄准他的右肩胛,怕他会掏出什么武器来暴起反击，但对方两个指头夹出来的是一个扁平勾玉状的黑色物。

这一而再再而三出现的东西到底是什么？为什么会有一个古怪的环形物出现在电力枢纽中心？那天早上汪海成手里掀翻江口地面的柱状体跟它有什么关系？汪海成借着部里力量收获的两个黑球又是什么？这他妈到底都是怎么回事儿？

这已经远远超出一个恐怖袭击的常规范畴了。这种感觉，就好像在第一次世界大战的时候，有人开了一中队的B2轰炸机，加载着战略核武器闯进战区。郭远虽然紧张，但心中又隐隐兴奋起来，这太奇妙了，似乎自己已经离开人类的领域，进入了一个异界。

他手枪准心直指对方的肩膀，如果这时候开枪，警用手枪子弹会停留在人体，不太可能弹射到那两个东西上。这个勾玉状的小东西能放在胸口口袋里，稳定性想必不会太差。而那个黑环却不好说，不过这个距离，即使失手落地，他也有把握接住它。况且这个中年人肯定不会故意放任它失控……

这心念的转动不过瞬息之间，郭远的最佳选择是开枪。但他没有。他太懂部里的工作逻辑，开枪之后，他就永远不知道这些东西是什么、这群人要干什么了。他瞥了云杉一眼，向她靠近了一步，但并没有移动枪的准心。

中年人手里的东西缓慢地彼此靠近。还没等他们回过神来，那个叫作"摩西"的黑环就陡然发生了变化。在郭远这边看来，像是黑色被某种绘画程序控制着，以类似数学分形规范的标准朝着上下展开。黑迹像是线条一样延展出来，郭远唯有左右晃动脑袋，才能从不同角度观察到三维空间里发生的真相：圆环看似镂空，上下生长，往外面延展，其实不然，那些长出来的黑色与原本存在的环最初并不是相连的，反而像是从空间中直接撕扯出来，然后慢慢凝聚成型，继而才和黑环原体相连。

黑环似乎是长了起来，从一个镯子样的环，变成了一个镂空的球体，先是长出丝足的枝干，然后融合变粗，最后结成足球状的三十二面体。但只有多面体的棱柱，面是空的，像是幼儿的玩具一样。生长是一种不准确的描述，郭远感觉这东西仿佛本来就存在，黑环只是它在这个空间的部分投射。而现在，这东西通过黑环的定位，把自己的更多本体拉进了这个世界里。

郭远有一种说不出来的感觉，似乎眼前这东西依然只是本体的一部分而已，像是一座冰山，虽然在一点点地浮现出来，但隐在下面的还大得很。

云杉的脖子紧张地动了动。

"这……这是什么？"这姑娘毕竟年轻，执行任务的时候再利落大胆，本质上仍是一个小姑娘，还没被残酷磨平。这超乎理解的场面勾起之前糟糕的记忆，让她有些不知所措。她试着呼叫指挥中心，但地下密室显然有电磁信号屏蔽，完全没有反应。"把东西放下。马上！"

这命令之前不起作用，现在更不可能了。

"'摩西'给西南五省提供了一半以上的电力。"庄琦宇回应道，不知道什么时候他已经站了起来。他紧盯着"摩西"，之前的惊恐已经平复下来，整个人像是被那黑色的东西吸了进去，而周围上膛的枪都不再重要了。

这声音吓了云杉一跳。她之前几乎忘记了庄琦宇的存在，于是赶忙用枪指向庄琦宇，然后反应过来，又转回去对着中年人。她方寸已乱。郭远虽没这般惊恐，但庄琦宇的话还是让他心下一惊。

什么意思？"摩西"提供了西南五省的一半电力？不是核聚变反应堆？不要说笑啊。郭远是在电力设备厂长大的，从小见惯了火电汽轮机、核电汽轮机、风电机组。这些东西的零件尺寸动辄十米往上，每个装完都有几十米。不要说孩子，成人在这些巨型设备面前都会深感自己的渺小卑微。产生电力的核聚变反应堆远在上百公里外，占地数平方公里，这里只是一个电力传送枢纽，怎么可能产生电力？

就在此时，身后门上传来一记金属的碰撞声，两人第一反应都是回头张望。身为经验丰富的反恐精英，他们本不应如此，但此时两人都半梦半醒似的，只靠直觉反应行动着。郭远循声望去，是一把钥匙被踢到门上发出的响动，虽然立刻察觉不妙，但转身已经来不及。

中年人一记勾拳打在云杉脸上。郭远赶忙回头，对方已经闪身猛冲向自己，直接撞了上来。枪这时候反而成了阻碍，郭远还想下手猛击对方天灵盖，无奈中年人已经立地发力，把他朝着控制台狠狠推了出去。控制台的边沿正好撞在郭远腰上。郭远只觉一阵剧痛，腰仿佛断了一样，引得下肢一阵发麻。不过这也重新拉开了他和中年人之间的距离。狠劲上涌，郭远也不顾脊柱可能断裂，挺身抬手就是一枪。

没来得及瞄准，子弹擦过对方肩头打在了实验室玻璃上。实验室玻璃是特殊强化材料制成，子弹非但没伤那玻璃分毫，反而弹了出去，在密闭的空间里诈跳几下，险些击中从地上爬起的云杉。

云杉最是倒霉，被中年人一拳抡倒，幸好她体力过人，马上又支撑着站了起来。哪知躲在角落的庄琦宇一跃而起，踢向她持枪撑地的右手。枪应声飞出，云杉痛叫一声，又歪倒下去。

郭远此时才重新站稳，中年人已经撞门而出，门立刻反弹快速关闭。门上的防弹玻璃靠手枪无法破坏，再开枪也是徒劳。他赶紧掉转枪头对着同样冲向门口的庄琦宇连开两枪，但两声闷响和惨叫都没有让庄琦宇减速，一扑门，他也冲了出去，留下一串血迹。

郭远眉头一皱，低声骂道："该死。"不用抬脚，他也能感觉到下半身有些发麻,刚才这一撞估计小伤了脊椎。但此时已无暇犹豫迟疑,他支撑着走了两步,勉强找回了下半身的控制感。他一边对云杉喊道:"那中东人,铐上!"一边加速追了出去。

循声追去,那两人没有走来时的电梯,而是绕向了入口右边的走道。这并不出意外,若只有一条路进出,这种高危场所就太容易出事了,必然另有应急通道。

郭远追上去时,转过弯还能看见庄琦宇的背影,中年人并没等他,那两人的距离相差十米有余,郭远举枪就射。但这手枪本就不是什么高精度武器,精确射程有限,郭远也不是神枪手,连续两枪都打偏了。

庄琦宇躲过两枪,竟也一边奔逃,一边回身开枪还击。一连打了六七枪,郭远只得伏低靠墙躲避。这一来一去对方亡命奔逃,几秒间反而把距离拉得更大了。

"该死!"自己难道要为了好奇心送命不成?郭远原以为庄琦宇只是一个学生,不难对付,哪知见了他这移动射击的姿势,发现这人分明受了不短时间的武器和战斗训练。

这样想来,萤火组织布局比自己最初以为的还要早些,今天电力枢纽的一切行动至少几个月前就在对方计划当中。他又想起庄琦宇所说,那东西会把附近物质变成炸弹。庄琦宇的说法很奇怪,"所有物质都会向低能态跌落,释放能量"。自己不是科学家,好在不久前刚刚温习了氢弹的原理:氢弹是通过聚变反应把物质转化为能量释放,那低能态跌落又是什么?应该跟核武器无关。

那句话到底是什么意思?

郭远暗自脚下用劲,拼着下半辈子残疾也冲了上去。

紧追几步,拐过几个过道和房间,倒是没有被甩开。中年人跑在最前面,一路上满是桌椅之类的碍事家什,他不得不慢下脚步把东西拨开。庄琦宇紧跟其后，虽然路已经被前面的人开出来，但他肩膀上有两处郭远新留的枪伤，动作自然慢些。知道后面有郭远追赶，他一路把身后的物件推翻挡道，郭远追来更费手脚。就这样前中后三人跑跑停停，距离并没落下太多，但稍一靠近，庄琦宇就举枪乱射，郭远只得俯身躲避，有好几次都险些中弹，就这样竟在地下绕了几百米的距离。

这机密之处并没有 EXIT 的标记。直追到一处，远远看见中年人正靠墙捣弄什么，郭远还没来得及举枪，就感觉一股冷风袭来。空气流动起来了。在这样的地下密室中本是没有自然气流的，郭远立刻明白这是上到地面的通道被打开了。左右四望，此时眼前不见了庄琦宇的踪影，也不知他是不是躲在暗处朝自己瞄准。但也顾不得许多了，郭远举枪想要拦住中年人，哪知突然间只听轰隆一声，眼前猛地一黑。

地下密室中所有照明应声齐齐熄灭。地下可不是地上，灯一灭，瞬间黑得干干净净，眼前什么也看不到。郭远不敢迟疑，立刻开火，枪口火光爆现，却只有打在水泥上的声音和火花，并没有击中对方。

开了几枪之后郭远忙蜷身隐蔽，免得暴露位置反被袭击。他凝神静听，在枪声的回响中辨识出脚步的声音，赶紧追过去。此时绝不能犹豫，若失去了对方的踪迹，他既不知如何恢复供电，又找不到出口，成都命运如何倒是一说，自己可能要先跟这秘密基地埋葬在一起了。

现在目不能视。他自然带着战术手电，但若对方还有人潜在附近，自己打开手电就等于送死。郭远快速摸准脚步声的方位，踮着脚跟了过去，一直走到墙边，贴墙摸索了片刻，一时也分辨不出哪里是出口。他舔了一下手背，借着一丝凉意辨别着气流，这才勉强确认了通道的位置；接着好一阵摸索，终于弄开了门。

郭远连摸带爬地把自己弄进去，发现这居然是一道向上的竖井。

上面只有一丝微光，勉强能看见金属的梯身，此时已经看不见那两人的踪影。那微光稀薄得不成样子，怕是透过异常深的井体才变得这样，抬头看只有一块光斑，感觉似乎有上百米高。

这不太对。电梯下去只有十米上下，怎么可能另一边梯子这么高？

无法可想，郭远硬着头皮往上爬去。脚上感觉不灵，踩滑了两次，好在手还抓得稳，没大碍。爬了没多远，郭远突然右手一滑，竟抓不住梯子，本靠手掌握的平衡登时一乱，右脚也穿过梯子滑了进去。

还来不及呼喊，郭远整个人就从梯子上翻滚下去。这一翻，后脑就狠狠撞在对面墙上，整个人都倒过来朝下栽去。所幸腰伤还没让双腿失控，郭远赶忙分开双腿把自己勾在梯上，顾不得头和腰的剧痛，马上掏枪上指，生怕这是对方的伏击。

但什么也没发生。他又屏住呼吸听了一下，竟然隐隐听见上面传来车辆的声音。惊疑之际，他慢慢起身，摸了摸滑下来的那节梯子，是水迹。抓稳之后又爬了两步，居然就顶上了井盖。郭远又惊喜又不解，喜的是这就爬了上来，惊的是明明在下面感觉还应该距离非常远才对。

井盖好在只是关上，若是找个重物压住，自己没辙了。郭远小心地推开井盖，确定没有伏击才跳了上去。这时候他才知道为什么这不过十来米的竖井，自己刚才却以为有上百米深。

城市灯火尽熄，一片漆黑，只剩天顶一轮圆月。那微薄的光比他熟悉的城市灯火弱了上百倍，身在地下望上去不见光，郭远自然以为离地面还远得很了。

"'摩西'给西南五省提供了一半以上的电力。"

举目四望，这座西部最大的枢纽城市一片漆黑。若是在卫星眼中，中国整个西南都这么突然黑了下去，一定像是一块上百万平方公里的土地被巨兽一口吞进了肚。

郭远看着眼前这一切，脑海中的第一反应是：既然没有了供电，天网系统自然也就瘫痪了，那两人带着东西逃往何处自然无从查起。他们一没有埋伏，二连堵住井盖这种随手的事情都没有做，看来真的是逃得仓促，必然已经成功远遁。原以为血迹能帮自己顺利追踪，但在这漆黑的夜色中，断电的现代城市一下失去了所有功能，一切高效的技术手段全面停摆，自己还不如古代的捕快会做事。

他瘫倒在地，一动不动，这时腰上的痛变得尖锐起来。但不到半分钟，从未体会过的寂静和黑暗把他包裹了起来。他这才发现，自己从未在这个城市里体会过如此纯粹的宁静和黑暗，整个城市还铺在自己周围，但却这样奇妙地被剥离了出去，只有夜色和银河还在闪烁着。他似乎能感到地平线延伸了出去，那弯曲的弧度被无垠的璀璨星空包裹着，自己就卧在城市和星空的分界线上。

于是，他放开四肢，也不顾腰间的剧痛，把自己伸展开来，腰的曲线好像贴合着地平线的弧度，跟星空地球融在了一起。

郭远从没喜欢过这个世界，很久以来他就和这个世界格格不入，用尽了自己的力气，才把那个毫不在意任何人生死情仇的自己藏起来，用尽全力去假装在乎那些破玩意儿，那一地鸡毛。但这时，整个人间的城市消去了，静了下来，如泡沫散出，浮出一弯静海。

于是，郭远终于明白了一件事：

整个世界都已经在劫难逃。

天 启

THE STARS

去平塘县的路意外地好走。

乘飞机到贵阳,就有了天文台的专车,一路沿着贵惠高速到达惠水只用了半个小时。惠水再转往罗甸,一路又从罗甸再上高速去到平塘县城,一共也才花了不过小半天时间。一路高速下来,汪海成不由质疑起自己脑子里的地理知识来,那还是高中时学的,离现在已有十年光景了。

云贵高原属于喀斯特地貌,行路难,难于上青天。但这行路难被号称"基建狂魔"的中国人用十多年时间干翻了天。层峦叠嶂的丘陵群山,配上喀斯特地貌极易崩塌沉降的地质基层,云南和贵州曾经一度在课本上被列为无法修建高速公路、高速铁路的区域,甚至比"蜀道难"的四川更无法被征服。但谁能想到中国以万亿为单位的资金砸下去,真的就逢山开路,遇水搭桥,半年一次刷新着人类工程史上隧道桥梁纪录,硬生生把基础建设做了起来。

汪海成原以为会是坐着驴车一样在山间小路上颠簸,路应该是绕悬崖走,半个车身都会探出空中,为此他还专门吃了晕车药,免得路上难受得七荤八素。谁知道这么平平稳稳就到了。

也对,如果不是这样,没有极为便利的物流条件,那巨大的射电望远镜怎么可能在道路不通的地方修得起来呢?这时候他才真有了切实的概念,基础科学的进步不是一两个天才的灵光一现,必须依靠全社会的整体物质环境——平塘县大窝凼的喀斯特洼坑静静躺在这里几万年,它地处偏远的黔南布依族苗族自治州,若不是基建跟得上,再浑然天成的环境也变不出 FAST 这个大家伙。

"这样修路,对环境影响很大吧?"学生白泓羽坐在他身边靠窗的位置,支着脑袋看着外面。她眼睛里闪烁着兴奋的光,樱桃小嘴一路惊讶得合不拢。车行驶在高耸的悬索桥上。高速路要保证时速

83

一百八十千米以内的行驶安全，所以必须让道路曲率控制在一个极小的范围内，绝不能有大角度的连续弯曲和升降起伏。为了在山峦和平地间寻找一个平衡，也是为了避免喀斯特地貌柔软地基的沉降问题，贵州的高速公路直接用悬索路桥架离地面百米，连在群山之间。

白泓羽在汪海成手下读博士，她有生态和天文两个硕士学位，汪海成常跟她开玩笑说："你这才叫天一脚，地一脚。"

汪海成自己年纪也不大，实在算不上严肃老成，白泓羽跟他完全没有师生隔阂，这丫头动不动还叫嚣说："这叫前沿交叉领域，老板你不懂！将来我是要去火星种土豆的！火星土豆哦！老板你对我好点儿，将来才有希望尝到我给你发的火星快递！"

对生态影响大吗？汪海成当然不太懂，但想来肯定不小。这种事情汪海成没什么实际的感觉，他要操心的事情很多。光是这次前往FAST 的行程就已经累得够呛，偏偏在出发前两天又遇到房子的烦心事，汪海成分身乏术，哪里顾得那么多？

FAST 的全称是 Five-hundred-meter Aperture Spherical radio Telescope，秉承了天文学界糟糕的命名品位，翻译过来就叫作"五百米口径球面射电望远镜"。这名字汪海成觉得已经够糟糕了，但想想其他巨型射电望远镜的名字：VLA——Very Large Array（非常大的阵列）；VLBA——Very Long Baseline Array（非常长的基线阵列），FAST 的命名简直算得上信雅达了。这东西的造价高达十二亿，是全球最大的单体射电望远镜，样子就像是一口架在山坳的太阳灶，口径足有五百米。

五百米听起来可能不是一个多夸张的长度，但作为一个单体装置，总共二十五万平方米的射电镜面一旦铺开，当真正站在它边上的时候，汪海成充分感觉到了自己的渺小。这东西太大，即使是中国这个能在云贵高原修高铁的基建狂魔也没法凭空做出一个基座来承载，必须靠天然形成的山坳来撑住这个巨大的球面镜体。

FAST概念设想的最初提出，还是在1994年，那时汪海成还没出生。2001年，这个项目正式立项；又到了2007年，才开始进行可行性研究。按这个世界的传统速度，一般至少还要等上二十年，它才会开始动工，但大家都低估了中国速度：2016年9月，FAST正式启用，开始接收来自宇宙深处的电磁信号。

这个名字很糟糕的球面射电望远镜比美国阿雷西博三百米直径射电望远镜尺幅增大了一倍，性能提升了十倍，让中国一跃成为拥有全球最强单体射电望远镜的国家。从此，中国天文学界再也不用为了租用别人的望远镜求爹爹告奶奶，看人脸色。不仅如此，为了借用FAST，其他国家的天文台也纷纷开始给中国开各种绿灯作为交换。

这本该是汪海成这些天文物理学家最好的时代。FAST启用之时，应邀前来参观的前辈无不热泪盈眶，汪海成当时读博士还没出站，看现场视频听到最多的是"我们""你们""当年""好时候"这样的词。听着前辈们的甘苦，汪海成想起小时候自己从圣斗士十二宫开始背星图，到现在，终于真正一脚踏入探索宇宙奥秘的前沿领域，他也忍不住悄悄淌下泪水。然后，他出站，成为优秀青年人才，特聘为副教授。

直到今天，他终于真正有机会申请来FAST实地工作。

这本是一趟朝圣之旅，汪海成曾经好几次幻想自己亲眼见到FAST时是什么情景，还曾梦见这东西怎么在颠簸的车窗外映入自己的眼帘，这鬼斧神工改变了群山样貌的东西会让自己发出什么样的惊叹。然而，他怎么也想不到，当亲眼见到这个大家伙时，他却心慌意乱，脑子里各种杂念纷扰不堪。

汪海成突然想起当年老师给他讲抢建FAST的原因：射电望远镜

拾取的是无线电波信号，随着人类文明的发展，地球上的无线电波信号源正以一个难以想象的速度爆发。上溯四十年，人类还只有广播、电视、发报和少量无线通信等有限的几种电波，而如今呢？网络、手机、Wi-Fi、蓝牙……现在每个人身上都有多达几十个的无线电波源。这些烦躁的无线信号构成了整个星球巨大的电磁底噪，底噪越来越吵，要想听清那些跨过千亿光年才能到达地球的宇宙无线电波信号，就越来越难了。如果再不抢着把 FAST 制造出来，将来底噪就会彻底掩盖住那些宇宙深处遥远而微弱的信号，那时人类的唯一希望就是把望远镜建在太空了。但这几千吨的东西，要到哪一天航天技术才能弄得上去呢？

FAST 方圆几十公里没有人居住，其中最重要的原因就是为了保证这里有一个更安静的无线电磁环境。只可惜这与尘世的隔绝能笼住近二十万平方米的射电望远镜，却隔绝不了巴掌大的人心。

出发前，汪海成接到一个电话。已经签了买卖合同的房主告诉他，再追加三十万，要不房子就不卖了。

汪海成万万没想到这种事情会发生在自己身上。珠港澳大桥建成几年之后，珠海的楼价水涨船高，横琴已经跳到了六万一平，香洲也四万往上。万幸中山大学珠海校区在唐家那边，算是大郊区，房价还维持在两万多，要不以他这区区一个刚评上的副教授的收入，是万万买不起房的。

就这郊区的"便宜房子"买得起，还是家里支援的首付。汪海成副教授一个月算完不过万把来块，天文物理这种基础学科又没有外快项目可以做，学校给多少工资，他就有多少收入，其他是一分多的都没有。

三十万大概是他不吃不喝三年的工资。《围城》里讲，讲师提副教授如同通房丫头当小妾，副教授转教授如同小妾扶正作夫人。解放了什么都变了，偏偏这事还是一样，这点儿工资，汪海成怕是还要领很长很长一段时间。

"汪教授，我也真不是故意乱涨价。我看您是浙江人对吧？做生意肯定懂的呀，我们这合同签是签了，但这钱还没给……我知道我知道，贷款要批嘛，我做生意是懂的啦……听我说，听我说。你看签了合同这一个月，这边房子涨了有三成。我也不能亏这么多吧？您多出两成的钱，我亏一成，您买到手是白赚一成啊。您高级知识分子，年纪轻轻就教授了，肯定比我算得清楚啊，您说对不对？

"哎呀，你这么说就没意思了。起诉上法庭这种事情你懂的，我无所谓啦，但来来回回又是几个月，到时候房子又是什么价钱了谁都不好说。哎，我可是有房子住，你小伙子别觉得道理都在你那边，先拖个半年见官，官司输赢我们另说，就算你赢了，你以为住得进去？强制执行你不懂啊，先拖一年才能申请。我本地人在那边几套房，你可要天天上班……没有没有没有，不是威胁你，就是说一下实际情况嘛，小伙子。

"我是替你想啊，小伙子，你还副教授呢，书读傻了吧？我们各退一步，加点钱。都有损失嘛，不能让我一个人吃亏。你还没拿钥匙就全净赚了，何必呢？你们浙江人也太会算计了。就不说钱嘛，小伙子，我给你讲点经验嘛。当教授我不懂啊，我没那么高学历，但出来混嘛都差不多的，二十多三十出头，是最该打拼事业的时候。你跟我说什么打官司，扯皮起来你想想，你工作咋搞？天天请假跟我上法院？一弄两年，到时候一起进去的副教授都转正教授了，你怎么办呢？对吧？

"没钱？不要这么死心眼嘛，我不信你年纪轻轻都副教授了，会连这点钱都没有……哎呀别跟我扯这些，我学历低又不是傻，人家为了上个中学，学区房都多出几百万，你一个名牌大学副教授该值多少钱？就这么着了，我等你出差回来嘛。再让一步，二八，你发，二十八万，不多说了。"

汪海成看着FAST的巨大镜面，但满脑子都是房子。一个几十平方米的房子而已，要求很高吗？当年一起上天文系的大学同班同学，还在做本行研究的，只剩他一个了。基础科学研究是非常吃天分的，与坚持无关，上百人能有一个，不算少了。同学聚会，汪海成不免被大家半起哄半当真地说是全班的希望，他也自觉不愧这个称号，年纪轻轻的副教授，放眼全国也还行吧？

然后呢？本科同学已经有车有房，娶妻生子了，自己呢？买不起。

也许真是读书读傻了，汪海成之前一直没把这些东西当回事儿，只想着自己的研究。走进办公室，他的世界尺度就以光年计，那些来自浩瀚天穹的信号动辄都是千百万年前的，如今那些闪耀的星体是否还在都不一定。整个地球，不，整个太阳系加起来，在这宇宙中连尘埃都算不上，自己研究的动辄是几万个太阳大小的星体盛衰，照耀半个星区的爆发和引力潮汐。如果把地球，不，把太阳系丢在那些地方，人们视为皇天后土牢不可破的一切，会在千分之一秒不到的时间里被撕扯成原子，卷入引力潮汐，再无踪迹。

就这么几十平方米的房子，丢到汪海成从小到大一直热爱的天文世界里有多大呢？他试图找一个感性上的对比，却发现小到根本无法形成概念。但今天这个东西突然占据了他的世界，把需要科学计数法才能比较的宇宙统统挤了出去。

在房主打电话要他加钱的前一周，他还在网上跟自己的朋友陈铧博士聊天。陈铧当时正在面试几个大学的教职，本打算回国面清华的时候走广东这边的航线，到时候可以聚一下。但那天陈铧告诉他，不去清华面试了，只去东京大学转一圈就回美国了。陈铧放弃清华的原因跟所有其他候选学校都不一样，他俩谈论这个问题时竟然一句都没有提起理论物理学相关的事情，说的全是"如果去清华，那怎么才能在那边买得起房"。

清华给的工资，一个月不吃不喝在附近能买得起一手掌大的房吗？这还是现在的价钱，不是攒够首付时的价钱。

身为浙江人，最恶心的莫过于每年回老家，总有人阴阳怪气地问他："读那么多书有什么用啊？"汪海成以前有一万种方式拐弯抹角地反击回去，但今天，他真的不知道了。一路读到博士基本可算没有收入，买房本来也是家里努力凑出来的首付。

陈铧博士期间发了两篇 science 主刊 paper，然后呢？国内最好的大学请他回来，然后呢？

奇怪，难道他们不是这个国家最优秀的人才吗？说万里挑一，不为过吧？他已经三十，从实验室出来一睁眼，发现自己从小到大相信的一切好像跟他开了一个恶毒的玩笑。

然而现在，媒体上已经在宣传，如果家庭不是大富大贵，就不要读基础研究相关的任何学科了，无论文理。

被这些烦恼缠着，汪海成看着 FAST 巨大的锅状镜面阵列，突然有一种怪异的感觉。他瞬间明白了为什么自己会热爱天文，又在这个时代感到寸步难行。就像望远镜一样，天文是一个被动接收信息的学科，用眼睛也好，用伽利略望远镜也好，用天文光学反射观测台也好，用射电望远镜也好；十米的口径也好，一百米口径也罢，五百米口径也罢，能做的一切都是倾听、接受，然后理解。你不能反过来指挥这个宇宙，你不能让地球公转变成三百天，不能让哈雷彗星十年回归一次，更不能让银河逆时针旋转。

天地不仁，以万物为刍狗。

但在这个时代，被动倾听只会被抛弃，你要去打听房子会不会升值，去选择什么时候买房、什么时候卖，跟房东撕逼要不要加钱。你不对外面呐喊什么，你就会死得很惨。

因为听说了导师的烦恼，白泓羽从出发以来一直乖巧地试图安抚他的心情，但效果并不太好。她从没见过汪海成这副样子，这个平时看起来大大咧咧，还异常喜欢打游戏的导师一直眉头紧锁，目光空洞。白泓羽甚至担心他会不会走在FAST外面时一个失足摔下去——不知为何这妄想的画面在她脑中挥之不去。

这次出差的实际工作其实并不复杂，甚至都不需要人到这里。射电望远镜其实就像个大功率的收音机，通过溃源装置滤过其他各个方向的无线电信号之后，只留下一个小得惊人的角度，让这个角度上微弱的宇宙辐射被高敏度接收器——也就是巨大的球面天线检测到。这个极小的角度从溃源装置向外辐射延长，正好对应了宇宙的一个锥形天区，来自这个天区的射线，告诉研究者那里的秘密。

天线越大，信号的灵敏度就越高，原来无法识别的信息就越有可能被揭示出来。但无线电信号不像可见光，如果不经过数据分析，就只是一堆示波器上的波纹，必须通过算法来解释。汪海成的具体工作更像是数据处理中心的某种程序员，设计算法，编写代码，然后分析数据。

宇宙的无线电波已经收集了几十年，他们将这些常态数据作为基底背景，分析寻找与常态数据不同的变化。FAST既是一个射电观测中心，也是一个巨型数据处理中心，所有观测到的数据都会一轮轮用各种算法反复进行过滤。这种方法比起当年盯着目镜和照片看强千万倍。当年盯着望远镜寻找新星体，就像是白内障患者站在草原上寻找远处的牧群。

那种水平的工作，现在的望远镜系统在百分之一秒内就能处理完成。

之所以有这趟行程，全因汪海成提交了一个新的算法，作用是更好地对波长在 21cm 左右的电磁射线进行滤波分析。

21cm 的电磁波是中性氢元素发生警戒跃迁时发出的辐射，换句话说，就是没有处在核聚变环境下的氢元素特征辐射。氢元素是宇宙中存在最广泛的基础元素，大爆炸之后，万物开始冷却，基本粒子聚合的第一种元素就是氢。但在现在的宇宙视界内，绝大部分氢元素都属于恒星结构体，处于核聚变环境内。所以，木星这样氢元素聚合但并没有聚变的中性氢星体，就成了理解宇宙结构的一种很重要的星体。这也是汪海成让白泓羽所做的课题内容——寻找地外类木巨行星。

算法在处理中心实装之后，他们暂时就没有什么事情了。FAST 配套处理数据的超算中心总是排着一大堆任务，按正常的流程，超算中心会根据任务的优先级分配算力，新加的这个算法会默默读取 FAST 记录下来的老数据进行运算处理，汪海成他们要做的只是等待跑数据出结果而已。

但是申请人亲自到 FAST 来，中心会默认送个小甜点给他们——除了正常分析之前积累的已有数据外，还额外赠送算力来直接过滤 FAST 即时收到的最新数据——之所以叫"小甜点"，是因为这其实没什么用，就算是 FAST 这种刚刚启用的射电望远镜，老数据也至少有几个月的积累，而即时数据也就这么一天时间，从概率上说，如果即时数据能有新发现，老数据早该爆表了。

算法实装启动之后，汪海成望着屏幕发呆。屏幕上没什么有价值的信息，他的视线偶尔飘过窗户，看着外面青翠的群山和耸入云端的塔。高塔用吊索固定支撑着溃源舱和天线，如果不是六根而是五根，就特别像擎天而立的巨大手掌，有着直径五百米的巨大掌心。这地方房价很便宜吧？汪海成莫名其妙地想，哦，不对，这附近是没有住人的。

就在他胡思乱想的当头上，屏幕上亮起了一条 Alert（提醒）。这条 Alert 的写法是白泓羽自己编的，汪海成不知道是因为不熟悉还是心不在焉，足足有半分钟没有做出反应。直到白泓羽小心翼翼地推了他两下，连唤两声，他才明白自己看到了什么。

这玩意儿不对！出了什么问题！

这是汪海成的第一反应，警示信息是侦测到一个超大规模的 21cm 辐射源。这个辐射源分辨率大得可怕，汪海成稍微心算了一下，要达到这种强度，至少是在半径五十个天文单位以上的空间中均匀弥散着中性气体氢！

半径五十个天文单位以上，也就是比整个太阳系（算到冥王星轨道为止）还要大！这怎么可能？！这么大的空间如果有自然弥散气体氢，彼此之间的引力会让它们凝聚起来，这个物质量足以引发核聚变，也就是说必然会变成一颗恒星。

从基础天文学常识来看，这样的大尺寸稀薄氢弥散区域是绝不可能存在的！

警示是处理即时数据时发生的，也就是说，FAST 的视野扫过这个天区的时候，恰好发现了一个必然会变成恒星、但是还没变成恒星的气态区域？这……这绝无可能啊，就算自己捕捉到了一个将来会变成恒星的星体，但这种区域是怎么形成的呢？完全不符合天体演化规律啊！

汪海成望了白泓羽一眼，姑娘的脸一下就红了，看起来比他还要疑惑。算法程序写得有 bug？这是最有可能的解释了。不省心啊，汪海成想，随即自己动手导出了计算流，去查看这个 Alert 的触发过程。

还没翻完整个计算流，第二条 Alert 又跳了出来。FAST 随着地球的自转，它的观测区域也在不断移动，如果不是特意跟踪某个天区的话，很快就会扫过观测区。这快速报出的第二条 Alert 更肯定了汪海成的怀疑，哪能这么容易一下子又发现第二个同样不可能存在的天体？

"这个算法没有测过吗？"汪海成一边翻看计算流，一边问，"不应该啊。"

"测过啊……"白泓羽委屈地说，"测过好几次呢，都没有什么问题啊。"

"唉……"汪海成轻轻叹了口气，然后"嗯？"了一声。他慌了神，开始反查原始数据。大概十分钟之后，他终于确定，算法没有问题，警示没有错。

两个发现。

一时间，他脑子里非常乱，这绝不可能，如果算法没问题，最大的可能，是 FAST 本身出了问题。

可能是今天脑子里太纷乱的缘故，他第一反应是自己给的算法把 FAST 的望远镜本体烧坏了——这在物理上是不可能的，但汪海成心底却认定了这个荒诞的想法，自己把这个价值十二亿大洋的设备烧坏了。

可怕的是，他居然感到一丝让自己羞耻的放松。这样一来，自己就会被学校开掉，然后离开月薪寥寥的清贫学术圈，凭着自己写算法的脑子，精通 python、C++ 的技术，应该很快就能在 IT 圈里找到一份程序员的工作，工资翻倍估计不是问题。

绷了几天的神经突然松弛了下来，汪海成那已经被天文学训练多年的思维反倒不受控制地急速转动起来。就在他不着边际地妄想着,既然人在珠海那就去西山居求职当游戏程序员时,一个东西闪电般地击中了他,他忽然全身汗毛倒竖。

太阳系大小的中性氢弥散区域,还有一种只存在于设想,但从未被证实的可能:

戴森球!

07 超限

THE STARS

1959年，汪海成的同行，美国天文物理学家弗里曼·戴森发表了一篇薄薄的只有两页的论文，题为《人工恒星红外辐射源的搜寻》。在这篇短小的文章里，戴森提出一个假想问题：随着文明的发展，世界消耗的资源正在以指数形式增长。按这个速度，在不久的将来，星球上所有资源都会被耗尽，文明该怎么办？

这不是一个新问题，更早的马尔萨斯的《人口论》、影响后世深远的《增长的极限》都已经从政治和经济的角度对这个问题进行了尖锐的讨论。不同的是，政治学家和经济学家着眼于有限的资源会引发怎么样的争夺和限制，而天文物理学家弗里曼·戴森关注的是相反的方向：文明为了扩展，怎样才能最大限度地获得资源？

问题的答案，便是"戴森球"。

和那些把关注焦点放在资源、人口、军事、国家的人不同，弗里曼·戴森把所有物质资源抽象成一个更基本的元素——能量。如果文明是可持续的，那么消耗的能量必须小于获取的能量，地球上无论煤炭石油还是别的储备都是有限的、不可持续的。要维持文明的可持续性，那么在地球的尺度上，人类文明所能消耗的能量上限只能等同于净获取的能量——地球接收到的太阳辐射能。

等达到这个上限以后，怎么才能得到更多的能量？答案简单粗暴到了优雅的程度——扩大接受太阳辐射的面积，尽量把恒星核聚变所有能量都收归己用，把太阳罩起来。太阳核聚变每秒辐射出的能量达到 4×10^{26} 焦耳，而地球接收到的只有大约 7.28×10^{17} 焦耳，只有不到总量的十亿分之二。修建一个巨大的人造星体，把太阳包裹起来——像鸡蛋壳一样把恒星裹成蛋黄，把它的能量榨干。这就是戴森球——以提出者弗里曼·戴森的名字命名的幻想人造星体结构。

之后，这个概念逐渐推演完善，"球"的概念并不恰当。在这样巨大的空间尺度上（整个太阳系大小），固体结构远远超越了张力强度所允许的极限，是不可能存在的。"戴森球"应该是一系列轨道结构组成的整体，每个结构相互独立，就像云中的水滴一样——它们吸掉了所有的光，但却是飘浮在空中——所以更合适的名字，应该是"戴森云"。

如果戴森云存在，那它应该有一种完全不同于传统星体的观测特征，因为它覆盖了恒星，正常的恒星光芒就无法被观测到，除了可见光，不可见光的能量自然也会被戴森云吸收利用。所以，戴森云在观测上会近似大型黑体[1]——比正常恒星体积更大，拥有引力质量效应，但电磁辐射与引力质量相比是不成比例的微弱。在吸收自己恒星辐射能量和其他外部星体射线之后，戴森云会发出一些次级辐射：21cm的电磁波。

想明白这些，汪海成只用了短短不到两分钟。本来他应该去验证这个发现，申请调整 FAST 的巡天角度，这样就能继续跟踪发现这个异常 21cm 辐射体的天区，获得更多的数据和特征，进一步验证自己的判断。但事情的发展打得他措手不及，FAST 当时的溃源天线角度是固定的，也就是说，它接收信号来源的天区随着地球转动而缓慢变化，在汪海成检查算法代码的时候，FAST 的观测区域已经偏移到了别的位置。半个小时之后，FAST 就在另一个天区发现了第二个异常 21cm 辐射体。

汪海成从屏幕前抬起头，正迎上自己学生白泓羽的眼睛，那双清澈的眼睛里满是震惊，但并没有太多的激动——疑似戴森云这种发现太惊人，他们需要时间来消化。

---

[1] 物理学上构建出的一种理想物理模型，它能够吸收外来的一切频率、角度的电磁辐射。

如果这真的是戴森云,那就意味着他们发现了外星文明!

白泓羽是在上幼儿园的时候第一次接触到"外星人"这个概念,她现在已记不清楚看的是哪部动画——多半不止一部。她从小学起,自己识字多了,就开始沉迷于扮演各种各样的外星人和同学打仗,《星球大战》《星际迷航》《E.T.》……到三年级的时候,白泓羽从扔土块抢书包的假小子慢慢出落成一个水灵小姑娘,但中二病也从那时一发不可收拾。大概有三四年的时间,白泓羽认定自己就是外星人,人形的躯壳下面是等待母星召唤的外星间谍,还在日记本里记了一堆对自己不好的愚蠢人类,只等 UFO 从天而降,把这些人全都吊在飞碟下面,不用她亲自动手,只要飞船一启动这些愚蠢的人类就自己活活吓死了。

但上了中学之后,自己是外星人的坚定认知就一点点变得脆弱起来。当自己的胸部一点点长大,那些矮了自己几年的男同学慢慢超过她的身高,白泓羽就已经明白,自己是外星人的信念终有一天会被淡忘掉,变成将来略带羞耻和青涩的回忆谈资。她终究会变成一个普通的人类女人,没有超能力,没有机会在无垠宇宙中翱翔,不可能穿越虫洞去遇见宇宙的终结之时,不可能和王子贴着飞船圆形舷窗,一起看猎户座超新星壮丽的爆发喷射过那个星系,更没有一个博士燃烧一颗恒星来见自己最后一面。

她哪儿也去不了。

从那时开始,白泓羽开始认真地自学关于宇宙和生物的秘密。这是她的抵抗运动,在平凡无聊的现实中向往梦中无垠的抵抗。当自己学得越多,越理解宇宙和生命,她就越觉得这个宇宙空旷孤独得让人难过。除了人类,宇宙中还没有找到任何已知文明:是我们找的方法不对,还是找的时间太短了?

可能确实是这二者的原因，但就算找到了呢？在这个宇宙的物理规则下，人类几乎不可能与外星人相遇——光速上限的第一性原则让广袤的宇宙变成了令人绝望的隔绝体，动辄亿万光年的距离，即使是一次通信往来都要耗尽地球的整个生命史。

当白泓羽明白21cm辐射源的可能含义时，她感觉自己仿佛回到了三年级，变回那个有点中二的丫头，那个会大喊"你们这些愚蠢的地球人"的孩子。曾经幻想过的戴森云结构再一次浮现在她的脑海里，那直径有几百个天文单位的漆黑迷雾，覆盖了整个恒星系统。当飞船以十分之一的光速爬行般驶近，前方原来以为空无一物的虚空却慢慢泛出折射的光芒，打开红外监视器，她突然发现前方星星点点的黑暗一下变成刺眼的深红，那是智慧装置因为运转发热的痕迹，她吓得从驾驶舱上跳了起来：

"史波克[1]！右满舵！反物质引擎100%全出力！我们要撞上了！"

"船长，已经来不及了！停止自动驾驶，启动规避操作！准备承受冲击！"

透过舰桥，看见那黑色现出自己的真面目，最开始像是浓厚的尘埃，当距离越来越近，才看到每粒尘埃都是行星大小的蜂窝型太空站。飞船在"尘埃"前越来越小，引力开始让它偏离航道。

"从行星太空站中间穿过去！"她下达指令。

"船长，这些巨型太空站质量太大，在它们中间穿行，引力扰动非常可怕，我不能保证安全。"

"孩子，我相信你。"

飞船绕过星球大小的太空站表面，太空站上平整的几何表面在视

---

1. 电视剧《星际迷航》中的角色。

野上弯曲成弧。巨大的引力扰动让飞船不得不贴着太空站飞行,矢量推进器抵抗着引力拽出的弧线,从缝隙中向星系内部前进。引力扰动让"进取号"冲浪一样颠簸着,他们乘浪而进。飞行在诸多行星太空站的缝隙中时反而最危险,刚才还被左边太空站的引力捕获着,推进器全力咆哮也提不起速度,突然就越过了拉格朗日点,被右边太空站的引力弹弓弹射了出去。

行星太空站仿佛永无止境地往星系内绵延下去,只有等星系的太阳慢慢亮了起来,她才知道,飞船并没有在绕圈。正如穿过厚不见底的乌云一样,她终于看到了那个太阳本来的样子。这时候回过头,发现深邃的星空都已经不见,唯有银灰色的层层太阳能板将星系密密实实遮了起来。之前无垠的漆黑,星棋密布的宇宙仿佛是一个梦,她好像一直生活在这百来个天文单位的内环空间里,再往前,就是已经完全机械化的双行星,这个星系文明的起源之地。

"船长,我们已经潜入戴森云内部了。"大副说。

白泓羽兴奋得发抖,汪海成连喊了她三次,这姑娘才回到了现实。

不是普通的外星文明,是超越人类能力千万倍的神级文明!建设完成一个戴森云,意味着至少要消耗掉整个恒星系统所有的固态物质——岩石、金属在宇宙中是很珍贵的,戴森云系统少说也需要几亿个地球的物质量,不拆迁行星,总不可能凭空创造出物质来吧?光是想象一个这样的场景,汪海成和白泓羽这对师生就已经激动不已。

每一个天文学家面对这种情况都是一样的。在这个宇宙中,人类是否孤单?每个天文学家都对这个问题抱有一种敬畏和困惑的复杂心情。现在离回答这个问题还有两步:

第一,异常辐射源能否验证确实存在?

第二，异常辐射源能否确定就是戴森云？

白泓羽强作镇定地叫道："老板，老板，这个发现如果验证了……"汪海成也心跳加速，吞了口唾沫，"别急，调之前同样天区的旧数据，对比筛查一遍。"

因为连续两次发现，汪海成一时不知道是应该继续跟踪发现辐射源的天区，还是继续巡天。这事已经超出正常逻辑，发现一个或许还可以当作中彩票头奖——统计学上不可能，但就是有人遇上了；连续发现两个，那数学就没有存在的意义了。所以，回头筛查旧数据就成了最该做的事情，如果之前的数据也能验证疑似戴森云的存在，那就没跑了。

白泓羽马上开始行动，汪海成的心思却一下子浑浊了起来。这两个发现哪怕能被证实一个，自己特批晋升教授就问题不大了。如果两个戴森云都能被证实，那汪海成就必然面对一个巨大的挑战和机会——两个低概率事件同时发生绝非巧合，只要他能找到其中联系，他就可以从一个单纯的发现者，变成一个新理论模型的建立者，从此在天文物理史上甚至整个科学史上留名。

如果这样，买房子的问题应该就不大了！说不定连钱都不用出，国家直接给自己分一套院士别墅！

心思一飘出去，汪海成马上觉得不妙。乱七八糟无关的杂念是科研的大碍，自己这么多年做事情向来是心无旁骛，怎么今天在这么大的发现面前，反而乱了起来？白泓羽刚才失神的眼睛自己很熟悉，那种对天文的梦想和未知的好奇一直以来也是自己的动力。他马上收敛心神，调出对应两个天区的老数据来，开始复查。FAST 正常巡天周期是二十四小时，每个天区的信号过一天之后才会被再一次扫描到。

很快，他们就有了令人失望的结论：辐射源之前不存在。两个辐射源都不存在，二十四小时前不存在，四十八小时前不存在，七十二小时前也不存在。

失望中，汪海成赶忙申请将溃源天线从正常巡天转为追踪指定天区。因为这不在 FAST 的正常工作范围内，操作还费了点工夫。当组成 FAST 五百米口径球面的全部四千四百五十个反射单元在指令下整齐地微微调整倾角时，汪海成甚至听得见自己剧烈的心跳。天区重新锁定，同一天第二次观测展开。

"有的！有的！"新的分析开始不到五秒钟，白泓羽就冲着汪海成叫了起来。汪海成强作镇定没有出声，让 FAST 持续跟踪了五分钟，记录下更充足的数据之后，又命令 FAST 转向发现第二个辐射源的天区。

辐射源再次确认！21cm 波长的特征辐射确实存在！

汪海成松了一口气，两个疑似戴森云都是存在的！他再次梳理了一下自己的思路，跟白泓羽进行了短暂交流，师生两人决定分头行动，以锁定辐射源的进一步信息。

首先是确认两个疑似戴森云的准确位置，FAST 的信号灵敏度虽然高，但受制于单体射电望远镜的角分辨率缺陷，没办法准确定位信号源的精确位置。要确认位置，就需要多阵列射电望远镜的帮助，通过多组望远镜组成的联合阵列，可以获得更高精度的角分辨率，准确定位辐射源位置和离地球的距离。

国内在这种技术方面还比较空白，汪海成直接联系了 VLA，提交了自己的观测申请——自然是附带了他的发现作为申请理由，同时把发现的资料上传了学术备案网络。这也算半正式地对外宣告了自己的发现。

按理说，这半正式的发现通知一发出去，必然是一石激起千层浪。

这绝对是今年天文学界最大的发现,甚至可能是十年以内射电天文研究最大的发现——这不仅是戴森云理论的验证问题,更创造了人类存在的哲学新高度。

一般说来,像FAST、VLA之类的大型天文台,观测计划都需要排队申请,申请通过之后再静候天文台的排期安排,整个时间短则几个星期,长则几个月。但如果有特别重大的发现,就可以跳过这些流程,直接把望远镜的使用权交给你。毫无疑问,同时发现两个疑似戴森云就属于后者,汪海成觉得只要紧急通信一发过去,对方分分钟就会为自己安排妥当。

汪海成守着电话和邮箱,五分钟过去了。

十分钟过去了。

半小时过去了。

没有回复。

直到等了一个小时,汪海成终于忍无可忍,查到VLA的值守负责电话,用FAST的站台机拨了过去。

他刚说了自己的身份,对面的同行就打断了他:

"我们确实收到了你的申请,但我们暂时处理不了!"对方的语速快得出奇,哪怕隔着电话,汪海成也能感觉到对方的慌乱和激动,"如果你现在可以,我建议你赶紧用FAST对所有可观测区域做全境扫描!"

"什么?你是在开玩笑吗?"汪海成怒道。FAST这样的巨型望远镜要调整探测区域并不容易,那意味着四千多片反射单元要同时精确处理朝向。这些东西都是机械结构,重量和体积都超大,移动调整本来就有寿命损耗问题;再加上FAST对精度要求又非常高,四千多个单元任何一个误差过大都会影响效果。总之,这东西不能随便乱转。

"JUST DO IT！"对方叫道，"观测60K的辐射！"然后挂断了电话。

对方粗鲁的行径大出汪海成意料。到底是怎么了？两个疑似戴森云的发现竟然没有引起对方的兴趣，那他们到底看到了什么？他犹豫了一下，并没有移动FAST的探测区，而是直接调取当前接收到的射电信号原始数据，拨到了60K黑体辐射附近。

60K（开尔文度）也就是零下213度，60K黑体辐射就是这个温度的物质的热辐射信号。宇宙中虽然充满了各种各样的电磁信号，但在这个范围内却是一个极端安静的信号区。因为星际电磁射线的主要来源是恒星体，最低也是几千度。只有低温的行星和类星体才有这种辐射的可能，但其实也寥寥可数，比如金星、火星、木星离太阳近都有几百K，只有冥王星那样才差不多接近60K。

因此，除非你把观测区对准冥王星，否则宇宙中任何地方都不会得到这个区间的信号，即使有60K温度的物质，只要跨过几光年，它的热辐射就微弱得检测不到了，信号会稳定地打在零电平。

当60K附近的辐射数据以示波样式出现在屏幕上时，汪海成直接从椅子上跳了起来。屏幕上本应该是一条打在零上的静止平线，但现在这条线不仅强度在一个高位，而且还像心跳一样跃动着！

汪海成赶忙检查了一下FAST的天区位置：和冥王星八竿子打不着。

这信号的来源是什么呢？他还没细想，刚才同行在电话里惊慌失措的话又在耳边响起：全境扫描！什么意思？真的任何方位都能收到60K黑体辐射的信号？如果是那样，岂不是……

汪海成当然不能真把FAST的单元三百六十度乱转，但调整一下观测天区还是可以的！他小心翼翼地把望远镜调回了上一个观测区。

辐射波纹不仅没有静下来，连强度也没有任何变化！同时它还在跳跃！

这不可能！FAST只会接收到一个极小区域的射电信号，在完全不同的位置收到完全一样的信号，等于说你盯着东边看和盯着西边看，看到的是完全相同的东西！

不知为何，汪海成在这晴空万里的下午感到全身发冷。自己在做梦，一定是做梦。一定是因为想房子的事情一直没睡好，现在还在做梦。既没有什么疑似戴森云的神秘辐射源，也没有什么60K黑体辐射！他狠狠掐了自己一下，痛得叫出了声。

正赶上白泓羽小跑着从外面进屋，看自己这一幕，顿时吓得花容变色。她还来不及问话，汪海成就一把将她拉到屏幕前问："给我说你看到了什么？"

白泓羽大约看了有半分钟，才迟疑地说："这……不是冥……"

"不是！"

"这……没有办法解释啊？"

"换一个观测区。"汪海成说，"换一个再看。"

"换什么地方？"

"这有关系吗？随便啊！"他脸都涨红了。

白泓羽犹豫了一下，随机输入了一个天区坐标。汪海成冲到窗户前，亲眼看着那四千多片反射单元组成的大锅挪动了位置，反射的阳光慢慢沿着山体爬行开，才真的相信观测天区变了。

然而，屏幕上60K的辐射却像是播放着一首和FAST全无关系的歌曲一样，还是那样的高位，跳动着。这时候，汪海成注意到那跳动似乎有一些规律。

峰峰峰谷峰谷峰峰谷峰峰峰峰谷……

他操起一支笔，盯着屏幕，四处找纸。办公桌上居然连一个本子都找不到，汪海成慌张地一边努力把电波硬背下来，一边写在自己手背上。他一面四处张望找纸，一面往手上抄，一面看屏幕，一面背，试图一心四用的结果就是脑子彻底乱了套。汪海成都不敢确定自己写的是不是之前记下来的那些。慌了大概有两三分钟，他急得都快要哭出来。直到白泓羽喊了他好几声，他才重新清醒了过来。

自己是在干什么啊？这些数据电脑有准确记录啊！这不是做梦，不会一觉醒来就全部不见了。

汪海成稍微镇定了一点，深吸一口气，又调整了两次FAST的观测区域。这回在FAST移动的过程中，他也目不转睛地看着屏幕上的数据——果然，这个波段的辐射在任何方向上都是一致的。

汪海成走到饮水机旁接了杯冷水，猛喝了一口，接着走出门去，把剩下的半杯全都泼在自己脸上。这冻得他全身一抖。外面的凉意似乎反而驱散了骨头里渗出来的寒意，他重新整理起自己眼前的这一切。

在宇宙任何方向上都可以观测到同样的电磁辐射，这也是有的：宇宙微波背景辐射，那是宇宙大爆炸的余烬，充斥在整个宇宙中，3K的黑体辐射。因为是余烬的缘故，辐射是恒定的，没有波动。宇宙中自然也不可能再存在一个60K的背景辐射，何况这个辐射还像载波信号一样不停跳动。

载波信号？有意识的载波信号？

这个想法让他把刚才发现的疑似戴森云和这东西连了起来！智慧造物？！

这60K的背景辐射在传递着什么数据！

念头刚起，就听见白泓羽在一边喊道："老板！老板！停了！辐射信号停了！"他一回头，果然看见屏幕上的信号戛然而止，停得非常干脆，不是辐射强度缓缓降下去，而是突然从高位跌到了0，像是抢救失败后的心电图一样。

"往前查 FAST 的数据,把 60K 的辐射波滤出来。"既然任何天区都一样,FAST 当然是有完整记录的。

"这是……什么?"白泓羽面对这惊人的异象,心中最初是激动,但之后却莫名感到深深的恐惧。恐惧的来源她无法言明,只能向自己的导师求助。

"先清理数据。"汪海成已经有了模糊的想法,但却不敢说出来,因为哪里隐隐对不上号。几分钟后,白泓羽告诉他——60K 的辐射大概从一天前就有记录。

"一天前?具体时间?从开始到结束?"

"二十三小时五十六分八秒。"

汪海成心中先是一沉,然后坦然了。一个地球自转周期,天文意义上的精确一天。

宇宙中不可能突然充塞着 60K 的辐射源,然后又突然消失。

这是一个载波信号,一个针对地球的无线电广播。

是的,针对地球的广播,广播硬件上针对地球。

望远镜就像是地球伸向宇宙的细细探针,探针探到任何一个天区,竟然都有同样的广播信号。要让宇宙充满 60K 的载波信号,这在物理上是绝不可能的。但想让地球从任何方向上都收到同样的信号,这是完全可以做到的。

只需要制造一个人造天体,把整个地球都包裹起来,用它对地球发送广播就可以了。

然而,地球外面并没有这样一个气球一样的壳,航天器到达过月球、火星,"旅行者 1 号"飞过了冥王星,谁也没有发现这样一个壳型包裹的严严实实的人造天体。

除非……除非……汪海成想，除非，这东西已经大到了笼罩整个太阳系。

一个包裹整个太阳系的人造天体。

一个戴森云！

当这个戴森云朝太阳系内进行广播，地球就会看到宇宙中每个角落都在以同样的方式对着自己发出信号。

如同戴在地球眼睛上的一副 VR 眼镜。

绝密

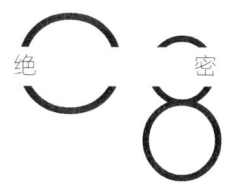

THE STARS

汪海成在贵州的行程从原本的三天延长到了五天，回到珠海的时候已经是新的一周。虽然对他们来说只要有电脑有网络，哪里工作都一样，但在这个当头上，打断工作一路辗转从贵州山区回珠海太耽误时间，汪海成和白泓羽都不乐意——但他们没有选择的权力。

学校党委陈书记直接打电话给汪海成，命令两人马上回校，机票已经定好，不得有误。汪海成在电话里争辩了几句，书记以不容辩驳的口吻结束了对话。汪海成心绪烦躁地转告白泓羽的时候，这丫头抱怨了好半天，自己还不得不去安抚她。那时他才发觉事情没那么简单——为什么打电话的既不是天文院的李院长，也不是罗校长，而是党委的陈书记？

回珠海的飞机腾空而起之后，他愈发心绪纷乱。这几天的时间完全耗在科研上，连吃饭睡觉躺在床上都在思考这个爆炸性的发现到底应该如何解释。他有了几个思路，但都需要后续实验证据的支持。这个电话把他从象牙塔里拉了回来，一堆被自己丢在脑后的事情随着贵州大地越来越小又纷纷涌上心头。

房子那堆破事儿还没解决，学校又急着找自己回去，原因还语焉不详。

总不至于是那房东在学校里搞什么吧？汪海成心中咯噔一下，那家伙确实威胁过要去学校找自己麻烦。

这念头只是瞬间一闪，就被他给否决了。就算真出什么事情，也不会惊动书记，撑死了归李院长管就顶天了。

那到底能是什么事情？

纷乱的思绪并没有转多久，年轻的副教授就因为这几天严重缺乏睡眠而沉睡过去了。下飞机的时候他才醒，发现自己腿上还搭着毯子。原本是白泓羽从空姐那边要来的，两人都趁着旅途小小补了一觉。

出了珠海机场航站楼，两人居然看到了前来接机的同事。"到底啥事儿？这待遇不太对头吧？"上了车，汪海成觉得气氛有点怪异。

"这个……你到了就知道了。"

车沿着情侣路一路向北，开得极快，半个小时就到了学校。没有去院里，车直接拉到了校领导的办公楼，进了会议室才发现李院长和陈书记都在等候着。

书记说话言简意赅："小汪你们两个抓紧时间休息两个钟头，准备一下，上级领导下午会到学校来，要听你们汇报。"

"啊？"汪海成望着面前的两个领导，"哪个上级领导？"

李院长没有直接回答，而是反问道："你不看新闻的吗？"

新闻？汪海成这才想起飞机上瞥过一眼的新闻，望着神色肃然的院长和书记，他骇道："难道是……"

书记点了点头，他顿时瞠目结舌。

书记解释道："领导本来是去视察澳门的，现在专门从行程里挤出两个小时来跟我们了解情况，所以你们必须从贵州赶回来。"

汪海成并不知道领导在澳门，这么高级别领导的行程都是严格保密的，只有事后才会在新闻里向社会公布，他一个平头老百姓自然不会知道了。他一时有点懵，这件事情怎么就惊动到这么高层上去了？天文物理是跟现实离得相当远的学科，甚至比理论物理和纯数学都要远，理论物理能推导出核武器和核电站，纯数学是计算机的基础，但是天文物理……

不过再一想，他又有点明白了。

外星文明！

疑似外星超级文明的发现可能是让上级领导有了错觉，以为会对我们的文明造成什么影响吧？打外星人的电影大概是上映得太多了，会让人觉得只要发现了外星人，他们就会坐着圆盘一样的飞碟降临地球，来掠夺人类的资源了。

好烦恼……

汪海成皱起了眉。虽然领导也是清华毕业的高才生，不能算"普通人"，但对于外行来说，要从直觉感性上理解宇宙的时空尺度还是太过困难。举个例子，人类目前为止载人航天器最远到达的距离是月球，这个距离跟天文中最常用的距离单位"光年"相比，一光年是地月距离的两千五百万倍。登月飞行人类需要八天左右时间，如果按这个速度计算，人类科技抵达距离地球最近的恒星——四光年外的半人马座，大概需要五十四万年。

两个疑似戴森云，一个离地球一千四百光年，另一个更是接近上万光年，即便以超级文明科技的极上限考虑，要和人类发生接触，哪怕发个电波过来，所需时间也比整个人类物种史都要长了。

这几天，汪海成一直处在莫名的恐慌当中，但比单纯的恐慌更复杂，他知道这东西是没办法说出去的，太荒诞了。

书记给他们说明了随后的安排，就让李院长送两人回去休息。院长跟这位年轻的副教授肩并肩走着，亲切地说："小汪啊，有些事情你可能没太明白，我给你提个醒啊。"

"啊？院长您说。"

"这可是个千载难逢的好机会，院里的经费可就靠你了。你明白吗？"

"不……不是很明白……"

"呃，这么说吧，我们搞天文的，能创造经济效益吗？能解决就业吗？能造炸药打仗吗？都不能，对吧？但我们搞研究要花钱，天文台、望远镜、深空探测装置，哪个都要花大钱。没有企业合作赚项目的钱，我们花的可都是政府的资金。

"那政府凭什么要支持我们，这钱拿去干什么不好，要给我们看星星？

李院长轻轻叹了一口气，接着说："这些年，我可能三分之二的时间都没有去做研究。做些什么呢？参加活动，搞科普，当半个网红？你不会以为我喜欢搞那些玩意儿吧？

"NASA在二十世纪五十年代就能发射'探索者1号'，能登月，甚至还启动了火星殖民的准备工作。到今天半个多世纪过去了，NASA早年有的工作我们都还在追赶。为什么后来NASA无声无息地停了一大堆如此领先的项目，现在甚至连一个太空站都没有了呢？

"因为政府觉得不值得在上面花钱了。你可能觉得在天文学上有无数恐怖的东西——黑洞、超新星、真空衰变，动不动就是几万光年的空间消亡毁灭。但在我看来，天文学上最恐怖的东西，是只要政府一句话、领导的一个念头，就会改变我们学科半个多世纪的发展可能。

"我花了这么多精力，可能在你们看来，怎么院长都不做正事儿？为什么呢？其实就是为了解决这个最基本也最重要的事情——让上面相信在天文上花钱，是值得的，是必要的。

"这次机会太难得了，一定要好好给领导说，争取到国家对我们的支持。"

汪海成这时候才开口说："就是怎么要钱。"

"对！就是怎么要钱！"

李院长拍了拍他的背，转身走了。一抬头，汪海成才注意到自己已经走到了宿舍前。学校给年轻教师分配的宿舍条件挺不错，但只有两年的过渡期可以用，眼看自己只剩三个月的时间，再不解决房子问题，真就要无家可归了。

钱，钱，钱，一切都是钱。什么也绕不开钱。

两个小时之后，汪海成、白泓羽被带进了学校简朴的小会议室。楼道里很安静，不似平时的喧闹模样。

大厅里的布置很简单，除了上级领导和身边的一名工作人员，并没有常见的一大堆随行官员。书记亲切地迎着两人进来，引荐给上级领导说："这位就是汪海成副教授，还有和他一起工作的白泓羽博士。"

领导看起来比电视上更瘦，他微笑着伸出手和两人有力地握了握，笑道："好年轻啊。请坐。"

四人相对而坐。领导身材高大，神情颇有些疲惫，言谈更像学者而不是政治家。"我昨天晚上看了科学院发来的报告。发现很重要，但有的东西写得不太明白啊。"领导看着汪海成说。

"谢谢领导在百忙当中还抽出时间来关心我们的工作。我不太清楚那个报告写的是什么，可能不是我写的……我的意思是，领导有什么问题，我尽量给您解答。"汪海成头回见到这么高级别的领导，自然有些慌乱。

"关起门来还这么说话就太累了。别领导来领导去那么多客套话，你就当一个外行来找你学习就是了。"领导摆了摆手，一边翻开了手边的报告，"第一个问题，报告里提到两个疑似戴森云的巨型辐射源，已经确认了，是吗？"

"报告领导，我们在 FAST 观测到两个异常辐射源之后，已经通过美国的 VLA 和 VLBA 两个大型阵列望远镜进行了验证，确定了两个天体的存在。一个距离太阳一千四百光年，另一个是九千六百多光年。辐射源是确定存在的，但以我们的观测能力，暂时不能确定是不是戴森云，但从理论上推测，这种可能性很高。"

"只有美国的天文台验证过？我们自己的天文台验证不了？"

"这个……我们没有那么大型的阵列式天线。"汪海成没太明白领导的思路，"FAST 的信号灵敏度更高，但是角分辨率要低不少。我们能判断信号源的信号内容，但要准确定位信号来源则很难。"难道是在担心国外的天文台给我们假数据？这个念头突然在汪海成脑子里泛滥起来。他想了想又补充道："另外，斯皮策空间望远镜也发现了这两个辐射源。"

"报告上把这两个东西叫作'未知大型天体'，但是发现者——也就是你们——认为这有可能是戴森云，也就是外星文明的人造天体。这种可能性有多大？"

汪海成刚要开口，突然想起院长的叮嘱。

"以我们个人的意见，我觉得可能性非常大。但是……"

"请等一下，我先确认我有没有理解错。你相信在外太空存在两个超级文明，他们已经可以创造覆盖住自己恒星的人造天体，而且这个人造天体比整个太阳系都要大。对吗？"

"是的，但是……"

"真的能凭空造出这么大的天体？就像《星球大战》里的死星一样？"

"死星？"汪海成一愣，马上把头摇成了拨浪鼓，"死星很小的！死星直径只有……"他熟练地掏出手机搜索了一下，"一百二十千米。戴森云直径差不多是死星的二十亿倍。如果戴森云是地球这么大，死星大概只有原子那么大。用死星攻击戴森云，就跟朝太阳吐口水一样没有太大区别。"

领导静如止水的脸上有一瞬间露出了震惊的表情，但很快就掩饰下去。汪海成能理解领导的心情，那算科幻作品里最出名的巨型终极武器了，而这东西即使存在，在真正的浩瀚宇宙里也根本连尘埃都算不上。

有大约一分钟的时间领导没有说话，汪海成和白泓羽自然不敢打断领导的沉思。

"你刚才一直想说什么，说吧。"

"感谢领导，我想说的是，这并不是这个发现的重点。"

"这不是重点，"领导沉吟了一下，"那重点是什么？"

汪海成走向一边的电脑，启动了会议室的投影仪，幕布左边出现了两张星图。就算是外行人，也一眼能看出两张图是同一个区域，但"颜色滤镜"不一样。上面的图正中间是一团虚无的黑暗，而下面一张图中间是一团明显的暗红。"这是我们模拟出来的其中一个戴森云的照片。上面是可见光的效果，下面是红外射线。很明显，戴森云吸收了可见光辐射，所以是一团漆黑，但因为发热和氢激发辐射，它有比较强的特征谱线，也就是21cm氢线。"

汪海成点了一下鼠标，屏幕向右边滑出另外两张照片，"在左边照片拍摄的二十四小时前，也就是FAST上一次在同样的天区收集到的数据，我们合成了右边的照片。"

左上的区域一片漆黑，右上照片里有一颗小小的恒星在发光。下面的对比就更加明显，左下是高亮的巨大红外区，而右下完全是漆黑一片。

"解释。"领导只说了两个字。

"二十四小时前，那个戴森云是不存在的，还能看到那里本来的恒星。那个戴森云从不存在到修建完毕，只花了不到二十四小时。

"那个戴森云的半径至少有五十个天文单位——也就是五十个地球到太阳的距离。修建这种尺度的人造体的技术现在不是我们能理解的，我们只能猜测，这至少相当于要建设几十亿个地球大小的太空站。我相信这会耗尽那个星系所有的物质，所有的行星、陨石、小行星、彗星、尘埃，全都算上。"

"继续说。"

"这就是问题的第一个关键点：需要消耗这么多物质才能建成的系统，是怎么在短短一瞬间，从完全不存在到彻底成型的？如果那是一个正常发展的文明，怎么会在二十四个小时前无声无息，然后突然就完工了？这必须有一个过程，一个随着戴森云的建设，星区电磁信号慢慢对应改变的过程。二十四小时前还什么都没有，下一个瞬间，砰，戴森云建成了！"

汪海成说到这里，连自己都觉得寒毛倒竖。也不等领导反应，他自顾自地继续说："白泓羽——就是这位，我的学生——她提了个外星生命的假设，这些生命的周期比我们快，甚至不是碳基生命，我们一秒当他们一年，所以他们二十四小时走了我们几千年科技发展要走的路。这是有可能的，在我们看来，他们二十四小时就从原始时代到了完全掌握戴森云的科技时代。

"但这只能解释戴森云的科技基础，无法解释工程建设的问题，要把这么大量的物质在二十四小时内搬运过去，所要消耗的资源和能量，甚至单单这些物质本身移动的加减速的消耗，都超过了这个星系的供给极限，把他们的太阳熄灭都不够用。"

领导刚要张嘴，汪海成却正说到激动之处。这时候他完全忘了身份的差异，压掌示意领导安静听他说。

"而且两个戴森云都是同样的情况，二十四小时内突然出现，没有过程，发现的时候就已经是巨型的红外辐射源。最吊诡的事情是，两个戴森球，在同一天被发现，而且在二十四小时前都没有它们的红外辐射特征，这太不正常了。"

"就算能在二十四小时内建成戴森云，也不可能相距几千光年，两个外星文明同时在二十四小时内爆发性成长，都建成了戴森云。"领导接着汪海成的话说。

"不不不，不是这样的，您没有明白。"

一边的陈书记脸色微变，悄悄推了他两下。

"没事，说。"领导毫不介意。

"对……对不起。我不是……"汪海成这才反应过来自己的失礼。

"大胆说。"

"我们在同一天收到了这两个突然出现的信号，但并不是说这两个戴森云一定是同一天在宇宙中出现的。比较近的那个离地球一千多光年，远的那个离地球九千六百多光年，他们之间就有八千多光年的距离差。电磁信号是以光速传播的，到达地球是需要时间的。"

这个事情像是一句咒语，只要提到，汪海成就觉得一股恶寒从脊柱上窜。领导虽然端正地坐在椅子上，但也能明显看出闻言身体就僵硬了起来。领导也明白了其中的含义。

"近的那个戴森云，辐射信号要花一千四百多年才能到达地球，远的那个要九千六百多年。我们假设两个戴森云真的就是一天之内从无到有建成了，那凭什么这两个间隔八千年的信号，那么巧都在同一天抵达了地球？"汪海成这时已经完全忘记了自己在跟谁说话，整个人连比带画地自顾自讲着。他已经不是在给别人讲解，而是在跟自己对话。

为什么？凭什么？怎么会？不可能！

"你是说，这些发现背后有问题。"这些困惑是没有写进发现报告里的。领导往后一靠，拿起报告又翻看了起来，一边等他继续说下去。

这时候，汪海成却默不作声了。这些猜想和恐惧没有写进报告里是有原因的，连报告都不敢写进的东西，他又如何承担得起直接讲给领导听可能带来的后果？

领导仔细地翻看着报告，过了两分钟，发现汪海成欲言又止的样子，问道："怎么啦？说呀。"

"我……"

领导和蔼地笑了，"又不是演清宫戏，难不成还要来一出'臣罪该万死，不敢讲'？新中国都成立多少年了。"

"只是我的胡乱猜想而已。"

领导放下报告，一言不发地静静看到汪海成的眼睛。很快汪海成额头就见了汗，他低下眼睛不敢看领导，无声的压力下，他的脚都有些颤抖。

"不是二十四小时里……"他低着头唧唧咕咕地说。

"大声说。"

"不是二十四小时里那两个天休发生了什么，"汪海成终于抬起头，鼓起了勇气，"是二十四小时里我们发生了什么！"

"我们？"

"对，我们，我们太阳系。是二十四小时里我们太阳系接收到的信息发生了什么，而不是九千光年外，或者是一千光年外发生了什么！"

60K黑体辐射信号的诡异变化在报告里只有短短的两行字，在简报起草人看来，这东西的价值比起外星文明根本不值一提。领导并没有太深印象，听汪海成提起，他才又扫了一遍。

"这些发现的巧合实在太不正常，我觉得已经不是它们本身的信息可以解释的了。我有一种强烈的直觉，答案就在这个古怪的黑体辐射信号里。这东西……"汪海成咬了咬牙，说出了这个诡异的感觉，"这东西像是套在太阳系外面正对我们发报一样。"

说话声音越来越轻,最后已经几不可闻。说完这话,他又后怕地低下了头。

"发报?"领导又仔细读了一遍那短短的两句话,"如果是发报,那么就有电文内容,对吧?你是说,60K 黑体辐射是发报的一部分,两个戴森云的信号也是发报的一部分?"

"至少是有关系的。"

"既然这样,我建议科学院把这件事当作头等大事来处理。你们有什么困难,上面会尽量想办法帮你们克服的。"

等出了会议室,李院长兴奋地对他说:"干得好!非常漂亮!满分!"

汪海成勉强挤出了一点微笑。

他抬起头,看着珠海清澈碧蓝的天,这样的天空在雾霾漫卷的中国已不多见,但在汪海成的眼里却如同有无数幽灵飘在那里。

他并没有说出自己全部的担心,因为那太过荒诞,如果说出来,估计前面所有的一切都会变成一个笑话。领导也许会一笑而过,觉得自己浪费了半天时间来听一个脑子有问题的疯子瞎扯,而院长和书记铁定会把自己送去看脑科。

他的理性越告诉自己这想法荒诞,内心的感觉就越强烈;越强迫自己别这么想,这个念头就越挥之不去,就往那打开的牛角尖里越钻越紧。

也许人类从诞生开始,仰头所见的星空就是伪造的。

北斗七星、北极星、M31 仙女座大星云、M33 三角座旋涡星系、M97 行星状星云、有行星围绕的飞马座 51,也许都是不存在的,存在的只是它们的电磁信号、引力信号。

是的，即使它们存在，这些信号进入地球视界也过去了悠长的时间，我们永远不可能知道它们在"当时"是什么情况，那它们存在与否又有什么关系？

也许人类接收到的所有宇宙信息，都是伪造的。什么千亿光年外的引力波、衰减得只留微痕的红外辐射、3K各向均一的背景辐射、三千年前爆发塌缩成黑洞的巨型超新星，统统都是伪造的。天文学界所研究的一切，都是虚幻的神明编织的幻觉。

也许从来就没有什么一百三十七亿年前诞生于大爆炸的宇宙，从来没有。一切人类无法踏足的遥远空间中的一切都是假的，所有的电磁信号、所有的引力翘曲、所有高能粒子都是伪造的，所有人类没有亲手摸到的、航天器未曾到达的空间都不存在，存在的只是那些编造出来、罗织着虚无宇宙的假信号而已。

不不，也许人类航天器到达过的空间本来也是不存在的。也许宇宙原本就是天圆地方，天球笼盖。只是随着人类观察到的东西越来越多，为了这个伪造的世界破绽不要太大，神明不断地打着补丁而已。

江海成想起一幅漫画来——上帝焦头烂额地对天使大吼："5000K高分辨率的贴图还没有画好吗？！伽利略的望远镜马上就要装好了！再不换上去，他就要看到星空上的马赛克了！"

他莫名其妙地想起，同样是上过中科大少年班的前辈师兄，那个最后出家为僧的宁铂。

虚幻与真实的界限在他思维里越来越模糊，也许不光是人类看到的宇宙，也许连自己看到和感受到的一切都是虚妄的信号，自己不过是一个缸中之脑，连身体都没有。

要不是这时候打来了一通电话，汪海成后半生也许就完全走上另外的道路了。

　　电话是房主打来的,问他接不接受房子加价成交的事情。

09

跳 舞 小 人

THE STARS

在领导的直接过问下，中大和中科院牵头对 FAST 的发现启动了新的研究计划。这里面涉及了一大堆事情，尤其是 60K 黑体辐射信息的破解研究，汪海成都是事后才知道的。

就在他要被潜伏在漆黑异界的心魔夺走神智，吸入无边无际的真空时，现实的锁链把他拉了回来，紧紧捆回地面。锁链泛着铜锈，肮脏恶臭。

房主电话打来的时候，白泓羽发现导师脸色骤变，一通电话来回变了好多张脸孔。汪海成挂了电话，她担心地问："还好吧，老板？"问了两遍，汪海成才反应过来看她。

"不好。"汪海成答道，"很不好。"身为导师，汪海成也知道这些破事儿跟白泓羽说不着。但这些天的连续刺激让这对师生的神经都脆弱了不少，在贵州射电望远镜旁熬过了几个孤寂的夜晚后，两个人好像结成了奇特的联盟，那几天，只有两个人类相互支撑着，对抗着诡异难明的黑暗天顶。

回到珠海后，这个联盟不自觉地延续了下来。

汪海成简单地告诉了白泓羽有关房子的事情。"我要起诉。"他下了决心。汪海成原以为学生会支持自己，没想到白泓羽咬着嘴唇一言不发地看了汪海成半天，轻声说："如果这房子最后买不到呢？"

这话里满是关切，类似事情发生得太多了。每个大城市，在某个特定的时候，都会像超新星爆发一样迎来一波房价暴涨，每波暴涨之后就会有许多原本一样的人被分成了两队：一队人落地生根，房子成为自己人生的最大财产，然后房子像镣铐一样把他们和这座城市束缚在一起，无论雾霾还是拥堵，都对城市不离不弃；另一队人被怒涛拍得老远，一步步看着之前还下得去手的房子变成下不去手，继而变成没钱下手，最后变成限购没有资格下手。几年之后，他们不得不跟那

129

个生活了多年的城市告别,离开自己熟悉的工作,和结交多年的朋友。再过几年,两队人就成了从立场到身份都彼此迥异的两个阶层。

白泓羽跟汪海成道别,汪海成忙着打电话找人推荐房产律师。不知为何,白泓羽之前欲言又止的样子一遍又一遍地浮上他的心头。这是一个活泼得经常让人忘记她有多漂亮的姑娘,自己虽然老开玩笑问她怎么还没找到一个可以谈婚论嫁的男朋友,但对于自己的学生是一个女人这事儿,他一直没有太实在的感知。

汪海成是浙江人。据说往上数五代,也是名门望族,但那是新中国成立前的事情了,汪海成出生的时候,父母都是普通工薪阶层,和大多数江南地区的人一样,一来重教育,二来讲经济。汪海成小时候喜欢音乐,想学小提琴,家里就在他上小学的时候出钱请了小提琴老师,给他买了琴,每个月的学费大概占父亲三分之一的工资。学了四年小提琴之后,老师告诉父母,孩子的兴趣远比天分突出,于是重教育就让位给了讲经济。而那把小提琴也由老师牵线卖给了别的小朋友,毕竟一把琴也不便宜。

为了这个事情,汪海成和家里很是哭闹了一段时间,对天文的兴趣也是在这个时期慢慢占了上风——可能也跟家里的经济状况有关,看星星不用花太多钱,也不用请老师,没有级可考,自然就不会因此被父母终止,星空也是不可能被夺走的。虽然天文不像音乐特长那样有考试加分,但漫溢到物理和数学的兴趣却能换来更好的成绩,家里没有任何反对的理由——天文也不像音乐那样容易引起早恋,这就更让父母满意了。

如果家里有钱,自己是不是还在高高兴兴地拉着没有天分的小提琴?汪海成心里是没有谱的,也许自己一样早就放弃了,但那时他才十岁,幻想着小提琴是属于自己的世界,那个世界被生生夺走,留下了一个巨大的伤疤，一直没有愈合好。伤疤细长，一边连着对自己才能的自卑，另一边勾着对家里不够有钱的怨恨——这种怨恨隐匿着，不能说出口，和其他许多糟糕的欲望一样顽强地潜伏着。

　　伤疤就是一条毒蛇，哪怕汪海成今日已经是副教授，但依然被它咬着。而现在，房子又一次引发了他的伤痛：没本事赚到靠自己买房子的钱，家里也不富裕，支援了二十来万首付，再多就拿不出来了。但那时候汪海成还没意识到疤痕是怎么扭曲了自己的生活：他自认为是因为太宅，爱好太无趣才不敢向喜欢的女孩子告白，实际却是源于自卑。就像才能不足而失去了小提琴一样，不够优秀的自己也一定会失去心爱的女孩，伤疤的恐惧让他在爱情面前畏缩不前。

　　现在，很不幸的，社会偏见更加剧了汪海成在爱情方面的自卑，珠海的楼盘广告就飘着扎眼的文字："不下手，别人见的是丈母娘，你见的只是阿姨。"他年纪也不小了，家里催着他早点考虑终身大事。事业、爱情，最后还是落在了房子上——至少广告、同事、朋友、亲戚，他们所有人都是这么说的。

　　这位中山大学的年轻副教授抱着这样复杂的愤怒，根据朋友的推荐，去见了房产律师。虽然律师事务所和学校间有公交直达并不远，他还是叫了出租车，双方签字盖章按手印的购房合同被他裹了一层又一层，放在双肩包里紧紧地抱在胸前，生怕出什么幺蛾子。

　　律师看完合同条款的第一句话是："从你提供的资料看来，这么说吧，我们有很大把握能胜诉。简单地说是这样的，上个月深圳刚判了一个案子，跟你的情况基本一样，赢了。"

　　就在汪海成他走进律师事务所的同时，中科院联合中山大学搭好了信息破译小组的班子，开始破译那个连续几天都在深夜里化作怪物，把汪海成从梦中惊醒的 60K 黑体辐射信息。

戴森云是汪海成他们在 FAST 上的独立发现，但 60K 黑体辐射异常则被全球射电天文台观测到了——地球上每个天文台，不管当时天线在扫描哪个位置，都记录下了同样的异常辐射。这也是汇报之后破译小组加紧成立的原因：没有信息优势，就必须有效率优势。

为了大致搞清楚辐射信号的分析工作进展，白泓羽还专门恶补了密码学的基本知识。

早在几千年前，人类就开始使用密文来进行通信，借以掩饰所需传递的实际信息。根据考古资料记载，公元前古罗马恺撒大帝就已经开始使用被称为"恺撒密码"的加密方式和自己的朋友通信。直到二十世纪之前，准确地说，是两次世界大战之前，人类的加密方式都停留在恺撒密码的水平上。

这种最初级的加密方式又被称为古典加密法，也就是置换法——根据预先设定的特定规律，用特定的符号替换明文原文，生成一套无法直接辨别的密文。随着二十世纪初连续两次世界大战的爆发，战争双方通信和谍报需求暴涨，古典加密法就显得过于简单了。它只使用一套固定的加密算法和密码字典，密文本身虽然不知所云，但依然保持了加密前明文的语言规律。柯南·道尔的经典小说《福尔摩斯之跳舞的小人》非常完美地揭示了破解这种密码的办法：通过密文里出现的符号进行频率分析，再和语言规律进行对比，一步步确认密文可能对应的原文。只要有足够的密文样本来分析频率规律，总能把密码还原成原始语言。

相互监听和破译直接关系到战争的命运，而这时的古典加密法已经很容易被破解，为了满足战争的需要，更有效的加密方式应运而生。

一个思路是直接使用不为普通人所掌握的原始明文进行加密，比如二战期间美军曾利用印第安少数民族纳瓦霍人的语言作为战场密码——正是因为无法理解原始语言的规律，这一度成为日本军队无法破译的神秘密码。但是，当信息论和语言学被引入密码学之后，这样的手段失去了意义。不过，这倒产生了巨大的连带价值——大量曾经无法解读的考古文字被重新破译了。学者们发现人类毕竟还都是人类，不管他们使用什么样的文字，无论是象形还是注音，他们所要表达的意思内涵总是相同的，只要样本量足够大，总是能找到对应规律，通过频率分析找出答案。

频率分析手段面对自然语言几乎是无敌的，只要样本量够，一定有办法破解，所需要的只是足够的计算力而已。这直接导致了战争各方对运算能力的需求急速增长。从草稿纸到计算尺，再到电子打孔计算机，算力演进的军备竞赛成了决定战争胜负的重要因素。

在二战刚刚结束的 1946 年，算力的军备竞赛创造了一个伟大的成果，为破解德军密码而研发的 ENIAC 姗姗来迟。ENIAC，这个迟来的人类第一台计算机从此改变了我们文明的进程，地球走进了由恐怖运算能力构成的信息时代。

白泓羽这时才第一次意识到，密码学是人类二十世纪科技大爆炸的最重要肇因之一！

然而，她并没有意识到，人类文明已经再次站在因为密码而骤变的路口。

随着频率分析这个无敌武器的泛滥，加密方式终于不得不进行革新——用复杂密钥字典来代替简单密钥字典，以掩盖密文的频率规律。换句话说，原文的 A 在某些时候会被加密成 X，在某些时候又会被加密成 Z。密文字频与原文字频的联系被破坏，除非找到对应的加密字典，否则很可能永远无法解开密码。

二十世纪的冷战时期，间谍曾一度使用唯一的一次性密码字典：没有任何规律的解码字典所含的信息量已经远远超过了密文本身。除了发信人和收信人，任何人都无法破解密文的内容。但这种手法失败得出人意料：许多情报因为一次性密码字典丢失而变成了废纸。

冷战之后，随着计算机的普及，二进制数据代替自然语言成了通信的基本载体。语言频率分析法最终宣告失效——二进制数据文件有无数种可能的格式，要进行频率分析，第一步必须了解原文文件的编码规律——图像、语音等各种文件的频率复杂度远在语言文字之上。

然而，加密手段在计算机可怕的算力模型下飞速发展，区块链、公钥、私钥，加密算法的多重叠加达到了难以想象的程度，复杂字典也终于被抛弃了——在没有密钥的情况下，单纯依靠密码碰撞来破解，需要全球算力运行几千年。

但无论如何，加密逻辑依然是不变的：将明文原文通过特定的加密算法进行加密，加密算法结合特定的密钥，两者决定加密的实际过程。如果既不知道密钥，也不知道加密算法，密码的破解是非常困难的。

虽然白泓羽只是粗浅地研究了密码学，但作为一个科学素质满分的专业人才，这已经足够让她意识到问题了。

所有的人类语言学分析也好，密码频率分析也罢，都基于一个关键基础：人类的世界共识。

因为大家都是人类，身体都是由蛋白质、脂肪、糖类、水等元素构成，人类无论在哪里生活，都以基本成分相同的物质作为食物，需要水分和氧气；有两个性别，女性怀孕，胎生；双目视觉，有立体景深，视觉能侦测的电磁波范围在380nm-760nm，通过520nm(绿色)、480(蓝色)、700nm（红色）三种原色组合理解视觉空间。人类一切智慧交互的信息都围绕着这些物质基础进行理解：食物可能在不同文化中指代面包、米饭、烤肉，但不会指代月亮。这些物质共识决定了信息的组织结构：人类的嘴作为消化道的入口和发声器官，语言里自然会把说和吃的语意进行混合，同样如果人类是腔肠动物，食物的消化和排泄都通过口器进行，那么"吃饭"和"拉屎"很可能是同一个词。

那么，一个信息不是来自人类，甚至不是来自地球，我们要怎么去破解这些信息的智慧内容？

白泓羽想起一些科幻作品里人与外星文明的交流，这时候就觉得很滑稽。想要理解来自人类以外的信息，必须和对方面对面地用同样的指代一对一完成语意对应。但是这也很难，你怎么知道外星文明往看起来像嘴一样的器官里塞东西是吃饭，而不是交配？你怎么确定外星文明是单性繁殖还是多性繁殖？

白泓羽眼前似乎出现了一群章鱼一样的奇异生命，悬浮在高密度的维生液里，隔着透明的落地窗和自己交流，自己和汪老师站在落地窗的一边。汪老师拿起一个面包放进嘴里，说："食物，吃饭。"然后章鱼心领神会地抓起什么东西塞进可能是头部的一个孔里。一串咕吱咕吱的怪响过后，章鱼像是颈部的体表出芽似的长出一圈小号的章鱼头颅，然后几十个头颅挣扎着从母体分离出来，长出触手，扑上去把母体分尸吃了个精光。之后，几十条小章鱼异口同声地在落地窗另一头叫着："阿库达，阿库录！"

想象着这样混乱的场面，白泓羽就忍不住低头捂嘴——妄想里汪老师吓得张大了嘴，半个面包从嘴里掉下来的样子栩栩如生。白泓羽控制不住的那些稀奇古怪的想象，既让自己感到无语，同时又忍俊不禁。如果汪老师在，看到她莫名其妙地发呆，然后又呵呵傻笑，肯定会大叫："正常一点，姑娘，记住自己是一个正常的人类女性。"

想要完全理解一段首次接触的信息的智慧意义几乎是绝无可能

的，但是能不能判断出这些信息是否来自智慧文明，信息中包含文明意义呢？

不好说，当年人类射电望远镜第一次发现脉冲星的时候，因为它精准的周期性电磁信号，也曾被认定是智慧生命的广播。天文学对于宇宙的了解还太少，要判断一堆规律信号到底源自天体规律还是文明智慧，未必像人们想象的那么容易。

正陷入这种失落情绪的时候，白泓羽接到了院长的电话。

"小白，我记得你有生物硕士学位，对吧？来逸夫楼一趟，四楼，407。"

"院长，出什么情况了吗？"

电话那头传来一声沉重的呼吸，"60K 黑体辐射信息，我们怀疑有了结果。"

白泓羽看了下表，从向领导汇报完毕到现在，还不到六个小时。

领导过问之后，60K 黑体辐射信息的破译工作作为绝密级项目开始运行。在这样的保密要求下，找核心研究人员就是一件很麻烦的事情。能力够强，又要政治过硬，关键是还能在很短时间内借调过来。这样的人选自然要先从有军工背景的研究机构里找，乐观估计，一周之内能筛选出初步人选就不错了；之后再安排人事手续，评估，政治考核和保密培训，运气好的话，一个月后或许可以开始工作。

这个时候，项目只有一串编号，连名字都还没有，谁也没想过连专业研究员都没有加入时能出什么成果。

所以仅仅六个小时之后，他们得到一个结果的时候，可以想象相关人员都是什么表情。他们的第一反应不是"是什么结果？"，而是"哪儿来的什么鬼结果？"。

搞出结果的是军区信息所的初级工程兵，叫赵侃。瘦高个子，尖嘴猴腮，一口武汉口音的塑料普通话。之所以派他过来，一是因为信息所就他一个人没有急活儿缠身，二是需要有人提前准备研究设备、保密网络、监控程序、沙盒数据库之类。等真正负责的专家来了，肯定还需要有人维护软硬件打打下手，解决点杂事儿，这也是他的工作。赵侃有权接触数据，但是谁也没指望他能独立开展什么有成效的工作。如果在企业里，他这样的人就是修电脑的网管，在互联网公司里则被称为"IT"。

因为知道专家短时间内还无法到位，而办公室保密网络既没有外网，更别提什么娱乐，赵侃实在闲得无聊，于是决定折腾点事儿。60K黑体辐射数据量很大，播放了大概有二十四小时，这些辐射有非常明显的峰谷波动。赵侃也不懂什么高级的数据处理算法，他用原始办法建了一个数据表，电磁波峰记录为1，平缓的波谷记录为0。这些数据他一个个手动输入，足足打了一个小时，直到记录了一大堆二进制数据之后，他终于觉得累了，这才停了下来。

赵侃的第一个想法，是可以当作摩斯码，把01当作点划来处理，看看能得到什么结果。这次翻译尝试以一堆乱码告终，但这让他发现二十四小时的播报实际是周期循环的，换句话说，有效的部分并不长，大约只有十来分钟的信息，然后这段信息不断重复了二十四个小时。

接下来，赵侃把连续峰值的部分都加了起来，用0作为间隔。111011010111101换成了302010401，这让他发现了一个基本但重要的事实，即连续的峰值最多重复四次，绝对没有出现过四个以上的连续波峰。如果去掉0这个明显的间隔符号，数据就变成了元素只有1到4的数列：32141……这时候，有效信息量已经变得非常小，只有几百比特，也就是不到1KB的量。

这个结果是很让人失望的，几百比特如果用字符来表达，只有短短几百个字。这个信息量小得太离谱，完全不足以用来分析其中的语意——如果这里面真有的话。对于赵侃来说，这倒谈不上多失望，因为他并不真正理解地外文明信息的意义。

以赵侃一个中专毕业，靠技术培训上岗的信息工程兵的水平，这些简单的信息处理已经是他能力的极限了。

随后他又花了一个多小时，把所有的 60K 黑体辐射信号按这个简单的编码方式处理成了数据。如果赵侃系统学习过数学，那他肯定知道这些数据符合四进制数据的规则。而他现在输入的记录本身违反四进制数据的记录方式——四进制的标准记录方式是使用 0 到 3 的数字，不是 1 到 4。

可能只是出于好奇心，赵侃在结束自己的没事找事前做了一个违反操作规程的事情：他把这个数据丢进了信息所的爬虫天网。

爬虫天网是一个大型的分部式网络预警系统，通过不断过滤互联网数据中的信息进行自我学习，最终从网络热点中监控和预判各种可能出现的异常。毕竟互联网很早以前就已经代替了所有媒体，成了最重要的传播方式，在新的形势和挑战下，敌对势力为了达到对网络信息的利用和攻击，窃密早已是公开的秘密。要应对各式各样的渗透和攻击，光靠亡羊补牢是行不通的，爬虫天网就是以 A.I. 自进化学习的方式预判可能发生的信息攻击，提前堵住漏洞。

这套系统的建设和实验已经进行了很长时间，爬虫天网的数据触角早就渗透了 QQ、微信、微博、论坛、网站后台等绝大多数常规网络数据，暗网的隐秘空间也被基本覆盖，但因为自我学习效率还不是很高，实际效果并不理想。反倒是信息收集效果意外地好，几乎可以说是无所不知，只是它还不知道该怎么利用和处理这些无所不包的信息。需要调查的特征观测数据被丢进爬虫天网之后，系统会查找爬虫触角所有的相关信息，去核对这个特征数据的可能模式。

两个小时之后，爬虫天网反馈了一个非常奇特的结果：来自南京大学模式动物研究所的非公开数据库。数据库的题头是"国家遗传工程：小鼠资源库"。

以赵侃的知识水平，他没法判断这其中可能隐含什么意义。因为这些操作多少都有点违规之嫌，他还犹豫了一下是应该上报，还是把这些结果都抹掉——这个结果看上去也没啥关联性，可能连巧合都算不上。

最后，这个信息工程兵还是老老实实把结果报给了自己的领导。

二十分钟之后，白泓羽被叫了过去。

这时的汪海成还在忙着准备材料，跟律师沟通如何起诉，为了在这个房价不断暴涨的时代维护自己的一点权益而努力挣扎。

追踪

THE STARS

五年后，成都。

循着郭远身上的北斗定位信号，部里很快驱车找到了他，那时城市还陷在骤然降临的黑暗中，而这个担负着拯救城市命运的特工居然躺在马路边睡着了。

支援组的战士见他躺倒在地上，黑暗中他们还以为郭远出了严重状况。于是，赶忙一边呼叫急救，一边用电筒查看郭远的伤势。没想到手电光晃过他的眼睛，这人居然揉揉眼睛，迷迷糊糊地打着哈欠自己爬了起来。

"别对着眼睛照！"郭远不耐烦地吼道，"找担架来，小心我的腰。"后勤的医疗兵把郭远送到军用医疗车上，架上便携式X光仪进行了快速扫描。有一段椎骨有轻微裂缝，只要不重复受伤不会有太大影响。

"发生了什么？这到底是怎么回事儿？情报显示西南五省电力供应都中断了。"端木汇的副手老秋一跳上医疗车就像机关枪一样打出一连串的问题，"云杉呢？她没事儿吧？"

郭远双眉紧锁，白了他一眼，一句话也不说，只是解下胸口的作战记录仪朝老秋掷过去，用力既大，去势又猛，老秋险些没有接住。他本想反射性地骂一句，可话还没出口，郭远那冷若冰霜的脸就把这个身经百战的老特警吓得缩了回去。

回想起电力枢纽中心的遭遇，郭远就怒火中烧。密室，停电，黑环，每一幕都清楚地告诉他：这件事情绝不是恐怖袭击那么简单，其中必定隐藏着一层层见不得人的秘密。郭远越来越清楚地意识到自己是什么都不知道就被拉来当枪使，这让他恶从心头起。

然而干这一行，无论怨气如何深重，也不能影响任务。作战记录仪上有非常完整的信息，比当事人的汇报还更能准确地说明地下发生的一切。让他们自己看去吧。

医疗兵给他打了固定和止痛药之后，就让他躺着休息。十多分钟后，云杉也被送到了医疗车上，姑娘秀丽的脸上都是淤青，嘴里叼着恢复补剂的吸管，右手缠着绷带。看那补剂的类型，云杉应该只是皮肉伤，并没有伤到筋骨。她整个人身体滚烫，像个火炉，身体细胞在恢复补剂的帮助下快速代谢修复。

"强化人类倒是很扛打。不像我们这种，碰一下骨头就裂了。"郭远忍不住嘲讽她，又问："那个中东哥们儿呢？抓起来了吗？能说话吗？"现在也就那人还有点线索可以挖。

哪知道云杉答道："死了。"虽然她人没事，但脸色惨白如纸。短短一天内云杉接连受挫，自己的能力竟全无用武之地。中东裔虽穿有防弹衣，但中弹太多，冲击力震碎了他的内脏。尽管他是因为郭远的乱枪而死，但在云杉看来，自己这趟真的是毫无寸功。想到这些，她眼睛一红。

郭远长叹一声，也闭目不语。

城市因为突然降临的黑暗而沉默，这时候又慢慢用另一种声音重新喧嚣起来。想必这次大规模的停电已经造成了极大的破坏，郭远心想，按说医院之类重要场所是有几路供电的，但是枢纽中心的事让郭远非常怀疑，所谓"多路供电"这个几十年前的保障系统如今到底还有几分保障？

他在脑子里快速过了一遍这次停电可能造成的问题。这时候正是晚九点刚过，恰逢白天人潮回家，夜生活人流外涌的对撞。春熙路、天府广场等人流密集地点会不会出现惊慌踩踏？靠北的城区那边，从荷花池到火车北站批发市场如果是有地痞无赖趁黑闹事，控制局势的安保压力会不会超临界？玉林到九眼桥的餐饮酒吧区难以预估，如果有两个人闹事，看热闹不嫌事大的人可是很多的。

只是停电而已，整个城市不知不觉从全国最佳旅游城市变成了一个火药桶，现代都市的脆弱是超乎想象的，这根本不是对方的"袭击"，只是小小的副作用。

端木汇拉开医疗车的门，缓步走近云杉的担架，"没有什么大碍吧？"

云杉望着他轻声答道："放心。"

郭远看见端木汇处乱不惊的镇定样子，觉得格外不舒服，他肯定已经看过视频记录了。倒是真稳得住。

"疑犯从供电枢纽逃脱，任务不能算成功，但也不是一无所获。"端木汇说，"天网系统查到了跟庄琦宇一起袭击枢纽的那个中年人的身份。

"江清散，四十三岁，枢纽中心供电设备高级工程师，清华核物理定向委培硕士。无前科，无不良记录，天网未发现曾有危险倾向。和其他人一样，是一个背景干净没有任何疑点的普通人。天网在网络信息记录上也没有发现庄琦宇和他有什么特殊的联系。"

"你的意思是，除了庄琦宇参加过的那个被抹掉、记录上不存在的项目之外，他跟这个高级工程师没有其他联系。"郭远的话是一点不留面子。根据庄琦宇的师姐杜晓隽所说，庄琦宇参与了一个连这个行动小组都没有资格查询资料的研究项目，既然项目的工作地方在枢纽中心，怎么可能两个人之间没有任何交集？

端木汇没接他的话，继续往下讲："虽然没有在任何通信记录上找到两人的关联，但是这两个人暗地里肯定有过接触。天网系统清查了庄琦宇和江清散所有的行踪记录，排查了手机位置坐标相关性，结果发现，这两人曾多次在同一时间段、在相互临近的区域关闭了手机。"

全息投影上显示出这两个人数次开关手机的位置点，不同颜色标记了开关机时间。这些位置都离四川大学不远,对庄琦宇可能说明不了问题,毕竟他在这里上学;但是对居住地和上班地点都离得老远的中年电厂工程师江清散来说,那就不一样了。

"很显然,他们有相当好的反侦察意识,不过百密一疏,我们筛到了一次江清散关机,而庄琦宇没有关机的情况,显然他那一次忘关了。"

投影放大了坐标,庄琦宇的北斗定位信号在一间酒吧停留了两个小时。酒吧的位置在四川大学东北方向九眼桥附近,名字叫"变奏"。尽管这群恐怖分子反侦查的意识很强,但天网系统真称得上是魔高一尺,道高一丈:移动设备的定位信号,遍布街道的摄像头,甚至普通人无时不在的自拍,这些数据罗织成了一个密不透风的网络,只要犯罪分子一出现,他的一切情况基本都可被追查。

"电力会在一个小时内恢复,之后抓紧时间前往'变奏'酒吧,务必追查到他们的线索。"端木汇的声音镇定若常,但用词却严厉了起来。事态已经越来越严重,没有再犯错的机会了。

耐着性子听到这里,郭远终于忍不住冷笑起来,先是轻声的哼哼哼,然后越笑越张狂,最后哈哈哈地狂笑起来。大家都困惑地望着他,郭远撑着腰坐起来,一脸的狰狞。

"这位领导同志,你是讲笑话吗?到这会儿,连个解释都没有,是安心想让我们所有人都送命吗?"

说完这话,谁也没有料到郭远忽然一跃而起,一把将端木汇撞到了呼吸机上。云杉一声惊呼,便是以她新人类的反应速度,也来不及动作。说时迟那时快,郭远欺身上前,抄起桌上的手术刀,就朝端木汇刺了下去。

刀锋离端木汇的瞳孔不到半厘米才险险停住。"别动!"郭远转头对吓呆了的医疗兵厉声叫道,"退到一边去。云杉同志,麻烦你把手举在我看得见的地方。"

"你疯了吗?"刀尖虽然压在端木汇的瞳孔上,但他的声音还是保持着冷静。

"我本来就是疯的,能不能别说废话?"郭远嘴角一挑,"回答我有用的。"他左手朝外一挥,"看看你的外面,整个西南地区上百万平方公里都停电了。枢纽中心只是一个变压输电站这种事情,恐怕拿来解释不通吧?那下面的秘密基地是拿来干什么的?被庄琦宇和那个叫江清散拿走的东西,到底是什么?那东西到底是在输电,还是在供电?"

此时云杉双肘微紧,没有从担架上起身,但她已经做好了扑向郭远的准备。以强化人的反应能力,她能在十分之一秒内制伏郭远,她的准备动作被身上的毯子遮盖着,紧盯着郭远的眼睛和肩膀,本打算在他露出任何破绽时立即扑上去。

哪知郭远一边说着话,一边从端木汇腰间掏走他的配枪,然后头也不回地抬枪指向云杉的胸口,"别动。这些事情说不清楚,你到时候跟我一起去送命。恐怖分子要干什么我们一无所知也就罢了,连要我们保护的东西是什么都一无所知,这是开国际玩笑呢?!姑娘你喜欢送命别带上我。这位领导同志,你最好给我们解释一下,你是怎么知道一个小时以内就能恢复供电的?"

郭远杀气腾腾地盯着端木汇的眼睛,一字一句地逼问道:"那鬼东西你们有多少个?那东西到底是什么?"

听着这话,云杉一愣,片刻之后只觉一阵心悸。是啊,她亲眼见到那两人从重重隐秘之处把那个奇怪的黑环取走,然后整个西南地区电力就中断了。庄琦宇说整个西南的电能都是那东西提供的,恐怕不是空口胡说。先不说那东西是干什么的,"一个小时之后就能恢复供电"

147

这意味着什么？

看来上面对这个东西的存在、作用心知肚明，而且还储备着备用品，可以随时调来。

这已经超出了她认知的极限。所有人都知道，国内现在主要的电力来源是可控核聚变电站。自从五年前，中国人对这个伟大的技术实现突破后，就在极短时间内推广到了全国。清洁、高效、廉价，核聚变反应堆使用氢的同位素氘作为原料，供电成本比之前火电水电降低了百分之九十五以上。如果说便宜还不能解决部分人对安全的担忧的话，肉眼可见的雾霾消失速度轻松征服了这点担心。从汽车内燃机到烧煤供暖，几乎所有的污染源都被清洁廉价的核聚变电力取代，成都当年自嘲的"火锅味的雾霾"已经一去不复返了。

可控核聚变技术在两年时间内从中国推广到了全球，成为全球大部分国家的能源首选。这直接改变了世界的能源和经济格局。这已经是载入史册的历史常识。

然而，他们在这个枢纽中心见到的那个可以一手抓走的黑环，哪怕吹嘘到天上去，也绝不可能是一个可控核聚变反应堆吧！

想到这里，云杉觉得全身发冷：如果可控核聚变真是一个谎言，难道全球国家共同参与了这个谎言的编造和维护？为什么？如果这是一个谎言，那真相是什么？要隐藏的东西是什么？

她见过各种各样丧心病狂的恐怖分子，见过各式各样的杀戮和惨状，但心中坚定的信念从来没有改变过，她知道世界是丑陋的，也相信自己在让它变得更好。只有这一刻，窗外的黑暗像真空一样把她的生命和信念一点点吸走，让她身体冷了下来。

"那……到底是什么？"云杉对端木汇问道，声音发颤。端木汇有一张标准的端正深沉的脸，看起来永远是处乱不惊。之前无论遇到多么糟糕的情况，他那一脸沉稳的表情都像给大家吃了定心丸，但此刻面对这个异样的世界，端木汇镇定的表情只让她更恐慌。

"威胁上级是叛乱行为，你这是要叛变吗？"端木汇看着郭远说。

"你这个建议我正在认真考虑，取决于你能不能说服我。"郭远毫无玩笑的意思。

"这些东西超出了你的保密等级，你没有了解的资格。"

"那群打算把成都炸平的家伙，他们的保密等级够吗？他们有了解的资格吗？"郭远笑得凶相毕露，"这是在逼我叛变啊。我没听说过信息这么不对等，活儿还能干下去的。就算你要我堵枪眼儿，我也得知道靠我这一百多斤肉堵不堵得住，你不能指望我这身板扑到氢弹上，还能挡住核聚变吧？"

云杉虽然不能认同郭远这近乎叛乱的做法，但此刻想到之前种种不禁心意动摇，一时间竟然觉得这人的反社会人格少了很多束缚，说出来的话在眼前形势下句句在理。

"这些东西超出了你们的保密等级，我无权告诉你们这些信息。"端木汇依然不肯开口。

郭远凝视着他的眼睛，车内有几秒钟一片死寂，连呼吸声都轻不可闻。

就在此时，外面的路灯突然齐刷刷亮了起来，供电恢复了。郭远一眼扫过车窗外，叹了口气，左手端着枪柄狠狠砸在端木汇小腹上，同时把手术刀朝外一丢，腾出手来照着端木汇的鼻梁就是一拳。

端木汇鼻血横流，捂着腹部，却也忍着剧痛招手拦住众人，"没事儿，没事儿。"他知道，郭远这两拳只是泄愤，已经没有伤人和威胁的意思了。

云杉一时间还没看清发生了什么，就看到郭远冷笑着说："领导

149

大人确实是无权告诉我们这些信息。他想告诉也告诉不了，他自己都还不知道呢。"

此言一出，端木汇脸上黯然变色，显然是正中靶心。

见自己猜得不错，郭远叹了口气，"唉，出发吧。事情不能不做，生死有命。九眼桥，酒吧街，就这样吧。"

云杉望了一眼端木汇扭曲的脸，咬着嘴唇没有说话。她跟着郭远跳下医疗车，上了一旁等候多时的黑色小车。

车一路疾驰，直奔九眼桥而去。路上车流比往常稀少得多，但车速却提不起来，停电造成了无数混乱，车道上不时见到擦碰的车祸，还连续见到三辆被撞成一地零件的助力车。伤者倒是早被救走，但路况如此混乱，他们只能不断减速绕行。

车上两人都没有说话，一片死寂。云杉之前一直不想跟郭远说话，但此刻他的沉默却让自己百爪挠心，很想说点什么打破沉默，但又怕这时候说出来的话多半都是违反组织纪律的。她开着车，偶然转头看郭远一眼，这人却只是盯着窗外一动不动，木雕泥塑一般。

泥塑突然出声："你想过自己怎么死吗？"

冷冷的问话吓得云杉一激灵，她缓了一秒才说道："你问我？"

"车上还有别人？"

"怎么死？没……没想过。"虽然从事着这种高危行业，但云杉毕竟才二十多岁，潜意识里总把自己当作宇宙的主角，怎么会去想这种东西。

"抓紧时间想一下吧。"郭远沉声说。乍一听以为他是在说玩笑话，但透过车窗的反射，云杉却看见他的脸上显出一种决绝之色。他自顾自地接着说："你们这些新人类就是这样，不管事情多危险，总觉得牺牲的不会是自己。以为执勤就好像是《虎胆龙威》场景再现，都觉得自己是主角，就算只有万分之一的机会，也能用手枪里最后一发子弹击落F35，拯救世界。"

"你这人还真是奇怪，莫非你还认真想过自己怎么死？"

"想过啊，从十五岁开始就想过很多次了。"郭远说到这里顿了一下，"那年我确诊反社会人格障碍，开始接受特别监护，不能不想啊。"

听了这话，云杉一时不知道该怎么接下去。好在郭远并没有打算等她的回话，"你知道没有同情心是什么感觉吗？不知道吧。就算我给你讲，你也没法理解。一样的，别人给我讲了很多遍同情心是什么鬼东西，想了各种办法吧，我还是无法理解那玩意儿到底是什么鬼东西。

"所以在我看来，这个世界很古怪。你们做的很多事情，我都觉得难以理解，很……不合理。越长大，我就越对这个世界上人和人打交道的方式感觉别扭，无比别扭。愚蠢低效，莫名其妙，这种感觉随着年纪越大，就越强。总有一天，我会变成和这个世界格格不入的怪物，对你们来说，可怕的怪物。就好像你得了癌症，知道自己活不了一样。变成怪物这件事，一定会发生，只是早晚而已。

"我选择干这行，本身就是主动进这么一个随时都有生命危险的行当来找死。说白了，如果在我变成一个连环杀人魔之前就牺牲了，我还可以当个英雄。当然，有那个想法的时候我还很年轻，到现在，这件事情我已经很犹豫了。你说，作为英雄死掉，和作为连环杀手死掉，区别到底是什么？不都是跟这个世界没什么关系了吗？"

这时候郭远转过头看了云杉一眼，她只觉得全身打了一个冷战，差点一脚把油门踩成刹车。

"时间不多了，我的意思是：如果要去送死，我总希望有个为这个世界死的理由。姑娘，你觉得这个案子正常吗？"

"这话什么意思？"云杉问。

"你们追了这么久的这群人，真的是恐怖分子吗？"郭远好像有自己的答案，"汪海成，天文教授；庄琦宇，理论物理博士；电厂那个反应比当兵的还利索的工程师，江清散，清华核物理定向委培硕士……"

又是短暂的沉默，这句话既是解答问题的线索，也是他心中问题的答案。

"如果他们不是恐怖分子，这些人到底是要做什么？"

车开到了九眼桥，在路边停下，这个话题也就戛然而止。下车的时候，云杉心情很复杂，看着这个决意要为这个世界尽早去死的男人的后背，觉得自己跟他一样，一时说不清自己面对的是一个什么样的世界。

九眼桥，古名宏济桥，又名镇江桥，始建于明万历二十一年。桥下建有九孔，因此在清朝乾隆年间补修时改了名字。以成都人悠闲的嗜好，有水有堤有树就必成喝茶摆龙门阵的所在，因此，九眼桥沿河密密麻麻地开了上百间酒吧，一到入夜之时便是一片灯红酒绿，锦衣轻衫。

这片地方郭远自然是熟悉得很，三教九流混杂之地莫过于此。哪个店闹中取静非请勿入，多有私密豪客；哪间酒吧是哪个袍哥的势力范围；哪家店妹子手底不干不净；谁又撬了哪家的驻场……这些事情郭远都烂熟于心，只是这种地方知道的越多，不知道的也就越多。

名为"变奏"的酒吧占着岸口临水的黄金地段，却另与周边酒吧风貌不同，它没有临街的大玻璃落地窗透出里面的暧昧灯光，也没有满墙的霓虹流光，倒是层层水泥假造的岩壁遮住了大门。里面虽有音乐传出，但分贝算不上大，这一切都说明这酒吧另有玄机：一般人流稠密的黄金路口，娱乐场所都会选择走喧嚣热闹的路线，慢摇轻音的更愿意选在租金低许多的幽深之处。

"我们两个一起进去，不会很尴尬吗？"郭远边走边问。

"尴尬？尴尬什么？"云杉不解。

两人绕过水泥岩壁，进了内里，才看到里面别有洞天——外面看似门可罗雀，里面却已人满为患。

云杉扫过吧台、圆桌、卡桌，回过神来，这才明白郭远说的"尴尬"是什么意思。

满满上下几百平的酒吧，除了刚走进大门的自己，一个女性都没有。

这就是所谓的 GAY 吧，男同性恋们的天堂。酒吧本就是荷尔蒙肆意横流的地方，加上同志们在这里报复性地宣泄被压抑的欲望，这里满地的男人足有三分之一身上媚色四溢，异样的荷尔蒙味道打得云杉措手不及，一下羞了个大红脸。

郭远显然早有准备，见她面生红霞，在一旁不怀好意地笑起来，"你去找酒保问话，我转一圈就来。"说完，他就朝人群里挤了进去。

云杉见状，只得不管旁边奇怪的目光，挤开人群朝吧台走去。

调酒师是一个二十出头的年轻精壮小鲜肉，一副住在健身房的身板，裸着上身，露出一块块雕塑般的肌肉，尤其是六块腹肌紧紧绷在外面，裤子拉得很低。既然知道是 GAY，云杉也不介意多看两眼。

如果是其他地方看到像云杉这样的美人过来，对方必定大献殷勤。但在这里，调酒师却愣了一下，困惑地上下打量了她一眼，"干什么的？来错地方了吧？"

云杉脸上热辣辣的，努力忍住尴尬的神色，直截了当地掏出证件，

"国家安全部，执行公务，请配合一下。"

一般不管是什么人，听到这个名号都会诚惶诚恐，吓一哆嗦，生怕自己犯了什么事，但这个调酒师抬眼瞟了一下，也不细看，"谁知道是真是假？这地方假警察多了，要查人一边儿去。"

虽然成都已经是全国公认包容度最高的城市，但实际上大多数男同还是"深柜"状态——假装自己是异性恋，以此避免各种歧视和来自长辈的压力。这种酒吧的客人自然也有不少是这样，在这样的情况下，保护客人隐私就成了"变奏"酒吧的头等大事。

当然，也有不少客人不仅"深柜"，而且还娶妻生子，连自己的老婆孩子都不知道他的真实性向的。但这种事情终究是纸包不住火，亲戚们起了疑心就去找私家侦探，这些著名的地方往往是调查的第一目标。酒保说的"假警察"就是这个意思。

云杉哪里晓得这些弯弯绕，掏出庄琦宇和江清散的照片递给酒保，"这两个人来没来过你们店里？"

调酒师根本连看都不看，就推了回去，"别问，不知道。有事情找我们老板，我就是一个打工的。今天刚来。"

"你们老板呢？"

"老板好像去三亚了吧？"

"什么时候走的？"

"刚才。"

"刚才？刚才停电他不留着处理这里的事情，跑去三亚？"

"就是停电了才跑路呀。怕地震啊，四川人你不知道啊？外地刚来的吧你？"

云杉为之气结，一拍吧台，"公民有义务配合我们工作！否则我有权羁押你！"

"那你试试看咯。"酒保不紧不慢地说完，吧台边两个壮汉就朝她靠了过来。这两位平时对付的都是住健身房的汉子，不光身材魁梧，一听沉稳的脚步声就知道练过。

云杉一时不知道该如何是好，动手倒是不怕，但真闹起来，未必能问出什么东西；如果再回去申请手续，更不知道要耽误到多久了。

这时候就听见郭远在远处大声喊道："徐老板，最近有新靠山了啊，连官面上的人都不怕了！要不说出来给我认识一下，新靠山是哪位领导啊？"

听到这声音，一个站在酒保背后看热闹的男人就像断电一样，僵在了那边。愣了两秒钟，他慢吞吞地走出吧台，去找人群里说话的人。这人虽不如酒保身材好，年纪已经不小，但身上的皮肤也薄薄一层贴在肌肉上，脂肪少得有点让人不舒服。正是因为没有脂肪掩护的缘故，他一看到郭远，全身抽搐的样子就格外明显，尤其是从胸口到腹部的肌肉顺次跳了一下，然后僵成石头，好像一碰就会抽筋。

"徐老板，看来这么久没来打扰，生意不错啊。"

徐老板咽了一口唾沫，向身边的一群保镖们示意别紧张。

"郭师，刚才停电我就该关门，那才算生意好。"云杉能从这位徐姓老板的话中听出满满的怨念，但更多的是兔子面对疯狗的无力。

"帮个忙呗？"郭远道。

"别说'帮'，别提'帮'这个字。"徐老板说，"跟别的条子我还敢应一个'帮'字，老哥你，我帮不起。我还要多活几年。什么都没问题，你尽快开口，一句话的事儿。就只有一件不行，不能问人。我这个生意除了问人，啥都没问题，大不了店不开了，回老家种地去。"

郭远笑道："看吧，好人啊，一句话店都不开了。不过你还真说对了，我们还就是来问人的。"

徐老板连连摆手,"那不行,真不行。

"郭师,我这行你最清楚的。黑白两道,我天大胆子什么都敢招,卖白面的我都不虚,就这个不敢。问人是要我的命根子,同行不给我扬名弄死我,客人也要找个巷子砍我手啊。"

"你可欠着我情呢。别忘了。"

"郭师,郭师兄,我不是说了吗?你要啥,一句话,就这个不行。真的真的。"徐老板虽然一脸谄媚,但身上却瑟瑟发抖。不问也知道,郭远在这地方是什么样的名头。云杉越来越明白这人的厉害:你站在他身边都会把这人当作怪物,站在他对面是什么感觉可想而知。

但就算如此,老板还是咬死不肯透露客人的信息。云杉刚才已经观察过,这店里是没有监控的,娱乐场所敢这样做,一个是胆肥有势力,一个就是怕出事儿留证据。如果老板真咬死不配合,又该如何是好?

郭远叹了口气,"徐老板,你是不记得我是谁了吧?"

眼见徐老板头上汗如雨下,又咽了口唾沫,"最多我回去种田,真的。"

郭远摇摇头,掏出胸口微型作战记录仪递给徐老板,"来,长长见识。特别行动组专用定制作战记录仪,4K分辨率录像,每秒120帧,微光成像技术。你看这夜视效果,酒吧里拍得跟白天一样,人脸上毛孔都看得出来,躲在角落里的这位,你看。来来来,手指点一下可以放大,清不清楚?"

郭远说"先去酒吧转一圈",就是去干这个了。徐老板伸头一瞧,脸色大变,伸手就要抢。

"哟,牛逼了啊,后台又见长了?厅局级往上吧?安全部的东西也敢抢?你是不是傻,这东西实时联网,你还想删了不成?

徐老板脸色已经惨白,跌坐在凳子上。但郭远并没有停下的意思。

"一百八十秒以后，呃，现在还有一百六十三秒，录像会上到视频网站。时间很紧哦，徐老板。"

知道徐老板防线动摇，郭远趁热打铁，把庄琦宇和江清散的照片推给他，凑上前低声说道："放心啦，两个真的是恐怖分子，无亲无故的，来过你这边很多回的。不是 GAY，就不能算你的正经客人。反正这东西里的视频要是上传了，这次可没有我来帮你删。我看看，一百二十一秒……"

徐老板这才两手发抖地接过照片，仔仔细细看了半天。他没有什么印象，却不敢丢回去说不知道。

正是因为成都 GAY 吧不少，所以某些格外不能见光的行当一直把它们视为好去处：没人会关心为啥几个男人会挤在一起窃窃私语。遇到男人裹着罩头衫，藏着自己的脸，化妆易容，其他人都会自然转开目光，彼此维护这地方特殊的隐私环境。

徐老板半天不说话，郭远追问道："没见过？"这声问话吓得老板肩头肌肉又是一跳，转头招呼道："小唐，过来过来！"

一个同样半裸上身的清瘦男子端着托盘紧步跑了过来，"老板，啥事儿？"他眉脚细弯，勾着眼线，说话带笑。

"见过这两个客人吗？"老板问道，抓着他的胳膊眉头紧锁，"仔细想想，不要见过了又想不起！"

小伙子先是认真确认了老板是要他"说实话"，还是说实话，然后才接过照片端详了一会儿，"见过啊，上个月就来过几次吧。"

"几个人？"云杉问。

"基本上都是两个吧。我想想。我觉得不像是 gay 啦。咋啦？犯事儿了？"

"基本上是两个，那就是有过不是两个的时候？"郭远察觉到话里的意思。

"呃……"

"有就快说!"徐老板帮腔道。

"呃,好像有一次还有另外一个人跟他们两个一起吧。多长时间了都……"

云杉灵机一动,掏出汪海成的照片递了上去,"看看是不是这个人?"

小唐仔细看了半天,脑袋晃来转去,就是定不下来结论,"长得太普通了,又不帅,我没啥印象。"

刚放下相片,他又突然一拍脑袋,大叫起来:"啊啊啊啊!"

"怎么?!"三个人同时问。

"这个人停电前我才见过!"他指着汪海成的相片,"但不是跟这两人来的。"

郭远和云杉精神一振。"人呢?!"

"停电的时候跟其他客人一样,都走了。"

"注意到往哪个方向走吗?"

"开玩笑啊,就算有电我也不管客人出去走哪边啊,别说停电了。"

"一停电就走了?"

"对啊。"

郭远和云杉打听到消息,自然不多停留,转身要走,徐老板却一把拉住了郭远。

"郭师,这次我们酒吧可是知无不言了啊,下回……"

郭远回头笑容灿烂地回应道:"徐老板,别想那么长远,你活过这周再说吧。"

徐老板闻言不解其意,愣在当场。郭远跟云杉紧赶两步,出了酒吧。

云杉边走边说："汪海成是知道庄琦宇他们在电厂的行动的，他当然知道那时候会停电。"

郭远点头，"没错，所以他来这边，是在等停电。"

"问题就是，他是打算在停电的这段时间里做什么呢？"云杉陷入了沉思。

"他的目标离这附近不会太远。"郭远说。这是最合理的解释，既然汪海成只身出现在这里，等待全城停电，那么停电之后各种交通方式都陷入瘫痪，他一定只能在附近行动。

话虽如此，但他并没有确切的线索。这个城市黑白两道他都烂熟于心，但自从在电力枢纽里掏出那个黑环，郭远就知道这座城市隐藏了一些更可怕的东西，那些东西连负责这次行动的端木汇都不知道。

"假如是在附近步行的距离范围内，有哪些可疑的地点？"云杉问，她对成都的环境远不如郭远熟悉。顺着她的思路，郭远第一个想到的，是之前去过的地方——四川大学，庄琦宇的实验室。那地方距离不远，他又想起庄琦宇的师姐讲的那件怪事：光速变快。会有关系吗？

两人上了车，打算二探川大。就在郭远要扣上安全带的时候，他突然想起了什么。

"不对，不对，不对。如果汪海成在等停电的话，那他在等什么东西停电？天网监控失效吗？"一旦停电，天网遍布全城的监控设施会全部瘫痪，而且普通人的移动设备也会因为信号塔停电而断网，所以天网必然眼瞎耳聋。

"就算天网在工作的时候，我们也没能筛查到他的行踪，不知道他是怎么做到的，但他确实能隐藏起自己。如果汪海成在等天网停止工作，那他准备的行动一定不是只靠他一个光杆司令就能完成的！"

"如果真的在等天网监控停止运行，那么他要搞的一定是大动作，大到一旦动起来，监控系统一定会发现明显的不正常踪迹！"

郭远一把抓住云杉的肩膀，厉声道："马上联系端木汇，让他把停电前后全城道路上的大型设备进行对照筛查，不管是车辆、工程设备，还是别的什么大家伙！之前我要求的公安系统的出警记录、报案情况，也全部整理出来！"

良知

THE STARS

收到云杉的请求之后，特别行动组全体人员都被紧急调动起来，对成都市区内一个小时前后的异状进行排查。

若这真是汪海成他们萤火组织的计划，这安排可算是精妙至极。晚上正是本地人休闲娱乐的热闹时段，超大范围的停电不仅搅乱了人们的生活，还切断了他们与外界的联系。大家早就习惯随时通过移动网络与整个世界相连，几乎每隔两分钟就会看一次手机，看新闻，聊微信，等推送，不一而足。一个小时的停电不仅中断了大家的现实生活，连人们惊慌失措地想从网络上寻求一些安慰也变得遥不可及。全体市民仿佛化身一千五百万个孤儿,年纪大一些的人回想起当年"5·12大地震"时也是这样，突然间一切都变了样。人口基数如此庞大，恐慌和谣言是难以避免的，总有不少区域乱了套。

停电一个小时前后，车流、人流、城市动态跟之前大不一样。天网系统的风险预报是以统计规律为基准的——只要收集的数据够大、够复杂，就会发现人类社会的行为规律稳定得惊人，任何一点异常的小波动都可以循迹回溯，发现源头的妖孽。任何大动作都必有先兆，很难在统计学模型下隐藏，要从天网系统的监控下隐形难于登天。

而现在，全城的行为模式处处不正常，处处都是意外，处处都算得上是先兆。天网下的成都成了一池浑水。

"快，快！快！！"通信器里传来端木汇催促手下的声音，声音有些变调，他鼻梁还歪着，之前郭远给他的那拳影响了呼吸。隔着电波也能听到他在车子狭小的空间里来回踱步，通信器里传来呼吸和键盘的声音。表面上再镇定，现在谁都知道这事不会善了，任何一个失误都是致命的。

请求已经发过去十多分钟了，依然毫无头绪。郭远知道这样排查效率极低，因为大家已经对天网形成依赖。当年没有天网的时候，排查就像瞎子摸象,但好歹那时候也已经摸得手熟。现在天网一断,技术侦查就变成了瞎子,而且是刚刚失明没两天,连盲文都还不认识的瞎子。郭远脑子飞转,想着有什么自己可以下手的渠道。

如果他需要在停电的一个小时搞一些大动作——大动作是指规模明显的准备工作,不是实际袭击——不可能是停电开始了才行动。在这之前必然预先安排,如果需要交通工具、武器弹药,那在行动之前,这些东西都要储备好。

要预先准备,就要有做准备的中间人。跟庄琦宇一起行动的有一个中东裔,这本来应该是一个突破口,可惜当时下手太狠,没留下活口来。要不应该是能问出点什么东西的,比如:中东裔族群会是他们的外围合作者吗?如果汪海成他们为了隐蔽自己的行踪只在核心行动中才现身,那么外围行动是谁来做,都做了些什么?

郭远拿过通信器,叫道:"之前我说过整理四川公安系统所有治安相关情报,弄好了吗?发给我,我来看!"

之前的龃龉并没有影响团队合作。端木汇如今被夹在上下之间,架在两面火上烤,但心里也明白这当头自己根本没有记恨郭远的资本。所以他努力假装之前什么也没发生过。

情报很快传了过来,郭远直接用全息投影把信息打在驾驶室三面玻璃上。密密麻麻的文字图片盖满了整个驾驶舱,信息量大得惊人。他快速扫过,整个人只有眼睛和脖子在动,身体桩子似的杵在那里。云杉还来不及看完,郭远就已经挥手朝下翻了过去。

这绝不是人类应该有的速度。云杉智力已算绝顶,又系统学习过速读,但每次她还看不到一半郭远就已经跳了过去。光是读已经跟不上,何况郭远还在快速判断这里面有没有相关的线索,思考隐藏在卷宗下的问题。一时间她不知道该是恐惧还是佩服:如果不是有人格障碍，这人真是不世出的天才情报员。

不对，也许正是严重的人格障碍造就了他异于常人的思路，才有这天才的假象？

十来分钟后，屏幕上飞速翻动的卷宗终于停了下来。云杉定睛看去，是保险公司的车险出险记录。还没来得及看仔细，郭远又继续飞速往下翻。她不明白这里面能有什么有用的信息，但也没有开口问：郭远这时已经完全陷入千头万绪的信息网里，云杉生怕说话打断了对方的思路。

屏幕上的卷宗以更快的速度跳过，即使是郭远也不可能读完。他在跳着找什么东西。两分钟之后，他又翻了回去，一直跳回百页之前，停在阿坝州的记录上。那地方的卷宗居然是相机拍的照片，照片右下角显示着日期，是今天下午。阿坝州的警察显然是今天才得到紧急命令，急需把手写卷宗马上数字化上传，那边的警察慌忙找来了相机，也不懂什么规范就胡乱把卷宗拍了下来。

郭远喘了口气，伸手推出，车窗上的投影应声收了回来。见他闭目揉眼沉思，云杉这才敢开口问："有线索吗？"

"有。"他没睁眼，对自己的判断有些犹豫，口气也没有之前那么果断。

"什么线索？"

"最近半个月，全市本田越野车盗抢报案数量相较前月下降了八成。本田牌的越野车跟别的牌子盗抢数量几乎一样了。"

云杉一头雾水，盗抢报案数量下降不是好事？"跟别的牌子案件数量一样？"降了八成还跟别的牌子一样？是说之前本田的案件数量比别的牌子高很多？

郭远一边解释，一边整理自己的思路，"本田这牌子因为电子防盗系统一直有漏洞，黑市渠道可以搞到门锁无线干扰，所以全国范围的盗抢数量一直都比别的牌子要略高。

"成都这边又跟别的地方不一样。成都往西边没多远就是藏区，从川藏线，走甘孜阿坝自治区，然后就可以进西藏。高原地区对车辆的可靠性要求极高，所以日本车，尤其是丰田和本田的越野，那边的人一直就很偏爱。车被偷了以后，直接进藏，那里地广人稀，警方根本追不回来。

"去年，本田越野的盗抢就已经猖獗到连保险公司都不敢接新车的盗抢险保单的程度。盗车集团都不需要找下家销货，要车的人直接跟车点杀，当场上车付现金，然后自己开走。有GPS跟踪和监控影像也没用，人家直接上藏区十年不回来，一点办法没有。"

大致解释完了前情，郭远问云杉："两个月来既没有对盗车集团收网，本田也没有更新防盗系统，突然盗车案的发生率就降到了冰点，你觉得是什么原因？"

成都这种奇特的犯罪生态让云杉听得瞠目结舌，顺着郭远的思路，她问道："你的意思是，专偷本田车的盗车集团，跟汪海成可能有牵连？"

"我是说，如果不是选在这时候洗手不干的话，这些偷车贼在吃哪家的饭呢？他们搞的是车，如果不是在偷本田的车，两周时间他们搞了些什么，能搞多少车？"

不用郭远点透，云杉跟通信器另一头的端木汇都已大惊失色。现今的恐怖袭击行动，汽车是最万能的工具，冲击人群、开道、阻碍交通、运载、隐匿、汽车炸弹……汽车是强有力的武器，而且因为太过常见还不容易预警。云杉快速查看了一下更早之前的卷宗，巅峰时期成都本田被盗案能高到日均一起，如果按这个数目来估计，他们能动用的车辆至少也是两位数——这数量看似不大，但如果能有效隐蔽，定点对高价值目标杀伤,绝对不容小觑。

"换我开车,走吧。"郭远示意道。

"去哪里?"话刚出口,云杉自己就想到了答案。

"没有收网,不代表不知道这群偷车贼在哪里。"郭远系好安全带,一脚油门直接到底,电动引擎发出尖锐的高频啸叫,他沉声道,"等会儿动起手来,你按我的指示,不要手软就是了。"

车也不掉头,直接飙上一百多码逆行,几乎要在城里飞起来。云杉只能抓牢把手,虽然心知现在什么也没有时间重要,但眼见就这么逆行着还一连擦刮了路旁好几辆车,她还是觉得一阵心慌。车在人行辅道横冲直撞,短短三四分钟就两回险些撞上惊慌的路人,可是郭远连一丝稍微减速的意思都没有。

车疾驰驶入二环,玉林片区。这边已经是成都老城以内,几十年历史的老居民区是老街窄巷的格局。这和南边规划新建的现代化城区大不相同,没有摩天大楼,道路只有双向单车道,楼高不过七八层,平素安稳静谧。

这地方是传统成都人最喜欢的格局,不像国际城南少了地域风情,也不像市中心春熙路商厦云集。店面还多是街坊老店那种底层临街小铺,卖着不知名牌子的服装副食,伴着开了几十年的老苍蝇馆子。春熙路是成都的面子,熊猫是成都的招牌,这样的地方就是成都的里子。

如果一个城市有什么烂疮溃记,那自然是藏在里子里。

拐入窄弯的时候,一辆路虎斜压着马路牙子挡住了道路,应该是之前停电时慌乱停下的。郭远笑道:"抓紧。"一脚地板油冲上去,直接把对方推到巷内,还去势不减地又接连撞上了两辆别的车,他们才冲了出去。

车甩尾,急刹,停在一个老小区外面。郭远没有马上下车,而是掏出枪检查了一下弹药，打开保险，才推门下来。

"一切听我指挥，出问题我负责。"话虽然说得简单，但云杉听了心里一紧。她想起郭远最初就说，要做事就要按他的规矩。还没下车就掏枪上膛，他这摆明是为了情报什么都干得出来。

只是盗车团伙的话，无论如何也罪不该死，就算是全城生死存亡都压在一线，也没有拿无辜之人来当祭品的道理。

云杉没有说话，但暗自下了决心，绝不能在自己眼皮下面出事。

小区大约是二十世纪七八十年代的单位小区，门口虽然有门卫室，但早就没人管。楼最高有七层，都没有电梯，每家每户的窗户外都装着密实的防盗栏——很好，想要跳窗逃跑都没机会。

郭远在楼下张望了一番，指着其中一扇窗户说："三楼。"透过窗户能隐约看到里面的一点光，屋里有人。老房子的楼道非常狭窄，几乎只容一人通行，两人一前一后爬了上去。门是内外两道，外面是后来加装的铝管防盗门，栅栏样式，是用一根根管子焊成的；里面则是原配的木门。这种老小区多半都是这样，其实加装的防盗门根本不能防盗，只是求个心安而已。铁门朝外开，木门朝内开，这样的结构在新的消防安全法里已经算是不合规——着火的时候，朝内开的门很容易被室内的东西卡住，外面没法破门，不能救援。

但这样的结构正是郭远喜欢的。他没有敲门，径直掏出一张银行卡插进门锁的缝隙，不到一秒就捅开了防盗门。木门上装着猫眼，郭远掏出枪来，云杉也持枪靠在门侧做好突击准备。两人互换眼色点头后，他才用力敲响了已经打开的铁门。

敲了两下门，里面的说话声立刻安静了下来。再敲门，里面传来像是被痰堵着喉咙的声音："哪个啊？找谁？"

"美团外卖，302叫的烧烤。麻烦快收一下，要超时了！"郭远大声回应，一边说着，一边竖起耳朵，两眼紧盯猫眼。屋里只有一个人的脚步声，"这里没人点外卖啊，送错了吧？"

郭远一边随口应着："3栋302，就是这里吧？"

"这边是2……"话才说了一半，郭远见猫眼透出的光线一暗，知道对方到了门口，他一步上前，猛地一脚踹向木门，门应声撞开拍在那人脸上，鼻子碎了。那人吃痛哎哟一声，郭远不容他反应，欺身冲进门里对着腹部又是一脚，那人被蹬出三米多远，直直撞在沙发上倒下了。

"反恐特警，统统蹲下，双手抱头！"郭远厉声叫道。一听这话，屋里立时大乱，那个来应门的男人也不顾一脸血，捂着肚子想要站起来，一抬头，目光就撞上了云杉手上的枪口。"不想死就老实蹲下！"姑娘叫道，这人显然没有见过真枪，见状就哆嗦起来，连腹部的痛都忘了，马上抱头倒在沙发上。

盗车都是大案，团伙里没一个是善茬。听到事情不对，屋里两间卧室都冲出人来，只有靠外的一间屋子灯还黑着。人冲出来的时候是气势汹汹，哪想迎面而来的是黑洞洞的枪口——他们都是惯犯，知道这种案子刑警抓捕都是一窝蜂拥进来，把人往地上按死。这几个人原本打着"敢下手，有本事能闯出一条路逃掉"的主意，谁想进来的只有两个人，荷枪实弹。

其中一人大概反应慢了点，手持砍刀朝门口冲过来，还想闯出去。郭远紧盯那个漆黑的卧室，连眼珠都没转，甩手抬枪就射。两枪直直打在那人的右腿上，人登时一歪栽倒在地。郭远侧身上去一脚踢走他的刀，也不说话，只听见那人捂着大腿连声惨叫。

警务人员用枪守则是先要出言警告，然后鸣枪示警，最后才能对人开枪。郭远毫无预兆的两枪下去直接吓破另一人的胆，他连忙丢下撬棍，面朝郭远双手抱住后脑，慢慢跪了下去——一看就是老炮儿，被抓经验丰富，姿势标准得很。郭远见状一笑，这才伸手带上屋子的里外两扇门。枪声一定会引起邻居的注意，如果这时候来两个看热闹的无辜群众，事情就麻烦了。

"里面的朋友，还不出来？还要我费事儿吗？"郭远朗声问道，"去，叫你们老大乖乖出来说话。"投降的那位吓得连滚带爬，赶紧进了屋，两分钟后，一个衣冠不整的罗汉似的胖子腆着肚子走出来——这体型，怕是没有防盗护栏也逃不出去。

胖子先不管郭远和云杉，走上去看了一眼中枪的小弟，"嚎什么嚎？忍着！"说着一脚踢了上去。这一脚下去，那小弟还真就忍住不叫了。

"两位是哪边的朋友？"他这才抬头，"不知道是得罪了哪路神仙？有啥误会当面说就是，没必要搞成这样嘛……"

虽然刚才听到了郭远的喊话，说是"反恐特警"，但一来郭远的手段太过残暴，二来最多是刑警找他麻烦，怎么也扯不到"反恐"头上，他以为自己一定是开罪了哪位惹不起的老大。

见郭远笑而不语，胖子接着说："我们家小业小，初来乍到，不晓得哪里做错了。先给两位赔个礼嘛。说啥也没必要这个样子吧？"

"别废话，问什么你答什么。你们来成都摸车多久了？"郭远晃了晃枪口。

"没多久，刚来……"

"放屁！我大成都本田的活儿都是你们包的，你们刚来？"

被当面戳破，胖子眯眼一笑，面不改色，眼睛一转。

"莫非是不小心大水冲了龙王庙？……"

"少跟我扯没用的，赵二家那伙被关进去以后，这边就是你们的地盘了吧?这都快两年了吧?"

"……"

"干了两年,为什么半个月前没干了?改行啦?"郭远上前一步,眼里的寒光一闪而过。

胖子听郭远几句话说出口,心中大惊,越想越觉得不对。最开始他以为自己得罪了什么惹不起的人,被人寻仇。那还好办,不外乎赔钱、还货,大家都是生意人,有话好说和气生财。但短短几句,他发现对方把自己的底细摸得清清楚楚,这比两把枪指着自己还让人心里发颤。

"改行是改行干什么了?打听打听。"

胖子一拱手,这是道上老礼,"如果是手下不懂事做错了什么、冒犯了谁,我先多多赔个不是。说清楚,划个道,我们照着走就是了,也不用说这些没意思的。"

"听不懂吗?"郭远这时反而放下了枪,"是反恐特警找你问话。我不管你偷了多久车,偷了多少辆,案值几千万。那跟我没关系。我来问的事情很简单:半个月前,你们没有再偷车了。那这半个月你们干的是什么活儿,是谁给你们的活儿?"

胖子并不相信这话。"既然两位不愿透露身份,我也就不问了。但都是道上的,规矩都懂,有些事情能说的说,不能说的不说。"他看了看两人手上的枪,"拿枪来也没用。"

"真的?"郭远眼睛一闪,露出清澈的笑容。云杉见这笑容心里就是一寒,她知道这人的笑容越是清澈,他心底纯净的恶意就越不受控制;而胖子见他笑了,也强挤出笑脸来,浑然不知厄运临头。

云杉脑筋急转,郭远才微抬枪口,她就闪电般冲到中枪的贼人身边,一脚对着枪伤踏了上去。

这人本来也不是什么好汉,刚才只是被老大喝住,勉强忍住剧痛止住号叫。云杉一脚下去还左右一用力,伤口撕裂痛彻心扉,还哪有不叫的道理。他马上扯着嗓子惨叫起来,声音让人汗毛倒竖;至于自己被一个女人弄成这样,面子上好不好看之类的事情哪还顾得上。云杉右脚踩在他腿上,枪口又随着目光缓缓落在沙发上那位的腿上,满脸尽是凶悍的威慑,跟郭远那似乎人畜无害的笑脸形成鲜明对比。

那两个人都不敢说话,用求救的目光望向胖子。黑道是拿命换钱的路子,要混下去最讲究的是对自己人的道义。本来就是黑吃黑的路数,什么道上的规矩不过是买卖的筹码,只有自己的兄弟才是本钱。如果让兄弟寒了心,自己别说混下去,就是哪天被人称斤两卖了也不稀奇。

云杉这时候从怀里掏出证件来,"国家安全部,我们怀疑你跟恐怖分子有勾结。如果不配合——"她又违反政治纪律地胡编补充道,"关塔那摩听说过吗?我可以保证你们到时候的待遇比那里'好'。"

不管这证件是真是假,听了这话,胖子反而心底一松,赶忙就坡下驴,"好好,女英雄你住手,我说!"

胖子竹筒倒豆子似的一五一十地讲了出来。原来在两周前,一个大胡子找到了他,说有个好生意给他。大胡子可能是中东人,普通话不是很利索。他给的活儿很奇怪,是偷车,又不是偷车。

"这话怎么讲?"

"一般我们搞本田的车,就是上去破了驾驶系统,开走。他是让我们把车上的驾驶系统破了,但不开走,而是在电路上接一块他给的电路板。然后就完事儿了。车他没开走,至少是当时没开走。"

"本田的车?"

"不是,不是。是大车。"

"大车?"郭远神色一变,"什么大车?"

"红色的渣土车,就是那种,从建筑工地往外运建筑废渣的……"

郭远和云杉对望一眼,知道事情对上了,云杉心里如坠冰窟,事情已经在往最糟糕的方向发展了。

现在的渣土车载重少则十五吨,多则二十五吨,一旦满载行驶起来,马上变成就连防暴装甲车也无法有效拦截的怪物。正是因为渣土车过于危险,事故太多,几年前开始,进城的渣土车都强制安装了自动辅助驾驶设备,不用费什么脑筋也知道,胖子口中的"装电路板"必然是从硬件上接管了自动驾驶系统。这意味着对方根本连司机都不用,就可以遥控这些巨兽在城里为所欲为!

"一共弄了多少辆,车牌号告诉我?"

"你这就是说笑话了,我莫非还偷一辆车记一个车牌……"胖子强笑道。

"来,我来给你算一下。在车上装上炸弹,一辆车就算装个两吨吧,不用装满,天府广场、环球中心、西部博览城、十九国峰会会场……"郭远也笑着伸出手指来数,"你自己算算你偷的车有几辆,这些东西到时候能炸几个?你记不记得随便你,就怕过两天你想起来了都不算立功减刑的表现了。"

胖子脸色煞白,之前怕的是伤兄弟义气,这会儿边讲边想,连他自己也信了。这已经不是偷车的问题,这算下来自己是恐怖分子的从犯!想想电视里那些美军虐囚新闻,如果用在自己这两百来斤的肉上……

"一共有二十三辆,牌照是川A……"胖了也不是普通人,每偷一辆车,都记得原始车牌,也记得走赃后做的牌,记得套牌关系。这样丝毫不乱,万一有谁走了眼动了不能动的车,他也能顺着摸回来,还回去。全凭着这能耐,他才站住脚跟,今天也只能靠这个立功赎罪了。

随着这边车牌号一个个传送过来，另一边的端木汇抓紧时间全力出动，用天网追踪这些渣土车的位置。

天网已经恢复了大半功能。果然，这些渣土车正是在停电的那段时间开始移动，离开了原本的位置。本来天网监控遍布所有道路路口，不管车还是人，只要你在路上移动，就会留下影像，人影都不会漏过，更别说这么大的载重渣土车。

问题是车在动的时候，停电让天网彻底失效，摄像头都没有工作。等摄像头恢复时，车已经停了下来，停在摄像头的死角——萤火组织把天网摸得太准了。

好在天网还能获取普通人手机之类设备拍下的照片，供电恢复之后，大批的照片涌上了网络，配上文字，记录下用户附近停电一刻的影像和事件。这些信息处理起来没有监控那么容易，在这紧急时刻甚至需要人工识别。

二十分钟后，第一辆被找到，很快就在附近识别到了第二辆、第三辆、第四辆……

地方倒是不远，只是古怪得很。

听到端木汇通知的地点，两人都是一愣，面面相觑。

城西，武侯祠。

车发动了，朝武侯祠驶去。

光说武侯祠，自然是大名鼎鼎的。这地方本是三国时刘备的陵墓——惠陵。诸葛亮死后，君臣合祀于此。后来随着时间流转，君之名日淡，反倒是臣之誉日盛。本是显示君恩隆重的恩赐合祀祠堂，到了唐朝就已经是"丞相祠堂何处寻，锦官城外柏森森"。再往后，干脆很多人根本不知道这里是刘备惠陵，只知道是诸葛武侯祠堂。从此这地方就被叫作"武侯祠",成都市最大的行政区也得名于此。

武侯祠既是皇陵,面积自然是不小,旁边更有新的人造旅游景点锦里,再边上就是武侯区政府和西南民族大学。虽然都不是普通地方,但如果说作为恐怖袭击的目标,无论如何都不是一个合适的潜在目标,就算以汪海成的"萤火"之前的行事风格,也不是。

郭远想到这里,又一阵暴怒。从明面上看,那片区域多是平房、低密建筑,在如今的恐怖袭击里,是收益比最低的选择——911选择世贸中心的原因不仅因为它是标志性建筑,更重要的是摩天大楼密度惊人。同样的爆炸威力,平房和摩天楼的破坏完全不在一个层次,加上救援困难,倒塌时的二次破坏,现代钢筋城市创造了恐怖袭击的天然靶子,为什么汪海成的"萤火"会把几十辆渣土车送去武侯祠这种地方——挖坟盗墓吗?

这就是他暴怒的原因——他不知道真相。"萤火"未必是要去挖坟盗墓,但正如之前藏在电力枢纽地下的黑环一样,武侯祠那边又藏着什么?他不知道,端木汇也不知道。

但是更往上的人,安排下来让他们进行这个"反恐行动"的人,也许是知道的。

在军事行动中,卒子不需要也不应该知道所有信息。也许另有真正的行动正在他们的掩护下展开也未可知。

郭远想到这里,直勾勾地看着云杉的脸。这姑娘应该还不过二十五岁,肉体还青春满溢,脑子里蛮高的智力还不够压制更高的天真单纯,一腔热情。

他应该感觉到"惋惜",或者是别的什么吗?郭远不知道。他能够完全明白这些事情,漫长的教育也让他知道正常人这时候会有一种叫作"惋惜"的情绪,但他并不知道这种情绪是什么样的。就好像不入流的言情小说里一遍遍说"爱得发疯",但他就是完全感觉不到一丝悸动。

现在郭远早就习惯了,不能用正常的情绪来融入人类社会,他可以用理性去模仿这些情绪,假装自己接近正常人。情绪,是人类作为社会生物的一种心理结构,而不是什么了不起的东西。爱、恨、恐惧、绝望、欣喜,都是人类大脑用电信号和化学物质驱动自己行为的钥匙。郭远的人格障碍就和抑郁症、自闭症一样,是大脑的化学钥匙出了问题——"一切所谓心理疾病都是还没有找到明确机理的生理疾病"。

作为一个病人,要在正常人类的世界里活着,就要付出更多的努力。当自己需要借助理性来理解别人的情绪、来假装理解别人的时候,他就越来越依赖理性。但今天这个案子被隐藏了太多信息,完全不能用理性去弄明白汪海成在干什么、想干什么,自己无比依赖的理性无法运转,这让郭远愈发狂躁不安。

云杉不知道郭远在想什么,只察觉那双火辣辣的眼神一直落在自己脸上,不一会儿,她就不好意思地脸红了。

"刚才多亏你动手呢,要不对付那胖子怕是还要费些手段。"郭远说,"没看出来,你下手这么狠。"

见云杉没有回答,他接着说道:"不过当时,你恐怕不是想着要帮我吧?"

"那我是想帮谁?"

"需要我说出来?对了,我能问个问题吗?"

"说。"

"为什么人类对'不要杀人'这件事这么执着?不管被杀的是好人还是坏人,只要是亲手杀死活人,大家都会怕。只要有一丝可能,人总想要避免杀人,为什么?逼不得已,就是我这样的疯子动手,为什么？"

云杉愣住了。这算什么问题？

"比如说，汪海成告诉你，他手上二十三辆渣土车满载塑胶炸弹，马上就会把成都变成火海。唯一的办法就是，一枪打死被他绑架的无辜路人——还是个不到十五的小孩儿——这样才能抢到遥控器，你们会下手吗？"

"不会有这样的事情发生。"

"不要逃避问题，我一直没办法理解这个问题。为什么你们都不能从感情上接受这样的行为？这很好笑，你知道吗？假如你们有两个人面对这样的情况，当然阻止爆炸是必须的——爆炸了就不止死一个人了，对吧？但是谁也不肯下手杀人。"

云杉没有说话。

"我觉得很好笑的不是这个，最好笑的，是这时候你们两个人都会悄悄地期望对方下手，把那个无辜小孩儿干掉。这样既解决了问题，又维护了自己的'良心'。"

听到这里，云杉终于忍不住了，"那是因为我们是人，不是动物。"

"哈哈……"郭远不以为意，反而大笑起来，"说得好！这句话我从小到大听了有几千遍，最开始一直都没明白是什么意思。人不是动物，人是什么？是人？这个'人'到底是什么？为什么会以为自己跟动物不一样？为什么会造出灵魂、精神、道德、良心这一堆奇怪的、号称只有人才有、别的动物都没有的东西？"

"大哲学家的结论呢？"云杉冷冷道。

"因为人脑信息处理的能力太弱。"

"啊？"云杉不知道怎么天一脚地一脚扯到这里来了，她满脑子都是二十三辆载重高达二十五吨的渣土车。

"大脑没法有效地完善处理不断涌入的信息，面对大多数信息，其实人脑根本就不能真正进行详细的思考和处理，只能给一个原始的处理模式。这些处理模式实际是我们的本能，跟蜘蛛天生会织网、鸟天生会飞一样。但我们的理性思维反而不能理解这些本能，所以幻想它们是人独有的东西，把它们叫作人性、道德、灵魂……

"就算能救一个城市的人，也不愿意杀无辜的人质，这种所谓的良心就是这样的。即使你知道如果不杀他，他就会马上被炸死，你的良心也会阻止你动手，对不对？你的理智知道你是错的，但是原始的本能却在阻止你。因为这些本能诞生得太早了，那时候人类还生活在洞穴里，还没有形成强有力的逻辑思考能力，没有预判能力，还没有办法推论出'很多人会一起死'的逻辑结果。本能进化出来的环境里没有炸药，没有核武器，只有拳头和牙齿，你根本没有机会去杀一个人同时救几万个人，杀一个人就是杀一个人。

"这很讽刺，你们给这些本能安上名字，以为是动物没有的，是使人不同于动物的东西。但实际上，所谓良心和人性其实恰恰是人最接近动物的地方——原始本能行为模式。你们号称它非常珍贵，要坚守不移，其实跟扑火的蛾子没有区别，越服从你的良心，就完蛋得越彻底。"

真是歪理邪说！云杉最开始听相声似的听着，想找出漏洞来反击他，但越听下来，越觉得压抑，完全找不到反击的地方来。这一定是歪理！他这种人说的，听起来似乎振振有词，其实就像毒品一样，千万不能让它进入脑子里。

"所以你的意思是，你这样其实才是最高级的，因为你没有道德和良心，脱离了那些低级本能，对吧？"云杉终于找到了一个反击的地方。

"不，我的意思是，也许这些东西才是这次成都能不被炸成渣的唯一机会。"说出这句话，郭远才觉得自己的思路变得清晰了一些。之前那些纷纷扰扰的信息像是毫无头绪、无法连接的碎片，没有办法拼成一幅画，没法理解作画人的思想。

"你到底在说什么啊？"

"你想一想，汪海成到底有些什么东西？在江口，他让这片大地翻腾起来，改变了生物的性质；在电力枢纽，他拿了一个'会把整个城市炸飞'的黑环；你们辛辛苦苦地分了几次，送给他几颗黑珠子，不妨假设跟另外两个黑东西一样可怕。那他还要这二十三辆渣土车来干什么？真去冲击十九国峰会的会场吗？"

这句话一点，云杉早前的疑惑也就醒了过来。因为事件一波赶一波，她总也没时间去细想其中关节，但这些困惑一直堆在脑子里，发酵着。是的，这不是汪海成到底要干什么的问题那么简单，如果真的是"恐怖分子"的恐怖袭击，他手上的牌已经可以甩王炸甩到天亮了。

"你是说他另有目的？"

郭远没有直接回答，"你还记得小提琴里面的那个铭牌吗？"

"那个克苏鲁印记？"

"对，克苏鲁印记。他用克苏鲁作为萤火组织的印记，肯定是有用意的。"

"用恐怖标志作为恐怖组织的旗号是很常见的事情啊。"云杉并不认同郭远的想法，"跟海盗的骷髅旗一样，用那种代表邪恶和强大的图案来散布恐惧、瓦解敌人的意志是很常见的。"

"不对，不对。这跟骷髅旗完全不一样。第一，这个标志不是给别人看的；第二，克苏鲁的神并不是邪恶的。"

"啊？"

郭远一边慢慢解释，一边继续梳理自己的思绪，寻找答案，"克苏鲁神话里的神是这样的，它们力量大得无法描述，它们的智慧超然无法想象。有邪恶的邪教组织崇拜它们，试图从古神那里获得力量，但这些古神既不恩赐他的崇拜者，也不关心普通人。祂们的恐怖其实只是单纯的强大。这就是克苏鲁跟其他神话的区别，其他的神是人类可以描述和理解的，所以不管是讨厌人还是喜欢人，人类都可以应对。克苏鲁不邪恶，但人类没法理解它，只要接触就会莫名其妙地被毁灭，或者发疯。"

"所以人类就像蚂蚁，克苏鲁是现代文明。不知道是因为对蚂蚁好奇，伸手玩弄的时候不小心碾死了，或者是压根儿没注意就踩着了，还是建筑施工挖了窝，反正就是一接触就完蛋，对吧？"云杉理解了。

"对。"郭远点头道，"这个印记是代表了什么意思呢？是汪海成想要唤醒克苏鲁，还是他相信自己在阻止别人唤醒克苏鲁？他站在哪一边？我们站在哪一边？"

"那你刚才说道德和良心可能是成都能不被炸成渣的唯一机会，是什么意思？"

"我的意思是，或许我们和汪海成都以为自己是站在正义和真理的这一边，对方才是那个绑着遥控器、不得不干掉的无辜小孩儿。"

12 锚点

THE STARS

查到那二十三辆渣土车的异常行踪之后，端木汇紧急调动了手上全部行动小组前去处置。加上郭远和云杉，一共五队人。这么多人，看似不少，但想到要解决的对象是二十三辆最大载重达到二十五吨的巨兽，他就感到极度不安。

"盗车团伙应该在车上安装了一种自动驾驶劫持设备，汪海成一伙可以通过那个设备劫持渣土车原本的自动驾驶控制信号。所以我们的第一作战目的是切断这套劫持设备，阻止他们遥控这批重载卡车。

"敌人盗车的行动目标目前暂时还不清楚，所以第二要务是确认车上是否装载了危险品。"端木汇说到这里，不禁一阵心悸。就算是普通爆炸物，以渣土车的运载量计算，也足够可怕了。

"如果有危险品，不要擅自处理。听清楚，不要擅自处理！"

二十三辆渣土车绕着武侯祠外围，停在方圆三公里的范围内。这些车为什么停在这里？是为了方便做袭击准备，还是已经做好准备，等待出发？又或者袭击的目标就在武侯祠范围附近？他们一无所知。

"汪海成他们应该还不知道我们已经追踪到渣土车了。这次我们很有可能跟他们再次遭遇，有机会抢占先机，打他们一个措手不及。可以开枪，但尽量留活口。"端木汇继续布置任务，"武侯祠西面的成都体育学院，是附近人口密度最低的场所。如果有紧急情况，可以考虑优先利用这个学院进行避险。"

"这个学校疏散了吗？"云杉在通信器里问道。

端木汇沉默了一秒，"没有。如果疏散的话，很可能会打草惊蛇。"

有两秒电波里全是沉默。

"武侯祠呢？"郭远问道，"这时候的武侯祠内是没人的吧？"

"你是说，可能会爆炸，把武侯祠炸掉？"一个陌生的声音从通信器里传来。就算只是一车高爆炸药，也足够把这座存世将近两千年的古迹炸得面目全非。

郭远耸了耸肩,"是你们怕伤到无辜平民,不是我。"一时间又没人说话,云杉一下子想起之前郭远的话——要射杀绑在遥控器上无辜孩子的时候,两个人都在等着对方动手。

"避险场所是成都体育学院。"端木汇重申了指令,"郭远组到达目的地,首先把渣土车上安装的操控劫持装置拆除。拿到那个遥控装置,技术部门会尽全力破解遥控装置的通信方式。破解成功的话,我们就可以定向阻塞车辆的遥控驾驶,这样就不需要每辆车都追查。

"先废掉他们的遥控,我们就有充足的时间对车辆进行排险。这些车无论如何都不能让它们闯入重点区域,必须控制在二环路西一段和武侯祠大街之间的片区内。"

郭远的车穿过洗面桥横街,接近了目的地。横街沿路满是藏文,一边多是售卖藏香、佛教用品、高原特产等传统产品的店铺,装修得古色古香;另一边却是充满高科技和现代气息的高原装备店,超薄登山户外用品、高原车辆改装、求生用品、北斗卫星电话。因为西藏自治区办事处在这条街上,这地方进出藏区的人车颇多,路上有一半人长着古铜色的面孔。

一辆渣土车就停在这条街的尽头,边上不远是一排卖佛教用品的店。目光一扫,郭远发现里面一家还灯火通明,定睛一看,店里居然人头攒动,也不知道是哪个庙里来的高人在做什么,居然人多得都被挤到了店外。他心说,如果渣土车上真是炸药,这几十个等着净化心灵的善男信女就是第一波被超度的。

大车从远处看不出什么,渣土车拖斗上的挡渣罩已经拉上,挡得很严实,从形状上看拖斗堆得并不满。但往下看到轮胎,云杉心里就知道不妙,轮胎接地面积不小,比起空车,轮胎大约被压下去了三指宽——这重量已是满载。驾驶室里没有灯光。红外影像上发动机排气管只是略有些亮，说明车已经熄火较长时间，基本没有余温。

两人在车上观察了几分钟，没发现附近有可疑人物，这才通知指挥中心："确认可以行动，技术部门请核实支援情况。"

"破解工作准备就绪，可以行动。"

郭远和云杉一左一右，快步朝渣土车驾驶室走去。遥控劫持装置必然会有报警模块，只要一被拆除，敌人肯定知道自己暴露了，所以破解和干扰必须马上同步进行，否则不知道那群人会做出些什么。如果敌人强行突击，情况绝对无法控制。

云杉登上车门，检查是否有警报机关，确定没有问题才拿钥匙开了门。自动驾驶的重卡司机位非常小，只供临时操作，以云杉的身量问题倒是不大，她钻进驾驶室，给等在另一边的郭远打开了门。

借着电筒光，驾驶面板下沿还能看到人为撬动的痕迹，胖子的手下干活儿并不精细，连盖板都没还原。两人小心地探察了盖板四周，没有发现异常的警报监测电线，这才撬开了盖板。劫持装置的连接很简单，一个巴掌大小的装置拉出两条线来跨接在原来的主控数据线上，两条线一条用来获取原始正常的驾驶控制信号，一条用来输入劫持后的控制信号。

"如果是我，车厢的炸药会连一根保险在这边，拆除就引爆。"郭远说。拆除控制装置是云杉的工作，郭远要等装置安全拆除，技术部破解了通信信号之后，再检查拖斗后面到底装着些什么。他说这话也是为了提醒云杉，生怕一个不小心就把大家一起送上天。

云杉本就有这担心，听他这一说，反倒是狠下心来，双手猛一用力，先把下行数据线扯下，然后反手一撕，上行端口也断了出来。巴掌大的劫持装置到手，她马上利落地将两截接头插进技术部提供的信号分析器，渣土车原本的驾驶控制总线也被顺势拔断，一时半会儿这车是没法动了。

"还活着。"郭远笑着拍了拍云杉的肩，推开车门，朝车厢爬了上去。信号分析器接入了这个劫持装置，开始分析这东西的工作方式，快的话五分钟内能完成——五分钟能发生很多事情，比如遥控这车炸掉。

郭远爬上车厢，掀开挡渣罩，当时就是一愣。他原本预计车上一定是一车炸药、塑胶炸弹、弹头，甚至是核装置，但挡渣罩拉开的时候，映入眼帘的是满满一车建筑垃圾——混凝土块、钢筋、装满泥块的编织袋、预制板件……

郭远愣了一秒就想明白了。真是蠢透了，当然是这样，不管是卸货还是装载，都需要大量的人工和起重装备，汪海成既然需要遥控驾驶手段，当然不可能有人手、有装备以及时间来给几十辆渣土车进行装卸。

既然汪海成没有办法装上自己的重型货物，那为什么要劫持这批渣土车？车上可能有别的"货物"吗？轻型的，被埋藏在某个缝隙，某块建筑垃圾的下面？郭远手电晃过，往缝隙里看了两眼，并没有发现什么。

不对，如果他需要的是一批高速自动驾驶汽车，那满街的全电动车辆不是更好用？为什么要提前半个月布局盗窃渣土车？

重量。是的。一定是重量。车的重量，加上速度，冲击力。

郭远正在分析汪海成的计划，就听见云杉用力敲着玻璃，脸色大变。他心知不妙，翻身下来，拉开门问道："怎么了？"

通信器里传出技术部的声音："装置上没有检测到通信信号，电路分析也没有发现有通信控制模块，只有一个很简单的遥控启动电路。"

"怎么可能?"郭远一惊,如果这些车不是遥控驾驶,那是怎么被劫持到这个地方……

"我们怀疑这东西的驾驶逻辑是独立 A.I.,运行不需要通信,可以脱网独立运行,在关键信号启动的时候发出一个开关信号就可以了。这样通信阻塞就没有办法进行,而且也没有意义!"

大家都脸色大变,之前的作战计划彻底报废。

"所有小组!更改作战计划,根据提供的路线,尽快前往目标渣土车,破坏驾驶模块。如果来不及破坏驾驶模块,那就设法破坏车辆的轮胎和油箱,绝对不能让这些车逃离。"端木汇的声音再次响起。

"我们没有支援部队吗?"郭远问。渣土车的轮胎和油箱都经过特殊加固处理,就算用子弹击穿,也能稳定行驶二十分钟以上。想要靠这么几组人完成任务,只能期待敌人睡着了——独立 A.I. 的驾驶模块摆明了是针对这边的信息战优势才这样设计的。

"支援部队都……另有任务。"

"比阻止成都被炸平更重要的任务?"郭远怒道。

"我们没有证据证明他们要把成都炸平。"端木汇这时候完全是强行解释。

郭远松开了通信器的按钮,望着云杉,嘴上没有说什么,却露着阴恻恻的笑。

"看来我们不是唯一一支在对付'萤火'的队伍。"云杉说。言尽于此,郭远也没有再说什么。可上面到底在打什么主意?

汪海成又是想要做什么?"萤火"这个组织到底是怎么回事?这群人的学历和智商都高得跟丧心病狂的恐怖分子搭不上边,是因为什么契机才会变成这个样子?这群人是以什么为纽带才会这样联合起来,他们行动的目的到底是什么?

这时，通信器里传来惊叫的声音："渣土车开始移动！再说一遍！渣土车开始移动！所有！再说一遍，是所有渣土车开始移动！"

郭远面露寒光，一把抓起屏幕来查看，心里暗叫糟糕。大家行动已经很快，收到命令后立刻行动，算上自己这辆，已经有四辆车被切断了驾驶劫持装置。但剩下十九辆已经被激活，也不知道 A.I. 预设的指令是什么，它们会做什么？

屏幕上显示着目标渣土车的位置，才刚刚起步，暂时还看不出什么规律。

"计划不变！灵活应对，所有渣土车必须全部控制下来！再说一遍，全部控制下来！"通信器里传来端木汇的怒吼，声音已提高了八度。

郭远看了一下屏幕，发现一辆车正朝他这边驶来，速度还不快，但正在全力加速。渣土车本来的自动驾驶软件是限制了加速上限和行驶速度上限的，但谁也不能保证这个劫持装置还会遵守安全法规。

云杉一推郭远，"让开！"

郭远问："你要做什么？"

"拦车！"她手指屏幕上的红色标记答道。郭远明白了她的意思，连忙闪向一边，把驾驶座让给她。云杉抓起驾驶主控线开始重新连接，抢回这辆车的手动驾驶模式。

满载大车行驶起来是远超正常人想象的，正常的警用路障、路卡，甚至水泥墩都派不上用场。只要撞上，这些东西都会像纸糊的一样飞出去。面对自动驾驶的渣土车，就是装甲车也挡不住。

但另一辆同样吨位的渣土车可以。

云杉把卡车扳到手动驾驶，发动了引擎。屏幕上车已经接近路口，只一个转弯就要开过来了，她算了一下车距，踩下油门。要截住渣土车，一个办法是从侧面把它撞翻，另一个是从正面把它的驾驶室连带动力系统完全撞废，但无论采取哪种办法，撞车的时候待在车上都是死路一条。更糟糕的是，自动驾驶使用的激光和声纳雷达基本能覆盖一公里内的路况，如果自己撞上去的速度和时间不够快，对面的驾驶A.I.就有足够的反应时间躲开。

"抓稳！"云杉叫道，车咆哮着加速冲了上去。对面的车还没见踪影，郭远知道这姑娘想要用车身做障碍，先一步拦住对方的去路，这样就能让那车撞在自己装满建渣的货斗上。这是愚蠢的做法，因为这样两车相撞之时自己肯定还在驾驶室，两个加起来两百吨的家伙发生翻滚很容易把两个人卷进去，如果对面这车朝右前翻滚，两个人根本没有活路。

最好的选择是从侧面撞对方的车，只要踩满油门，两个人跳车，不会有太大危险。唯一的问题是，两辆车会因为惯性冲进街边的楼里，那房子一楼是铺面，二楼往上都是住宅，楼一定会塌。

方向盘在云杉手里，他也无法可想。车蹿过街口，刹车踩到底，一路火花四溅。那辆车离自己已经不到二十米，来势不减，无论是刹车还是急转都已经来不及，云杉看了一眼确保能挡住，才推门跳车。郭远早她一步跳车，他用尽平生力气朝右前用力一跃，还没落地，就感觉一股冲击波把自己吹了起来。

如在爆炸中心一样，大地都为之一震。他们之前驾驶的那辆车整个翻倒，一车废渣倾泻出来，山一样埋了过去，被拦大车的驾驶室已经撞平成了一张纸，但货斗并没停止去势，一翻，整个腾空而起，朝前面飞了过去——

好在没有朝他的位置侧翻过来，郭远心下稍微一松，才落在地上。毕竟是跳车，去势不止，他接连在地上滚出了五六米，直到撞在街边台阶上才停下来。哼了半天，郭远觉得腰上旧伤发作，一时没站起来，更觉刚才那波剧烈的冲击让自己头晕目眩。

直到云杉扶他起来,郭远才慢慢恢复了平衡,检查了一下,并没有大碍。他模模糊糊记得云杉像鸟一样轻盈的身影,只是用脚一点就借着冲击横跃出好几米,一点也没被撞车波及到。

郭远被撞得有些意识模糊,脑子嗡嗡作响。他不由得羡慕起云杉的身体,经过基因强化改造的肉体比自己强了太多。之前没有太多机会发挥,郭远还没有觉得云杉这个强化人类身体有多大优势。这次她准备充分,只是一跳一纵之间,展现出来的体能和反应就远非自己这个普通人所能比拟。

因为冲击的缘故,郭远思绪纷乱,好一阵胡思乱想。基因强化改造技术出现了多长时间来着?似乎是五年,就跟可控核聚变一样。

就跟可控核聚变一样。

郭远突然吓得清醒过来,他脑内似电流涌动,只觉得全部神经都炸开了。

五年?!他吓得一激灵,一把甩开了云杉扶他的手。云杉倒是一惊:"怎么了?"

"等一下!"郭远叫道,紧张的心跳才刚刚平复,这时候一下子又狂跳起来,紧张急促的心跳声连云杉都能听到。"汪海成,汪海成是什么时候失踪的?"他意识到了什么。

"汪海成?"云杉一愣,不明白为何这时候突然问这个问题,"五年前,好像是。"

是的,五年前。

五年前人类突破了可控核聚变,解决了能源问题。

五年前基因编码得到了突破,分子生物机理认知完成了飞跃,从此可以进行分子级别的基因编码调控,克服遗传疾病,优化基因。

这两个关键技术几十年来未有寸进，却偏偏突然在五年前同时获得突破，进入了实用阶段。这似乎太巧了吧？

更巧的是，也正是五年前，天文物理学家汪海成无缘无故地失踪，变成了恐怖分子。

为什么这些事情都正好同时发生在五年前？

不对，不对，不对！

可控核聚变真的被突破了吗？确实，化石燃料在民用领域基本彻底消失了，但发电站到底用的是什么？

如果这是一个全球共同罗织的谎言，那真相是什么？

那么五年前，真正发生了什么？

更重要的是，如果这都是谎言，那汪海成呢？他真是恐怖分子吗？

郭远意识到这所有的疑问之下，隐藏的很可能都是同一个秘密。只有揭开这个秘密，这被扭曲的一切才可能找到答案。

他看了云杉一眼，这姑娘满脸困惑，眼神里有几分担心，好像是怕他撞出了脑震荡。他正犹豫是不是应该把这些想法告诉云杉，突然发现姑娘瞳孔一缩，眼神骤变。

"汪海成！"顺着云杉所指的方向郭远望过去，只能看到街道尽头模模糊糊的几个人影。虽然自己看不清，但云杉显然不会认错。对方必然是发觉车上的驾驶装置被拆除前来查看，又恰巧遇见两车相撞。

终于要和这人见面了！

对方应该还没看到自己，两人同时往侧面小巷一闪，沿着阴影快步躲了进去。这场惨烈的车祸早就引起了周围路人的注意，渣土车残骸的轰鸣尚未停息，已经有离得近的路人在小心翼翼地探头探脑。"发现汪海成，正向我们的位置靠近。"郭远通报道。这种情况应该是向指挥中心请求行动指示的，但他反其道而行之，直接对指挥中心下了指令,"更改作战计划,对这边实施包围,不要放汪海成走。"

通信器另一头的端木汇听到消息显然也是一惊,沉吟了片刻,"所有小组改变作战计划,对洗面桥横街区域实施封锁。"老秋随即火速分配了各自的封锁点,以郭远所在位置为中心,不能太近以免被汪海成察觉,也不能太远以防他再次逃脱。

躲在小巷借着微光摄像头的帮助,郭远发现汪海成并非孤身一人,他身旁有四人显然是同伙,腰间都别着枪,但还没有掏出来。五个人快步跑来,神色紧张。汪海成紧盯着两辆翻倒在地的渣土车,左右一男一女右手按在腰间,不断扫视街边,防备着敌人。几个人都不像是老手,动作有些慌乱。

这是郭远头回亲眼见到汪海成——个子不高,穿一身浅灰色的罩衫,那身打扮正如之前酒吧伙计的描述,一丝不差。他一张国字脸,比照片要年轻,虽然三十出头,但却还有些娃娃气。第一眼看上去没有危险的感觉,甚至还觉得这人有点书呆子气。汪海成眉目俊秀,只有走起路的时候才带着一股煞气,他直勾勾地盯着两辆翻倒的渣土车,速度越走越快,像是怕谁抢在他前面。

车上有什么东西。郭远明白了,但这时候肯定不能去找。云杉手持双枪躲在阴影里,只等对方接近大车的位置,进入自己的射程。郭远碰了她一下,压低声音说道:"手,脚,不要伤了性命。"这要求当然不合理,这时候动手还要留分寸等于给自己坟头添草。不过,这次无论如何也要留下活口来,不能像上次那个中东裔一样了。必须弄清楚事情背后的真相!

对方越来越近,只听一个女人说道:"小心,地上没有血迹,他们应该不在车上。很可能没有走远。"

"'造父'必须回收,实验绝不能中断。你们两个放哨。我们三个抓紧时间把东西找出来。"说这话的正是汪海成。一句话就提到了三个关键信息，"造父"是什么？"实验"，他们是在这里做一个测试？

代号"造父"的应该就是他们要找的东西，渣土车撞击现场已是一片狼藉，几十吨的垃圾山铺在路边，如果能找到，想必是比较显眼的。

郭远凝神往车祸现场看了一眼，并没有发现什么疑点。如果"造父"被埋在渣土堆里，没有重型机器应该是挖不出来的，但汪海成他们什么都没有带。总不能用手挖吧？

敌人走到了巷口，女人的目光朝这边扫来，两人背贴树干，屏住呼吸。没看到人影，女人只扫了巷子一眼，又继续往前走去。

眼见五个人都背对自己，正是偷袭的大好时机，云杉已经瞄好了两个哨兵，正要闪身开枪，突然被一只手拦住了。

"等确定汪海成在找什么，再动手。"郭远低声说，"这是查清他们目的的最好机会。"

云杉点了点头，也对，再缓一缓，等另外的小组完成封锁也更有把握一些。

但他们没想到，那个女哨兵走近车祸的撞击现场后，脸色突然一变。她转过身，背对着被撞车辆的驾驶室位置，反向朝右前方望去。郭远躲在黑暗之处，顺着她目光看去，马上心底一凉——自己跳车之后，从路上一串滚地葫芦过来，留下一大串印子，那印子正引向两人藏身的小巷。

果然，那女子左右扫了两眼，就看到了那串痕迹。她明显迟疑了一下，巷子里一片漆黑，像是隐藏着异形的洞穴。女子拍了拍自己的同伴，指向巷子，两人对望了一眼，掏出枪，朝巷子走来。这时，汪海成并没有理会他们，径直带着另外两人走向那足有两米高的渣土堆。

眼看那两人走近，郭远心中不住盘算着：对方并不像是老手，拿下问题不大，但这样就错失突袭的最佳机会，徒添风险，不仅没能探听到更多信息，而且只要交火必然会惊动汪海成，再抓捕就难上加难了。

那两人越走越近，行动也越来越谨慎。

二十米。

十米。郭远举枪，位置锁定，准备对汪海成的右臂和膝盖开火。

五米。

"下去！你们搞啥子的？！"就在这时，远处突然传来一声尖厉的呵斥，中气十足，是一个大妈的声音，"下去！走开些！车里头油箱漏了你们闻不到嗦？还敢爬！搞啥子的？"

两人一惊，回头看见一位中年大妈正朝汪海成他们厉声大喊。那是路边佛教用品店的老板娘，她身后还跟着一大群人。车祸发生前，她正带着几十个客人在店里忙着跟高人洗涤心灵，车祸的巨响火光让一群人炸了窝，跑出来看到这惨烈的车祸，立马就报了警。这会儿见到还有三个不知死活的人也不知想什么，居然敢往车上爬，他们马上冲上去阻拦。

成都人有两个特点，一个是爱凑热闹不怕事儿惹大，一个是爱管闲事不怕事儿上身。

汪海成用手势远远地指示两名哨兵，示意他们去把那群人诳住。光是一个大妈无所谓，就怕这群身后的信众围上来真的妨碍他们了。已经走到巷子跟前的那两人互望一眼，好像松了口气似的，藏好枪，赶忙跑过去了。

郭远顿时明白了，这两个人并没有做好杀人，或是被杀的准备。

云杉紧张了许久的身体稍微放松了一些，见哨兵被大妈缠住，汪海成背对着自己，她才敢掏出微光摄像仪来，仔细观察汪海成一行人的行动。

很奇怪，三人登上渣土堆之后，并没有马上开始翻找。就算是白天，这几十吨建筑垃圾里乱七八糟什么都有，也很难看出眉目来，何况晚上。他们藏在车里的东西至少是不怕冲击和挤压的，要不然早就完蛋了。

汪海成拉开罩衫的拉链，从内夹层里掏了半天，应该是在解内袋的扣子或是拉链——这东西想必非常重要，藏在贴身之处。那东西很小，即使摄像仪的长焦放到最大，也看不清楚，汪海成把它握在手心，只能从缝隙里看到一点黑色，他们已经很熟悉的黑色。

"小心。"拾音器录到了汪海成的声音。这个距离，拾音器只能利用激光进行震动检测，所以声音变样得厉害，不过还是能听清说的是什么，"只能指望两个'造父'的距离不要太近。"

汪海成蹲下，小心地一点点移动手上的东西，贴着渣土堆。画面上隐隐约约能看见他手心里的黑色有些变化，好像有些发亮。见到发亮，汪海成的动作就更慢了，一点点轻轻移动，左，右，变亮，变暗。

"检测器。"郭远明白了，那东西应该是在检测汪海成口中那个"造父"释放的某种信号，根据这个信号，能判断东西的距离。

不管他们的目的是什么，只要能夺取这个检测器，就能找到他们隐藏的装置"造父"了。"造父"，或许就是他们的武器？

郭远掏出通信器，低声道："指挥中心，视频有没有收到？目标已经确认，请确定作战安排。现在动手突击，还是继续等待？请下令。"

电波那头空荡荡的，没有声音。

郭远一惊，拿起来看了一下通信信号，信号良好，安全验证完好，没有任何问题。

"指挥中心？请确认作战安排。"还是没有回答。"端木汇？人呢？"

通信信号正常，但却没有回答。云杉和郭远顿时脸色大变，难道是指挥中心受到了袭击？

这突变让郭远都有些惊疑不定，正在此时，只听耳机里传来汪海成的声音："躲开。"夹杂着奇怪的低频轰鸣。

屏幕上只看到汪海成手里的东西闪亮了起来，当他抬起头望向远处，郭远才见到那难以置信的一幕。

就在汪海成脚下不远，一颗漆黑的珠子埋在大约一米深的渣土下面。那就是之前云杉给汪海成的黑珠，过了一瞬间，郭远才明白事情不对：为什么自己能看到那颗珠子？

没有发光，那珠子被层层掩埋，深度大约有一米，周围渣土堆朝外铺了大概有五米的坡，四面八方把那颗珠子盖得严严实实、密不透风，但郭远就是能用肉眼看到它。

能看到它不是因为遮挡的渣土变得透明了。渣土是实体的，不透明，和之前没有两样，但好像在上面叠了一层视觉，你就是能看到被埋在里面的那颗珠了，漆黑，位置清晰。

就像两只眼睛一只被墙挡住，一只没挡；既能看清墙后的一切，又能看到墙挡住了这一切。

郭远感到大脑一阵剧痛，而且痛楚越来越强。人的大脑没有处理这样视觉信号的准备，视觉中枢在不断试图协调这个不正常的遮挡关系，把它变成一个正常的画面；眼球晶状体肌肉来回收缩，如同怎么也对不准焦的镜头，视野开始失去焦点，胀痛持续加剧，眼压不断升高。但身体的强烈不适，并没有让两个人移开视线。

于是，他们看到了更诡异的一幕。

黑珠开始分形展开，扩大。渣土挤满了它周围的空间，几乎没有留一丝缝隙，但它却不管不顾地展出一个四面体，与渣土共存于同样的空间位置上。但这个共存只有片刻,四面体的渣土像是被切割成无数小四面体块,往里面卷曲起来。最开始还比较慢,但就像折纸一样,卷起来的四面体越多,留下的四面体表面积就越大,折叠的速度就越快。几秒时间里,如同无数细小的旋涡把玻璃吸进去一样,在那大约半立方米的四面体空间内,乱糟糟的渣土活生生被自己吞了下去,从视野里消失不见了。

随后,黑珠和渣土堆叠合的景象消失了。视野里只剩下渣土堆盖在外面的样子,里面的黑珠被土挡了起来,看不到了。换句话说,正常了。

这短暂的景象像是神经系统紊乱产生的幻觉。但怪异的景象消失半秒之后,土堆塌了下去,沿着消失的四面体形状埋了下去,激起一柱烟尘。塌坑的边缘就停在汪海成蹲坐的位置,他不等站稳,就伸手下去抄起什么,放回了自己口袋里。

四面体内的一切物质都消失了,连同里面的空气,负压把周围尘土猛地吸了进去,才扬起那冲天的烟尘来。

云杉终于明白自己交给汪海成的东西能派上什么用场了:2030年6月17日,德国格拉苏蒂镇,全镇蒸发。就是字面意思,二十公里半径内,除了一个半球形的洞,没有留下任何物质,没有辐射残留,什么都没有。

黑珠展开之后,空间内的一切物质都被吞掉了,在虚空里蒸发。

"希望两个'造父'的距离不要太近。"郭远想到汪海成刚才那句话,不要太近的原因恐怕很简单,如果太近,"造父"产生的黑洞一样的旋涡会发生相互作用,消失的空间就会变大,会连汪海成自己也卷进去,最终变成格拉苏蒂一样,整个蒸发掉。

这恐怕就是他"实验"的目的,控制住这东西的有效范围。

郭远只看到一个"造父"被激活的场景，还没办法揣测多个"造父"黑球连锁激活会发生什么？是倍增呢？还是像连线一样，锚点围住的区域内，所有物质都会消失？

那时，这些渣土车可能就不仅仅是一个个"炸弹"了，那是造物主的毁灭之笔，在地图上随手画个圈，一切都会顷刻化为乌有。

郭远来不及多想，俯身冲了出去。

光 体

THE STARS

郭远不过是个情报人员，既没有战场出生入死的锻炼，也没有经过基因改造强化身体。他步伐沉重，速度也不快，对面的敌人本来就很警惕，立刻有人察觉了。

间不容发，郭远冲出的同时，云杉配合默契。原本端在手上的摄像仪往大腿收纳袋一塞，双枪从腰后束带里拔出，箭步飞身而出，动作轻盈利落。后发先至，郭远朝汪海成方向冲出不过几秒，她已经跃出十米有余，往两位哨兵奔去，与郭远的进攻方向互为犄角。那两个哨兵还在跟热心市民们纠缠，此时听到急促的脚步忙回过头去。

这一耽搁，云杉已经全速冲上前来。她早就看见那两人的枪不在手上，自然不用费心去做什么之字形回避，只管极速冲锋，把距离拉进到百米以内，同时大声叫道："警方公务，无关人员卧倒！"

声如闪电，那几十个信众都听得清清楚楚，但并没有一个人照她说的卧倒。他们刚见识了眼前不可思议的异象，脑子里浑浑噩噩，一时都没反应过来云杉在喊些什么。敌人已经被拉进到有效射程内，云杉迟疑了一下，没有动手。那群路人正在两人身后，此时开枪恰恰都在弹道的直线上，稍有不慎就可能误伤到他们。她连忙调整方向，往侧面寻找射击角度。

就这一秒的延误，对方已经掏枪在手。

然而郭远却没有那么多顾虑，轻身而上，也不管手枪射程有限，只看双方之间没有遮挡就乱枪急发。准心自然不佳，但汪海成那边三人也没有拿命来赌运气，枪响之后都齐声伏低躲避。

"你们已经被包围了！跪地投降！"郭远虚张声势大喊，脚也不停。按抓捕行动的传统，都是要层层封锁之后才会动手，郭远赌的就是这一点——对方肯定猜不到自己两个人也敢强行突击。与指挥中心失联尚不知道是什么原因，再不动手自己就没机会了。"手上东西放下，不要做无谓抵抗！"

回应他的是一串枪声。郭远俯身回避，瞥见汪海成朝后面的渣土堆跑去，开枪的是左旁一人，另有一人也朝背后摸去。绝不能被这两人拖延了时间，让汪海成逃脱，更不能让他再回收第二颗黑珠！

郭远凶性激起，像解开心中铁锁的狂兽一样，不理持枪的那人，一梭子弹朝另一个还在掏枪的家伙打去——不能让两杆枪都用起来。他也不再回避，径直冲上前。没想到他这么悍不畏死，子弹倒是从周围擦过去打空，那个还在掏枪的家伙似乎为这扑面而来的杀气所慑，整个人发起抖来，连续两次都没有顺利掏出枪。眼见郭远迎着另一边的子弹越来越近，那人吓得精神崩溃，一脚踩滑，转身连滚带爬地从土堆滚了下去。

郭远未曾料到这样也能制敌，大喝一声，这才举枪扑向另一边。两人距离已拉近到手枪射程以内，一颗子弹擦过肩膀，另一发早一步打在郭远身侧，险些就射中他的膝盖。郭远正犹豫是一鼓作气冲上去，还是找掩体对射，这时却发现对面枪声停下了。

那家伙枪里的一梭子弹竟已打空了。对面两个人显然都不是什么老手，一个失去了战斗意志，另一个在紧张之际完全没有控制弹药的意识。这更坐实了郭远的猜想，汪海成的核心队伍根本算不上是"队伍"，只是仓促训练出来的普通人。

这个"萤火"有什么理由非要手持武器，与正规部队以命相搏？他们是受了汪海成什么蛊惑？

另一边，云杉则面临一片混乱。那一秒的耽搁，郭远抢在了她前面开枪，随后就是枪声震天。突变吓得那群围观群众乱了阵脚。恐惧是没有逻辑的，如同听见狼嗥的羊群一样，人们四散奔逃，只有少部分人找对了方位往远方跑去，另一些人反而在惊恐尖叫中拥向云杉和两个哨兵。

双方都犹豫起来,云杉害怕对方劫持平民做人质,一边大喊"卧倒",一边挥舞双手指示他们往另一边跑。但这群人本就吓丢了魂,哪儿还分得清她是坏人还是好人,连她喊的什么都没听得太真切,眼睛只顾直勾勾盯着云杉手上两支黑洞洞的手枪。结果这些人本能地朝反方向跑去,冲过一男一女两个哨兵,仓皇逃命。

完蛋。对面两人背后都是平民,好不容易拉出的安全线完全消失,就算在射程以内,谁能保证自己枪法万无一失?

借着来回两趟耽搁,那两人几秒前还被打个措手不及,现在已是严阵以待。这两人显然更有战斗经验,从之前他们追踪郭远跳车的痕迹就能看出端倪,反倒是云杉成了有枪不能使。这命在旦夕,没有她再思考犹豫的余地,云杉只觉一股野性涌上来,她身体立刻反应,双手一松,两把枪也不要了,一左一右朝两个人丢了出去。

对方先是一惊,生死相搏之时,注意力不在对方当前的行动,而是预判对方接下来做什么。本来双方已拉近到有效射程,注意力自然在威胁最大的枪上,只等她枪口抬起时进行躲避。两双眼睛都正紧紧盯着枪,哪知两把枪居然脱手飞来掠过两人,朝后面飞了过去。

这两人一时懵住,都扭头看双枪的去势,好像背后会冲出接应的特警,接过枪来朝他们开火一样。直到枪停下,也没见什么发生,两人神志这才清醒,明白不对。

若是普通人,这三秒的调虎离山什么也干不了,但云杉毕竟是基因改造过的新人类。腿部肌肉全部调动起来,榨干厌氧供能,一跃就是五米开外,竟然还能控制住落地的去势,精确地再次起跳,几个起落,已经冲到了两人面前。这两人听到这娇小身体的破风之声,两眼一花,云杉已经用非人的速度来到男哨兵的面前。不像武侠里的轻功,来去自如，说动就动，说停就停，她这时候已经不可能控制住自己的速度。但她也没打算停下，脚尖稍一点地改变了方向，俯身炮弹似的撞进男哨兵的怀里。

没有软玉入怀的温柔和香气，在巨大的动能下，云杉以肘作锋硬撞他的左胸，碰撞处只听肋骨碎裂的声音传来。如炮弹贯体，心肺瞬间暂停，他连哼都没哼就腾空飞了出去，滚出近十米才停住。借着这一撞，云杉卸掉去势，就地翻滚。只见云杉还没有稳住，也没起身，就听见连续四声枪响。

开枪的是云杉。对方还没弄清楚怎么回事儿，撞进男人胸腔时她已经顺手夺去了男人的手枪。落地翻滚的短暂瞬间，云杉就已经看准女哨兵的身形。这时，她想起郭远叮嘱打手和脚，必须留下活口。她一梭子弹打在右肩和膝盖上，对方惨哼一声栽倒在地。

云杉这才大口调整呼吸，小跑上前，夺过女子的手枪，收起自己丢出去的武器。她一边心说好悬，一边扫视了一下战场的情况，看到郭远正朝汪海成追去，就放下这两个丧失行动能力的敌人，马上去跟郭远会合，抓捕汪海成。

这群人里，没有一个真正的战士，但这并不影响他们拥有超乎寻常的武器。

"你中弹了。"云杉追上郭远的时候对他说，"赶紧包扎。"

郭远这才发现肩膀上的伤比自己想得严重。超量分泌的肾上腺素并没有让他感到疼痛，但子弹其实已经削下肩头蛮大一块皮肉。手枪子弹不同于步枪，一旦真正打入人体，不会贯穿而过，反而在身体里旋转挖出一个洞来，身体组织会受严重内伤，失去行动能力——好在这一次只是擦过，没有打进肉里。

"能动就不叫中弹。"郭远勉力答道。云杉经过一番凶险得多的激斗,又从后面追上自己,但说起话来依然面不改色,新人类的体能真是远超他这样的普通人。盯着前面的汪海成,他还想发力加速,却觉得双腿都已经很难迈开了。"你,追。"他尽量用最简单的字说话。

云杉点点头,运劲狂奔起来。眼见这姑娘快速把自己甩在后面,郭远更觉一点力气都提不起来。刚才拼命的时候狂性大发,已经把自己燃烧殆尽。普通人类真是弱小脆弱的东西,连呼吸都是血的甜味。

远处传来汽车冲过减速带的声音,几乎是本能的反应,他有不祥的预感——自从电动车取代汽油引擎驱动以来,引擎的轰鸣就消失了,车越来越安静。但这车竟然开出呼啸之声,在这个地方这个时候,绝不可能是巧合。云杉追着汪海成越来越近,这时,一辆白色五短小车逆向朝两人的位置冲了过来。

"趴下!"郭远惊讶自己还有余力大喊出声。话音刚落,就见车窗摇下,一个乌黑的枪口从车里伸了出来。"卧倒!"

火舌狂吐,如果云杉狂奔之时并没停下卧倒,那就会把自己变成一个活靶子。她先是缓身减速,然后趁着扫射间隙之字走位,险险躲过了第一轮扫射。这时候车急刹在汪海成面前,眼见不可能追赶,云杉奔跑中竟平衡住了身体,从腰间掏出双枪,一枪并无准心,对着汪海成只是乱射,延迟他上车;另一个枪才是正手,准心轻压,子弹朝驾驶座倾泻而去。

车前挡风玻璃被打得稀烂,车上的枪也缩了回去。但后门还是被汪海成拉开,闪身躲进了后座里面。

郭远见云杉一时无碍,却也拦不住汪海成。如果汪海成上车再潜逃,恐怕找他就更无从下手。他四下张望了一下,见路边停着两辆陆地巡洋舰——那车至少有十年历史,已经被高原磨炼得老态龙钟。也只有在这里还能看到汽油引擎的车,因为上了青藏高原汽油可以救急,电池却没办法。

小车接上汪海成，急速倒车，往武侯祠方向飞奔而去。稀烂的挡风玻璃挡住了驾驶视线，虽开得一路蛇行发飘，但车速并不慢。这附近道路本来就窄小，沿途又停满了车，郭远跳上陆地巡洋舰麻利地搭火，发动引擎，追了上去，这时候还没有被甩开太远。

陆巡比那小车体型大了将近三倍。郭远在云杉身边略微刹了一脚，探身给她推开门，"上车！"云杉一跃而上，她全身像淋过一场暴雨，被汗水浸透了，身体热得像着火，郭远开门的手靠得近，被烫得不由往后一躲。

强化人也不能凭空生造能量，毕竟没有什么武功内力丹田之气。这十来分钟的超限作战消耗掉常人一天的能量，云杉没有带补剂，饿得前胸贴后背。一上车，她就满车厢摸原车主留下的水和食物，幸好找到了两瓶饮料，赶忙灌了个饱。车里转眼被云杉蒸腾的热气弄得雾蒙蒙。

最开始陆巡还被小车甩开了不少距离，电动引擎起步极快，但汽油引擎后半程发力起来，咆哮的巨兽并没有被继续拉远，而是越跟越紧。小车之前被了弹打成雪花状的挡风玻璃成了阻碍，司机被遮挡了视线，路况复杂，而且小车自重太小，稍微什么东西一擦一碰就慢了两分。郭远驾驶的陆巡优势逐渐显露了出来，四驱车底盘又高，自重又大，越野能力超凡，什么也不怕，只管找最短路线。他们连续撞破隔离带、护栏，冲上马路牙子，慢慢地追到了汪海成五短小车的车尾。

"抓紧！"郭远低声叫道，他看到前方车道上不远处散落了一地零碎，之前停电时有电三轮出了事故，现场无人收拾。小车必会减速，他油门再轰到底，压榨引擎最后的动力。良机勿失，一定要借着这个机会侧向撞上去，把那辆车顶飞出去！

两车底盘高差很大，郭远俯望下去，已经能透过后窗看到汪海成。汪海成也正抬头，两人四目相对，郭远看到对方的眼神一黯。怪异的是，他发觉对方眼中露出的不是杀气或者愤恨，反倒是无奈。

陆巡的前保险杠撞上了小车车尾，整个车都是一晃。汪海成的车已经被逼入绝境。

距离已经近到郭远能清楚看到汪海成的动作，那个男人伸手入怀，掏出一颗黑珠，在胸口一点，衣服里闪出一丝亮光。黑珠也亮了一下马上暗了回去，汪海成转向后窗，又看了郭远和云杉一眼，伸手放开了黑珠。

他并没有把那珠子扔出去，就这样凭空脱了手。脱手时珠子被重力牵引坠了下去，但只零点几秒不到，落了几厘米就突然定住了，像是重力消失了，被锚在了半空。小车继续前进，锚在半空的"造父"黑珠幽灵一样穿过小车的后窗，穿入了陆巡车头前厢。

郭远再一次看到那可怕的景象：黑珠撞进车头，视线中黑珠也在那里，车头也在那里。

"跳车！"郭远反应极快，立刻就明白了会发生什么。他按下安全带扣的时候，陆巡的发动机就已经冲到黑珠的位置锚点。黑珠开始展开，泛光的多面体在空间中拉出自己的形状，郭远看到发动机四个切面朝外扩开，汽缸燃烧室在移动切面上穿插呼啸运转，缸内燃烧的闪光突突乱跳。如果不是他的脚已经蹬开了车门，自己一定会被眼前这无法理解的景象迷住，忘记了动作。但只这一眼也让他忘记了跳车应该有的保护动作，没有团身向斜前方滚动，上半身都弹出车外了，还昂起头来朝车里面望着。

四面体的四个等边三角顺次现出发动机、变速箱、挡杆的截面，如同车厂用软件做出的3D模型来演示他们的发动机技术似的。这次展开的四面体不大，大概也就是一边二三十厘米的样子，陆巡的中柱位置冲过四面体所在的空间，这才显出锚点的影响来。轰隆一声，被吸入虚空的结构消失不见，整个陆巡从中心失去大半结构体，钢铁巨兽就这样被撕裂开，先是朝内一挤，然后垮塌成左右两片。超过一百公里时速的车突然裂成两片废铁，刚才还同是一辆车的两半撞击着、挤压着，火花铺地，随后划开的油箱泻了出来，摩擦的火星点燃了整辆车，这两半才分家完毕，一左一右翻滚着炸成零件，冰雹一样喷向前方。

郭远并没有看到这辆车分家完毕的情景。这次跳车更非之前比得了，这么快速度肉身着地，整个人根本连反应的时间都没有就飞滚出去，如同全力击向池塘的水漂一样，撞地腾空就是几米远。哼都没哼一声，他就晕了过去。

也不知道过了多久，郭远醒过来，发现自己倚树躺着。云杉坐在他边上，侧脸望向远处。远处燃烧的火光映红了她的脸，勾出她一脸血痕的侧面轮廓。郭远一时间脑子空空，想不起这是哪里，发生了什么。

又过了几秒，记忆才慢慢复苏，他张嘴想说话，先是尝到一口血倒灌进喉咙，咳嗽了半天，才用微弱的声音问道："人呢？汪海成呢？"

云杉并没有回答他，只是伸手指了一下远处。郭远几乎不能动弹，自己被挡在树后，看不见她指的位置。他用双手撑着身体挪了一下，却觉得腰间空落得很。低头，发现腰间的枪和通信器都不见了，又看云杉，她挂在腰后和大腿上的装备也都不见踪影，连束带都没了。

这时候他想起之前跟指挥中心通信中断的情形，才隐隐有点儿意识到事情的变化。他勉力扶着树站起来，支撑着绕过这棵大得出奇的银杏遮挡，才发现自己正站在武侯祠前。

武侯祠在发光。

是真正意义上的，发光。

眼前那个原本朱红的院墙、青石的走廊、低矮的祠堂、森森的柏树，全都在发光。不，不对，连空气都在发光，像荧光灯箱一样，亮度虽然不大，但这庞大的光体巍巍然立在他面前，耀得目眩。

他低头不敢久看，闭眼休息了一会儿，才一点点小心地把视线往上找。这时候才发现自己刚才搞错了，发光的不是武侯祠，而是一个被包裹起来的空间。在临近祠堂外墙半米不到的地面有一根分明的分界线，笔直朝外一直伸出去，线内所有的一切，连空气都发着光，线外只是被光照亮。

视线跟着线往外追过去，在尽头，远远地看见了一辆渣土车。郭远既觉得恐慌，又似乎一块巨石落了地。

郭远努力避免被这巨大的光体灼伤双目，透过手指缝隙沿着光体外沿往里找，花了好几分钟，大致勾画出了一个形状，这是一个由几个顶点拉出来的几何体，想必地上每个顶点都是一辆渣土车，但只有四五个的样子。

虽然不敢再仔细看光体内部，但他只是一瞥，也发现一个漆黑的点浮在远处半空，虽然只是一个点，但不用看清，郭远也知道那是什么：电力枢纽那个黑环就在他眼前展开成了这个球。

这时候，郭远已经没有心思再去想这些到底是什么东西了。他只有一个念头：自己会死吗？

自己终于是要死在这里了吗？接下来是爆炸，把整个城市轰上天，还是整个武侯祠会化为虚空，几公里的真空负压把这片吸成一个内爆球？自己会变成灰烬还是肉泥呢？

郭远就这样自暴自弃地幻想着自己的结局，这时却看见两个战士从一边跑过。他扬手示意，觉得那两个战士还可以抢救一下，想劝他们尽可能远离这个地方。见他扬手，那两个战士马上向他们跑来，郭远正要开口，就看到两杆枪指着自己胸膛。

"双手抱头，蹲下！"

"自己人。"郭远有气无力地说，"编号9——"

对方根本没有让他继续说，高声叫道："闭嘴，蹲下，原地不动！交出武器！"

云杉这才开口说道："已经被前面另一队缴走了。"

听了这话，郭远心里打了一个冷战。前后事情一串，他明白了。先前跟端木汇的通信突然中断，他们就已经知道不妙。果然，切断通信的不是别人，是自己行动小组的上级部门。

这个案件在他们之上另有一个权力更大、人员更多的工作组。那个组也许从端木汇小组组建时就有，也许后来才有。他们的行动被暴力接管了。

郭远看着眼前这个笼罩了整个武侯祠的光体，困惑和疑问爬满了他的心头。这个行当，每个人都要做好牺牲的准备，早有准备。他困惑的是，上面到底想要干什么？既然有这么多可调用的人员，为何放任汪海成利用渣土车的行动？当查到渣土车的行踪时，为什么不马上派这些战士控制渣土车，抓捕汪海成？

他们知道哪些秘不示人、端木汇查询不得的信息？

真的是要抓捕恐怖分子，阻止恐怖袭击吗？

不，不对，这想得太过单纯了。

从把黑珠交到汪海成手上开始，上面究竟想要做什么？真的如端木汇和云杉所以为的那样，他们真是想查明汪海成的目的，弄清楚这些东西到底有什么用？

无数疑问在郭远心头升起，一个比一个令他感到恐惧。

这时候，他看见那两个战士像是得到了命令，稍微犹豫了一下，朝光体走去。这是要干什么？他还没来得及叫出声，其中一个人的一只脚就小心翼翼地跨过了那条分界线。

如阴阳分界之墙，厄立在虚空，人类的空间在这边，异界发光的空间在另一边。那只脚过线的时候，郭远条件反射地双手抱头，像是要躲避爆炸一样，但并没有发生他想象中的恐怖场面。

那只脚在发光，从内到外都发光，鞋子、皮肤、肌肉、血液，无一例外。透出光来，战士原本小麦色的皮肤被自发光映着血液变成通红，骨肉皮的层层结构隐隐可见，竟如硅胶的生理教学器材一般。

四个人都紧盯着这诡异的画面，虽然离得远，但他们还是发觉了更可怕的地方。光体内发光的血液流回身体，立刻暗下去，但却在血管的位置散出一层光晕，好像是余晖褪去似的。

这到底是什么？郭远已经无力思考，只想努力把自己看到的一切牢牢记下。两个战士走了进去，就像都市传说里从中学教室复活的生理教具的尸体一样行走着，透出果冻红的样子。

正是不希望他俩留下这些难以置信的影像记录，那些"同事"才把自己的装备全部收走的。郭远只剩一双受伤睁不大的眼睛，一段可能因为脑震荡而混乱不堪的记忆——这当然比不上超广角二十倍变焦的摄像机，但这是他全部的记忆了。

郭远知道，走到这一步，后面要弄清楚真相，只能靠自己了。

想通了这些，他再也不管直视这光体会对眼睛造成什么样的损伤，虽然还用手挡着，但只是为了降低亮度，不会再轻易放过任何一个细节。

但两分钟后，突然间，这个空间里的每一寸每一毫，连空气都在发光的武侯祠熄灭了。暗下去的一刻,没有任何过渡和渐变,一下就熄得干干净净,视野里只有视觉中枢过度工作留下的蓝紫幻觉。与此同时,从原来的光体尽头边缘外的空间里,发出了比光体暗淡的光。像波浪一样,发光的区域朝外扩展开去,亮度越来越低,但发光并不持久,如同水浪一样,转瞬就恢复了平静。

光区就像一个外框,在三维空间里不断扩展,变暗。不论是地面、墙壁,还是外空,都对这个空间没有什么影响,扩大的速度大概每秒几百米。随着它的扩展,亮度越来越低,差不多半分钟以后,人眼就感觉不到这东西的存在了。

光框渗过郭远的时候,他还是吓得一激灵。那东西快速地淡化,好像稀释在了夜空里。

然后一切异常就彻底消失了,好像一切都没有发生过。没有爆炸,武侯祠没有真空卷曲,没有因为真空压力把这里挤成一个球。什么也没有,一切回到了原点。

武侯祠里最初还传来几声枪响,后来就安静下来,千年惠陵的蜿蜒红墙和森森柏竹吸掉了几乎所有的声息,只留下风倾过竹林的窸窸窣窣。偶尔还传来一丝车辆烧胎摩擦的声音,伴着几声枪响,随后就再无声息了。几支队伍填了进去,但没有见人从正门出来,好像里面是个无底洞一样。

很快就有军人密密封住了祠堂的院墙,显然不是武警或者保密口的人,而是西部战区的普通战士。

人不断垒上去,却丝毫不见行动成功的信号,祠堂里的光已经消失了很久,没有任何动静。

郭远知道,汪海成他们已经脱逃了。这群军人如无头苍蝇一样反复扫荡着这个区域,不过是无谓的现场清理——他太熟悉自己部门的工作风格了。

这时候，郭远恍然醒悟了过来。

他刚才以为汪海成串通了部里的内鬼，高层有人与他沆瀣一气。他错了。上面之所以一步步让汪海成走到这里，不全力阻止他，甚至像是在暗地相助，不是因为他有人庇护，而是因为最开始就知道他根本不是恐怖分子，从最开始就知道这不是一场袭击。这是一场相互利用的猫鼠游戏，端木汇手上的小队不过是一个诱饵，而在这场猫鼠游戏里，猫现在让老鼠跑掉了。

如果这不是一次对恐怖分子的剿灭行动，那这又是什么？

那些通身漆黑、绝无一丝光的东西到底是什么？来自何处？

这才是应该问的问题。

此刻郭远觉得，所有这一切都不应该属于这个世界，就像他自己也不该属于这个世界一样。

14

拉 绳 子

THE STARS

珠海每年总有些时候潮湿得惊人，海风漫着水云，潮一样地淹没整个城市，所有地方都凝着厚厚的水，不仅潮得骇人，偶然还带着海边的腥臭，衣服是没法晾干的——汪海成经常把衣服放在空调下面，开着抽湿档拼命地吹。

60K 黑体辐射信息的破译工作偶然之间取得了进展，但一方面进展太突然，另一方面又太莫名其妙——60K 黑体辐射为什么会跟小鼠模式动物基因库联系起来？在珠海已经闷湿得透不过气来的天气里，大家更是焦躁得心火上涌。

按初级工程兵赵侃的处理办法，黑体辐射信息被编译成了四进制数据——现在连高中生都知道 DNA 碱基对有四种：A—腺嘌呤、G—鸟嘌呤、T—胸腺嘧啶、C—胞嘧啶。所以自然的，四进制数列天然就有类似基因碱基的数据结构。但拥有类似的数据结构，跟拥有一样的数据之间还有无限的距离：不能说都是 1 和 0，你用两个按键就能写出一套操作系统来。

这是一个巧合吗？一个违反科学常识出现的 60K 黑体辐射信息，跟一个小鼠模式动物基因数据之间的联系是什么？这巧得也太过离谱了吧？

白泓羽突然想起一本科幻小说《银河系漫游指南》，地球是老鼠创造的超级计算机，为寻找生命、宇宙以及一切的终极答案而制造的设备；老鼠才是地球真正的主人，而人类不过是设备上的寄生虫。或许这才是真相，白泓羽想到这里，忍不住笑。这如果是真的，那也太可爱了吧？想到自己当年本科生物实验的时候杀过那么多小鼠，又突然有点后怕。

这个奇妙的巧合让负责保密工作的领导开了足足两个小时的会。会议之后，组织决定采纳白泓羽的建议，请南京大学模式动物研究所的所长安森青教授前来协助。

他们会怎么去请安教授呢,一堆绝密安保人员一拥而上闯进办公室吗?白泓羽很有些好奇。她本科在南京大学读的生物和天文双学位,安教授当年曾给她上过两学期课,也不知道还记不记得自己。

安森青教授是内蒙古人,流着草原牧民的血,爱喝酒,脾气很大。年轻时繁重的野外调查工作常常露宿荒野,说话声如洪钟,但是总不记得人的名字。就算天天跟你见面,也会开口叫你:"那个这谁……过来一下。"

想想安老师因这个看起来八竿子打不着的事情,被一群特工从南京往珠海"请",白泓羽就觉得很欢乐,总浮现起安老师那张圆乎乎、气哼哼的脸。

第二天临近中午的时候,专车把安森青教授送到了学校。车门滑开,这个一米九几的大个子跳下来,一脸不快。一见到迎接自己的白泓羽和汪海成,安教授就怒气冲冲地嚷嚷了起来:

"能耐啊你们,这跟绑架一样嘛。我课还上不上了?会还开不开了?下周亚洲模式动物研讨会我的主题演讲还准不准备了?你们谁啊?"

好在白泓羽早有准备,她本科的同学现在还有几位在安森青教授手下读博,对教授的毛病和喜好一清二楚。她满脸赔笑地对老师说:"安老师,安老师,别生气。"眉毛一挑,低声说:"我们给你准备了茅台。"

安教授最爱喝酒,当年白泓羽毕业的时候就眼睁睁看他一人干掉一瓶高度五粮液。但随着年纪越大,当领导应酬越多,肝脏也不如从前了。家里和学校都有人管着,安森青教授虽然嗜酒如命,但是除了过年开恩典,平时真是喝不到,听白泓羽这么一说,脸色一下就好了许多。

"不耽误工作吧?"

"不耽误,不耽误。安老师,我本科是你学生呢。不记得了吧?"

"是吗?哦哦哦。哈哈哈,珠海这边的榕树长得挺好呢,空气真比南京好多了。"

"就是潮得狠,适合红树林。"

三人寒暄一番,白泓羽把自己过去的老师和现在的老师相互介绍了一下,才拥着安教授进了办公室,气氛一时和睦。负责保密培训的工作人员给安教授讲条款的时候他又连翻了几个白眼,不过还是麻利地签了保密协议,一边签一边指着白泓羽朗声道:"那个这谁啊,说好啊,你要是敢拿两三两酒来对付我,可没完!"

保密培训来来回回折腾了大半天,等到那薄薄一叠资料拿给安森青教授的时候已经是下午了。教授看材料一共花了二十分钟不到,前面关于60K黑体辐射信息的解释他最初不是很明白,草草翻过。短短两页小鼠基因库他倒是花了些时间,看完了眉头紧锁,又翻过去仔细重读信息源的说明。

几个人都在等他开口解释,安森青教授却往椅子上一仰,闭目半天不说话。几个人面面相觑,等了快有五分钟,安教授突然睁眼,说道:"我实在搞不懂你们给我看的这个是什么鬼名堂。"

汪海成刚想说话,安教授抬手打断了他,继续说道:"如果你们只是问我这些碱基数据是怎么回事儿,我给你们解释一下没问题。但别的事情就不要再麻烦我了。"

众人一时不知该如何接话。

安教授从椅子上坐直,转过头对白泓羽说:"上本科的时候,学校教你的东西都还记得吧?"

白泓羽点头,"基本都记得。"

"这些碱基序列全部都是启动子和终止子。"说了这句,他双手交叠,又沉默不语了。汪海成听得不明不白,只得看向白泓羽。白泓羽先是一愣,然后努力地一边从记忆里捞起这两个概念,一边拿起手上的资料来确认这些碱基数据。

安教授知道汪海成没听明白。现在科学界隔行如隔山,就像自己对"黑体辐射"半懂不懂,只能理解成"地球外的某种无线电信号"一样,汪海成自然也对分子生物学领域的东西一团雾水。他想了想,整理一下自己的思路,给汪海成解释起来。跟外行打交道他没有太多经验,要从头讲起也是困难重重。

"DNA你们都知道是什么吧?"

汪海成点了点头,好歹也是二十一世纪的科学工作者,不能连双螺旋的脱氧核糖核酸都不知道,就是遗传物质嘛。

"DNA是双螺旋结构,遗传信息可以看成是记录在DNA的碱基对上。DNA分子是链条非常非常长的螺旋长链结构,就好像是一张巨大连续的设计蓝图。跟修建筑一样,设计蓝图是需要一部分一部分进行解释的,钢筋要什么型号,水泥要什么型号,要分成很多很多有独立意义的信息才行。DNA也一样,需要表达成很多很多不同的蛋白质,每个蛋白质有自己的功能。"

"明白。"

"因为DNA的碱基是连续的,就是AGCT长链。一个DNA分子可能包含了很多个基因,多的甚至能上万,每个基因都只是这个DNA长链中的一段。那这就有一个很关键的问题:怎么识别一个基因从哪里开始是起点,到哪里是终点?注意,DNA分子翻译成蛋白质的过程并不是从头上第一个碱基开始翻译,一直翻译到尾巴上最后一个碱基。"

见汪海成有点半懂不懂，白泓羽插嘴解释道："就好像电脑硬盘。一个2T容量的硬盘，整个磁片上2T都是有磁信息的。但硬盘肯定不能是一个2T的文件。系统会需要标记从哪个位置开始，到哪个位置结束，这些磁信息的01二进制数据是一个文件。这样就需要东西标记，把一个硬盘的信息分成很多很多个文件，每一段信息就可以翻译成一个蛋白质。"

"说得对，我以后给本科生上课用！"安森青一拍大腿，"当然实际要复杂得多，很多不同的基因信息彼此都有交叠。但总的来说，为了实现这个功能，DNA碱基对上有很多特殊的碱基序列，它们标识从某个位置开始可以进行蛋白质的转录翻译，这些特殊序列叫作启动子。而另外有一些特殊序列标记着转录翻译的终点，这些标记序列叫作终止子。一个文件头的标记，一个文件尾的标记，合起来就能让转录RNA识别怎么开始，怎么结束。"

汪海成为自己终于听懂了高兴了大约五秒时间，然后等把这些信息整理起来，又隐隐有些不安。他开始往下面想，这时候就感到了一种莫名的恐惧。

他有点明白了安森青教授看完材料之后，半晌才说出的第一句话是什么意思。

他有些害怕地确认自己的疑问，"小鼠的启动子……"

"不是小鼠的启动子。"安教授摇摇头。

"啊？什么……您什么意思？"

"启动子就是启动子，是所有真核生物基因表达共用的序列结构，不管是线虫，还是小鼠或人类，启动子和终止子序列都是通用的。"

"字典。"白泓羽在一边轻轻地说。

字典？

字典。

字典！

这把早就悬在心头的巨剑终于落了下来，汪海成觉得喉咙被扼住，呼吸越来越困难，在闷湿的空气里喘不过气来。他赶紧站起身抓着胸口，手忙脚乱地在旁边桌子上抓到一个不知道干什么用的纸袋，套住自己的口鼻用力开始喘气，半分钟之后，才重新镇定下来。

密码学上，把记录暗文密码和明文文字的对应关系，叫作字典。字典存在的第一个价值是隐藏原文的本意，第二个价值，是压缩信息量。

60K黑体辐射的信息并不是一个普通的数据，而是一个文件列表。它用启动子和终止子标记了文件的开始和结尾。而这个文件列表所检索的文件库，来自地球生命的基因数据。

汪海成激动起来，会议室的椅子像是长了手一样，让他全身每一寸都发痒，房间的墙壁和天花板好像摇晃着，活物一样扩展开去，离自己越来越远，狭小的会议室瞬间张开。他也不跟人答话，起身就朝外面走出去。珠海的天空青蓝如水洗过，汪海成仰头望天，这通透的大际之上淌下道道精光，如流蜜。

似乎看到无数双触手，上面长满无数只眼，在目力不及的距离上包裹着这个星球，紧盯着这个星球。

真的会有一个超乎自然规律之上的超然存在，在生命基因中埋下字典，然后在今天用这个字典破解密码吗？

这个密码背后，最终又会解出什么信息？

激动之下，破译工作快速进行。

这时候这个项目还没正式启动，也还没定名字，在安森青教授的指导下，工作人员开始从多个基因库获取数据，进行比对。

汪海成作为一个外行人，这才直观地了解到地球生命的奇妙，或者说可怕。新闻上常说黑猩猩、熊猫、狗、海豚或者别的什么跟人类的基因有百分之九十几是一样的，但事实却更令人惊讶，从单细胞动物、原始的线虫、果蝇到小鼠、黑猩猩、人类，地球上大多数生命基因都共用同一套基本数据，天差地别的生物之间，回到遗传基因的底层，差异都小得离谱。

它们共用同一套基因字典。

根据黑体辐射信息的"启动子－终止子"的"文件头－文件尾"索引模式，工作人员在人类、小鼠、果蝇、线虫等多个成型的基因库数据里陆续找到了所标记的数据，这让汪海成感觉到的不是成功的欣喜，而是越来越切实的恐惧。当解码越来越顺利，汪海成就越来越忧心最后会拿到个什么结果？

白泓羽刚考来读他的博士时，他问过她为什么一个学生物的姑娘要读双学位，然后做天文的博士。汪海成也知道学生物的不好找工作，但是一般说来，凡是不好找工作的专业都会转行去做 IT，当程序员或者产品经理加入信息科技产业革命的滚滚大潮，为什么想不通要来读天文物理，天文物理不是比生物更难找工作吗？

白泓羽当时给他推荐了一部电影，1995 年上映的《Species》，翻译过来叫《异种》。片子讲的是 1970 年以来，美国通过寻找外星人的"SETI"计划寻找外太空文明信息，得到了外星文明发来的资料，里面包含了外星生命的 DNA 组成方法。于是美国政府制造了女性外星生命，当然按电影套路这个外星生命自然是脱逃了，然后开始毁灭人类。最后，邪恶的外星人被英明神武的主角剿灭，避免了人类的灭绝。

当时白泓羽开玩笑说："我学这些，就是为了有一天能创造出外星生命，然后毁灭人类！"

这姑娘当时一脸正经地压制着自己的笑意，汪海成只觉得格外可爱。他并不曾想过，有一天他们两个真会按照电影的剧本往下走。

研究组用了十天高强度的工作完成了所有辐射信息的"字典对译"。这其中有三分之二来源于公开基因库，六分之一来自尚未完全公开的研究数据，还有六分之一来历不明——项目组没有解释从哪里得到的这些数据，也没有提到获得这些数据付出了什么代价。他们也识趣地没有问。

完工的时候，没有庆祝仪式，汪海成回到自己的工位上时遇见了安教授，教授五大三粗的身体陷在自己那个不大的椅子里，已经等了他一段时间。

"那个谁，叫上小白姑娘，我们出去喝一杯。"

汪海成知道安教授有话要说，便打电话叫上白泓羽，三个人打了申请，去城里找了家小酒馆。汪海成惊讶地发现，短短十天，安教授对珠海哪里有什么美食已经轻车熟路，比自己明白得多。

"搞研究不是请客吃饭，但搞研究要先学会请客吃饭。"安教授教导他们，他的年纪比这两人大得多，辈分也高，自然而然就摆出老师教学生的架势。

专车载着三人穿过半个城，在靠近香洲渔港那片停了下来。这片是老城居民区，楼房低矮，道路穿梭纵横，宽不过两车道，满街都是饭店和社区小商铺。

一路上三人绝口不提工作相关的事情，车在巷子里穿梭了十分钟，在马路牙子上寻了个车位停了下来。下了车，安教授又拉着两人绕了一大圈，才在一个小门面里坐下，也不见什么招牌，进店的时候老板主动地招呼了安教授，问道："又来照顾生意。今天还带了朋友啊？"

点了两个下酒凉菜，要了一瓶白酒。然后，安教授问也不问就给三人都斟了一杯，白泓羽吓了一跳，连忙伸手拦，硬是没挡住。

安教授自顾自干了两杯之后，才抬头看着汪海成和自己以前的学生。这两人的年龄正是天不怕地不怕的时候，浑身都是干劲。尤其是自己的这个学生，干着活儿哼着歌，洋溢着探索的热情。在他们面前，安教授觉得自己确实老了。

"你们怕不怕？"他突然开口说道。

这话没头没尾。汪海成低头不语，白泓羽瞪大眼睛，不解其意。

"先干了！"安教授端起酒杯来，汪海成和白泓羽这时候才勉强喝第一口。安教授又是一饮而尽，白泓羽也慢慢喝了下去，倒是汪海成学着教授的样子一口吞下，辣得火烧火燎，差点呛进气管，咳了半天。

见汪海成咳得眼泪直流，安教授拊掌哈哈大笑，这时候他脸上已经起了红晕，这才打开了话匣，"以前那个谁叫什么来着？去了非洲，做野生动物保护。前几年回来跟我吃饭，他给我讲过一个故事。"

"王长生。"白泓羽想起来，那是她的一个学长，猴子一样瘦。

"哦，对。他们做野外动保的，经常需要在野外带设备搭棚子，录影，长时间地观测。非洲稀树草原，你们知道是啥样子不？一望无际的草原，几百公里内只有很少几棵大树。稀树草原嘛，就跟名字一样。啊，你肯定学过，懂的。

"这种环境下，肯定不能在草地里搭棚子安装设备。一般来说，一个观测周期最少都是十天半个月，那地方草能长一人多高，不光观测不到东西，还影响当地野生动物，而且非常危险。所以他们想把观测站、录像机都搭到树上去，那就方便多了。"

安教授讲这个故事的时候眼神闪动。虽然不知道为什么提起这个，但是他们都静静听着。

"有一大堆摄像机、红外成像器、遥感定位，仪器都不轻，非洲野外帐篷又危险，又容易被发现，很麻烦的。

"非洲的那种树你知道的吧？金合欢什么的，巨高、巨壮的那种。枝干大，能承重，视野又好，还安全，特别适合。问题是，你想吧，那种树枝离地最少有十多米，三四层楼高，那就有一个问题，怎么能把那么大一堆设备送上去呢？

"在非洲那种荒野，几千公里一望无际，到野外观测点就要开越野车，别说从城里，就算从附近的小村子过去都要一两天。那种地方，不像我们这里，随随便便就能搞个吊车。什么直升机啊，更别想了。唉，也不一定吧，也可能是项目没那么多钱，雇不起。

"那你想想，怎么能把一大堆设备都安全地送到三四层楼高的树枝上去呢？"

安教授又喝了一口，自问自答道："要人带着设备爬树，绝对不可能，你没见过那些设备，一个箱子都是几十公斤。那只能用绳子吊了，把绳子弄上去，再搞个滑轮什么的，用简单的机械就能把东西运上去了，对吧？"

江海成点丁点头。

"问题是，绳子又怎么弄上去呢？要撑得住设备重量的绳子，都是很粗、很结实的。要能吊起几十上百公斤的设备，保证不断，用质量好的麻绳的话，直径差不多要有三四厘米。"安教授抓了条虾跟他们比画粗细，然后丢进了嘴里。

"这么粗的绳子，扔肯定是不可能扔到那么高的。那怎么弄呢？"

"把绳子拴在人的腰上，然后让人爬到树干上。不是很简单吗？"白泓羽答道。

"嗯，那个谁，王……王长生给我说，他们最开始也是这么想的。

但是不行。你们可能都忽略了，绳子是有重量的。

"这么粗的绳子，如果捆在人身上，刚开始人爬树的时候还没感觉，等爬到十几二十米的时候，你想想，绳子被你从地上一直悬空拉到这么高，这么十几二十米绳子的重量全由你承受……这个重量就很可怕了。那种被麻绳勒进肉里的恐怖，系在腰上……"安教授摇了摇头。

"那该怎么办？"这个简单的故事意外的有趣，汪海成一时还真没想到办法。

安教授大笑，"其实很简单，还是让人拎着绳子，爬上树去。"

白泓羽一愣，"您不是说，绳子太重？"

"没错，要能吊起设备的麻绳很粗很重，人没有那么大力气。"安教授狡猾一笑，"但是为什么要系那么粗的麻绳爬树呢？你先系一捆五毫米直径的麻绳，长二十米，绑着这个绳子，能爬上去吧？

"等你爬上去的时候，绳子的尾巴还拖在地上，对吧？五毫米的麻绳拉不动上百公斤的设备，但它拉得动绳子吧？你在五毫米的麻绳的尾巴上，拴一个直径一厘米的麻绳，长二十米。把直径一厘米的麻绳拉上来之后，再在一厘米麻绳的尾巴上绑四厘米粗的麻绳……"

这时候两个人才明白，"对啊，这个办法好，真是没想到！"

"这时候，你就有了足够好用的工具，能把设备吊上来了。"教授讲完这个故事，又自斟自饮一口干掉。这故事虽然有趣，但是汪海成并不明白教授讲这个的含义，很明显，他们出来喝酒并不是为了在酒桌上闲聊，说点天南海北有意思的谈资而已。

安森青喝完这杯，脸上的笑容就慢慢凝固了，表情变得严肃起来，"你们不觉得，这事情听起来有点儿耳熟吗？"

汪海成一经提醒，如果说最开始还没反应过来，现在跟这段时间的工作联系起来，一下子就恍然大悟。

60K 黑体辐射虽然时间很长，但从信息数据量来说，却非常短。它不断重复，似乎是为了避免接收者错过，无法得到全部信息。这么短只有几 KB 数据量的密码本来就不可能包含太多有价值的信息，如果换成自然语言的话，可能只相当于一句"你好，吃了没？"的信息量。

这个信息只是一个索引，通过这个索引，几 KB 的信息放大为更复杂的基因信息，正如细绳拉出一条中等粗细的绳子。

基因信息也不是终点，既然这个信息使用的是基因，那么它们必然可以翻译表达为蛋白质，这是前两天白泓羽刚教给他的"常识"。基因经过表达，会将蛋白质变成一个复杂度更高的产物，正如中等粗细的绳子拉出粗绳子。

蛋白质复杂组合产物恐怕也不是终点。粗绳子会拉出什么东西？野生动保用的摄像机？盗猎者用的狙击枪？本地居民造树屋的塑钢板？

这层层相扣复杂度越来越高的东西，最后会怎么结束？这是外星生命的蓝图吗？就像《异种》一样？

"你们想得太多了吧？"见两个人都很沉默，白泓羽笑道，"还不知道是怎么回事儿呢，你们俩怎么好像清朝的农民一样，见到铁轨就觉得自己祖坟风水坏了？什么都还没见到呢，你们怕什么？

"你们不觉得这很精妙，很美吗？就像你走进一个房间，里面又小又窄，只有两平方米，有一个屏幕，一个键盘，你孤单一个人，被囚禁在屋子里。但很快你就发现按键盘屏幕有反应，然后又发现，原来键盘连着主机，主机通过网络和整个世界相连。你以为自己关在一个气都喘不过来的房间，实际上你跟整个世界的知识和秘密都连接在一起，现在只是在等你去发现啊！"白泓羽可能是喝多了，脸上绯红，手舞足蹈。

"我们可能会颠覆已知的所有生物学、天文学基础理论,你们不觉得很激动吗?"她兴奋地继续说,神采飞扬,"这不是所有科学家毕生追求的东西吗?我不明白你们在担心什么啊!"

安教授盯着她的眼睛,过了一会儿,垂了眼睛叹了口气,"因为我老了。我害怕的是绳子最后会拉出什么东西。"

安教授给自己斟满一杯酒,又一仰脖子喝干。酱香浓郁的赖茅在汪海成嗓子里转几圈都咽不下去,在他这里倒像水一样。"其实这么说也不对。这其实也不是我最害怕的。我最害怕的事情呢,是将来我的名字被刻下来,被历史记成'把绳子拉上来的那个人'。

"你们明白我的意思吗?"

汪海成和白泓羽面面相觑。

"所以说,你们两个还年轻啊,无牵无挂。"安教授想了想,突然转了话题,"从我开始给这些编码做核对的时候,我就一直在想,这些基因序列信息,最后到底会拼成什么东西。

"我最开始进行这个核对的时候,觉得我们很有可能最后找不到这上面标记的所有基因信息,因为实际上我们测序了的生物基因组,只占地球上生物基因组非常非常小的一部分。如果那个外太空密码里面的数据我们还不知道,这个破译就做不下去了,挺好的。

"没料到的是,居然所有密码都找到了对应的基因。最开始吧,我也想过是巧合。后来发现不对。这上面所有使用的基因,都是生物遗传密码中最不容易变异、重复出现次数最多的基因段。

"我是一个不信神佛的人,但这个事情让我不能不怀疑,是不是有一个超然于人类存在的外星人影响甚至创造了地球生命体系?用一个中性的叫法,不是神仙或者上帝吧,超然存在,Supreme Being。Supreme Being 为了今天我们能破译这个密码,能把绳子拉上来,在生命进化的最初期，就设计好最稳定、最通用的基因等待今天能用上。经过亿万年的自然演化，这些基因依然保持稳定，没有被淘汰，也没有因为变异而无法阅读。"

安教授说得很平淡，但是汪海成听得寒毛倒立。他当然想过这个问题，但那是更接近哲学层面的狂想，不是安教授这样基于技术层面的反推。

难道说为了这一切，真有一个造物主在几十亿年前，生命诞生之初就完成了设计？

"所以说，虽然我现在还不知道那些密码最后到底是什么，我现在手上还只是一堆表达蛋白质的基因编码，但如果这些东西呈现出一些设计得十分完美的生命体，我一点都不惊讶。至少不会比找到这些基因编码的时候更惊讶。"

看到汪海成有些僵硬的表情，安教授点点头，"没错，我觉得这些东西最后一定能表达成完整的生命形态，绝不只是一堆无序的蛋白质而已。我看你很害怕。但我看小白丫头，是早就这么觉得了吧？"

他说的没错。汪海成当然很害怕，自己似乎揭开了一个穿越亿万年时间、跨越数千光年距离的可怕计划的序幕，而幕后是什么，将要发生什么，自己一无所知。

"所以，你害怕的，跟我害怕的，很不一样。这些东西，我都不怕。"安森青推开了酒杯，"你清楚我是做什么的吧？模式动物小鼠的研究，基因测序。但我之前不是做这个，我是做基因工程的，更细一点，做转基因的。"

"哦？"汪海成略有些惊讶，转基因，这些年争议不断，作为一个外行他不知道该说什么。

"更早的时候，那时候大家还不懂什么叫转基因，我们跟人介绍自己做什么的，都说是跟杂交水稻啊、嫁接啊什么的差不多，都是改变生物性状，获得更优秀的动植物产品。那时候社会上还没什么争议，更别说反对了，大家都觉得跟袁隆平似的，干这行都是为大家造福。很有意思。

"后来呢，大概也就是十多年时间，转基因这个概念突然被炒起来了。然后几年下来，转基因突然就成了过街老鼠……

"我印象很深，八年前，我带了一个研究生。读到第二年的寒假过完，他突然来退学。我问他：'读得好好的，为什么啊？课题不是进展得很顺利吗？'他犹豫了一下，脱下上衣来给我看，上面青一块紫一块。问他怎么回事，他说他们是湘西大家族，过年的时候，长房的二爷爷问起他是学什么的，他恭恭敬敬地说，研究转基因的。

"然后，当着一大家族的面，他二爷爷抄起棍子劈头盖脸就开始打，一边打一边骂他当美帝的狗腿子，要让中国人断子绝孙。好容易把人劝下来，二爷爷就要写文书，逐他出族。真他娘的有意思。

"没办法，他只好跟家里商量了，决定要退学。我最后帮他转了方向，换了导师。

"后来就更厉害了。"安教授说着，掏出手机来，打开一条专门保存下来的短信给汪海成看。

"狗娘养的叫兽，拿美国的钱害中国人的种，老子改天先让你断子绝孙。我知道你家住址，知道你儿子上的学校，你给我等着。"

"这……"汪海成一惊，这是人身威胁啊。

"我找朋友查了发这短信的人的身份，然后给他寄了一份我国使用转基因技术的产品大名录，帮他绕过所有可能跟转基因有关的产品。"

"啊？你还帮他？"汪海成不解。

安森青笑得有些尴尬，更多是狡猾。

"这不是帮。"白泓羽插话道，"根本避不开的。"

安教授摇了摇头，"也没有，真安心避，也能避开。后来听说这人因为不让老婆买可能带转基因的所有东西，连木瓜和黄瓜都不让买，赚的钱又过不起全买非转食品的日子，老婆跟他离婚了。"

安教授和白泓羽都没有露出一丝喜悦，反而是苦笑连连。

"絮絮叨叨跟你们说了这么多，其实我的意思很简单：转基因也好，现在这个东西也好，其实都一样，它就是一根绳子。这绳子在那里，一定会有人去拉。我不去拉，必然有别人去拉。绳子会越来越粗，拉上来的东西也会越来越重要。当你拉上来的东西越来越多，就会有越来越多的人害怕你，恨你。

"后来我明白了一点，人类其实一点都没变。十岁以前存在的东西是天经地义的历史古迹，十岁到二十岁出现的东西是要改变人类历史的伟大发明，二十岁以后才出现的东西则是反动的、恐怖的、反人类的。

"对成年之后见到的任何新东西，人都是很害怕的。一百多年前，人害怕照相机，因为照相机会夺走人的魂魄；害怕铁路，因为铁路会破坏风水；现在人害怕化学，害怕转基因，害怕Wi-Fi信号。"安教授望向白泓羽，"就跟你刚才说的一样。人其实并没有任何长进，所以杂交是好的，嫁接是好的，辐射育种是好的，但转基因是坏的。不是因为他们懂杂交，懂嫁接，懂辐射育种，而是因为他们初中毕业之前听过这几个名字。我们跟几百年前一样蠢，一样偏见无知。"

教授说转基因的时候情绪激动，连邻桌的几个人都转头看了过来。汪海成有点担心，其中会不会就有要站起来"老子先让你断子绝孙"的极端分子？好在看了看周围人的体型，安教授两百多斤的战斗力，怕不是周围人敢来随便闹腾的。

心中有这担心的一瞬间,汪海成就有点明白了。

安教授又晃了晃手机。"我有老婆,有孩子,还是有蛮多要担心的东西。"他满脸通红,酒精终于发生了点作用,让教授变得豪情万丈起来,"老子本来内蒙古一好汉,天不怕地不怕,不信神,不信邪,管他娘的什么上帝外星人,莫怼,老子就是要干,不要虚!!

"唉,问题是绳子一点点从细到粗这么拉上来了,那个不知用什么手段做出了这一整套绳子的……"他顿了顿,还是换了英文,"Supreme Being,到底在绳子最后绑了什么?其实我并不操心。我知道这是你最害怕的东西。"

说到这里,他看了看汪海成。几十年的经历,不论底层群众还是高知分子,教授都阅人无数,一眼就看穿了他。

"我最害怕的,是不管它最后是什么,当它被拉上来了,这个世界一定会天翻地覆。他们最开始只会绑上那根最细的绳子,只有一个原因……"

教授神光一凛,"那就是 Supreme Being 最开始没办法把最后需要用粗绳子才能送上来的东西送上来,所以当一个人拉起细绳子的头,最后把粗绳子那头的东西拉上来的时候,不管最后发生了什么,大家不会记住超然存在,因为他们对那东西无能为力。他们会把这一切天翻地覆的变化记在一个人的头上。如果世人把我当成拉绳子的那个人,人们会怎么对我?会怎么对我全家?"

安森青教授长叹一口气,酒气冲天,"绳子被做出来了,就一定会有人去拉。历史永远是这样。不是有一句名言……"

三人同时脱口而出:"因为它在那里。"

大家相视而笑,都喝得略有些高了。

"你害怕的是头上那个不知几何的星空，我害怕的是脚下的大地，它就是一个破球，朝一个方向一直走到头，你就发现又他娘回到了起点。

"绳子一定会有人去拉，但拉绳子的那个人，不能是我。"安教授一手拍在白泓羽的肩上，叫道，"我们里面，只有你这个小姑娘，是真正的勇士，是条汉子！"

珠海的傍晚，雾涌如潮，一抬头，也不知是雾气还是云，低低地拦腰斩去了十米高处外的一切。也不知道浓雾之外还有什么在等待着，等着他们走出这街边的小酒馆。

15

栖 身

THE STARS

安森青教授当天晚上就递交了申请。经过一大堆复杂的谈话、审查、脱密手续之后，终于在第二周离开珠海，回到了南京。

60K 黑体辐射的原始信息现在已经转译完毕，成了信息量放大了几千倍的基因数据。安教授在工作记录上写道："虽然完全不符合地球上现有生命的 DNA 信息结构特征，但相信这些信息应当作为生命的遗传信息来进行表达。"这是正式打印的文本，旁边还有一小行潦草的手书："我们可能要面对创造地球生命规则的东西了。"

按照安教授最后的意见，这些基因信息应该以完整的独立生命遗传 DNA 结构进行后续培养处理，仅仅半天，这个计划就从领导牵头的科委会那边获得批准。以这种审批级别而言，简直快得无法理喻。

在安教授离开的同时，基因破译工程正式展开，这个项目的需求也很快清晰化了。科委会牵头网罗国内最优秀的科研工作者，这时候工程连个代号都没有就说不过去了。问起汪海成的时候，他也没什么想法，倒是白泓羽跳出来说：

"群星，我们的征途，我们的宿命，我们的归处。"她说，"'群星工程'怎么样？就叫这个吧？"

汪海成觉得不错，在群星中发现的戴森云，来自群星深处的信号。

于是，群星工程正式上马。

随着神秘信息破译工程的推进，汪海成从核心领导者的角色渐渐变成了一个旁观者，或者说回到了本来应该在的位置上。在位置的变化过程中，他很佩服那个名叫赵侃的信息工程兵：他老老实实任劳任怨地给大家提供 IT 支持，绝不吹嘘自己做了多大发现，仿佛那只是一件微不足道的小事。

汪海成意识到，本质上自己跟赵侃差不太多，只是碰巧发现了这些东西。不管是密码学、信息论、生物技术,他都是外行。而在现在这个工程中,理论天文和物理学的相关研究越来越边缘化,越来越像一个工程学课题,而不是理论研究。这东西的来源成了一个天文物理学的背景知识,熔铸成了一把高悬于头顶的达摩克利斯之剑。

在怎么看待这把剑上,白泓羽和汪海成之间很快产生了严重的分歧。白泓羽无法理解汪海成的恐惧,汪海成也无法理解白泓羽的狂热。可能是因为项目的实际工作并没有太多他们可以参与的地方,两个人的争执也越来越多。

"感觉好像昨天我们还都在搞国民革命,今天就发现你入了国民党,我入了共产党一样。"汪海成有一天这么对白泓羽说。

"老板,你未老先衰啦!"白泓羽笑他,"怕东怕西的,你又不是安老板,又没有老婆孩子。"话音刚落,她就明白说错话了。是的,没老婆没孩子,没房子,勾起了汪海成的痛处。

在一个紧张的项目里当闲人是很可怕的,汪海成也就没有理由去逃避那些他不得不做的事情——关于那房子的麻烦。

他已经找好了房地产诉讼的律师,之前却一再地推脱工作忙,没空。律师催了他好几次,甚至忍不住对他说:"不能皇帝不急太监急,你自己的房子啊。"他这才不得不再次去事务所和自己的律师见面。

律师姓马,珠海本地人,典型广东人的脸,又短又瘦,看起来十分精明,很不好惹,一副很适合做非诉经济律师的模样。马律师早就把资料看得烂熟,这样的案子她这些年接了不少,已经快成自己的专项业务了。早十几年前其实她并没想过专精房产诉讼,尤其是珠海房子早些年简直是广东的一股清流,一直稳而不涨。但自从横琴从一个偏远郊区渔村变成了澳门飞地,珠港澳大桥修建完成通车后,珠海突然间从一个不太成功的经济特区变成了连接深港澳的后花园,房价一夜之间飞涨了很多倍，于是纠纷暴增，马律师顺势成了吃这碗饭的红人。

房产纠纷里，诉讼双方三教九流什么人都有，看似忠厚的本地农民三道转卖外带抵押的，做生意破产反倒厂房拆迁突然暴富的，衣冠楚楚雇着司机一年四处旅游全靠二道倒手转租的。一来二去，马律师练出一双毒眼来，看人不过十分钟就能大致摸清底细和纠纷预期。

跟汪海成只见了一次面，她就感觉这个委托人不好搞。他话不多，偶尔还有点吞吞吐吐，好像少点胆子，不好意思把自己的想法说出来。这样的人有两种，一种是自己没主见，你说什么他听什么；另一种是早就定了主意，不管你说什么他都点头，夸你"说得有道理"，但转过身就把你说的话忘到九霄云外。

第二种客户最可怕，经济纠纷最怕的不是纠纷，而是委托人不按经济账来算。

第二次见汪海成的时候，她觉得这年轻的副教授比第一次还要憔悴些，寒暄两句他就倒在了椅子上，律所前台给他端上一杯咖啡，他一口喝干。

"您看起来很累啊。"马律师笑道，"是这样的，上次我们见面事情没有说完，您就忙着回学校了，所以我还是要把事情都确认清楚。上次我给你说过这个案子的胜诉可能性很高。"

"嗯。"

"您的意思，也是希望向法院起诉，要求卖方按照合同约定履行房产交易，对吧？"

"对啊，你不是说胜诉概率非常高吗？我记得你说最近深圳、上海都有这样的案件，基本都赢了的。"

"没错，是这样。但之前我们并没有把这个事情完全说明白。"

汪海成脸色一变，但话还是说得客气："嗯，说嘛。"

"我还是从头开始说吧。按照法律，这是一个合同违约，是违法的。这种事情有三种处理方案：

"第一种，买方，也就是你，接受违约事实，改变合同条款，继续履行合同。也就是加钱，或者部分加钱。"

汪海成只是摇头，"绝对不行。"也不像别的委托人，这时候噼里啪啦倒豆子一样，新仇旧恨恩恩怨怨地说出一大堆事情，他只说了四个字，就不再多说什么。这又加深了马律师之前的印象。

如果一个人愿意主动解释自己选择的原因，那么你就可能了解更多的信息，理解他的思路，然后从其他方向来给他找出解决方案，用别的办法来满足他的要求。但如果只是说"不"，你就断了这门路子了。马律师只能先放着，继续往下说。

"第二种，是止损，解除合同，如果可能，追究对方违约责任。这个房子你就不买了。我想这个你肯定也是不认可的。"

"那肯定。不买这个房子，我不还得再找别的房子买？先不说有没有合适的房子，光是现在这个房价，我多出的钱就可能比加钱还多。"

马律师点头表示理解。

"那第三种办法，就是死磕，起诉，要求法院判决继续履行。"

"嗯。"汪海成只嗯了一下，但颇有些不耐烦，脸上上分明挂着"这不就又绕回来了"的意思。

"说到起诉的问题之前，我们需要先达成一致。就是我们的目的是最大程度减小你的损失，而不是为了解气，或者说'讨个说法''追求正义'，对吧？"

汪海成明显愣了一下，但欲言又止，最后才点头小声说："嗯。"

"那我们就来算一个包括诉讼在内的各种方案的成本。"包括诉讼在内的方案,也就是还有诉讼以外的方案。两句话,马律师就从"一定要起诉"变成了"考虑进行诉讼"。

"成本包括三方面,一个是经济,一个是时间,另外还有一个,是将来可能出现的未知情况的影响。

"具体先说诉讼,这里面,经济成本首先有四块肯定要出。第一块,法院的诉讼费。这个是由原告先缴纳,然后由败诉方承担。具体的费用标准是国家制定,根据诉讼标的额的比例来收的,诉讼标的额标得越大,比例越低。

"诉讼标的额在这里你可以理解为房子的价格,"她解释了一句,"我们这个房子你可以按百分之一左右来预估。就百分之一吧。"

百分之一,就是一万多,小两万。

"当然,官司赢了就不需要你出。但我们律师不是搞诈骗的,我只能说胜率高,不能说这个钱一定是对方掏。这个要先说明白。

"第二块是律师费,做诉讼的律师费肯定跟非诉讼协商的律师费是不一样的,我这边诉讼的费用大概五万左右;非诉讼的话,大概八千。这笔钱是你的硬支出,不管官司胜败都要给的。"

七万。

"这两种你应该也都了解过。接下来的你可能就不太清楚了。第三块,叫诉讼保全申请费。因为你这个是房产诉讼,要避免在诉讼期间对方把房子卖掉、转让或者赠予,总之就是变成不是他所有的了。否则,到时候不管是赢了还是输了都一点用也没有了。因此,你要向法院申请把它查封。这笔钱大概是五千到八千,也是只要起诉,就一定要出。"

小八万。

"第四块,叫保全担保费。呃,这个比较麻烦。简单地说,就是因为第三项的诉讼保全申请费不高，对，相对查封的资产价值来说，不高，不到百分之一，所以法律规定申请诉讼保全的时候，申请人要提供相当于查封资产一定比例的担保物。之前更麻烦，是按百分之百算的，也就是申请一百五十万的房产查封，你就要提供一百五十万的资产担保给法院。"

汪海成的眼睛瞪得溜圆，一时说不出话来。

"别急，别急。我说了嘛，之前是这样的。但现在法院是可以接受担保公司，或者是保险公司提供的保函作为担保的。这变成了担保公司的一门生意，费用是保函额的百分之一到一点五。就是说，如果你不能提供一百五十万的抵押担保资产，你就需要去担保公司出具一份保函，费用是一万五到两万二。"

十万。

马律师看得出来，汪海成已经有点傻了。是的，正常人哪里想得到，一个房产纠纷中自己有理有据、证据确凿的案子，光是起诉的成本就会如此之高？就算法院分分钟判下来胜诉，自己也损失了整整十万块钱。副教授那点工资，一年能存下十万吗？

而对方违约起来，成本可是零。

最开始做房产纠纷案子的时候，对这种事情，马律师还会觉得不舒服。每次给人讲到这里，有的人会暴怒，有的人会吓呆，还有的人会崩溃大哭。汪海成还算好，都没有。

"还有些乱七八糟的，就不说了，这四块是最重要的金钱成本。我再强调一遍，这是诉讼成本，不是胜诉的代价，如果输了，这个钱也是要花掉的。"

"说完了金钱成本，再说时间成本。这种诉讼，一般来说一审期限是三个月，二审期限还有三个月。也就是说，最好要做好三个月的准备，最差的情况，就是半年。如果是别的案子，可能时间没有那么重要，但房产这个东西，你肯定比我还清楚，珠海如今的价钱是随时在变，一方面诉讼的房子价钱在变，等于你诉讼的金额在变，心态肯定也跟坐过山车一样，各种变数都有可能；另一方面，假如到时候因为各种原因你没法拿到房子……"

马律师的话没有往下说，汪海成也明白。

"这就要说到最后一点了，假如胜诉，你能不能拿到这个房子。"

"啊？"如果前面只是挑战汪海成的承受能力的话，这句话他真是懵了。

"是的。判决只是法院的判决，还有执行的问题。说句不好听的，执行难执行难说了二十几年了，执行还是难。你胜诉了，如果对方不配合，那就要等申请强制执行。强制执行又涉及很多问题，比如……"

一步一步地，马律师看得出来，汪海成之前坚决的诉讼要求现在开始犹豫了。

"那你的建议呢？"

"我刚才把诉讼的成本都列出来了，十万块钱往上，再加上判决、执行的不可控因素……所以我们应该达成一个共识，如果其他做法能做到整体成本比这个小，我们就应该选择其他做法。如果其他做法成本比这个高，我们当然就选择诉讼。这点没有问题吧？"

"没有。"

"判决、执行，这个是不可控的，我们可以把它大概标个价钱。就算每个一万，可以吧？加上时间成本，那我们是不是可以这样看：如果我们能跟对方协商，在加钱十三万以内完成这个交易，这个方案就比诉讼更好。"

离说服汪海成协商只有一步，整个脉络已经梳理清晰。马律师更擅长做非诉讼，但她也不会昧着良心诳骗委托人按自己的想法走。这需要技巧，这方面她炉火纯青。

"如果你觉得这里算得有什么问题，我们可以再商量，但是我希望保证我们的处理原则。就是说，用诉讼的成本作为标准，找一个最好、成本最低的办法解决房子的问题。比如庭外协商……"

"等一下，"汪海成叫道，"也就是说，我想我理解得没错的话，购房买卖双方即使签订了有明确法律效力的购房合同，只要房价上涨百分之十以上，卖房子的最佳策略是要求加价百分之十，否则可以撕毁合同。"他坐直了身体，强压着眼里的怒火。

"我没太明白，什么意思？"马律师问。

"按照我们刚才的算法，即使百分之百保证胜诉，买方也一定得额外支付房价百分之十的诉讼费用。外加时间和精力巨大的成本，这还有执行的问题没算。换句话说，基于这样的情况，假如我是卖家，无论签订合同情况如何，只要房子过户前房价上涨超过百分之十，我的最佳策略一定是要求加价百分之十。因为你如果不同意，你一定会付出比这笔钱更高的成本。而我要求你加钱的成本是零，最差最差，就是你付出超过百分之十的诉讼成本之后，我败诉，然后原价卖给你。我没有损失的。"

马律师第一次遇到买房人用这样的角度跟她说话。她迟疑了一下，点了点头。

汪海成脸色骤变，剑眉倒竖。即使刻意压抑，马律师也能感到他那紧咬的牙关下，喉咙底快要倾泻而出的怒火。

正义呢？这个几乎从来不会出现在他脑海里的词突然占据了他的全部视野。

正义呢？

正义呢？说好的这个世界的公平合理，这个世界对遵纪守法的保护呢？

"凭什么?！"汪海成突然用双手猛锤桌面，怒吼道。

这句话煞气漫溢，被汪海成一瞪，马律师只觉得他好像变成了另一个人，一头择人而噬的凶兽。虽然知道不是针对自己，她整个人也如坠冰窖，吓得噌地一下跳了起来。

"要不您先考虑一下，我……我去趟厕所，回……回来再继续跟您商量。"

也不等回答，她几乎是夺路而逃。

过了二十分钟，马律师也没有鼓起勇气再回客户室。最后是前台告诉汪海成她有事先回去了。他决定诉讼，不考虑别的方案，不管付出多少钱、执行难不难、是输还是赢。

"沉默呵，沉默呵！不在沉默中爆发，就在沉默中灭亡。"

离开律所时，汪海成不知为什么，想起中学痛苦背诵过的课文，鲁迅的《记念刘和珍君》。

就在汪海成为自己在这个城市苦苦争取一席栖身之地的时候，相比之下，群星工程的情况实在好了太多。自从领导的批示下来之后，整个工程不计成本地高速运转着。

之所以不计成本，是因为大家虽然理论上知道这是怎么一回事儿，但没人真的明白这事该怎么做。理论上，他们已经有了一整套基因信息，只需要按照这个信息创造一个完整的 DNA，然后想办法让这个 DNA 作为一个细胞的遗传物质进行发育就可以了。

但理论和工程实践之间的距离，大概跟知道 $E=mc^2$，到造出原子弹的距离一样大。

所以这个项目就像当初的曼哈顿计划一样，不计成本和人力地朝前推进。

虽然DNA的概念已经被说得烂大街了，但普通人并不明白这东西微小的程度，总以为跟细菌一样，丢进显微镜里面，找个高倍数的放大镜就能看清楚，然后转基因就像拼个积木一样简单。但实际上，人类能真正观测到DNA的内部结构，而不是通过数学模型来推测双螺旋的历史还比较短暂。科学家们要在亚分子级别上操作DNA，需要楼宇一样大的冷冻透射电子显微镜放大上亿倍才行。

汪海成和白泓羽看到显微镜设备运来的时候，直接傻了眼，好像听到货车卸下了一车金币，哗啦啦地响个不停。

但就算有钱，整个DNA拼装工程的技术还是要从头开始。虽然转基因技术已经成熟，但这个项目跟转基因完全不同——转基因是通过切断再连接的方式把某个短基因片段插入一个完整的原始生物DNA，而这只是从头开始组装。这区别之大，好比一个是往出锅的炒菜里撒把盐，另一个是做整套满汉全席。

技术难度完全不在一个数量级上。

工程开始的第一周，项目毫无进展。时间都花在了操作方案的争论和筛样尝试上，大家连轴转没有周末休息，像绷紧了的发条——不过对于这些科学工作者来说，没有假期早已是常态。一周过后，新的批示下来了：

进度太慢，不计代价，全力以赴。

传说中曾经有一些领域的前辈也享受过这样的待遇，但如果历数一下，会发现全都是武器、国防、军工——与战争相关。天文、物理、生物，这几个学科的工作者还是头一遭遇到。

汪海成不懂生物技术，生物基因工程学怎么进行的、中间遇到过什么样的麻烦他并不清楚。但他明白现在大致的工作方向：第一，从零开始搭建生命的遗传信息；第二，替换掉有活性的生物细胞原有的遗传物质；第三，培育它。

简单地说，从零开始创造生命。

这其中每一步都应该是生命科学的里程碑似的重大突破，所以汪海成不太明白上面在慌什么，科学面前，急真的管用吗？他本以为无论如何，都要花很长的时间。

之后他才明白，"不计代价，全力以赴"这八个字里蕴藏着多么可怕的能量。

这八个字曾经在太平洋的彼岸创造出几次奇迹：用两年时间从纯理论概念创造出原子弹，结束了一场正义与邪恶的终极战争；用八年时间从连载人飞船都没有到登上月球，插上星条旗。这八个字表达了科学家长期以来的心声："东西做不出来不是因为我们无能，而是因为你们舍不得掏钱。"

生物工程学专家最开始使用酶切手段，想从一个基础DNA上像拼积木一样把一个个蓝图上对应的基因都拼进去。但正如预先就考虑到的失败一样，两次转入以后，DNA结构稳定性就被破坏了。之后又尝试了逆转录，基因倒是嵌进去了，但结构顺序完全无法保证。

生物工程属于典型的复杂系统，在工程学科里面，它是非常下游的门类。任何新技术都是经过漫长的犯错和失败之路，才逐渐有眉目的。比如克隆技术，说起科学原理来不过是把一个细胞核放进另一个抽掉核的细胞，就这样都经历了数不清的失败。眼下，连续的失败只是让计数器上的数字不断狂飙，但并没影响到大家的工作热情。

真正影响到大家的是上面持续不断的命令和催促："不计成本，抓紧时间！"大家听了无数遍，不免焦虑起来。

以穷著称的生物学家被贫穷限制了想象力，手握上不封顶的预算都不知道怎么花。他们做梦也没想到，最后问题的解决靠的是纳米工程学家：擅于烧钱的这群人烧掉了七十多亿美元，量产了二十台单原子操作级别的"原子手术刀"和"原子级别显微台"，直接从化学键级别操作，强拆了 DNA 分子，切出所需基因，然后重新组装。

　　从安教授离开，到第一个目标 DNA 完整分子下线，只用了区区二十二天，不到一个月时间。

　　DNA 导入染色体，完整替换掉原有的细胞遗传物质又花了一段时间。其实，这一环节的难度要高于拼装，本该耗时更久，哪知道这"高难度环节"反倒意外得顺利。有传言说，进展顺利是因为这个 DNA 导入方案来源并不"干净"，用的是间谍从某海外研究中心盗取来的绝密方案。不管怎么说，四个工作组同时根据方案资料进行实践，不到五天，DNA 分子的染色体替代导入成功。

　　群星工程就这样以迅雷不及掩耳之势，以一掷千金的气魄完成了第一阶段的任务。

　　这就是一个现代化强国以举国之力"不计代价，全力以赴"所展现出来的可怕实力。当亲眼看见这种力量的时候，汪海成才真切地明白自己的心情。

　　不是兴奋，而是恐惧。

　　在此之前，汪海成一直以为这一切需要很长时间，五年，十年，甚至更长。这个想法的源头很奇怪，一般来说，谁都希望自己参与的项目早出结果，而且越早越好，尤其是一个如此重要的工程。

　　说得自私一点，正如白泓羽跟他半开玩笑说的，这工作既然是绝密，那还能当她的博士论文不？靠博士论文得诺贝尔奖的上一位也是天文物理学家[1]，是不是应该继承一下传统？

如果工作有了突破，那么他就不必那么烦恼房子那点事儿了，国家是不是该发个院士楼奖励一下？

后来，汪海成才明白过来，这种期待是因为自己的怯懦。幻想需要漫长的时间让他产生了一种置身事外的安全感，当绳子终于拉到尽头，最后不管是什么被拉到这个世界，自己好像都与此无关了。在时间的缓冲面前，心底的种种不安和恐惧显得稍微遥远些了。

发现60K黑体辐射异常的当天，遥远星空外发现的那两个疑似戴森云都已经快被遗忘了。虽然汪海成进行了很多种假设，其中稍微合理一些的也找白泓羽讨论过，但没有一个能在信号和戴森云之间找到令人信服的联系。

"物理学的上空飘着两朵乌云。"他对白泓羽说。

物理学史的老梗让白泓羽笑出声来，"放心，我们一定会重新定义世界的。"

看着这姑娘粉红的颊，眉脚细弯，嘴唇轻扬，汪海成一时呆了，心中只觉得茫然，两人的分歧已经大到了这样的地步。他恐慌的时候，白泓羽为他的幽默笑出声。难道自己的担忧真的是杞人忧天？他真希望是这样，甚至渴望像白泓羽一样为奇点的到来而兴奋，但他做不到。

只有面对考验的时候，你才会知道自己到底是什么样的人。

他们面对的是同一件事：有什么东西在虚空中覆盖了地球外每一处空间，并且朝地球传输了整整二十四小时的特殊信号。特殊信号的解码字典早就藏在地球生命的基因组里，可能在地球生命诞生之初就

---

1. 宇宙微波背景辐射发现者约翰·马瑟和乔治·斯穆特获得2006年诺贝尔物理学奖，该成果以发现者的博士论文形式发表。

已写下。有什么东西一直设法隐藏着几千光年外两个戴森云的存在，直到特殊信号传输的当天，才泄露出来。

白泓羽看到的是"新的真相"，汪海成看到的是"有什么东西"。

安森青的说法叫作"超然存在"，Supreme Being。但要是用更通俗一点的叫法，一个可能干预了地球生命诞生，能够影响千万光年空间和信号的东西，应该称作"上帝"或"造物主"。

安教授离开的第三天，汪海成像往常一样出门，满脑子都想着几千光年外的戴森云，不自觉地抬头看了一下天。那一瞬间，一种从来没有过的不可抑止的恐惧扼住了他的喉咙。一碧如洗的清澈蓝天好像被无数触手缠绕着，朝自己压了下来，他下意识地后退两步，直到没进房子的阴影里，才喘过气来。

上帝是什么并不重要，他不能接受的，是头顶上有一个全知全能的神在看着自己。

而整个工程，就是在承认上帝的存在。汪海成明白，那一天的到来，命运奇点的到来，也就是上帝叩响地球之门的时候。

这一天，终于还是来了。

根据地外信息构造的DNA细胞所做的实验进行到第二十三次，才终于大功告成。

这个终于有了生命活性的细胞被命名为"零号"。没有被叫作"一号"的原因很简单：完成DNA图谱的人是安森青教授，他这时候已经离开了项目，身份信息也被抹去。资料里用"零号研究员"的代号来指代他，他给的图纸，也就顺理成章地被命名为"零号"了。

坦白地讲，这代表着其他人对这套图谱能不能工作的质疑。尤其当大家最开始经历了那么多次失败后，责任自然推到了零号研究员头上。在分子生物学领域，从基因到蛋白质，再到完整生物功能，科学家对这套超复杂机制结构的认知理解都还原始得很。要说现在从头创造一套能运转的遗传结构，等于刚刚知道 CPU 工作是靠电流驱动，就要制造顶级 CPU 一样，完全不靠谱。所以当第二十三次尝试之后，细胞居然稳定了下来，大家的震惊远大于激动。

DNA 开始编译，首先改变了原初母体细胞自身的结构，细胞膜和细胞器在二十小时内被重新替换。三十个小时之后，细胞缩小到原来的一半大，变成了一个正圆的小体，然后开始分裂。

第一次分裂花了差不多两分钟。分裂开始的时候，参与项目的全体科学家非要围在一起盯着显微镜原配的显示器，没有人愿意去看边上大得多的转播屏幕。

生物学家边看边发出惊叹——进入分裂，就说明遗传物质确实已经在发挥比较完整的作用，人类真的靠人工设计构造出了一个生命体。

但仅仅几秒之后，惊叹就变成了哀叹，细胞分裂后形成了两个独立的小细胞，而不是以卵裂的形式抱在一起，成为一个多细胞卵裂球。这意味着这个生命细胞只是单细胞生命体，而不能发育成复杂的多细胞生命，这是天与地的区别，大家难掩心中的失望。

第二次分裂的时候，叹息声此起彼伏，两个细胞长得倒是很快，二十分钟后就长到了同样大小，但只有一个进行了分裂，另一个纹丝不动。等到这个细胞分裂结束后又过了十多分钟，另一个还是毫无动静。在完全相同的环境下，一个细胞只在一次分裂后就失去了分裂能力，说明细胞的功能性有严重问题。主任研究员失落地在分裂细胞那边标记了 A，将没有动静的标记为 B。

第二次分裂过了一个小时，第三次分裂开始了。

这次三个细胞中只有两个开始了分裂，最开始大家都松了口气。

如果这两个细胞也不再分裂,就更失败了。分裂开始一分钟之后,有人意识到了什么,发出了"咦?"的一声疑问。这声疑问惊醒了大家:分裂的两个细胞中,其中一个就是刚才被标记为 B 组的那个已经失去活性的二代细胞。

又过了两个小时之后,第四次分裂开始。这时大家已经发觉这东西不能以正常生命来看待,正常单细胞生物的分裂,哪有如此整齐划一——若不分裂一个不分,若分裂一起发生的道理?果然,第四次分裂又只有两个细胞进行。

难道接下来每次都只有两个细胞进行分裂?这是什么原因?就在大家都困惑不解的时候,迎来的第五次分裂,这次分裂有四个细胞分成了八个。

这时,大家都面面相觑。白泓羽本是个绝对的外行,但等到第五次分裂的时候,她突然意识到大家的思路本身就错了。

用生物细胞培植出了这个密码,所以把它当作正常生命。大错特错!这东西应该是信使啊,它的一切活动都是围绕着某个目的来进行的。白泓羽快速地过了一遍这个单细胞生命体的历程,恍然大悟。果然,第六次有两个细胞进行分裂,第七次分裂的细胞数又变成了四个。

"试试把这些细胞分成两个部分,数量任意。"她提议道。白泓羽没有解释原因,汪海成知道这姑娘心思缜密又涉猎驳杂,便不细问,让实验员把细胞分到了两个培养容器里,一边八个,一边九个。

这时候已经过去了一天,这些细胞除了分裂,没有表现出任何正常的生命活动迹象,游动,衰亡,进食,统统没有,甚至搞不明白它们分裂成小细胞之后再长回原来大小的细胞质补充来源是什么。实验室守在这里的一群人也都不吃不睡,木桩一样。

第八次分裂开始前,白泓羽低声说:"如果我猜得没错,会有两个分裂。"

果然，两个容器中各自新增了一个。

第九次，白泓羽预言"这次是四个"。同样如她所说，一边容器新分裂了一个，另一边新分裂了三个。就在大家以为是有神秘的二、四、二、四规律的时候，白泓羽接下来的三次预言突然又变成了六个、两个、六个。

所有预言一一应验。

这些科学家都是各自学科内的中流砥柱，年纪都比白泓羽大上不少。看着这年轻的姑娘故作神秘，一直也拉不下脸来不耻下问。但疑问越拉越大，这群人心中的躁动不安也越来越难掩饰，旁敲侧击地问这姑娘，但她就是不说。大家也各持身份，不好意思问得太紧。

直到离"零号"开始分裂过去两天后，白泓羽才终于公布自己的答案。当着大家的面，她列出了细胞在整个分裂历程中，每个阶段存在的总细胞数：

1、2、3、5、7、11、13、17、19、23、29、31、37。

列完之后，白泓羽发现周围诸位居然毫无反应，这才明白原来生物学家们对数字几乎毫无敏感度。只有汪海成看得明白，只觉寒气上涌，他低声说道：

"质数序列。"

除去初始的单细胞"零号"，后面每次分裂结束，总细胞量都在质数序列上，这是一个精准设计好的流程。

白泓羽能发现这一点，并不是因为她比在座的大师们聪明，或者更精通数学，只是因为取巧。作为一个科幻爱好者，她读过太多与外星文明接触的东西。数学，特别是质数，是最无异议的首次联络信号。它用最小数据量传递着一个无可争议的信息：我们理解数学体系，我们是智能存在。

在这里，细胞用自己仅有的功能展现了它上面的超智能设计，告诉人类：成功了。

白泓羽让大家把细胞分成两个容器，因为她想不明白这些细胞是如何"知道"要怎么按质数序列分裂。如果把这些细胞当作一个机器，当然可以"设计"成分裂的数字，通过"开关"来控制分裂数量。但它们既然是独立的细胞，它们又怎么知道一共有多少个细胞存在呢？

它们彼此有通信手段吗？把它们分成两个容器，彼此隔离，它们是怎么知道现在一共有多少个细胞，来按质数序列达成分裂目标呢？

培养室里有极高精度的信号监测天线，白泓羽查过了上面所有频带的监测情况，都像正常细胞一样，并没有特殊的通信信息，包括中微子手段。

了解得越多，这细胞的奇迹就越让她激动。

几经斟酌，她提出了一个更大胆的构想：

"如果消灭几个细胞，它们下次分裂会把数量补回来吗？"

连争论都没有，所有人仿佛都被催眠了一样。他们此刻怀着圣徒朝圣般的心情，不过摄住他们心智的不是信仰，而是好奇。他们分出三个细胞来，用激光直接蒸发掉。

下一次分裂的时候，几乎可以听到在场人们急促的心跳。一边三个细胞、一边四个细胞开始涌动的时候，全场彻底死寂下来，只有剧烈的心跳，然后是一位四十来岁的女学者晕倒在了地上。

41。

房间里除了心跳，安静得瘆人。所有人都明白，自己见证了第一次伟大接触的发生。不需要细胞的发育，不需要等会说话、有超能力的外星人爬出舱门，这个存在用几十个细胞就宣告了自己的存在，揭开了宇宙深邃的一角。

汪海成从屏幕上抬起头来,闻着房间里湿热的臭味。将近三天,这群人不眠不休,散发着各自的体臭,每个人深凹乌黑的眼眶里都透着逼人的神光,这些智慧之光被屏幕上几个看不清面目的球体死死吸住,无法脱离,就像吞噬一切的黑洞似的。

汪海成知道,拉绳子已经不可能停下来了。

他回头看着白泓羽,连续几天的熬夜并没有在她年轻的身上留下任何疲惫的印记,她盯着培养皿,眼睛里闪耀着摄人心魂的精光,梦想的火焰在瞳眸里肆意燃烧,光芒万丈。

暗构造

THE STARS

当细胞分裂到几十个的时候,"零号"这个代号显然就不太合适了。这东西需要有一个正式的名字,大家经过短暂的讨论,最后决定采用白泓羽的提议:构造体。

由地外智慧存在构造蓝图,由人类构造容器,最终形成的生物体。传递这套蓝图的一方也就顺势被命名为"构造者"。

细胞分裂到九十七个之后,停歇了三个小时,接着突然有了新变化:所有细胞开始同时分裂——而且是卵裂。

骤变打得所有人措手不及,大家已经认定这些构造体是"单细胞人造生命",没想到它居然还能卵裂发育,变成多细胞生命的模式。卵裂的速度快得惊人,不到十二个小时,已经分裂了十次,变成拥有上千细胞的大型胚胎结构。工作人员在慌乱中把这些细胞分装到单独的培养皿里,给这些构造体足够的生长空间。

这超乎寻常的变化在大家心中诱发了"异形降世"的恐惧,甚至开始准备防弹密封的高安全实验室,但接下来的变化谁也没有想到。

在十六次卵裂之后,胚胎消失了!

胚胎消失的时候,汪海成不在,白泓羽在场目睹了全过程。当时胚胎已经有两厘米大,肉眼可见。虽然叫作胚胎,但细胞还没有发生分化,看起来就是一个粉红色的组织球。旁边的工作人员还在争论是不是应该用更接近海水密度的培养基取代琼脂基——这让胚胎的发育环境更接近"自然孕育"。这个争论很玄学,因为地球生命起源于海洋,所有胚胎发育环境都会模拟近似海洋的包裹和浮力状态,但谁也不知道"地外生命"的正常发育环境应该是什么样子。在这样的背景下,本来是反对更换培养基的一方更占优势,但支持的一方提出了周公梦蝶似的疑问:"你确定地球生命的诞生环境,不是构造者模拟他们的环境创造的?"

就在大家争得热火朝天的时候,白泓羽忽然觉得胚胎开始一点点变得透明起来。这可能是幻觉,因为胚胎本身就是粉红色半透明的,外部光线明暗变化会影响这东西看起来的样子。但这种感觉越来越明显,两分钟之后,另一位工作人员困惑地问道:"是我眼花了吗?怎么感觉胚胎越来越透明了?"

这时候,变化已经明显得每个人都看得出来。构造体已经不是有机体因为薄或者别的原因而看起来透明,而是明显地稀薄起来,像是影视特效里的幽灵化一样,整个淡出了视野。而且淡出的速度越来越快,又过了两分钟,所有的胚胎在众目睽睽下消失了。

不是死去了,而是物质消失了。培养皿盖得严严实实,胚胎留下的印痕犹在,但它们消失了。

"发生了什么?"有工作人员问道。大家面面相觑。

慌乱中,有人想起用其他观测手段来确认构造体的情况。又花去了不少时间加急做了X射线衍射、远光谱分析……

全都没有用!他们发现在任何电磁波的频段上都无法检测到构造体的存在,不限于可见光,在一切射线下它都是透明的,空无一物。

"接触!"有人提议,直接接触。

这是一个完全打乱计划的操作,从构造体作为一个单细胞有了活性开始,他们就没有用任何物理接触手段去触碰过它,生怕影响了它的活性和功能。把它们分离开的时候也是整个培养基移植,连震动都控制得小心翼翼。但现在,他们只能找东西去接触它。

或者说,去接触它原来所在的空间……

白泓羽有一种探死人鼻息的幻觉,和其他人一样,她脑子里一片乱。有人不同意物理接触,认为可能会发生意外。

"什么意外?"当值的负责人问。对方回答不上来。

"我们先确认它还在不在吧。"当值负责人就这样拍了板。用什么东西进行接触也费了一番思量,最后选了塑料材质的圆头镊,以免对构造体造成损伤。负责人亲自操刀,小心翼翼地掀开皿盖,一点点伸进去,到了胚胎原来该在的位置。

大家心都悬在嗓子里,能听到零星吞唾沫的声音。

穿了过去,没有任何阻挡。

这是很滑稽的一幕,一群人盯着镊子徒劳地在明显空无一物的空间来回夹,努力想抓住什么,整个动作滑稽得难以言喻。

"怎么办?"有人问。

构造体物质消失了?

这也不是不可能,虽说是"细胞",但说到底是地外文明的智慧造物,谁也无法断定它会干什么,不会干什么。或许,这段地外信息真的就只是为了表明在地球以外,有超然智慧的存在?

如果光是这样,其实也蕴含了极大量的信息。它告诉了地球人,地球的生命诞生必然与这个超然智慧有关,而且它拥有操控空间的伟力。或许这只是接触的第一步,之后还会有别的信息?即使没有……

白泓羽还在思索这个变化的潜在含义,这时突然听到有人惊恐地提醒道:"会不会……有感染?"

这句提醒引得在场的目光齐刷刷地转了过去。

"会不会……就像释放孢子一样,这个东西……"

"有密封隔离,你怕什么?"负责人的声音从麦克风里传来,他穿着防护服,从密封的实验室里瞪了那人一眼。要怕也该是他这个接触者怕才对。

"不,不,我是说……它……它凭空消失,会不会有办法穿透我们这些隔离手段?发……发现病毒前……"

发现病毒前，人们以为空隙小于微米的东西就能挡住一切感染，阻挡致病的细菌和真菌，直到发现还有小上千倍的病毒，尺寸在纳米级，有的甚至小到连橡胶的孔隙都能穿透。

这东西会凭空消失，或许是转变成了某种小得可以透过地球物质缝隙的稀薄存在？

"别慌！"负责人沉声说，"不要瞎紧张，自己吓自己！"

事后才知道，这句话刚说没多久，当值负责人已经在另外的通话频道发出了执行封锁预案的命令。实验室一千米外，全副武装的战士关闭了进出的一切线路。看似普通的实验大楼每个朝外的房间早就装好了多层隔离材料，这时候都缓缓落下，五分钟内，整个实验室被内外五层隔离密封锁死，所有通风转入了内循环供应。

但现场没人察觉到这些变化。直到参与群星工程的人离开中山大学的临时驻地，前往山里的第一基地后很久，其中的少部分人才从一些稀奇古怪的渠道听说了当时的一些情况。

如果不是提到"感染"，负责人本来打算脱下防护服，试着用手去摸一下。他以为自己是当时脑子出了什么问题，事后才知道，其实那时不止他一个人有这样的想法。

"或许这东西需要智能生命的直接接触？"

很难解释这种奇怪想法产生的原因，但事实证明后面的发展既跟感染无关，也跟智能生命无关。

他们目睹了第一次暗膜展开的全过程。

当时，塑料镊子还留在胚胎应该在的那个位置上，负责人正打算把它丢在一边，抽手出来。然后，他看到一道微弱的光流过胚胎原本表面该在的位置，看起来像是光线折射的效果。他一惊，手上的镊子微微抖了一下，伸了进去。

那道折射表面更明显了，镊子头部已经穿过那表面，负责人脑子里一乱，赶忙想要抽出来，但已经来不及了。往外一拉，镊子头就跟后面分开，沿着表面以一个完美的弧形切面落了下去。

大家还在为这个突然出现的弧形切面震惊，眼睛盯着那个落下的塑料头，这时，原本光线折射的表面生长出黑色来——生长是最恰当的形容，虚空中弧形表面先是跳出点点黑斑，然后绵延开来。一秒不到，一个黑色的小球状物体好像是从虚空中被拉进这个世界一样，兀然出现在大家面前。

这样的情景让白泓羽想起的却是游戏，像是《星际争霸》里的星灵一族——它们在战场上并不生产东西，而是把原本存在的东西从另一个空间里折跃过来。

消失的胚胎又出现了，全都出现了，以这样黑色的新姿态。九十七个直径大约一厘米的黑色小球重新出现在培养皿里。

在这些东西重新出现的过程里，人们看到的是球体，但变化结束的时候，在场的人却觉得自己看到的是一个圆片，没有宽度的二维黑色圆片。不过这个困惑并没有影响这群专家多久，因为探测胚胎存在的电磁检测装置很快发现这东西表面可见光的反射率几乎为零，所以就像黑洞一样，丢失了一切视觉细节。明明是个三维物体，看起来却像是二维的圆片。

负责人的脑子里什么也没想，伸出已经没了头的镊子碰了它一下，接触是实体的，感觉到了珠子的质量。

从这一刻开始，构造体彻底失去了生物的形态和特征，变成了死物一样。对于这个变化，不仅出乎人们意料，而且很长时间内研究人员都没法理解这几个小时里，从胚胎，到消失，再到变成无机物整个过程的原理是什么。

直到连山里的第一基地都消失两年后,这一切变成新世界运行机制下的绝密根基之后,才有人提出一个构想:构造体本来就不是一张生命蓝图,而是一座纳米微观工厂。

本来所有的生命都是一套精密的微观机器,蛋白质可以当作纳米级的零件,生命体就是一套高度精密的制造和加工设备。只是常规生命工厂的产品尺度是越来越大的,从纳米级的设备驱动微米级的结构,制造出毫米级的组织,构成厘米级的器官系统。而这座工厂则用纳米级的设备精控皮米级的零件,皮米级高精度的零件再加工飞米级的结构,最后把所有结构搭造起来,创造出人类认知尺度以外的智能设备——最后组成构造体的形态。

在这个构想中,这个只有一厘米大小的构造体,其复杂度可能已经超越了人类有史以来制造的所有设备之和,人类拥有的探测设备不足以在这样的精度下准确了解它们的结构——即使了解结构,也无法理解它的运转机制。当然,这个假设就算当初有人提出,人们也会质疑在如此微观的尺度下有没有可能制造所谓的"机器"。不过两年之后,他们对构造体的利用和理解已经足够证明这一点。

两年以后,他们开始明白这九十七个看起来没有区别的构造体拥有惊人的复杂度,知道它们有几种类别,但刚见到这些构造体的时候,大家仅有的印象是那种纯粹的黑。

只有负责人同志看着手上这个没了头的镊子发呆。镊子头被突然出现的膜削进去,然后裹在了黑色的壳内,自然已经看不到了。镊子头还在里面吗?是被封在那个球内了吗?这东西是只有外壁,里面都是空的吗?

这困惑让大家想起所有的培养皿都有严格的质量监控装置。很快,质量数据出来了。

整个过程中，从胚胎短暂的"消失"，到黑壳出现，构造体的质量都没有发生任何变化。这让消失这件事更匪夷所思。这样看来，构造体像是短暂地变成了无影无踪的幽灵，之后附加了一层黑壳，但从未真正的消失。黑壳附加上的原因，似乎正是为了让构造体在"隐形"之后还可以被人类找到。

"刚才……变成了车库里的飞龙吗？"有工作人员喃喃自语，"看不见，摸不着，但它就是存在？"

只能通过有限的物理接触来理解这个包上黑壳之后重新出现的构造体：表面光滑得可怕；用探针接触之后，外壳呈现极强的刚性；在百牛压力、万帕压强下几乎没有任何形变——他们也不敢再增加压力了。

另一个有趣的事实是，负责人操作的那个构造体比原始质量重了0.07克，也就是小镊子头的质量。经过小心的尝试之后，他们晃动了几下这个构造体——能感觉到微弱的冲击惯性，但没有响声。镊子头真的是被封在一个"空腔"里，但外壳在冲击下没有震动，所以不会响。

构造体的"真空质量"引起研究员们的强烈不安，想要透过这外壳搞清内部结构。但当探索进一步继续的时候，旧的不安还没得到一丝缓解，新的恐惧却袭上心头。

他们先是用普通光学显微镜观测构造体的黑壳，放大倍数在五十倍的时候，只可见到一片漆黑。

调整最大光学倍数，放大到一千倍，依旧一片漆黑。吸收光的通道结构应该是纳米级，他们想。人类勉强可以通过炭纳米管做出这样的材料。

他们改用电子显微镜，分辨率可以达到十分之一纳米左右，足以看清纳米材料的结构。

一片漆黑。

大家焦虑起来。黑暗永远是人类心中的恐惧源头，在这样的尺度下，他们还是得不到一丝信息，所有打上去的光都被吸收得一干二净，没有反射，也没有衍射，好像手上的不是一个东西，而是一团黑洞。

动用扫描隧道显微镜。

操作员花了十分钟确定信号电缆是正常的，屏幕上依然是一片漆黑。

"不可能。"实验员说，"这东西都能看到单个原子了。"

这个触感光滑的外壳在所有频带下的电磁反射率都是干净的零。

所有射入表面的辐射全部百分百被吸收掉，散射、反射、衍射全部没有。连各种频率的高能辐射也无法让它产生量子跃迁，辐射出任何一丝射线，真的就像黑洞一样吞噬得干干净净。

不知道这些辐射吸收进去以后变成了什么，是被构造体吸收利用了吗？没有一丝信息被反馈释放出来。他们没有办法判断这东西的结构——在任何探针显微镜下，都是一片纯粹的黑。

构造体变成了一个彻头彻尾的谜，一个信息黑洞。百分之百的透明到百分之百的吸收，这本质上没有任何区别。

负责人愣了一会儿，突然摘下防护手套，一把抓起那个黑球。其他人看到他的动作的时候不禁发出了惊叫，还没来得及阻止，他已经把黑球抓在了手中。

一片死寂，所有人都圆睁着眼睛，望着他。没有人知道可能发生什么，似乎任何事情都可能发生，融化、消失、化身超人，这些都不会让大家感到意外。

什么也没有发生。

半分钟的死寂之后，他放下这个黑球，只觉得一股寒气窜上自己的脊梁。

"为什么不是冷的?它不冷。"他喃喃自语。

有的人明白了他的意思。这东西既然像黑洞一样吸收了一切辐射,它的表面应该接近绝对零度,为什么它不是冷的?

只可能有一个答案,这外壳的物质密度稀薄得难以想象,尽管它冷得离谱,但热交换效率却很低,"黑色的壳"拥有目前人类科技难以理解的空间结构。

汪海成回来时,黑化之后的构造体第一次研究尝试已经结束,在他看资料的时候,白泓羽详细向他描述了这个透明、稀薄、存在却又不存在的幽灵。资料不能代替亲眼所见的兴奋和恐惧,哪怕只是在复述当时的场景,白泓羽也激动得瑟瑟发抖。

"这东西到底是什么?它想要做什么?"她说。

没人关心汪海成的房产诉讼,没人知道他一审的审判结果,他包里揣着判决书,一条条过着资料。

"你不知道?"汪海成平静地说,"你怎么会不知道?你是我的学生吗?什么情况?"

白泓羽愣住了,最开始还不明白导师的意思,汪海成比自己大不了多少,今天却奇怪地面沉如水,看不出喜怒,也不知道这话是奚落,还是玩笑。

这么长时间以来,汪海成终于能安安心心、心无旁骛地思考工作上的事情了。看着犯傻的白泓羽,他笑起来:"再想想?看不见,摸不着,没有电磁效应,但却有质量,这不是生物学问题,这是一个天文物理问题啊。"

白泓羽思索片刻,噌地站起来,"老师你是说……可是……这……"

汪海成朝她点了点头,他心中的激动实在不亚于自己的学生。白泓羽叫道：

"暗物质？！"

是的，看不见，摸不着，没有电磁效应，但是却有质量，笼罩在天文学上的乌云假说——

暗物质。

17 成长

THE STARS

汪海成还记得自己第一次读到暗物质概念时的心情。

"这都胡扯些什么啊？实在找不到解决方案来解释这个世界了是吧？都什么呀！"

那时候他上高一，在《科学中国人》上第一次读到关于暗物质的科普文。

跟很多其他物理概念的诞生不同，暗物质的提出纯粹是为了解决天文物理基本理论和观测到的宇宙现实的严重不符的问题。

早在二十世纪三十年代，天文学家就已经发现星系的旋转速度高得不合理：根据旋转速度算出的引力数据远大于星系中所有星体质量所能提供的引力。广义相对论重构了引力的意义，但是丝毫没有解决这个问题。这个数据差距太大，已知星系物质能产生的引力甚至不到应有引力的十分之一，这完全无法解释宇宙中星系的结构。

如果引力的概念没有出现颠覆性错误，那么这就要解决一个关键问题：宇宙要保证现在这个样子存在，所拥有的物质应该是所有能观测到的物质的十到二十倍。我们观察到的物质只能提供宇宙所需引力的百分之五到百分之十，那么提供了剩下百分之九十至百分之九十五引力的巨大质量物质到底在哪里？

宇宙大爆炸论的完善进一步加剧了这个问题的严重性：如果宇宙只有我们能看到的那些物质，那么大爆炸后宇宙膨胀的速度应当比现实快得多得多！这再一次证明，人类所能观测到的所有物质远少于宇宙真正拥有的物质量。

寻找那些不知道在哪里的物质经历了很多挫折。在汪海成当年看来，完全是因为绝望，天文物理学家才提出了"暗物质"的概念：

不带电荷，不与电子发生干扰，有质量，有引力。

这是一个投降书似的物质概念——

为了解决引力问题，这种物质需要大量存在，有质量，有引力。

为了解决我们为什么找不到它的问题，它不与电子发生相互作用，没有电磁效应。所有观测手段都会透过它，所有有电磁效应的物质都会穿过它，它对我们而言，看不见，摸不到，无影无踪。

在当时的汪海成看来，暗物质的概念实在过于"玄学"。暗物质的所有特征不是因为我们找到了它存在的证据而确定的，而是因为如果我们不创造这么一个概念，宇宙就不符合我们的物理理论。

这个感觉是很有道理的，自从这个概念诞生以来，所有证明它本体存在的尝试都没有结果。唯独中微子体现出了一丝暗物质的特征，但科学家在宇宙中所找到的中微子的量实在太少，无法解释谜题。

而现在，构造体的变化似乎暗示了另一种可能：一个依靠这个世界正常物质组成的构造体随着自己的发育发生了变化，不再和正常物质发生电磁效应，变成了一种我们看不见、摸不到、只有质量还在的幽灵物质——正如"暗物质"这个定义所需要的那样。

构造体的这个变化，是从"物质"变成了"暗物质"？从看得见、摸得着的东西变成了幽灵一样的存在？

量子力学有一个著名的笑话，一个人如果撞墙次数够多，那么从概率上就存在一种可能：你的所有微观粒子都恰好穿过了墙的缝隙，因此你能穿墙而过。而那天镊子就是这样幽灵似的穿进了构造体。物质世界就这样和幽灵的世界交叠了起来，共存，却彼此不知。

同其他物理学家一样，汪海成和白泓羽都以为暗物质应该是由某种特殊的微观粒子构成，这种微观粒子和组成正常物质的微观粒子不同，比如中微子。但构造体的变化却给出了另一个答案：或许暗物质是普通物质的某种状态，是可以互换的。

这是一个颠覆性的可能。如果是这样，或许宇宙中提供巨大引力的"暗物质"并不是什么稀薄却物质量众多的微观粒子,也不是什么弥散在无垠太空的稀薄暗物质云。

或许我们看不见的那百分之九十五的暗物质也同样是恒星、行星。暗物质的群星遍布宇宙,唯独我们这个物质状态的世界看不见、摸不着它们,如同幽灵一般。

这个暗物质构造体的假说显然是汪海成提出来的。但是,第一次明确说出这句话的却是白泓羽自己。

猜测归猜测,要确认这个假说,就需要把构造体放入大型粒子加速器中用高速粒子来轰击,进行实验验证,但问题是,国内没有合适的设备,而且一旦把构造体送进加速器,它就灰飞烟灭了。

"代价太大。"新来的孔姓负责人告诉他们。

构造体黑壳化之后,项目组陆续换了一批人,新来了一批负责主管,老孔就是其中之一。最开始汪海成他们以为,更换负责人是因为之前的负责人在处置构造体骤变期间太过鲁莽,后来发现并不是这么简单。新来的负责同志们不再是专业科研工作者,而是真正的"领导干部"。

之前这群科学家是用一种半自由的方式相互合作,大家七嘴八舌地交流碰撞,通过自我组织合作来推进整个研究。对于一流人才而言,这种混乱吵闹的方式反而更能促进各自才能的发挥。但现在情况发生了变化。"领导干部"开始要求大家提交各自的研究计划,登记各自的职责,需要每个人确认自己的权限。还给大家分配了"助手",协助大家"熟悉流程"和"安排协作"。做事情开始需要申请和签字——很多签字。

汪海成觉得自己被装进了铁罐子里。在学校食堂吃饭的时候遇到李院长,他坐过去想跟李院长聊天抱怨两句,李院长见他话头一漏,赶忙摆手制止。

"涉密不上网,上网不涉密。"李院长对他说,"我没有在研究组里,注意组织保密纪律。"

汪海成愣住了,午饭草草吃完,连吃的是什么都毫无印象。一群人还在努力适应新的变化,构造体并没有去适应人类的节奏,自顾自地展开自己的真实面目。

这时候大家还把这九十七个构造体当成九十七个同样的东西。

最初发觉它们有区别的,是一个叫马勤的核物理工程师。之前她的工作一直处在停滞状态,自从加入工作组以来,整个生物进程她都帮不上忙,但她也没什么可急的。可新的领导来了以后,非要她列出工作研究安排和预期进展,分析自己工作的必要性,马勤就有点慌,完全不知道该编什么。

实在没办法的情况下,马勤把自己的工作安排为:检测构造体的放射情况。其实,之前构造体透明化的时候就安排了某种高敏度放射性检测设备,只是一直没有派上任何用场,于是很快就拆掉了。

但就在交计划的那天晚上十一点多,发生了一件很离奇的事情:马勤抬手看表,觉得表的指针在发光。表是很便宜的斯沃琪石英表,指针上有夜光涂料。涂料的原理很简单,吸收一定高能射线之后就会发出荧光。一般来说,荧光材料都是靠白天的偏紫外日光来充能,这便宜表的涂料很没用,在夜里大概只能亮一个小时左右。

这时候天已经黑下来很久了。若是别人,大概率会把这个事情滑过去,但马勤毕竟是搞核物理的,对放射现象格外敏感。她愣了一下,用手蒙住表盖,进一步确认了自己的感觉:夜光涂料亮着,而且比平时要亮得多。情况有变。

她马上找来便携式的盖格计数器冲进实验室,开始在整个实验室里扫描放射源，很快目标找到了：不是构造体，而是放在实验室里的白金坩埚——一个纯铂制品。

这东西也不知道是什么时候放进来的，从来都没有用过。不知道它为什么会被污染，污染源又是什么？实验室马上进行了一次封锁整理，白金坩埚被带走研究。

从实验室带走之后不到五分钟，马勤就发觉事情不对。白金坩埚在实验室里释放的是贝塔射线，但拿出实验室之后，辐射类型变成了伽马射线。

"活见鬼了！"马勤检查几遍，发现确实不是设备问题，这才意识到问题的严重性。

铂-195，元素序号78。每一个铂原子拥有七十八个质子，一百一十七个中子是化学性质最稳定的元素，放射性为零。正是因为物理化学性质高度稳定，所以实验室通常用来做高温实验的加热坩埚。

在辐射黑室里，马勤再次确认了这个坩埚持续放出微弱的伽马射线之后，实验室清空了其他东西。马勤端着这个坩埚，带着辐射测量装置回到了构造体附近。刚走进去的时候，坩埚放出的还是伽马射线，但离它原本放置的地方越近，微弱的伽马射线越弱；等放回原位以后，慢慢地变成了贝塔射线。

"怎么回事啊？"马勤和另外两名核物理化学家面面相觑。伽马射线是中性不带电的，贝塔射线是负电荷，先不说为什么铂-195会有放射性，哪有这样的道理，一个东西在一个地点放出伽马射线，在另一个地点放出贝塔射线？

质谱分析的结果让所有人都惊呆了。坩埚里存在另一种元素：金-195。伽马射线来自它的自然衰变。

自然界的金-195半衰期只有一百八十六天，就算坩埚里真的混入了这种不稳定的同位素（总有亿万分之一的可能），它也早就该消失了。

接下来的发现解释了金-195的来源，在实验室里的构造体旁，铂-195放出电子也就是贝塔射线，变成了金-195。这个发现没能解释问题，反而带来了更多的问题。

元素放射性的产生原因，是原子核内部的强、弱相互作用力不足以稳定原子核的中子和质子结构造成的，所以需要对外释放能量，变成另一种更稳定的结构。就好像山坡上的滚石，总会不断往下滚。稳定的元素在山坡的底部，不稳定的元素就在山坡的上部，元素越不稳定，它在山坡的位置就越高。

这个宇宙出了什么问题，才会有位于山坡底部的铂-195自己往山顶上滚，变成金-195？金-195放出伽马射线变成铂-195才是正常的滚法。

"这鬼东西是摩西啊！还能分开埃及的海水呢？"马勤随口一说，然后幡然醒悟。她满实验室找白金坩埚，翻了三个实验室才找到一个已经黑得看不出本色的。用辐射检测器测过后，白金坩埚一切正常，马勤拿着它连滚带爬地冲进实验室。她鲁莽的举止惊动了安保的战士，如果不是认得马勤，战士差点对这个顾不上应答盘查的家伙举枪射击。坩埚放在构造体附近，三分钟之后，它开始出现贝塔射线。

出现异常的不是坩埚，而是世界规则。

"'摩西'。"马勤不自觉地说道。违反引力法则，重塑规则分开埃及海水的先知摩西就这样用来给这个构造体命了名。

地球上的世界规则是这样的，铂-195的原子核有七十八个质子，所带的正电荷足够结合住核内一百一十七个中子，呈现一种稳定的"坡底状态"。但在"摩西"附近，强相互作用变弱了！减弱的强相互作用导致本来稳定的原子核失稳，需要更多的正电荷才能保持原子核的结构稳定，所以中子释放出电子，把自己变成了质子。在"摩西"这个较弱的核力下，金-195才是稳定的结构，铂-195不是。

把山坡变成了坡底，把坡底变成了山坡。

离开"摩西"的附近之后，正常的世界规则回来了。金-195变得质子太多，于是反过来放出正电子，激发出伽马射线。

受影响的不光是铂-195，而是"摩西"周围的一切物质。只是其他物质的核不够大，强相互作用的微弱变化影响并没有这么明显。他们很快测试了原子量较大的元素，发现原子序数高于190的所有元素都呈现出明显的放射异常。

并不是所有构造体都有这样的特性，研究人员很快就找出了二十二个"摩西"，他们用这种方式发现构造体是不一样的。

"摩西"只能影响附近一定距离内的物理规则，但这个距离在不断扩大，最开始只在周围几十厘米，然后范围越来越大。离构造体越远，物理规则的改变越弱。

汪海成听到这个名字的时候，发出怪异的笑声，"好名字，上帝的先知。"

上帝的先知上一次改变世界规则只是带犹太人出了埃及，而这一次，它落在了科学家手里。在第一时间，几乎所有人都明白了"摩西"是多可怕的东西。

永动机！

铂-195在"摩西"的宇宙规则下放出能量，变成金-195；金-195在正常宇宙规则下放出能量，变成铂-195。物质在两个物理规则下不断震荡，就可以无限地释放出能量，制造出永动机。

没办法解释这样的能量来自哪里，因为没有人能解释"摩西"是怎么改变宇宙规则的。规则创造了这个宇宙的形态，人类只是这个宇宙形态中一个渺小的存在，当有东西能改变宇宙基本规则的时候，作为身在重重束缚中的渺小存在，人类连思考都是没有意义的。

规则塑造了宇宙，当规则改变的时候，宇宙就要重塑。所有人都明白，一个重塑的宇宙内，人类的世界是不可能保持原样的。只是按"摩西"这微弱的影响范围，这个过程或许要耗费几万亿年。

"摩西"发现三天之后，两名研究员在珠海出了车祸，据说是因为在外面喝得大醉，横穿马路被大货车撞死了。又过了一天，"领导同志"换了一批，项目组值守的军人也多了起来。更让人奇怪的是，有一批最初就在这里工作的研究员消失不见了，其中就包括确认"摩西"的核物理学家马勤。

大概在"摩西事件"发生的一周以后，工作组完成了构造体的重新分类。

黑壳化让他们没法继续观测构造体的变化，但是变化并没有停止。他们相信"摩西"那能够影响规则的能力，也是它在逐步演进的过程中才获得的功能。

构造体被分成了四类。

"摩西"是一类，强相互作用大小的改变直接影响了它周围元素的稳定。

第二类确认后，定名为"造父"，因为在它周边检测到了奇怪的光学效应，后来发现附近的光速开始变快。"造父"对现实物理世界的影响暂时没有"摩西"那么可怕，不会让周围的东西发出辐射。命名的原因是"造父"擅御驰，可驱马飞驰。但"造父"影响光速的力量暗示着一个可怕的可能，宇宙的时空统一体可能被某种力量撕裂，不过当时,"造父"的光芒被"摩西"掩盖了。

第三类构造体的发现引发了一次小小的灾难。因为前两类构造体效应的发现经过了各种检测和尝试,所以大家像开脑洞一样设计了各种各样稀奇古怪的实验方案。剩下这批东西没有观测到任何异常,周围的各种实验品也没有表现出任何物理规则的变化,如果不是"摩西"和"造父"的奇迹太惊人,大家甚至都怀疑这些东西就是个黑坨子。

真面目的揭示源于一场意外,实验员取一颗三类构造体时,手套被锐器划破,他用手直接接触到了构造体。

根据当事人的描述,他觉得某种软软的东西碰了自己一下,然后构造体黑色的表面突然漫出大量类似组织液的东西。接触者赶忙脱手,把它丢回了培养皿,下意识地想把它盖住,这时候已经来不及了。大量的细胞质以惊人的速度蔓生开,就像爆开的米糊,不到十秒钟,就看到一个幼胎似的东西从操作台上挤出来,胀裂了玻璃室。

此刻,在场所有人看到的是一个挣扎着从组织黏液里急速发育出来的人形,超速的生长让结构严重变形,呈现出怪异的形态,但能明显看出人体的结构特征。研究员们惊声尖叫着,有的人想逃出实验室,却发现这时候门已经从外面封闭,有的人直接吓了过去。跟构造体接触的当事人反而要镇定许多,可能是因为他在那个诡异的生命体上依稀看到了自己家族的某些面孔特征。

伴着急促整齐的脚步,一位赵姓干部带着四个战士冲进慌乱的实验室。

"二号预案!"他对战士简短下令。

这位干部圆头圆脸,之前大家只知道他负责安全教育,因为好说话又喜欢讲段子,他跟大家都很亲近。

战士翻开操作面板背面时,有研究员问:"赵哥,什么二号预案?"

赵哥头都没回，紧盯着战士的一举一动，平静地说道："加压氦冷剂。"

隔离间外的人脚下一软，直接栽倒下去。特制加压氦冷剂的可怕渗透力会在极短时间内把周围一切降到接近绝对零度。作为超流体，它能覆盖实验室里几乎一切物质，包括橡胶和玻璃，灭掉一切所知生物的活性——室内的研究员自然也包括在内。

人们眼睁睁地看着一股白雾喷了下去，知道隔离玻璃两侧马上就是生死两隔。等舱门再次开启的时候，这些同事将是一具具冰雕。

"停！"就在喷射持续了半秒时，赵哥突然挥手叫道。

众人透过弥漫的白雾看进去，发现那个恐怖的生命体已经开始在那堆黏稠的组织液里融化。这跟氦冷剂没有关系，温度下降并没有这么快。这个恐怖的生命体没有活过两分钟，就失去了活性，融化掉以后，只剩下骨骼毛发之类的硬质结构。构造体从消失的躯体里漏出来掉在地上，但还是原样没有变化。

隔离进行了二十四个小时，再没有发现任何异常。没有牺牲，实验室内的诸位只是轻微感冒，连冻伤都没有。如果再晚一秒，那里面不会有任何人活下来。

又过了两天，他们有了结论，第三类构造体会提取接触生命的基因，以诡异的方式进行一次快速的生化反应，繁殖，然后消亡。大家为这东西取名叫"多莉"，用第一个克隆动物的名字。

虽然有惊无险，赵哥原本和大家的良好关系却降到了冰点。没人为赵哥第一时间及时反应处置得当而鼓掌，也没人记得他用惊人的观察力决定终止紧急处置，保全了所有人的性命。再没人跟赵哥聊天、喝酒、吹牛，远远见到便绕着走，实在躲不开就假装没看见。

与此同时，随着构造体能力的增强，它们的形状也逐渐发生了变化。"摩西"长成了环,"造父"扩大成光洁浑圆的球,"多莉"则是棱形柱状体。除去这三类构造体,只剩下最后一类还不知道是什么。最后一类只有一个构造体,它长出了一条"尾巴",形似勾玉,却始终测不出任何效应。

这天中午,汪海成叫上了白泓羽,准备出门。他不太能解释清楚叫上白泓羽的原因,因为工作的关系,自己在学校并没有多少亲近的朋友,又加上这段时间绝密项目把他们的工作生活都隔绝开来,原本就不是很熟悉的同事变得更陌生了。不知不觉,他就只剩一个学生和自己朝夕相处,一起经受同样事情的折磨,为同样的事情争执斗嘴,常常气得互不理睬,然后又假装什么也没发生。

有一些不能说的东西一直悬在那里。以前想起这个姑娘,他脑子里浮现的只是一个名字,这名字代表的是她千奇百怪的思路,代表着她交过来的那些总不遵守规范但总是蛮好用的算法代码。不知道从什么时候开始,想起她的时候变成了那张朝霞映上睡莲一样粉红的笑脸、齐膝摆动的小裙子,还有生气以后紧咬上唇,抿得雪白的嘴。

这是一件很糟糕的事情,如今不是民国时期,鲁迅和许广平的故事可以当作轶闻和佳话传颂。这基本上就是一个新闻八卦样本,汪海成甚至能想象这样的事情被捅上媒体的标题,下面的网友评论都是什么样子。青年学者用学位要挟女学生上床,潜规则美女博士……该死,为什么会想到上床?汪海成心头一热,脑子里更乱了。

给白泓羽发消息的时候还没想这么多,他只是自然而然就发了,分享这些事情好像是很自然的,并没有太多的考虑。但等这姑娘出来的时候他心里越来越乱,逃跑的冲动越来越强,越思量,越觉得这事情做得没有道理。

一个年轻的单身男教授,请女学生到自己刚买下的房子里去,这到底是在想些什么?没事儿都有事儿了啊。

这天早上七点钟,汪海成早早赶到了房产局,马律师陪着他在法院法警的协助下完成了房产的强制过户手续。他仔细地摸了摸那个不大的本子,感觉自己像是辛苦一年终于割下金黄麦穗儿的农民。虽然麦穗儿扎手,也明知这样的动作很土气很丢人,可他还是忍不住一遍又一遍地摸它,哪怕放进挎包,还是会不由自主地伸手进去摸它。上了车,过了两秒就开始担心证还在不在,是不是刚才丢在办事大厅忘了拿,摸一下。摸完以后一分钟,又担心刚才开包检查的时候是不是掉出去了,于是又伸手进去摸一下。这种强迫症式的反反复复,一直到把东西锁好也没完全解决。

这么久以来,他脑子里第一次很长时间没有掠过头顶那个神秘造物主的阴影。过了中午,他自然而然地想起叫上白泓羽,去自己终于到手的房子里看一圈。这时他已经开始胡思乱想,搞不清自己真的有没有别的意思了。是真的什么也没想过,还是潜意识里觉得自己有了房子,于是有了某种资格来说出一些原来说不出口的想法?

一个三十出头的男人,局促得像刚开始长喉结的孩子,却没有孩子天不怕地不怕的勇气。汪海成厌恶起自己来,不管要做什么,能不能拿出一个决断来?随便什么决定都好!

白泓羽穿过校园向他走来,一头长发被海风撩起,一身黑色的连衣裙,假领低压,露出了纤细的麦色肩膀和精致锁骨,裙摆也比平时短些,在膝上几分。这身打扮跟平时在实验室里完全不一样,汪海成心中一悸。她走上前,大声叫道:"礼物!恭喜老板!"说着双手递上一个盒子,"要拿去镇宅哦!"

见汪海成盯着自己,白泓羽兴奋地张开双臂,转了一圈,给他展示了一下自己的衣服。"怎么样？很给老板面子吧，为了给新房镇宅，我可是专门换了身漂亮衣服呢！平时在学校里可舍不得穿。"

汪海成不好意思盯着看，有些尴尬地"嗯"了一声，赶忙打开礼物来转移注意力。这是一个足有小一米长的圆筒，拆开包装，里面卷着一幅巨大的印刷精美的图画。他的手臂只能展开到一半，虽然看不完，但只用一眼就认出了是什么。

这是一张星图，一千四百光年外，那个疑似戴森云所在星系的星图，启动群星工程的发现之源。

"我们奇迹开始的地方。"白泓羽高兴得手舞足蹈，"万一哪天得了诺贝尔奖，有客人来家里，你就可以指着这张图给他们讲古啦！"

汪海成却被第一句话拽住了心神，我们？我们是什么意思？他不敢多想，赶忙把这张图收了起来，认真地道谢。

两人一边朝外走，白泓羽一边问道："老板，你觉得最后那个构造体会有什么用？"

"实验室外面聊这个，不太好吧？"汪海成说。

"嗨，"白泓羽四下看了两眼，"学校里能出什么事儿？"

汪海成笑了，"你觉得我们知道那三类构造体有什么用吗？"他们所观测到的，是这些神秘之物的浅显一角，如冰山露出水面的一角。

"女性直觉告诉我，最后这个构造体的重要程度肯定跟其他的不一样。"

"瞎猜就瞎猜啦，什么女性的直觉……"汪海成摇头。

"我有这么一种感觉，这些构造体一定是为了某种更复杂目的存在的，它们这些功能一定会用某种方式联合起来，创造出一个更伟大、远超我们想象的作用。"

"哎哟，你看看你都说了些啥啊。一句话里面动词和宾语都搭不上，什么叫创造一个作用……"

"听得懂就好了嘛！你又不是教中文的！"白泓羽嗔道，她想了想，又说："这些天不是没什么事情吗？项目里这些东西我又掺和不进去……"

"是啊。"汪海成笑道，都一样。

"所以这几天，我想起当时我们去FAST的事情。那两个突然出现的疑似戴森云的星体结构，这些构造体……之前不是提过，构造体很可能是暗物质化的普通物质吗？你说也许'暗物质'只是物质的一种状态，也许这种状态是可以变化的……"

这就是白泓羽的天分，可能也是汪海成被她吸引的一大原因，她总是能在纷乱繁杂看似扯不上关系的东西里找到一些联系，用意想不到的角度来发现问题。

"就是……我不知道该怎么解释我的想法。我们一直都忘了那两个突然同时出现的戴森云，我觉得那不是一个简单的巧合或者别的什么。它们之间的联系肯定比想象中要深。"

是的，汪海成也知道。那两个幽灵一样的戴森云没有进一步的证据，也没有跟构造体一起思考。好像离得太远，但绝不是那么简单。"什么联系呢？"

"我……我也说不清啦！这是女性的直觉！"

"啊，好好好。"两个人都在笑。"来嘛，说吧，不怕，什么直觉，这位能顶半边天的女性？"

"你有没有觉得，戴森云突然出现的过程，跟构造体突然'消失'的过程，好像是一正一反？"

汪海成心念一动，"你是说，戴森云进行的会不会是构造体消失的逆过程……嗯，物质化？"

"但这说不通,还是那个老问题,就算它们真的是从暗物质状态转入了物质状态,能被看见了,那也没法解释那几千光年的距离差,怎么会让我们同时接收到这个信息啊?"白泓羽咬着嘴唇。

"看来直觉不灵啊。哈哈哈哈……"

两个人走着,不知不觉间,就已经到了汪海成房子的小区。小区的环境算是相当不错,离学校很近,步行的距离。走进小区大门的时候,汪海成闻着拂过树叶的清风,突然有一种奇妙的感觉。白泓羽轻步走在自己前面,道旁榕树垂下的气生根像帘幕一样,她伸手推开,轻笑着甩开跟自己头发纠缠的根丝。小区里安静无人,光影斑驳,两人好像进了自己的私家花园,相伴行走在天上。

他突然有了勇气,空气里的味道像是传来了自己想要的未来。那些事情都不重要了,什么禁忌,什么规矩,什么风言风语,都见鬼去吧!只在一瞬间,他就下定决心,等他打开属于自己房子的那扇门,先把这张巨大的星图挂在墙上,然后就在这幅画前向她表白。

做出决定的一刹那,步伐一下轻快了起来,仿佛连打官司花掉的那一大堆银子都是值得的,因为只有这一天、这一刻,他才明白了自己,才下定决心要尽全力去争取想要的东西。

"环境挺好的!"白泓羽回过头来夸道。

"喜欢吧?"他问,这句话已经有了不一样的意味。

"挺喜欢的!"

进了电梯,汪海成的目光还一直没有办法从白泓羽的身上挪开,上二十楼的时间好像也太快了,又好像太慢了。他们走过楼道来到房门前,汪海成掏出钥匙,吸了一口气,郑重地把钥匙插了进去。

拧不动?!

他又试了一下,还是拧不动。他抬头看了一下门牌号,没错,从楼道窗户朝外确认了自己的楼号,也没错。

汪海成惊疑不定地重新把钥匙插进去,还想再次尝试,门里突然传来一声大叫:"谁?!干什么?!"

他还没反应过来,门就突然开了,一个五大三粗的男人站在门口,足足高出汪海成一头半;他身后有个中年妇女守在客厅,手里抄着拖布。

"干什么的?!"那个男人喊道,"大白天偷东西啊!"回过头又冲女人大叫:"马上报警!叫小区保安!"

汪海成吓得一愣,但马上反应了过来,"你们是干什么的?这是我的房子!"

"什么你的房子?我们在这儿住半年了,你的房子?"中年妇人冷笑。

五分钟之后,保安上来了,"什么情况?"

"这有个小偷拿钥匙要开我们家门!保安同志抓到他,堵住楼梯,不要让他们两个跑了!"中年妇女声嘶力竭地人叫道。

"这是我的房子。我有房产证。"汪海成一边说,一边从包里掏出鲜红的房产证来。

保安愣了一下。"你随身带着房产证?"他马上明白事情不简单,凑上前仔细核对了地址门牌,没错,然后看到文件头,"今天才办下来的啊?哦……"

"哦……"屋里的妇人露出一副浮夸的震惊模样,"给我看看?"她伸手要抢,汪海成赶忙往后一缩,把房产证护在怀里。房产证没有抢到手,她继续自己浮夸的表演:"唉,我明白了,妈的,那个王八蛋!你的房子跟谁买的?"

汪海成没有回答。

"你跟李度买的，对吧？我知道，我租房子的时候房主是李度，你肯定是跟他买的。"名字说得没错。

"我半年前跟他租的房子，签的长租合同，租了五年。他把房子卖给你，那房租有没有也给你呢？我五年房租一次性付清的。他房子卖给你，那剩下四年半的房租给你没有啊？"

汪海成还没开口，中年妇人就接着说道："根据法律规定，房产买卖不影响租约哦。"这台词生硬得都豁口了。

然后就看见男人从一边的柜子抽屉里找出两张纸来，"合同我这边都在，上面有签字按手印的，清清楚楚。半年前我跟房主签的，五年期的长租合同，房租一次性付清。有法律效力的！李度卖不卖房子跟我没关系，租约是一定要履行的！看清楚，合同日期都有的。"

汪海成已经彻底明白怎么回事了。他不自觉地伸手摸起那张卷成长筒的星图，只看见面前这对男女一唱一和，说的什么他一句也听不见了。他呆呆地望着白泓羽，心里只反复问着一个问题：

"那我去哪里的墙上贴这幅画呢？"

18 纷争

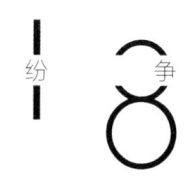

THE STARS

世界上最愚蠢的事情，莫过于想通过考验来了解一个人的"本性"。

考验只会扭曲和改变一个人，让他失去原来的本性。人是橡皮泥一样被环境塑造的生命，而不是裹在泥层里的化石。

那天，保安、警察、律师一大群人轮流出现并碾过汪海成的生活。白泓羽一直陪着汪海成从律师事务所出来，那时已经是晚上九点多了。

"按照我国法律，房产交易买卖确实是不影响租约的。如果租约合法，受到法律保护的话，一个是想办法协商……"马律师尽量用安抚的语气给汪海成说。

他摇头冷笑，"哈，你看这像是能协商的样子吗？不用问都知道他们会说啥，五年房租，二三十万，不用想也知道。"

"要么就是违约处理，虽然上面写了如果房东违约要赔偿……"

"等一下！"汪海成厉声喝止马律师，"等一下，我觉得你没搞明白我找你的意思。"

"您请讲。"

汪海成一字一顿地从牙缝里挤出话来，"我，要，他们，从我的房子里，滚出去！我一分钱也不会拿出来了。"

马律师长叹一口气，"我明白你的意思。相信我，我明白的。但问题是，要这样的话，只有一个办法，就是证明那个租约是假的租约。"

"本来就是假的！"

"你知道，我也知道，我相信今天登门的那几个警察也知道。但是法律讲究证据链，我们怎么证明这点？"

"那女的是前房主的表妹，这还不明显吗？"白泓羽插嘴说。警察查几个人的身份证时就发现了这点。

"是啊，但这能证明什么？亲戚之间不能租房子吗？"

"那个合同根本不是半年前签的，这半年我去了那个房子很多次，从来都是空的。摆明了是官司要输的时候他们搬进去，才签了假租房合同！"

马律师拼命地安抚汪海成："我知道，我知道。肯定是这样……但是……"

"我打官司的时候不是交过一笔钱用来查封那个房子吗？为什么没用？我……"

"您稍微冷静一下。那笔钱只保证房子不被抵押、卖掉、转移，但不能保证那房子不被人住。"

"这我不是……"

"老板，不要这么激动。"白泓羽也急了。

"我们不要扯太远了，只讨论如何解决问题吧。要证明租房合同是假的，我们需要提供的证据链包括：第一，这半年房子没有人住，影像资料，邻居、保安证言，他们会不会愿意作证？第二，合同时间是伪造的，合同双方他们是绝不可能自证作伪的。"

汪海成深吸一口气，强压心头火，"所以，按你的说法，只有出钱，对吗？"

马律师没有说话。

"换句话说，在法律途径内，我是没有办法让他们滚出去的？"

"……实际上，我国的司法实践现状，只要是住在房子里，就算不合法，也是很难让对方搬出去的。何况，我们还不能证明……"

汪海成不说话了。

他突然站起来，伸出手跟马律师握手。

"谢谢马律师，麻烦你了。辛苦你又来帮我，实在是抱歉。"

马律师一愣，有些尴尬地握手，"不不，这个……"

汪海成也不接话，转身又对白泓羽说："不好意思，也把你折腾得够呛。当老师的实在不合格,给你添麻烦了。走吧,回学校吧。"

白泓羽也不知道该说什么,似乎什么话都不太合适。汪海成好像恢复了神色,仿佛什么也没有发生一样。她只能一言不发地跟着老师打车,回学校。这半天的混乱才让她明白,这段时间老师过的是什么样的日子,她不明白他是怎么分开心神,同时对付两个都能把自己所有能量榨干的问题。

白泓羽有些害怕,好像老师已经超载死机了,整个人终于被撕成碎片,现在只是一具空壳。她一直觉得这个大自己几岁的副教授是一个大男孩儿,在他手下学习快乐而且平等,这让她无比欢喜,但似乎现在他终于快被现实榨干,就要这么消失掉了。

两个人默不作声地回到校园,还没走进项目组的安全区,就被拦了下来。四个军人如临大敌地把他们两个围了起来:"请出示证件!"

阵仗和气氛都不对,整个校园都安静得不像话,虽然是偏僻一角,但今天这里放眼望去看不到一个学生或老师,战士三五成群围着项目实验区域巡逻。两人拿出证件,军人查看证件,电话确认,联网核实,一层层把关,将他们牢牢围了足足十分钟。

终于核实完毕,为首的战士说道:"特殊情况,所有人不许入内。"

"怎么了?"白泓羽问。

"不知道,我们只是遵守命令……"话没说完,就听见背后实验室一声巨响,爆炸的冲击波带着火光袭来,虽然还有上百米距离,战士还是立刻将两人护倒,四个人用身体作为屏障死死挡在他们身前。白泓羽吓得惊叫起来,汪海成瞪大眼睛看着爆炸,木雕泥塑一样仰面倒在地上。

爆炸并不是太大,也没有后续。战士马上保护两人往安全屋转移,两个人完全愣住了,不明白发生了什么。"构造体!构造体!"白泓羽挣扎着想要摆脱战士,叫道,"构造体怎么办?不要管我们!快去把东西救出来。"

和他们一样被重重保护在安全屋里的还有好几个研究员。最开始大家面面相觑,都想打听到底发生了什么,没说两句,就有人冒了一句:"会不会是……'点燃地球'?"

刚才还在相互关心,询问八卦和见闻,屋子里叽叽喳喳响个不停,这个小心翼翼很轻的声音却穿破所有噪音,回响在每个人心头。屋里瞬间就死一样的安静了下来。

"点燃地球"是之前的一句玩笑。他们发现"摩西"在弱化附近几十厘米的强相互作用之时,有人曾发出惊叫:"妈呀,这东西如果效果变大,是不是会直接点燃地球?"说这话的人是谁,已经想不起来了,但这句话却刻在了大家的心上。"摩西"附近的元素核力过大,不够稳定,开始呈现辐射性,而辐射本质上是高能级跌落到低能级的释能;燃烧也是等离子态的激发和跌落放能,并没有本质区别。科学家的笑点就是这么奇怪,"点燃地球"就成了"强奸地球"一样的老梗,"造父"确认后又被拿出来说了好几回,带给大家许多快活。

但实验室爆炸的时候,这句玩笑话就像鬼影一样变了模样。构造体是在成长的,它会变成什么?

那不是一堆炸药,不是一堆超级病毒,不是一堆杀人机器。杀人机器之类不过是遵从物理规则造出来的东西,你可以把它们关进笼子里,让它们不见天日。而构造体改变的是宇宙规则本身。

如果整个地球的强相互作用变弱,足够弱,它真的会燃起来。所有的东西都会疯狂地朝外倾泻能量,包括人体的每一个细胞、呼吸的每个空气分子。

量子力学曾经预言过一种可能:真空本身不是空的,真空本身就处在一种"相对稳定"的高能态,是"伪真空"。当"伪真空"向"真真空"跌落的时候,空间本身就会释放出超越质能转换千亿倍的能量。伪真空爆炸的威力足以毁灭整个宇宙。有个专门的术语叫"真空衰变",说的就是这件事。这也是物理学上的宇宙末日假说之一。

当"摩西"效应被发现的时候,就有人想到了真空衰变。"摩西"这个构造体提供一种永动机可能,那它就必须回答一个问题:永动机的能量到底是从哪里来的?随着"摩西"不断从真空中创造出能量,世界的强相互作用开始出现极为微弱的改变,有人意识到这种可能:"摩西"在利用一种极为微弱的真空衰变,通过规则的扭曲从真空中释放能量,让"伪真空"缓缓向"真真空"跌落。

如果"摩西"真的是在缓慢地释放"真空能量",那就意味着它在点燃一个火药库,而太阳系的一切都在这个火药库里。那是堪比宇宙大爆炸的可怕力量,地球、太阳系甚至整个宇宙都可能被炸回比基本粒子更基本的状态。

不知道为什么,白泓羽眼前浮现的是一幅奇怪的地球末日影像,不是一切燃烧着化为灰烬,而是地球变成一枚蒸汽子弹:像子弹燃烧的枪药一样,沸腾的海洋喷薄出高温等离子化的水蒸气,太平洋的蓝色蒸汽带着震爆,推着地球离开了自己的轨道,地球一边自旋着,一边逃离太阳引力。地球子弹撞上了木星,引爆了氢元素构成的巨行星。像超音速战机突破音障时出现的激波环,爆炸吹开了小行星带,暴雨一样的流星横扫整个太阳系,孤独的地球子弹掠过它们,朝无垠的漆黑星空飞去。

她感觉不到恐惧,只有一种奇异虚妄的美感。活得盛放,死得绚烂。

这时候,一位陌生的军官走进了安全屋:

"我们遭到了海外敌对势力的袭击,内部已经被渗透破坏,而且有情报泄露。现在我叫到的人请跟我出来，接受调查。"

几年之后，汪海成才从"萤火"里一位外国同志口中拼齐了最后一块拼图，勉强勾画出了事情的全貌。

群星工程并不是世界上第一个试图破译 60K 黑体辐射密码的工程。当时，长达二十四小时的信息播报覆盖了整个地球，连汪海成自己也是从美国 VLA 天文台的同行那里得到的这个消息。美国是反应最快的，第二天就成立了专门项目组。日本、英国、澳大利亚、法国、美国、俄罗斯、德国也都意识到这东西的价值，先后启动了破译工程。"群星"在里面不是最早的，也不是最晚的。

从时间上看，美国的 DNA 联系建立也是最快的，中国虽然是机缘巧合快速发现了这个联系，但时间上依然落后于德国，处在第三位。但在构造体的制造上，中国的群星工程很快完成了反超，在涉及突发性巨额资金的投入时，美国和平时期的财政预算机制的效率被完爆。等"零号"的 DNA 制造完毕的时候，美国还在为项目的预算投入做可行性分析，同行们还在挖空心思编造出各种有的没的项目意义和价值去要钱。

正是因为汪海成他们率先做出了第一批成型的构造体，所以他们没有经历"蜂群死亡"。就在珠海实验室里构造体透明化的同时，美国和德国的构造体细胞发出蓝色强光，蒸发成了气体。之后，他们所有再造构造体细胞实验都没有表现出生命活性来。一个单独的构造体——那个一直没有被群星工程定名，不知道作用的构造体——用人类还无法观测到的通信方式下达了毁灭指令，让地球上有且仅有一批构造体存在。

最后的构造体被定名为"蜂后"，当它诞生的时候,其他潜在的"蜂后"全部停止了发育。失去了"蜂后"的其他构造体内部结构直接崩坏，湮灭消失，整个世界上只能存在一个"蜂后"，"蜂后"御下一个蜂群。

美国过了很长一段时间，才得到中国实验进展的情报。在这个零和游戏里面，他们会做出这样的反应是理所当然的：两位研究员在路上遭绑架后被害，"死于车祸"，美方从他们那里拿到了什么情报不可考。负责"群星"项目安全的工作人员发现了端倪，大规模更新了安全和保密机制，甚至连工作人员内部也重新进行了一次更严格的政治审查。连发现"摩西"的马勤都在这个时候接受调查，离开了项目，原因不明。

这可能延缓了敌人的渗透，但并没有彻底阻止。爆炸发生当天，三名间谍用假身份渗入了研究中心。他们情报非常准确，而且时效性极强，精准错开了两批研究员休息的时间，杀死沿途值守的九名战士解除了警报，闯进了其中一间构造体的培育室。

按计划他们本来是要盗走一批构造体，但一个小小的意外破坏了他们缜密的计划：这间培育室里保存着"蜂后"，而这时离"蜂后"最近的一个"摩西"构造体进入了第二阶段的变化——它的构型开始展开，变大。

没想到的是，动手的间谍恰恰在转移容器的时候遇到了二次生长。原来的存放容器是一个直径八厘米、厚四厘米的培养皿，间谍用略大的塑料保护盒一装，就正好带走。因为"摩西"被装在黑塑料盒中，他未能发现"摩西"二次生长的异常景象，等幽灵一样的环透过培养皿和塑料盒子的包裹展开来，一切都来不及了。半隐半现的半个环形黑壳和他的右手重叠在同样的空间位置，然后在零点三秒之后，黑壳完全实体化。

第一个瞬间，他没有感觉到痛或者不正常。只是一个黑环一半嵌入了自己的右手肉体，一半穿进塑料盒子，把它们连在了一起。胀痛的感觉迟来了几秒,直到血从黑环穿入手的缝隙里慢慢渗出来,这位身经百战的间谍才惊觉手指头已经完全动不了,知觉也没了——黑环挖掉了那部分的神经和肌肉。任他心硬如铁,在这异变中也控制不了自己的恐惧,他完全是不自觉地用左手碰了一下那个黑环,黑环毫无阻力地穿过他的手转了三十来度,拉出满满的鲜血。一瞬间的惊慌,他叫出了声,一心只想把这个黑环摔出去,这自然就触发了警报。

盗取计划失败,群星工程安保组立刻封锁了实验室,军人将这里层层包围后,开始对内部进行搜查。也就在这时,汪海成跟白泓羽回到了学校。知道自己无法完成任务将构造体盗走,三位高级特务也没有打算逃脱,而是再度回到实验室安装高爆炸药,想把这些无法到手的构造体全部毁掉。

单从行动效果而言,这是美国情报部门一次彻头彻尾的失败。除了毁掉群星工程在中山大学的实验室,让项目组的保密工作更加严防死守,爆炸并没有影响到群星工程的一分一毫——甚至佐证了很重要的一点:构造体的稳定和坚固程度不是人类用常规手段所能破坏的。

但这次行动却意外地给群星工程的研究人员带来了一个非常大的影响.他们终于真正面对了一个具象化的恐惧。

这群天真的科研人员对人类内部的阴暗争斗缺乏经验,便很自然地以为爆炸的灾难源自构造体随身。随着之前所有当笑话讲的隐忧实体化了起来,"点燃地球"的恐惧滑过每个人的心头。这群人的智力和想象力都站在人类的巅峰,所以恐惧的蔓生也更无节制:这是一个绝对末日的阴影,人类就像比基尼岛上的植物,核爆开始的时候,你在那里适应亿万年环境所准备的一切手段都没有丝毫用处。

等现场一切处理都结束后,他们也第一次见到了第二阶段的"摩西"。事实证明构造体安然无恙,而且还在继续生长,但只有少部分人还感到兴奋和激动。大多数人感到的都是一股寒意，不祥的征兆笼罩在他们心头，这似乎是一个信号——可以改变规则的构造体越长越大，离"点燃地球"越来越近。

美方间谍的行动暴露了"蜂群死亡"的线索，我方情报组织也顺藤摸瓜，展开了反击行动。不久之后，综合来自各方的情报，"蜂后"的枢纽价值被确认了下来。更多的实验证明了这个黑色勾玉状构造体的特殊意义，它虽然不显露任何人类可察觉的超越物理规律的效应，但构造体的继续生长跟它的影响密不可分：离"蜂后"太远的构造体会停止生长，而只有离它距离够近，构造体才会继续生长——这可能是一个开关效应，"蜂后"掌控着其他构造体的生长开关。

实验室被毁，而且显然需要更严格的安全措施，群星工程的研究人员被保护起来离开了大学，送往更偏远的军方研究所——山里的军事基地。所有人都处在严格的军事管理下，别说出门，差点连吃饭上厕所都有人盯在门外，然后是再一次的重重审核，又有一些人消失不见。

在弄清美方间谍的情报来源、保障工作安全之前，所有工作当然是全面停止。后来成为"群星第一基地"的山区基地，之前是一个新武器实验场，面积很大，很荒。研究人员在新基地里接受审查，为了避免他们相互沟通，彼此不能见面。但为了不至于把他们逼疯，基地特意给大家准备了娱乐设备，汪海成拿到的是一台崭新的游戏机——说明基地认真地研究过每个人的兴趣爱好，贴心地提供了最喜欢的娱乐方式。

这一度是汪海成最崩溃的日子，对"构造者"的那种恐惧已经不只是若隐若现，同时拿着房产证却远在天边的房子现在真的远在天边了。他连找律师去法院想办法都做不到，门都出不去。还有审查，每个人都被扒下皮来一层一层问下去，每一个想答不想答的问题都问下去，包括你和每个人的关系、每个人和你的关系。

"你和白泓羽是什么关系？"

"只是老师和学生，为什么走得这么近？"

"你们两个跟安森青当时谈了什么？"

"爆炸当天你跟白泓羽去了哪里？"

"为什么要叫上她一起？我想你能给一个很充分的解释，都是聪明人，那时间有多敏感，应该不需要我们来解释。"

"所以我可以理解为，你不打算配合吗？"

"你的这些说法，我们可以跟白泓羽证实吗？"

"呵呵，说白了就是一句话，你的意思是连自己也不知道这是单相思对吧？很好的借口嘛。"

那天下午汪海成在审讯室忍不住恶心，反胃得吐掉了自己的午饭。所有东西都被掰烂揉碎，赤裸裸晾在光天化日下。他更担心的是这些人会怎么去问白泓羽，会问些什么。其实担心没有任何意义，因为汪海成心知肚明，当自己的钥匙打不开那扇房门的时候，很多事情就到此为止了。一切只能不可挽回地往更糟的方向走去。

爆炸让一切都变快了，快得超乎想象，更重要的是它揭开了汪海成这样的纯理论科学家未曾面对的一面：地球是有国家的，科学是有国家利益之分的。

"你们物理学家有个什么说法来着？'真空球形鸡'，对吧？这就是我对你们的感觉。你们心里或许没有出卖国家的念头，但你们脑子里好像少了一根弦，不知道一个很简单的事实：知识就是力量。有了力量就可以把别人摁在地上蹂躏。这种力量要是被敌人掌握了呢？你们把世界想得太美好，简直就是人间天堂。

"我觉得需要给你讲明白一个很简单的事情，群星工程的每一项技术价值都是无限的，都是可以改变世界的。问题是谁来改变世界，谁掌握这个改变的主动权，谁就站在世界的顶峰。联合国五个常任理事国全部拥有核武器，你觉得是巧合吗？

"你觉得如果中东那帮极端恐怖分子拿到了'摩西'，啊，不，说个现实一点的，拿到氢弹，他们会干什么？麻烦你们活在有空气有重力的地球上好吗？真空球形鸡教授。"

审查员突然露出怪异的笑容，"别人也就算了，我以为汪教授有了这么大的教训以后，不应该对其他人这么有信心才对啊！如果世界那么美好，你的房子是怎么搞到今天这个地步的呢？"

这像当胸一记重拳，打得汪海成措手不及。

"这才是世界的真相，真空球形鸡教授，每个人都可能对你谋财害命。

"你的情况我们会继续调查。如果你真的没问题，那就当我给你提个醒。不要把世界想象得那么美好，还没有实现人类和平呢。随时心里记着这么一件事，把刀送给别人，就等于诱惑别人犯罪。构造体就是……好吧，你明白的。"

一轮又一轮的反间谍审查下来，汪海成在这些交谈中逐渐学会了用另一种眼光来看待群星工程。他们说的没错，构造体是刀，只要运用得当，可以把当今世界的势力结构切得粉碎，然后按执刀者的意图重构。光是进入第二阶段的"摩西"就已经足够做到这一点，那东西周围的强相互作用常数跟正常世界的差距已经非常大，只要设计一个简单的震荡装置，就可以利用规则差无限获取超乎想象的能源。光是无成本的纯净能源这一条，就可以任意塑造整个星球的经济贸易结构。

人类能怎么利用构造体，这是汪海成之前没想过的问题。"摩西"

的价值是明显的,但"造父"和"多莉"能做什么,汪海成一时还没想到。"造父"附近的光速变快了,这同样是一个超乎理解、能重构整个宇宙时空结构的现象。但是对于人类生活的低速宇宙来说,似乎找不到什么实际的用途。如果人类已经踏入了星际移民的超级文明阶段,它的价值可能就大不一样了,但现在还没有利用方式。

"多莉"就更找不到头绪了。这是什么东西?一个还不完善的生物复制机吗?

这时候,一个惊人的想法从他脑子里冒了出来:

重要的不是构造体对人类有什么用,而是它们对自己的创造者——"构造者"有什么用?

人类所能知道、能利用的效应可能只是构造体的副作用而已。那么它们的核心作用呢?构造者传来这些超微生物机器的蓝图,让人类制造出来,是想用这些构造体做什么?

群星工程的研究人员把所有时间和精力都用在研究构造体的效应上。这东西有太多谜题,黑壳的结构是什么?构造体的功能是怎么实现的?如果是超微机器,它们起效果的机械结构到底是什么样子?微观尺度是多大?除开外壳,那个看不见摸不着、没有任何电磁效应的内在是暗物质结构吗?如果是,那之前的普通物质是怎么转化成暗物质的?

这些谜题几乎可以无限地问下去,自然而然就占用了大家所有的精力。在任何一个问题都没有得到答案的时候,试图理解构造体的"目的"似乎是一件很荒诞的事情。

但思考这些荒诞的疑问,是从现实里暂时脱身,不去想那些糟心事的唯一办法。汪海成甚至害怕审查结束。所有东西血淋淋撕开过,展示过之后,他已经失去了面对的勇气,更不要说这些东西是否在白泓羽面前展示过——他连想到这种可能都心尖一颤，整个人触电一样缩进房间角落里。

想要从构造体的机理上去推导出构造体的目的是不可能的，因为这里面充满了谜团，人类可能连构造体运转机制的最基础理论原理都还没有摸到。这就像给罗马帝国的炼金术士送去一颗核弹，哪怕他想瞎了心，也猜不出这颗圆乎乎的小铁球能抹掉整个伟大的罗马城。

汪海成转换了自己的思路，与其从构造体的功能上去找线索，还不如干脆跳出对构造体所有的认知，直接思考"构造者"可能的目的。那个代号"构造者"的超然存在，把构造体蓝图传给人类的目的是什么？这个可能创造了地球生命，拥有完全超越人类理解的科技的存在想要得到的是什么？

自从人类发现地球不是宇宙的中心，就开始想象外星生命的存在可能。对于外星生命的想象无外乎两种类型，一种是"为和平而来"，探索和帮助人类；另一种则是"掠夺者"，准备消灭人类，掠夺地球资源。

构造者是哪一种呢？接受调查的汪海成锁在自己的小房间里，见不到其他人，他只能跟自己争吵，就像和自己下棋一样，一人化身为二，争论不休。

汪甲说："构造者当然是为和平而来的。构造体的蓝图是它送来的，它为人类送上超越我们理解的东西，这一定会让地球科技得到飞跃。这样看来，它肯定是无私的朋友。"

汪乙反驳："怎么会有这么天真的想法呢？你稍微想一想，一种会单纯无私帮助别人的外星文明虽然听起来美好，但它可能存在吗？"

汪甲问："为什么不可能呢？"

汪乙冷笑，"这是一个简单的数学问题啊，我们学过一样的数学，你再想想。和物种一样，任何一个长期存在的文明都不会彻底无私，它的收益必须是大于自己付出的，否则必然会灭亡。所有物种的'无私'行为在长期来说都是一种投资，最后都必将得到回报，否则，这种行为一定会被进化淘汰。"

汪甲思考了很久，问自己的镜像体："如果按你所说，构造者在进行投资的话，那它对地球这个投资的预期收益是什么呢？"

这个问题让得意扬扬的汪乙哑了火。汪海成的双生镜像沉默了很久，等终于开口时，这次却换了跑道："所以,构造者不会是为和平而来，它是一个掠夺者。"

汪甲大笑："真奇怪，我居然会相信掠夺者这种构想，我也有这么幼稚的一面啊。"

汪乙怒道："幼稚？这是一个简单的数学问题，只用两句话就可以证明文明一定会对外掠夺。"

汪甲好整以暇，"请。"

汪乙道："第一，文明对资源的需求是爆发性指数增长的。第二，文明家园包括恒星在内的所有资源无论多少，迟早会被资源需求所超越。所以，文明必然选择对外掠夺。简单的数学问题。"

汪甲摇头："你的证明只是看起来简单，可惜从最开始就是错的。"

汪乙问："哪里错了？"

汪甲回答："题干的定义就错了。文明发展需要资源，当然是没错的，但是我问你，什么是'资源'？"

"资源有很多种，食物、工程材料、能源资源、生物资源、适宜的生活空间……"汪乙历数道，"简单地说，文明需要的所有物质和能量都叫资源。"

"对，也不全对。"汪甲说，"我问你，铁矿石是资源吗？石油是资源吗？"

"当然是。这不是废话吗?"汪乙答道,"为铁矿和石油打的仗还少吗?这不是正证明了我的观点吗?"

"那为什么在公元前没有人为了铁矿开战呢?为什么流淌着液体黄金的中东在二十世纪之前没人感兴趣呢?既然它们是资源,为什么冶铁技术出现前没人抢铁矿,内燃机出现前没人抢石油呢?"

"因为那时候它们还没有用啊!"汪乙叫道。

"也就是说,你同意在冶铁技术出现前,铁矿不是资源;在内燃机出现前,石油也不是资源。"汪甲说,"换句话说,资源不是天然的,而是由科技决定的。只有科技能有效利用的东西,才能叫资源。对吗?"

汪乙觉得自己一步步走进了陷阱,但这的确无可辩驳,只得沉默。

汪甲继续说:"因为科技是发展的,所以资源的需求也是变化的。可以这么说,随着科技的发展,文明总是在发现新资源。对吧?"

"对。"

"这么说,你就必须承认你刚才那个推论出文明必须掠夺的数学模型基础是错的,虽然文明对资源的需求在指数增长,但是文明进步带来的新资源也在填补增长的需求。而发现新资源的增量有可能比需求的增量更高。"

汪乙一时无话,汪甲便自己补充:"比如这一百年间人类对能源的消耗提高了至少上万倍吧?这些能源如果是靠烧煤,恐怕早就抢光全球所有煤炭了。而实际情况是,补充这些需求的办法不是去挖外星煤炭,而是靠石油、太阳能、页岩气、水力发电、核能。科技发展提供了新的资源。"

"这点我承认。"汪乙不甘心地点头,却又马上反驳,"但是换一个角度思考,所有潜在的资源不外乎物质,只要掠夺了更多的物质,不就等于得到了包括外来潜在资源在内的一切了吗?"

汪甲大笑，"听起来很有道理，可惜错得连边儿都不沾了。是被审查得太久了吗？你连自己的基础天文学素养都忘光了。什么叫不外乎物质？"

他自问自答："就连物质都是科技规范的啊。一千年前，人类认为除了我们脚下的世界外没有物质。日心说的发现让我们潜在物质储量扩大了多少倍？不说那么远，你忘了暗物质与暗能量吗？暗物质和暗能量被认为占据了宇宙百分之九十到百分之九十五的物质量，光这一条就又让潜在物质储量增大了至少十倍，省下你入侵十个星系的消耗了。科技不光把过去不是资源的物质变成资源，也在不断发现潜在的物质。"

汪乙不说话了。

"这其实就是写《增长的极限》的丹尼斯·米都斯的浅薄之处，也就是我们的前辈弗里曼·戴森的高明之处。米都斯把资源视为静态恒定的，所以最后一定会崩溃，为了避免崩溃，就只能选择掠夺来夺取更多资源。而戴森则提供了另一个选择，通过科技的进步来发掘更多资源。"

汪乙说："你说的不是没有道理，但这并不妨碍文明一边通过科技发掘新资源，一边掠夺外界资源。双管齐下更好。"

"这就引出了你的另一个错误。"汪甲兴高采烈地说。

"什么错误？"镜像体果断上了自己的勾。

"我想你已经同意，随着科技发展，资源会近乎凭空出现对吧？"汪甲说，"那么，我问你，科技的发展，是需要投入的对吧？"

"那是当然！"汪乙干脆地回答。

"同样，进行掠夺，组织入侵军，也需要投入，对吧？"

"当然。"

"任何文明能投入的物资都是有限的，投入入侵军的资源必然会影响科技发展。人力、资源、时间成本的投入，战败风险，甚至还有被反击打回老家的可能，对吧？"

汪乙点头。

"所以这不是你说的双管齐下，而是一个选择。你认为，构造者千里迢迢来入侵太阳系，掠夺太阳系的资源，像是个能回本的买卖吗？"

汪乙闭上了嘴。

汪甲总结道："我们更愿意相信外星文明有兴趣毁灭人类，其实只是因为这种说法更符合我们的感性幻想。人类血管里流着掠夺者的血液，脑子里充斥着掠夺者的欲望，所以更愿意接受这个设想。"

这时，汪甲与汪乙，汪海成脑子里两个争吵不休的自我都陷入了沉默。如果地球文明作为投资想不到有什么收益，作为被掠夺的对象又不像是能回本，那构造体蓝图传来的意义到底是什么呢？

汪乙想到了什么，问汪甲："你说，我们收到构造体信息的同时，不是也发现了两个戴森云吗？构造者会是这个戴森云的主人吗？"

"不好说。"汪甲回答，"离地球最近的那个戴森云有一千四百光年，假设他们从那里出发来地球，就算他们掌握了光速旅行的科技，也要用几千年时间。付出这么长时间的代价，要得到什么才算值得呢？就算是无线电通信，从一千四百光年以外发来地球，一次单向通信就要花掉小半个人类文明史，一个来回就用光了大半个人类文明史的时间。既然要这么长的时间，通信说什么才有意义呢？"

巨大的时空距离被光速上限所束缚，这让双向的通信失去了实际价值——三千年后，甚至连上次接收了什么信息、自己发出了什么信息，恐怕也不会还有人记得。

汪乙悻悻地说："想不出来呢。在这么高的时间成本下，想不出怎样才能得到收益。"

所以我们的宇宙因为其时空尺度，给所有的智慧文明带来了一个严峻的问题：即便是通信也很难获得收益。

人类在刚刚得到无线电技术和火箭技术的时候，也曾做出过向地外交流的尝试。美国发射过"旅行者1号""旅行者2号"。NASA也有过"SETI计划"，对外传输和尝试接收外星信息。但当时这些计划更多的是一种单纯的探索，而没有考虑收益的问题。

如果考虑收益的问题，单向的信息传输，应该怎么做呢？既然物质掠夺和消灭其他文明都是没有意义的，那如果是人类，我们要接收信息的对方做什么，才能让人类得到收益？

"我也这么觉得。"汪甲说，"动不动就成百上千光年尺度的宇宙，就算用光速上限的通信都很难考虑收益，更别说入侵什么的了。"

自己与自己的争辩进行了许久，也没有找到最后的答案，汪海成带着无数疑问倒在床上，昏昏地睡了过去。

在梦里，汪海成化身成若干个文明的舰队，朝各个方向驶去。他划过猎户座星云，掠过仙女座黑洞，看着麦哲伦星云的超新星在身后爆炸。他的航程无尽遥远，要花费两万地球年才能达到百分之九十的光速，其中有一万年时间在收集虚空中的暗能量，有质量的物质越接近光速，加速所需能量就呈指数级增大，那缓慢的加速和无比浩瀚的空间共同营造出难以忍受的漫长时间线来，一切都太慢了，太慢了。

先用无尽的时间来接近光速，然后在光速的限制下航行无尽的时间。千百光年的距离，耗尽子子孙孙无穷匮的航程。

光速是一切的屏障，是一切命运的守护者和终结者。

但是光速在加快。

这个念头飘进思维缝隙的时候，汪海成最开始没明白是什么意思。

当它轻轻地从思维里滑了出去,过了几秒,汪甲跳了出来,在他耳边大喊:"光速在加快!"

被唤醒的汪乙也醒悟了过来,在他另一边耳朵喊道:"天啊,对啊!光速,光速在加快!"

汪海成骤然醒悟。

"造父"在让光速加快,这浩瀚宇宙的屏障在消失。

他弹簧一样从床上惊醒过来,全身汗如雨下,整个人冷得无法控制地颤抖,好像一块正在融化的冰。

19 供述

THE STARS

从武侯祠的围捕中成功逃离已经是四个小时以前的事情了。

茶桓在超市里买了瓶矿泉水,一包纸巾,付钱的时候收银员睡眼迷离。他本来还打算买包烟,但想了想忍住了——这会给收银员留下不必要的印象。

出了超市,茶桓从背包内衬取下扁圆的徽章,没有看它。他尽量不用手接触,用准备好的纸巾把这东西裹得严严实实。拿矿泉水打湿纸巾以后,茶桓小心翼翼地把徽章细细擦干净,所有可能留下指纹的地方都反复清洁过。

在这一点上茶桓小心得有点过分了,路口过去不远,他已经找好了一个下水道井盖。其实他知道这枚徽章只要丢进去,就算被人发现,上面也不可能留下任何印记。但他控制不住自己,他甚至想过用强酸把这枚徽章熔掉,但那太费事。自己必须尽快离开成都——他的目的地是九寨沟,这说得通,一趟说走就走、一刻也不愿停留的仙境之旅。

安静的午夜,茶桓走过整整一条街,在井盖边停下脚步。他又掏出手机点亮闪光灯确认了一下,没错,里面淤泥很厚。他这才小心地把徽章丢了进去,直到它陷进淤泥,不留一丝痕迹。

自己的名字是一个很大的风险,茶姓太显眼,基本上看过一眼的人都会过目不忘,所以尽量不要让无关的人听到或者见到自己的名字。

茶桓不愿去想会发生什么,这时候只觉得自己太天真了。从加入萤火组织到现在已有整整两个年头了,回想起来,今天的情况,汪海成之前是说过很多次的:

要把构造体从这个世界抹去,需要付出的可能不是一两个战士的生命,如果代价是成千上万甚至上百万无辜的生命,到时候该怎么办?

他们这些二愣子热血青年回答得当然很干脆。毕竟,回答问题的时候,天平的一边是六七十亿人,另一边不过千把万,光算数字是件容易的事。但是真到这一天,千万人里有几十张自己叫得出名字的脸,一下子就变成了另外一回事。

想到这个城市里自己熟悉的人,门卫大爷、卖豆浆的阿姨、门口烤串的小夫妻……茶桓胃里一阵痉挛。

他现在心中唯一的念头就是抹掉自己跟萤火的所有关系,假装自己毫不知情,躲去一个和这世界无关的缝隙。

根据手机上的显示,自己叫的网约车还有三分钟路程。茶桓掏出包里准备好的啤酒,两口喝干,把酒瓶丢在一边,然后坐在马路牙子上。背景故事已经准备好了,自己因为停电错过了约会,吵架分手,郁闷地要一个人去旅行。账号是新注册的,名字是假的,连手机号都是之前准备的非实名虚拟号段。

车稳稳停在茶桓旁边,他确认了一下车牌,拉门上了车。司机是个中年人,粗声粗气地问:"小伙子,你是要去绵阳啊?大半夜的,有啥急事儿啊?"

茶桓带着酒气回答道:"分手了,不想在成都这边了。留着伤心,一分钟也不想待了。"

司机果然没再问,车辆起步,沿着环线朝北面开去。大半夜,路上没有人,司机开得也很狂野,很快就超过了城市限速。茶桓没有害怕,反而隐隐安下心来。越快越好,赶紧离开这个城市,越远越好。

累了一整天,心情稍微一放松,茶桓就感到无比疲惫。眼睛一闭,整个人朝座椅靠去,头枕不高不矮,一沾就觉得困意来袭,很快就睡着了。

司机叫了茶桓两声,让他系好安全带再睡,他也没有反应。司机又唤了两声,才确信他真的已经彻底失去了意识——吸入式麻醉剂已经起效。司机这才把脸上那张塑形面具揭了下来,露出郭远自己的脸。

车靠边停下，郭远钻进后排用绑带捆住了他的手脚，然后搜了他的身，没有发现什么特别的东西。为求保险，他还是把茶桓身上所有东西都掏了出来，连纽扣都扯下来，装进证物袋，丢进后备厢。

　　郭远应该以最快的速度把茶桓带回去，此时情况已是万分紧急，最后的窗口稍纵即逝。但看着后排捆得结结实实的茶桓，郭远却呆了半晌。

　　到底是什么样的东西，会让这群人做出如此不可理喻的举动，又拥有如此不可思议的力量。

　　自己终于开始接近真相了，郭远感到一阵从未有过的心慌意乱，似乎有一种说不清楚的纽带把自己和这些怪异的东西紧紧连在一起。

　　或许，只是因为郭远和那些黑色物体一样，都是这个世界上本不应有的异类。

　　针对萤火成员的行动初次取得成功，这次成功源于特别行动小组先前彻底的失败。

　　武侯祠的行动终止，队伍被勒令撤退两个小时之后，端木汇才逐渐从失态的狂怒中平静下来。他赶到祠堂正门跟郭远两人会合的时候，覆盖整个空间的光体已经完全消失，汪海成也不知去向。军队封住了武侯祠的所有入口。端木汇出示证件想要进入现场，却被毫不留情地拦了下来，然后四个军人围上来，粗鲁地搜走了他的武器证件和所有装备，没有任何解释。端木汇试图抗议，说明自己的身份，换来的却是像抓捕犯人一样被按在地上。

　　过了二十分钟，一个男人昂着头轻慢地走过来扫了他们几个人一眼，对端木汇说："端木汇同志，经研究决定，你的行动即刻取消。考虑到你指挥不当，对整体工作造成了巨大伤害，部里会在适当的时候对你进行处理。所有成员即刻起停止手头所有工作，回去待命。在得到新命令以前不得擅自行动。"

正如郭远揣测的那样，真正的行动另有安排。端木汇一直以为自己是对"萤火"采取行动的核心，现在他才真正确定：根本不是这样。

从当初接到调查汪海成的任务开始，端木汇的工作组就是一只马前卒。真正对付汪海成和他的"萤火"的另有行动，端木汇、郭远、云杉他们不过是几枚烟幕弹。最好的烟幕弹当然是不知道自己是烟幕弹的。

上面早就密密织好了一张天罗地网，装了诱饵，设了陷阱，盯着汪海成，引着他下去，要把他在武侯祠一网打尽。整个阳谋中真正需要端木汇做的就是把构造体交给汪海成，开启汪海成行动的序幕。

从让云杉假装古董商给汪海成送上构造体开始，就给汪海成留了破绽，让汪海成以为自己识破了安排，以为自己抢先一步，就是为了这场猫鼠游戏能往下演，让老鼠自以为得意地冲向陷阱里。

"我们的任务，"端木汇深吸一口气，强压心头不甘，"已经完成了。"

"什么？"听到这话，云杉在后排差点跳了起来，"老大你这话是什么意思？汪海成还没有抓到，事情也没有……"

郭远打断了她："你没有听到之前的命令吗？接下来的事情跟我们没关系了。"

云杉急道："但是……"

"别吵。"端木汇心烦意乱地拨弄着车上的空调控制器，嘎嘎作响。

"所以你就乖乖听令，我们都放着不管了是吗？"郭远问道。

听他话里有话，端木汇说："上面已经下了命令，我还能怎么办？"

郭远笑道："这话要是让外人听起来，恐怕会觉得你不是那么心甘情愿呢。"

端木汇道："这里就我们几个人，你有话不妨直说。"

郭远点了点头，看了看云杉，低声道："现在我们没有任务在身，问一下你们两个的个人看法，对汪海成和萤火组织，你们怎么看？"

端木汇问："这话什么意思？"

郭远笑道："挑明了吧。你们觉得他们是恐怖分子吗？"

"这个……"端木汇尚在犹豫，云杉一口答道："不是。"

郭远点头："我也这么觉得。如果不是我们几个的判断全都错了的话，那么'萤火'这个组织本来的真正目的恐怕也不是要袭击成都，把这里炸平。要是这样，他早就可以做了，不用拖到现在。"

端木汇不说话。他不便说话，但不说话就是默认了郭远的看法。

云杉道："也许，这里面有什么东西搞错了。"

未必是搞错了。端木汇想，也许只是从来没有告诉我们真正的情况。但这话也不便说。郭远透过后视镜的反光看着他，微微一笑，像是看破了他的内心，说道："你们认为除了我们几个，其他队伍里有人跟汪海成，我是说，跟他那些稀奇古怪的玩意儿交手过吗？"

"恐怕没有。"端木汇回答。这话没错，不管怎么说，自从在成都跟踪汪海成以来，跟他本人有过交锋的只有云杉和郭远。

"那么，抛开信不信任上面的安排不谈，大家觉得，他们一旦真的跟那些东西对上，有没有可能出什么纰漏呢？"

说到这个份儿上，谁都明白郭远话外的意思。云杉犹豫道："但是，上面的命令是让我们停止一切行动……"

郭远望着端木汇："老大，你说呢？我们就这么等着吗？"

一时间车里安静下来，死一样的沉默淹没了周围。

就在这里等着吗？就在这里一无所知地等着，不去管汪海成是怎么回事儿，不去管这个城市会发生什么。上面自然另有行动，安排得明明白白的行动。

但是……郭远送上的台阶勾起了端木汇的心思：整个部里真正跟汪海成、跟汪海成的神秘"物件"交过手的只有郭远和云杉。

别的行动……就不会出什么纰漏吗？

明知是郭远的借口，明知是台阶，但是这个台阶给够了。

端木汇深吸一口气，叫道："郭远！从现在开始，我们组的行动交给你来指挥。出了什么问题，我负责。一切安排听你的！"

郭远大笑："好！就等你这句呢。"

端木汇叹了口气，"倒不是我对上面的安排不满，但是你说得对，这一路只有我们真正接触过萤火组织，跟他们交过手。就怕别的同志没有经验，出了什么疏漏，到时候亡羊补牢也来不及了。如果其他人不出问题，汪海成他们落网了，你们也不用做什么。但如果发现情况不对，你们立即动手就是了。"

郭远听他找理由找得密不透风，笑道："我们当然明白。不必再吩咐。"

端木汇这才诚心实意地请教："看你的样子，恐怕是早就有了点子吧？"

"要说有，也不能算是有；要说没有，也不能算是没有。"

郭远提出的想法，是筛查武侯祠异变之后，所有研究机构、大学里有科研背景的人，有没有人紧急出城，离开成都。

这个计划基于一个大胆的假设——汪海成的真实目的并不是毁掉这个城市。这个假设早有端倪：在电力枢纽的时候，萤火成员盗取黑环时说过，这东西失控就会毁掉这个城市。汪海成在江口镇借云杉之手拿到了几个材质类似的黑球作用不明。几个黑球在武侯祠发生变化之后，会切开途经空间的所有物体，而这几个黑球相连之后，更是让连接空间内的整个武侯祠里所有物质都像通电的钨丝一样发光,辐射出热量,好像要把自己燃尽——连真空都要爆炸一样。

如果只是为了毁灭,汪海成恐怕早两年就把整个城市轰成粉了。

既然他早就能这么做,为什么一直不动手,反而一再拖延,还折腾这么大一套来,遥控起几十辆渣土车?更没道理的是,他选择在武侯祠采取行动——为什么?这是整个繁华城市夜里人最少的地方,哪有恐怖袭击选一个杀伤力最弱的地方的道理?为了羞辱诸葛亮,给王朗报仇吗?

何况,如果只是要以武侯祠为目标,渣土车的存在又有什么意义?根本不需要把黑球藏在渣土车里,只需要把那些黑色的小东西安置在武侯祠周围就可以了——目标更小,更不容易被发现。

唯一的解释,武侯祠并不是目标,而是一次测试。"实验"。渣土车也不是为了武侯祠的测试准备的,而是袭击最终目标的强攻工具。

黑球是萤火袭击区域的空间坐标点,而渣土车是会动的,难以阻挡的坐标载体。

但这依然有一个无法解释的矛盾:如果萤火已经拥有胜过核武器的神秘装置来毁掉一切,那为什么要用空间坐标来限定范围?为什么测试非要选一个夜晚无人的核心城区,却不找一处边远无人的荒郊野岭?

在跟这个神秘萤火里的几个人交手几次后,一个大胆的猜想出现了郭远脑子里。

他们不是在尝试破坏,而是为了某种目的必须选择破坏。武侯祠的实验也不是为了测试武器的威力,而是试图控制武器的破坏范围,把那个"失控了会毁掉整个城市"的黑环威力控制在尽量不伤及无辜的范围内。

这些神秘之物展现出的是超乎任何想象的强大残暴的力量，但却又是以某种优雅而又无法抵抗的形式呈现。这种力量像烙印一样打在郭远心里，像黑洞一样吸引着他，让他心醉。不知为何，这些神秘的黑色物体在他心里勾起了奇妙的涟漪，他甚至开始觉得保护这个城市，剿灭萤火都已经不重要了，他现在所做的一切，都是为了追寻这些神秘物本身。

那种超凡，凌驾于这个世界之上的力量，散发着惊人的吸引力。

这些超凡的力量解释了"萤火"成员的来源。萤火的核心成员来自研究人员，这绝不是恐怖分子的常规构成，而萤火的行动方式也与恐怖分子大为不同。恐怖分子的目的不是杀戮和破坏本身，而是借散布恐怖来实现更高的政治目的。但萤火之前几次行动虽然破坏惊人，但一切以破坏为止。没有申明，没有宣传，这也就是端木汇一直弄不清汪海成目的的根本原因。

他们拿萤火当作恐怖分子，但对方根本没有按恐怖分子的逻辑来行事。

郭远接下来的策略，便是基于"萤火"不是恐怖分子的前提。

如果是这样，那么，萤火在武侯祠的行动本来就是在部里的监控和诱导下，上面打算在这里把汪海成他们一网打尽。只是没想到端木汇小队居然顺着渣土车的线索摸了上来，反而在收网前打乱计划，提前惊扰了行动。

这让汪海成有了应对，武侯祠的惊天光体骤现乍消，除了引人瞩目的光以外，看起来对现实世界并没有什么影响。除了渣土车的事故，也没有造成任何破坏。这说明对那些神秘黑色物体的实验提前终止了，这应该也是随后部里追捕失败的原因。

上面绝对是可以提前下手的，但他们一直在等待，等汪海成实验。

恐怕他们也在等这个实验的结果，也许是验证什么东西，或者是确认汪海成手上确确实实有他们要的东西。这就是上面一直吊着汪海成，却始终不下手的原因。

云杉和端木汇听郭远慢慢地解释自己的猜想，之前心中千头万绪的线索在这里汇总，各种诡异的碎片终于有了一个可以理解的解释。虽然离奇，但是他们找不到反驳的理由，甚至从直觉上他们也没有反驳的必要。唯一混乱古怪的东西，都来自黑色奇妙的物件本身。

"假如你真是对的，我是说假如，"端木汇说，"那接下来怎么办？"

郭远笑眯眯地说道："这还不简单？接下来的问题是，既然汪海成的实验被中途打断，他该怎么办？

"汪海成的实验被我们的闯入打乱了。这件事情既不在他的计划内，也不在上面的计划内。按'萤火'的计划，他现在应该已经成功测试了手上武器的控制手段，准备对正式目标行动。当然，按部里的计划，这时候汪海成已经人赃俱获，一锅端了。"

端木汇和云杉同时明白过来，心下一寒，如坠冰窟。"所以汪海成很可能不得不放弃控制手上那东西的威力，转而进行真正大范围的毁灭性破坏，就像格拉苏蒂、海南文昌那样。"端木汇喃喃自语。

郭远点头，"从汪海成在云杉你卧底的时候给你说的话看来，他不是一个拿生命开玩笑的人。作为危险分子他太软弱了，所以才会失言，劝你离成都越远越好。连他都是这样，根据我对人类的了解，恐怕萤火组织里的其他人只会更软弱。说归说，一群住在象牙塔里的科学家，说牺牲奉献是一回事，只是牺牲几个人也好说，但是要当屠夫血洗几百万人，哼哼。"他面露冷笑，"'萤火'里面未必每个人都真下得去手。"

他们见过了萤火组织里的物理学博士、电力工程师，这一直是整个逻辑线里面郭远最困惑的点，是什么东西如此可怕，让这群最优秀的大脑不惜牺牲自己和别人的一切都要设法将其毁掉，甚至不惜搞出格拉苏蒂、海南文昌那样的大阵仗？

但在武侯祠见到了那个巨大的光体，兀立在虚空中的坐标锚点之后，郭远有些明白了。在川大物理实验楼外，那位姓杜的女博士的话提醒了他。当时，她细细解释了真空光速增加十万分之五这个奇怪的发现。对于普通人来说，这是一件无关紧要针尖大点儿的事情，只有这些经过严格科学训练的人，才会明白这背后暗藏着可能毁灭人类甚至星球的可怕力量。

1945 年以前，只有为数不多的顶尖物理学家才能明白曼哈顿计划要造出的炸弹会是多么可怕的噩梦。

但就算是这些科学家，就算是曼哈顿计划的实际参与者，在见到核弹爆炸后的景象前，对核武的恐惧也是缥缈的。无论怎么下定决心，他们都做不到恐怖分子那样的冷酷无情。他们没有疯子那样的强大驱动，没有野蛮人的偏执和狂热。

换句话说，萤火组织的成员是软弱的。

当汪海成孤注一掷要拿自己和城市一起陪葬的时候，不是所有手下都会站在他身后的。

"所以，江海成选择屠城级别的自杀袭击时，一定会有人逃跑。"

事情就这样定了下来，调查所有交通工具记录，筛选排查武侯祠异变之后所有紧急出行离开成都的人。所有有理工背景、行为有疑点的人，一个都不放过。

端木汇手底下所有的资源都以疯狂的速度运转了起来，筛查进行了一个半小时后，天网从网约车平台里锁定了一个假身份账号，账号的持有人是成都山地植物生态研究所的研究员，名字叫茶桓。

茶桓的研究课题是一种新发现的蔓生菌丝状生命，于四年前在成都附近发现。从菌丝里面发现大量未表达的生物DNA，似乎不该属于这种菌丝状生命本身；而且这种新发现的生命会提取所有接触过生物的基因，形成挪亚方舟一样的古怪基因仓库。在特定刺激下，这些沉默的基因也会表达，但是长得乱七八糟，毫无章法，外形可怖。

这个研究在四年前开始，也在四年前结束。茶桓相关的研究再也没有进度，就这么一个四年来没有任何研究成果的人，居然也没有被植物所开除。

"长得乱七八糟，毫无章法，外形可怖。"郭远看了云杉一眼，两人都想起之前在江口镇的那个可怕的东西，"这就中奖了啊。"

接下来的事情驾轻就熟，端木汇调来一台3D塑形面具打印机，黑进网约车系统，把司机调离路线。接着，郭远复制司机的脸，换上面具，开车去接这位连姓名都很奇怪的"茶桓"。

茶桓在审讯室醒来之后很快就交代了。他发现连自己丢进阴沟的徽章都被搜了出来，就以为"萤火"的所有东西都在掌握当中。在郭远面前，这个毫无反审讯经验的生物学者很快就竹筒倒豆子般把自己知道的一切都讲了出来。

这时候，他们才第一次听说五年前关于群星工程的往事。在巨大的审讯压力下，很多事情说得很急。他们听了个大概，需要消化的东西太多，需要的背景知识更多，想要短时间内都弄明白是不可能的。

简单地说，从星空骤然降临的神秘信号带来了奇异的信息，从这些信息里面破解出来一套蓝图，蓝图培育出了被称为"构造体"的奇异物体。这些并非来自人间的构造体革新了地球的科技进程，又引发如今汪海成和部里的拼死争夺。

端木汇和云杉听得云里雾里，不时打断茶桓对技术知识的阐述，把审讯拉回事情本身。唯独郭远听得呆住了，入了神，似乎看到另一个完全不同于自身所处人间的世界缓缓展开，慢慢把现实世界覆盖掉。

这时候，郭远突然明白了这些构造体像深渊一样吸引自己的原因——

不是因为那凌驾一切的力量，而是扭曲，改变这个世界规则的能力。

从郭远记事开始，他就是个异类，与这个世界格格不入。一个与人类基本社会规则脱节的异类，处处碰壁，只能打碎每一寸骨头，像烂肉一样被塞进一个"普通人类"的壳子里，伪装成人类一样行动，如同《黑衣人》里面各种潜伏在地球上的外星人。

"异类"的标签一直打在自己身上，郭远穷尽了心力去理解这个标签，甚至去研究反思在哲学、生物进化学、心理学上，自己这个"异类"概念的合理性和"正常人"概念的构成。然而没有用，那个被塞在"普通人"伪装壳下面真实的自己越长越大，壳越来越无法控制，而自己在壳里面被磨得血肉模糊，不时泄漏出令人恐惧的恶意。

"你没有办法改变世界，你只能迫使自己去适应世界。"

而今天，茶桓告诉他，连这个世界的物理基础规则都是可以改变的，更别说人类社会的规则。

郭远几十年来第一次感到心慌意乱，就像普通人十来岁时的初恋一样。

跟郭远的感受大为不同，其他人听到这些隐秘往事时并没有太多的激动，反而让这几个"普通人"安心了一些。不是神怪，不是魔法，不是超能力，只是无法理解的高科技。

端木汇最关心的是汪海成过去的经历——可以借此推断他之后的行事逻辑。但这一点没有问出太多，虽然茶桓在"萤火"里也算身居要职，但汪海成对自己的过去讳莫如深，他知道得也不多。

茶桓知道被捕的只有自己的时候，反应非常激烈。他现在已经没有毁掉一切的勇气，得知汪海成还在实施计划时，立刻把所有情报和盘托出。这些情报立刻坐实了郭远之前的猜想：汪海成接下来准备毁掉整个成都，现在他们也知道了汪海成要毁掉的是什么东西。

茶桓给他们说明了构造体能以什么样的方式毁掉这一切，什么四种基本力、时空一致性，还有常态物质暗物质化等等，他们虽然听得云里雾里，但是至少确定了一点：构造体可以让一切物质变成自身不稳定的高能炸药。这就足够了。

"目标的位置呢？"

"环球中心。"

"环球中心？环球中心的哪里？"

"不是在环球中心的哪里，是在环球中心地下。接近两百米的地底位置，有一个秘密研究基地。我们叫它中心基地。"

又是地底。

听着茶桓的供述，郭远顺手把在掌心把玩的徽章翻了过来，这克苏鲁样式的徽章已经是第二次见到，却更让他觉得不安。他又看了一遍徽章后面的铭文：

"有一分热，发一分光，就令萤火一般，也可以在黑暗里发一点光，不必等候炬火。此后如竟没有炬火：我便是唯一的光。"

到底谁才是黑暗，谁才是光？

325

2❍ 中心

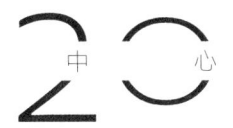

THE STARS

云杉的车沿城市中轴线一路向南，开过南三环就眼见各种建筑越来越高。在"国际城南"，二十一世纪以前修建的老建筑越来越少，新设计的造型奇特的高楼大厦多了起来。绕过立交，靠近环球中心的时候，她开始还没有觉得这个建筑有多大。直到车驶进停车场，整个建筑遮蔽了自己的视野之后，她才真正意识到事情麻烦了。

新世纪环球中心长约五百米，宽约四百米，高度大约是一百米。长宽占地差不多是故宫紫禁城的一半，但紫禁城是一座城池，有大小院落九十多座，房屋近万间，分三大殿、后三宫、御花园，而这环球中心是一个单体建筑——全世界最大的单体建筑。这个建筑跟FAST的尺寸相差无几。

站在正面的时候，这个以海浪为造型基调的巨型建筑占据了云杉整个视野，异常的尺度产生了透视广角畸变，云杉真觉得环球中心的飞檐如海涛一样波动着，吓得她在车里吐了吐舌头。

茶桓说的目标就在这里。

环球中心作为人类历史上占地面积最大的单体建筑，修建的时候是缺少参考的。这让它的建筑工程量难以预估。正是这个"难以预估"的工程量把很多东西掩盖了进去，挖了多少土石方地基，掘进了多深，需要多少勘探测试，一切都是正常的，因为"没有前例参考"。

所以就这样在环球中心往下两百米深的地下，挖出一个几万平方米"相对不大"的群星工程秘密中心基地。原本可怕的工程量被更超乎想象的建筑工程量掩盖，并没有引起任何人的注意，这就是所谓的"大隐隐于市"。

如果不是茶桓的供述，他们绝不可能知道有这么个地方存在，因为在任何资料上都查不到。这个基地的保密级别之高，远超端木汇的职权范围。

走进环球中心，有一种踏入传说中星际殖民地的感觉：大得出奇的空间里盖着人造建筑的顶，几百米长的穹顶跨度超过了目前所知的任何一座体育场馆，让人很难定义自己是置身室内还是户外，不禁有些恍惚。

没用几分钟，云杉就注意到两个便衣特工，一个坐在三楼楼梯旁喝咖啡，一个坐在大厅玩手机。正如郭远预料的那样，上面早就知道汪海成的真正目标，因此布下了天罗地网，万不容这里有任何闪失。

云杉压了一下自己的墨镜。她已经换了发型，改了肤色，也用塑形面具易了容，现在的她看上去瓜子脸弯月眉，黑长直，手里抱着一杯巨号的奶茶，全身标准成都血拼潮妹打扮，连喉咙都贴了缓释药物，声带发音低了两度，任谁也看不出她是谁。这次的伪装完全是按云杉的心性来，从发型到衣服的设计都是自己亲力亲为。这种伪装行动她很熟悉，问题是这次的伪装主要不是为了骗敌人，而是为了骗部里的自己人。

"还蛮有意思的。"

奶茶里添加了特殊的神经微量补剂。这种新人类专用药物在体内循环消耗很快，云杉半分钟嘬一口，让自己的视觉和听觉全面扩张，她像全方位雷达一样监控着入口周围。根据自己能观察到的便衣特工数量，她估算了一下整个建筑里埋伏的总数：超过一百个。除开便衣侦查，看不见的地方必然早有蹲守的特勤小队，而环球中心外面方圆一公里内肯定也早就埋伏了严阵以待的机动部队。整个地方说是天罗地网一点也不过分，云杉很熟悉这种布置，也明白他们的战斗力。

但是这能拦住汪海成吗？云杉平生第一次对自己人这么没有信心。有过几次接触之后，她对汪海成生出一种莫名的恐惧来。

"那不是人类的东西。"茶桓这么说，"构造体的力量不是人类能理解和控制的。"只是提到那东西，他就忍不住害怕得吞口水，需要深吸一口气才能平静下来。"这就是我们萤火的目的：把所有构造体从地球上抹掉。"

"所以，你们之前是打算毁掉环球中心下面的基地，把构造体都抹掉？"

"借助构造体的力量，用可控制的手段把这些都抹掉，是的。你不明白吗？现在汪海成已经打算用不受控制的手段了。你明白不受控制是什么意思，是一平方公里，还是一百平方公里，没有人知道的。"

"怎么做到的？"

"如果'摩西'……也就是那个球形的构造体，在'蜂后'的催化下进入第三种形态，它会改变空间的强相互作用力……"茶桓见他们完全没有听明白的样子，换了个说法，"武侯祠整个空间发光的时候，你们看到了吗？那就是那东西的基本效果，发光的原因是空间中所有物质都在对外释放能量，你就会看到整个空间都在发光。当释放能量增大的时候，就会爆炸。"

"多大的爆炸？"

"本质上讲，想要多大，就可以多大。'摩西'影响强相互作用，但'造父'会限制住作用空间，改变区域内光速，这是一组对抗关系。爆炸的威力完全取决于跟构造体两种效应的平衡。没有人能预估如果不受限制，这个爆炸能多大。"茶桓吞了一口唾沫，"汪海成用过一个词——点燃地球。"

"那我是否可以这样理解，你是说如果汪海成想，他可以把地球都炸开？"

"你们还不明白！这不是他想不想的问题，这是他控制不了的！控制的是构造体！构造体！构造体不是我们人类能理解的东西。我们想要在可控的环境下把这些东西全部毁掉,但是你们没有给我们机会。现在汪海成打算无论如何都要毁掉它们,所以谁也不知道陪葬的范围是多大。"

"冷静一下,"郭远说,"别扯那么远了。你确定他的目标是环球中心下面?如果他的目标从秘密基地转移了呢?"

"绝对不会,中心基地是好几个国家协议建设的,这是一个多方协议,不是说转移就能转移的。"

"什么叫多方协议?"

"你们以为为什么选这个时间发动攻击?你以为我们不知道十九国峰会安保升级,一切行动都更危险?你以为十九国联盟峰会是为什么开的?建造中心基地是一个多国协议。这几天十九国峰会的真正议题,是分配构造体新一轮研究的利益。永动机供能、基因改造,对,就是你身上的基因改造技术,都是中心基地研究成果的技术输出。在中心基地建立之前,为了争夺构造体,五年前差点爆发全球战争。最后能签订协议,就是因为确定了构造体利益的分配,技术的公开。中心基地就跟联合国大厦一样,不属于任何单独的国家,这东西是不能动的。"

"如果被毁呢?也不能动?"云杉问。

回答这个问题的是郭远,不是茶桓,"如果被毁,就谁也得不到。动了,就说不清是不是有人藏了起来。他们最在乎的是平衡。"

这场猫鼠游戏里每个人都被别人攥着死穴,云杉不自觉地往自己的脚底望了一眼。汪海成一定会来。但他要如何闯入那个百米下的地底基地呢?通往基地的电梯一定早就被死死控制,就算真是毁天灭地的武器,百米以下也不是那么容易抹掉的——中心基地建设的时候就考虑得很清楚，标准远超过任何冷战时期的核避难所。

不管从任何角度看，这地方都万无一失，但越是这样，云杉就越觉得害怕。

这是人类的视角，能考虑的只是人类现在的能力。就好像八十年前不会有人相信一颗核弹毁掉一座城市一样，当面对无法理解的力量——按茶桓的说法，这不是力量，而是规则——任何事情都可能发生。

时间一分一秒地过去，蹲守的工作甚为无聊，云杉从来都不喜欢。好在今天有无数眼睛都在盯着入口，她可以不管入口怎么样，只用围观这些便衣侦查员的反应。

还没有任何可疑的迹象。

她带着专用通信设备，黑进了行动组的加密通信频道，但这时候还没开机。这里所有的通信肯定被无数监控后勤盯着，一旦开机一定会被发现，她和郭远现在都只能靠自己了。想到这里，她有点担心郭远：不知道他怎么样了？他的处境可比自己危险万倍。

就在这个时候，她看到三楼的便衣侦查员开始行动了。没有回头，她掏出化妆盒，借着镜子望向正面的入口，五个人陆续走了进来，走在中间的正是汪海成，没有做伪装，大摇大摆地走了进来。五个人中最后进来的是一张熟悉的面孔——茶桓。

"那我们还需要你帮一个忙。"郭远对茶桓说，"汪海成这次自杀行动，会带你吗？"

"不会。应该不会。"

"可能会带你吗？"

"什么意思？"

"就是说,按照你们组织行动的排序,有多少个人不在了,会轮到你。"

"什么叫不在了……"

"不在了嘛,像你一样逃跑了,突然失踪了,拉肚子去不了,死了……都可以啊。来吧,把名单开出来。"

云杉这时打开了通信器,耳道里的耳机传来了通话的声音:"猎鹰在二十秒后可以完成外围封锁,交通现在已经完全封闭。"

"狙甲视野清晰,可以行动。"

"狙乙视野清晰。"

云杉转过身去,汪海成他们这时候离她不到一百米。那个男人面色平静,根本没有抬头看周围,他的手一直揣在口袋里,也没打算继续往里面走,张开嘴说了几个字。

从他的口型里,云杉读出了那句话。

"开始吧。"

忽然,在汪海成周围涌出一股黑雾,伴着一股微微的热浪迅速覆盖了讨来,一百来米内都被遮了进去。

云杉见识过这东西,正是在江口镇上那掀翻了整个房子的构造体,茶桓说那东西叫作"多莉"。茶桓也正是因为在正常生态取样调查中发现了"多莉"的菌丝体,才成为了构造体研究团队的一员。也正是这个原因,随着研究的进行,他又成了"萤火"的一员。

这样的经历是萤火组织成员加入的常态,发现,质疑,困惑,被萤火接触。茶桓是这样,之前的庄琦宇也是这样,大多数人都是这样。在对于构造体的理解过程中,恐惧占据了一个不可替代的位置,每个研究者在某个时候都一定会感觉到恐惧,如果没有这样的敏感,他就根本没有了解构造体的资格。这成了萤火的信条之一：每个敌人都是还没有醒来的朋友。

再见"多莉"，云杉不像第一次那样慌乱，而是马上伏低，双手探地。果然，黑雾中大量生物质极速蔓生开，这次的速度比之前快得多，树根瘤似的东西从虚空中长了起来，大理石的地板被轻松掀开，苍黑的藤蔓夹着触手，甲壳似的枝干拖着蠕虫一样的肉……虽然是第二次见，云杉还是全身都生出了鸡皮疙瘩。这不是恶心的时候，她四肢抓牢脚下腾起来的藤蔓，才没有被抛出去。

周围恐慌的尖叫四起，耳朵里传来通信："狙乙完全失去视野……正在接近目标……无法站立，不要盲目靠近！不要盲目靠近！"

这些扭曲的生物体越长越快，好像生根一样，朝下面掘了进去。"生命的力量是最强大的。"这句话从没有这么贴切过，生物体好像无数钻头、无数掘进机，它们如丝一样、如水一样沿着大理石、钢筋、水泥的微小缝隙渗进去，再长大。石块和钢筋好像豆腐似的崩裂变形，弹起来，拱出去。

"多莉"在百米以内往上结成乱拧的拱门，往下撕出通往地狱的裂口。云杉眼睁睁看着脚下从缝隙变成大洞，大洞变成不见底的巨口。地板和石块崩落，坠下去，堆起来，然后下面一空，又哗啦再垮下去。

汪海成他们根本没费心去争夺电梯或者别的通道，而是直接借助构造体硬生生在几分钟内挖出一条通往中心基地的通道。对人类科技来说，这全无可能，但对于构造体来说，不是。

云杉攀住藤蔓，那东西最开始长得很快，拽着她往上蹿了将近两米，直径急速膨胀。两只手最开始还能抓牢，但很快就像是要被车裂一般，她只能不断挪动。不断膨大的藤蔓里溢出奇怪的黏液，甚至有的像是触手和内脏，云杉强忍着这糟糕的触感让自己抓牢，探出头去在这个已经长成雨林迷宫一样的东西里寻找汪海成五人的踪迹。

云杉感到不解,这群人再有能耐,莫非还能悬浮不成?在这样地面崩塌的环境,就算挖进了中心基地,他们怎么下去?

她探头张望,只见一个人悬在一根倒垂的藤蔓上,四肢牢牢钉在上面。他好像是稍稍用了点力气把鞋子尖从藤蔓上拔出来,然后往下伸,一脚踢进藤蔓。他手上戴着钉刺手套,脚底鞋尖鞋底都也带钉刺,这人就像壁虎一样一步一粘地朝下爬去。最开始他的脚步还很慢,钉进去的力气很大,拔出来也很难,没两下就熟悉了力道,利索地无视重力似的朝下爬去。

云杉看得发呆。果然萤火的准备都是成套的,并不复杂,也没有什么特殊的科技,但很显然这套东西已经经过无数次测试,只有几经改良才能跟这个超然之物配合得天衣无缝。这个准备看来已经不是一天两天了。

回过神来,发现洞口已经扩大到六十来米,往下已经深得不见底。内面被一片浓黑的雾气遮盖,好像从原本的环球中心里挖出了另一个异度空间,跟原来的世界切割开了。

没有选择,必须追下去。云杉的身体虽然经过基因改造,力量和反应都远超常人,但也不是什么身经百战的徒手攀岩高手。如果掉下去,迎接她的就是粉身碎骨的命运。

自己的鞋上没有他们那样的钉刺,云杉干脆脱掉自己的鞋袜,光着一双脚蹬在平整的藤茎上,这才好着力,像爬树一样往下爬。

云杉能听到活物里面汩汩的生长声,好像有血脉在里面一样,好像整个地球的血液都隐藏在这东西里面,杂乱的,没理由的,原始而强大。这似乎是一头正在露出真面目的巨兽,地面太小,它只能朝地底寻找自己的栖身之地,先长出一张嘴,然后深得已经不见光的地方长出的是它的食道和胃。这个不断扩张的孔穴只是小小的一部分，而外面更庞大的躯干潜入岩石当中，根本看不见。

云杉觉得自己像是《木偶奇遇记》里面的匹诺曹，被吞进了鲸的嘴里。幸好童话的美好结局给了她一点安慰。

下面闪出两道光柱。大约在她身下二十米的位置，有两个人打开了手电筒。光柱之下，影子呈现出诡异的形状。借着光亮，云杉看到下面交织的藤蔓状物质好像钢筋一样把整个洞口撑开，上方一块落石越过她肩头掉了下去，正从手电的光柱里穿过，撞在藤上又弹开。几个起落，声音延绵不绝，越来越远。手电的光不自觉地追着落石下去了，但那深度很快就超出了它的照明范围。

真的是深不见底了。下面几道光柱陆续亮了起来。从光柱的尽头能判断出人的位置。萤火成员有攀登装备，他们下降的速度要比云杉快得多，离她越来越远。

云杉想了想，撕掉长袖，借着闪过的手电光记住身下的藤蔓位置，四肢一松，跳了下去。

落差不超过两米，弹、勾、挂、抱，一气呵成。最开始还有些迟滞，后面就越来越灵活，像猎豹在林间穿梭。

但自己的碰撞不断发出异常的响动，她往下逼近了十米之后，下面的人就注意到了这个异常的声音。

"什么声音？"

"石头吧？"

"石头不是这样的响动。"

两道光柱扫了上来，云杉急忙奋力攀过藤蔓背面，把自己隐身在狭缝当中。来回两趟找不到什么异常，对方也就放弃了。

又往下了二十来米，才刚松手跳下，一根光柱就照了上来。显然这人早已有了疑心，怕是已经侧耳倾听了很长时间。越深入地底，越安静，对方应该是从声音找到了规律，这时候云杉半空做什么也来不及，光柱左右两晃都从边上擦过，但从壁上反射的光还是勾出了她的身形。她心说不好，但是已经来不及了。

光柱找到了她的落点！

情知再躲也没有用，云杉逆着光亮看准那人的位置，一蹬外壁，迎着他扑了上去。几米的落差，不到四分之一秒的反应时间，对方哪里料到她反应如此果断，像一发出膛的子弹。这时候躲是来不及了，他不是站在地面：在这个雨林一样的怪洞里保持位置靠的是手套和鞋子上的钉刺，想要改变位置就要更换四个钉刺的位置，那东西钉在藤上，并不那么灵活。他勉强拔出一只脚想要侧身让过，云杉反应奇快，哪给他这样的机会，一手拽住他的腿，借着下坠的力道生生把这人从藤上拔了下来。

"去吧！"云杉轻声叫道。

两个人滚成一团，全凭神经反应，对方全然不是云杉的对手，连撞两次藤蔓就晕了过去。

撂倒一个，而且这人还没来得及发出警报。她轻叹道："好险好险。"刚才假如失手，自己未必有生命危险，但郭远恐怕就无法可想了。没有通信，一时也不知道他情况如何。这声响必然会引起其他人的注意。云杉赶忙蹑足潜踪往旁边攀走，刚才自己的四肢都已经撞得酥麻不堪，动作迟缓。

果然，云杉才刚刚躲到一边找个角落藏起来，四道光柱就照了上来，发现同伴失足摔晕，他们马上用手电四面搜索起来。

深度已经接近百米，若不是手电，一定黑得不见五指。云杉屏住呼吸，扒过细藤，从边上抓起几把不知道是泥巴还是生物黏液的东西涂在身上，小心避过光柱直射。这次行动真是完全把生死放在一边，安危还都系在了郭远那家伙身上，云杉反倒觉得一丝畅快：像真正的战士一样赌上自己的性命吧。

手电的光柱来回扫荡了足有两分钟，才听到下面的声音：

"行了，先不管了，上面的人迟早是要下来的。抓紧时间。"

"姜离呢？"

"别管了。走。"

下面的人窸窸窣窣地继续往下，云杉一直没敢动。过了大概有五分钟的样子，她突然感到一股强风从下面冲上来，一阵潮湿的腥气扬起周围的尘土，差点让她窒息过去。

通往地下中心基地的通道已经打通了。

果然，已经能看到从下面透上来的光，那种纯白的光源离自己只有三四十米深，隐约看到两道手电的光柱落了进去，融化消失在里面。借着下面的灯光，云杉小心地看了看下面四处有没有人把守，没有发现什么异常。

她甩了甩手脚，让血脉活络了一些。抬头上下望了一下，上面已经看不到什么光，一片漆黑，反倒是地下透着明亮的光，有一种天地倒转的感觉。

想来这里的工作人员也真是苦，成都本来就没什么太阳，在这种地方工作就真要蜀犬吠日了。云杉乱七八糟地想着，慢慢地爬了下去。越靠近下面的洞口越小心，洞口还在不断往下陷落，扩大。

这就是中心基地了。茶桓那个软脚虾说的居然还真的都没错。

之前还有怀疑，而现在自己已经朝下爬了近两百米的距离。

太可怕啦，居然真在这么深的地下造出这样的东西来。

所有秘密的终点，就在这里了。

云杉不自觉地摸了摸腰间的枪。

武器并没有像平常一样让她感到安全镇定，反倒有一种古怪的恐慌莫名从心底升起来。

她想起茶桓在审讯时说的一句话："跟那个东西比起来，我们人类的所有技术、所有武器，都是婴儿玩具。"

2i 障壁

THE STARS

审查员面带微笑地告诉汪海成,对他的审查彻底结束了,"审查拖了很长时间,也是为了国家绝密项目的安全和顺利进行,相信汪副教授能充分地理解。毕竟群星工程就像是你的孩子一样,这个项目的价值与意义无法估量,容不得半点差池,所以必须这么慎重。调查过程中可能有一些措施比较严苛,但大家都是为了保证工程的安全,希望汪副教授不要有什么误会或者心结。

"我知道之前有些问话让你很不舒服,现在我可以向你道歉。尤其是关于您学生白博士的一些问题,我也知道很过分。但是情况特殊,迫不得已只能对您实施一些心理上的极限压迫。为了国家安全着想,希望您能理解。仅代表个人,我对之前那些言语深表歉意。"

汪海成安静地听完,点了点头,"我能理解的。"然后又说:"我要见上级领导。"

听到汪海成这句话,桌子对面正在收拾文件的审查员愣了一下,"啊?"

"我要见上级领导。"汪海成平静地重复道。

审查员有点不知所措,跟身边的人对视了一眼。"您是什么意思?我没有说清楚吗?您的审查结束了,没有问题,今天开始就可以回到工作……"

"我需要向领导汇报,事情非常重要。"

"呃……可不可以先给我们说明一下你需要汇报的内容?"

"不能。"汪海成回答得干脆利落。

"为什么?"

"以你们的智力,听不懂。"

审查员为之气结,他深吸了一口气,"汪海成同志,我们也没有帮你提交这种申请的资格。我们的工作已经结束了,你现在也恢复了自由。至于其他要求，请你去跟自己的领导请示。"

"那请你带我去见我的领导。现在这样子，我不知道我的领导是谁，也不知道办公室在哪里。"

审查员叹了一口气，"好吧。"

审查员带着他，在这个军事基地里穿行了很长一段，才在一间办公室门口停下。汪海成敲了敲门，门里传来一个沙哑的女中音："请进。"他才推门进去。

办公室不大，里面除了桌子没有什么陈设，也不知是军队风格历来如此，还是最近厉行节约的政策使然。一个头发已经花白的女性坐在桌子后面，看他进来，赶忙起身伸出手来握手，身子探出了半个桌子。

"汪教授，啊，我听说你很久了，一直盼着跟你见面。请坐请坐。我姓吴，吴筱。坐啊。"

汪海成搞不清对方的职阶关系，他到今天也弄不清楚处、科、所的关系，也不打算搞清楚了，只要知道她管着群星项目就可以了。跟之前的人不一样，这位领导客气得让他有些不习惯，甚至好像有点露怯。

"本来我也应该跟你聊一聊的，这不是你的审查才刚刚完吗……"

汪海成打断了她，"您觉得构造体到底是什么？"

吴筱愣了一下，"我不知道。这不是这个项目想要搞清楚的事情吗？"

"不是吧？群星项目并不是想要搞清楚这个事情。项目想要搞清楚的是，怎么利用这些东西。"

"这……"

"可能我这么说不对，最开始的时候，群星项目可能有一半是想搞清楚这些东西是怎么回事儿，另一半是想要看看这些构造体有什么用。但后来随着构造体的能力越来越强,越来越超过我们的理解,构造体本身的价值就越来越大,整个项目就完全变成了想要搞清楚这些外星科技可以怎么利用。我说的对吧?毕竟是'外星科技',可以改变世界格局的东西。"

吴筱尴尬地露出一丝笑意,"也可以这么理解吧。"

汪海成想起那个晚上安教授讲的非洲草原拉绳子的故事——停不下来地拉绳子——那个晚上离现在并不太远,但现在想来已然觉得恍若隔世。

"我不知道这些天我隔离审查的时候,构造体有没有什么新的研究进展。只是按我之前了解的情况看来,仅仅是现在对构造体已知的了解,已经可以让地球大变样了。我相信大家最关注的应该是'摩西'型的构造体,它可以完全违反热力学第二定律,凭空创造出能量来,是我们所知的第一个真正永动机。我也不用再说这个东西有什么用,我相信上面肯定早就开始研究怎么利用这个东西了。"

吴筱没有任何表示,只是静静地听着,保持微笑。

"但如果说是完全凭空创造能量,其实也是不太对的。还是有一点微小的变化的,对吧?'摩西'影响的范围越来越大。"

"难道不是它影响的范围越大,能提供的能量功率就越高吗?"吴主任说。

"您说的对,没错。从利用上来说,这是好事情,效应越大,永动机功率越高。唯一的问题是,随着能量的释放,我们所在空间的强相互作用效应就越来越强。本质上,'摩西'提供的能量来自它附近的宇宙规则和我们原来的宇宙规则之间的落差,就好像我们这里本来是海拔为零的平地,但到了'摩西'那里,变成了海拔八千米的高原。"

"你的意思是,我们原来世界的海拔在升高?"

"是的,随着我们不断获得能量,整个宇宙的规则都在朝着之前不一样的方向变化。不光是'摩西',还有'造父'也一样,光速在不断增加,虽然效果还很微弱,但我们现在的宇宙跟过去相比已经不同,强相互作用效应更强,光速更快。"

吴筱皱了皱眉,这是她早就知道的,"你的意思是……"

"这就回到了我最开始问的问题,你认为构造体到底是什么?"

"请讲。"

"你们有没有考虑过,构造体就是为了改变物理规则才被创造出来的东西?改变我们这个星系的宇宙常数,才是它的真正目的。"

吴筱沉默了一会儿,"什么叫真正目的?"

"就是外星文明把这个东西创造出来,然后传给我们人类的目的。"

一切都是诱饵,永动机、能量、改变世界的秘密,一切都是为了一个目的。汪海成感到一阵心悸,这话没有说出来。

"物理学一直有一个没法回答的问题:宇宙的规则、宇宙基本常数,到底是什么?规则是我们在探索中不断碰到的,好像不言自明,没有什么理由,就是这个样子的公理。真空光速、四大相互作用效应、普朗克常量等等,它们就是这么多,没有什么原因。

"关于规则本质的探索最后基本都归究到玄学和神学上去了,比如牛顿就坚信上帝是创世的推动者。宇宙大爆炸理论说这是在宇宙诞生时就确定的,而宇宙诞生之前一切都没有意义,所以也根本没有探索规则为什么是这样的意义。

"关于宇宙规则的假说里面,最有意思的一个叫作'人择原理',您知道这个学说的意思吗?"

吴筱点了点头,"如果宇宙的规则不是这个样子,那就不会诞生人类,也就不会有人类来思考宇宙规律为什么是这个样子。"

汪海成笑了起来，"是的，这个假说意味着也有可能存在千亿个不同宇宙规则参数的宇宙，但只有在这个宇宙规则下，我们才能存在，才会反过来问'为什么宇宙规则是这样，而不是别的样子'。而假如宇宙规则不是这个样子，就不会存在问这个问题的人类。所以我们和这个宇宙规则是一体的。'人择宇宙'，适合人类生存的宇宙。"

吴筱开始觉得不太对，隐隐明白他在暗示什么。

"但人择宇宙是有一个基础的，即宇宙规则是恒定的，在宇宙诞生之后就建立的。但现在，构造体证明规则是可变的。"

"你的意思是，适合人类生存的宇宙，它的规则原本不是这样的？！"

"对！既然规则不是恒定的，那为什么会存在一个适合人类存在的宇宙规则？这个宇宙的常数是本来就这样，还是被什么力量塑造成了这样？"

吴筱心中一凛，"你这话，和上帝创世有什么区别？"

"上帝希望亚当和夏娃永远留在伊甸园，而我们的构造者给了我们构造体。就这点完全不一样，完全相反。我们的上帝给了我们一个摧毁伊甸园的药方，在药方上还涂着永动机的糖。"

汪海成看到吴筱的瞳孔明显放大了一下，"适合人类生存的宇宙规则在消失。"

"你是说，宇宙规则改变，会让我们灭亡？这些构造体，是外星人的武器？！"

汪海成笑了，"你不觉得这想法很没有逻辑吗？它们创造了地球生命的基础，创造了适合我们生存的规则，然后让我们自己做一个武器来消灭自己。不觉得很恶心人吗？"

"那构造体的目的是什么？"

"你知道构造体是怎么培养出来的吗？第一个零号细胞，我们找了一个大号的培养皿，消毒，清洁，放进无菌室，先隔绝了正常环境各种各样的生物污染，然后造了一个适合细胞发育的营养基，放进恒温恒湿的培养箱里，等它发育。

　　"当时我们不知道它会长成什么，但我们知道，如果不杀菌清洁，它十有八九会在最开始被杂菌杀死。地球空气里满是细菌、孢子、真菌菌丝，它们在地球演化了上亿年，可以轻易地干掉零号细胞这种脆弱的新家伙。如果不找个恒温恒湿的环境，让它待着外面，在一会儿紫外线、一会儿暴晒、一会儿潮湿的环境里，谁也不知道它能不能撑下去。"

　　汪海成说的是零号细胞，也不是零号细胞。

　　宇宙的规则是可变的，是不均一的。离"摩西"越远，强相互作用越强，离它越近，强相互作用越弱；离"造父"越远，光速越慢，离它越近，光速越快。

　　"我们被一个培养皿罩着，放在一个恒温恒湿、适合生长的育婴室里。"吴筱喃喃地说。

　　"是的，不知道这个育婴室有多大，是一个太阳系，还是一个银河系。但有一点是肯定的，我们以为的宇宙规则并不是这个宇宙的真正物理规则，我们熟悉的宇宙常数不是这个宇宙通用的常数。这个宇宙的物理规律不是均一的。我们生活在宇宙中最适合我们生存的规则里。

　　"在这个也许是一个太阳系、也许是一个银河系的空间里，保护人类存在的不是杀菌剂和玻璃罩子，而是这里独有的、跟外面不一样的宇宙规则。"

　　"什么意思？"

"这是我最后想明白的一点。如果太阳系是一个培养皿，它里面恒温恒湿，营养丰富，为什么除了地球生命以外，其他的杂菌没有来到这完美的生存空间？如果你是外星文明，是那个一千四百光年外的戴森云的主人，你为什么不来地球。"

"因为需要的时间太长？就算他们能达到光速，乐观来看要几千年，但实际上往少了说也要好多万年，对于一个文明来说，时间太长了，成本投入毫无意义，而且跨越星际空间的风险……"

"没错。"汪海成说，"按照我们理解的物理规则，宏观实体飞行器可能连十分之一的光速都无法达到。他们的理论极限时间也要几万年。"

"不说飞船，就算通信，这个时间尺度的延迟，来回三千年……谁来守着收发消息呢？信息速度不能超越光速，这在宇宙的距离尺度里太尴尬了。"

"光速是多少呢？"汪海成问。

这是个愚蠢的问题，吴筱刚想说，突然愣住了。

"你说的时间太长，是因为在我们宇宙的物理规则下，光速是上限，他们来这里的时间太长。你忘了我们刚才说的假设，在太阳系以外，光速比这里快，可能会快得多。也许到达我们这个培养皿外面只需要十年。"

"……那是为什么？"

"因为他们进不来。"

"你是说，我们外面有一个保护壳？"

"对，也不对。我们这里的宇宙规则保证了他们无法进入我们的世界。"

"我没有听懂。"

汪海成在桌子上找了两支笔，一左一右摆在桌子两端。

"假设两支笔是两块大陆，中间是海洋。你想从一个大陆前往另一个大陆，要怎么办？"

"坐船。"

"好。"汪海成找了一块橡皮，从左边慢慢往右边挪过去。"从你的岸边出发，一路往我的岸边走。前面百分之九十都是正常的，现在，它到了我的岸边。

"记住从这里开始，宇宙的规则常数变了。船能动，能浮在水上，需要哪些东西？算简单一点，发动机，船体。就这两个，可以吧？"

吴筱点头。

"我们抛开宇宙规则其他真正复杂的影响，只考虑这两个最简单的东西。发动机就算是内燃机吧，靠氧化还原反应的化学能供能。假如化学键能量降低一半，释放的能量太少，内燃机会停机；假如化学键能量提高一倍，释放能量太多，内燃机会变成一个炸弹，直接炸成粉。

"船体，能浮在水上，靠的是压力。压力本质是电磁力，电磁力增加一倍，船体会上浮导致重心不稳，倾倒，沉没。电磁力降低一半，船体会下沉，甲板低于水面，直接沉进海里。即使忽略宇宙规则其他更复杂的影响，光是最基本的燃烧，浮力这种原始技术都会彻底出问题。

"一切技术源自科学，一切来源于对宇宙规则的认知。当物理规则不一样了，文明绝大多数技术都会失效，越高级的技术失效得越厉害。规则，就是一个屏障。光速是屏障之一。可能这个太阳系的所有物理规则都是屏障，真空光速、普朗克常量、强相互作用的系数、弱相互作用的系数、重力常数、电子电量，可能所有的一切物理常数都是障壁！撞上规则障壁，再强大的科技都会作废。

"在我们认知的物理世界里，真空光速是每秒二十九点九八万公里，所以信息传递十的十三次方千米，也就是约一光年距离的话，最短需要一年时间。但在我们认知的物理世界以外呢？现在看来，也就是说在太阳系以外呢？

"太阳系以外的光速可能是这里光速的一千倍。在那种地方，一千'光年'，也就是十的十六次方千米，可能只需要一年就能抵达。"

真空光速、普朗克常量、四种基本作用力基本常数等等，这些基本参数构成了宇宙的基本规则，定义了物质的结构，也决定了各项数据在这个宇宙中所能达到的极限。

太阳系的物理规则正在改变。不！应该说，正在向不受保护的正常宇宙演进！按理说，宇宙规则的改变会让这个世界毁灭、重构，那为什么现在太阳系规则改变却没有毁灭一切呢？汪海成也不明白。或许是在某种精妙操纵下，改变的宇宙规则达成了新的平衡，从而避免了一切毁灭。如果是真的，这种远超人类知识的力量让他更为恐惧。

"如果强相互作用强一倍，我们就没有办法引爆核弹，中子和质子的束缚力我们无法解开。如果范德华力强一倍，我们连火药都打不燃，更准确地说，连火我们都点不燃。这才是我们这个育婴室无人前来的真相，没有高科技文明能在育婴室宇宙的规则下生存。"

"但是我们把规则变了。"吴筱说这话的时候，两眼直勾勾盯着远方，虽然房间墙壁挡在她面前，却好像不存在一样。这时候她不像一个领导，只是一个被吓坏的普通人。

"这就是你说的构造体的真正目的：解除我们育婴室外面的规则障壁。"

这位今天才第一次见面的领导喃喃自语，呆立了几分钟时间，然后又想到了什么，"不对，不对。我们说的一切都是假设，而且还预设了宇宙就如同地球一样，充满了生命，所以才需要你说的规则障壁来保护我们。这不对啊，直到现在，我们也才发现两个疑似戴森云的星体，宇宙是荒芜的，而不是充满生命。所以我们根本不需要像保护区一样被保护着。"

"真的吗？"汪海成耸了耸肩，然后沉默着。

"哪里不对吗？"

"为什么我们会在收到构造体蓝图的同时发现两个戴森云，为什么不早不晚，为什么之前那几个天区检测过无数遍，都从来没有发现过一丝信号？难道戴森云是一天建成的？"

"这个其实跟为什么当时天空每一个位置都能检测到60K黑体辐射信号是同一个问题。我们一直没有想明白什么样的发射源会覆盖星空的每个角落，直到……"

汪海成双手隆成弧形，慢慢地合起来，合成一个球。

"我们的培养皿，我们的信号发射器，我们的外壳。外面进不来的规则障壁，让外面看不到我们的障壁，也让我们看不到外面的障壁。"

"你是说，太阳系外面这层外壳还改变了外面的信号，让我们看不到其他文明存在？而宇宙中其实是遍布文明的，只是我们现在才看到？"

"很接近了。"汪海成深呼一口气，"我相信其实要简单得多，不是我们看不见别人，而是别人看不见我们。"

"隐身？"

"你知道构造体发育过程中，曾经'消失'过吗？"

"我看过资料。我记得你提出过一个解释，构造体不是消失了，而是暗物质化了。"说到这里，吴筱沉默了。

"看不见，摸不到，没有电磁效应，有质量，有引力。"汪海成说，"这是我们定义的暗物质。我们一直认为暗物质是跟这些我们已经理解的基本结构不一样的,否则无法解释它为什么难以被观测,却有引力存在。"

"但是构造体告诉我们,也许暗物质只是普通物质的一种状态,一种存在但无法被发现的状态。就好像我们的物质跟暗物质是两根平行轨道,我们观测不到暗物质。但问题是,暗物质能观测到我们吗?"

"你有没有想过,假如有别的文明,就好比是那个一千四百光年外的戴森云,我们这个星系在他们眼里,是什么样子?"

吴筱明白了,觉得自己的心跳越来越快。

"你是说,也许在他们眼里,我们才是暗物质。太阳系在其他文明眼里,看不见,摸不到,没有电磁效应,不能被发现,他们跟我们的物理规则不同……"

汪海成从自己包里掏出一只气球,吹了起来。他准备了很久了,现在终于派上用场。他努力吹着,一直没有说话,花了几分钟时间,才吹到最大。

"也许这才是我们世界的真相。我们整个星系都包裹着'暗物质化'的星系培养皿,在这个暗物质环境里面有独立的宇宙常数、物理规则。我们把这个培养皿里面的规则当作整个宇宙的真理。被这个培养皿包裹着,我们看不见真正的宇宙,真正的宇宙也看不见我们。我们看到的宇宙就像我们给学龄前小孩儿讲的童话,王子和公主幸福地生活在一起,没有离婚,没有出轨,没有失业……没有买不起的房。"

说到这里,汪海成突然失控捂脸惨笑,一股颓意抑制不住地从胸中涌了出来。

"构造体就是一根针,一根用来戳破我们保护膜的针。"气球嘭的一声,在他手中挤爆,"就像这样,我们会见识到宇宙真正的规则,见到宇宙的真面目。

"人类的婴儿时代,就要结束了。"

两个人都没有说话,沉默了很久。吴筱终于开口:"结束了,然后呢?我们的宇宙会变成什么样子?"

"三个月的婴儿能想象长大了自己的生活是什么样子吗?这个问题有意义吗?"

"那有意义的问题是什么?"

"你觉得我们这些婴儿做好面对成人世界真相的准备了吗?我们这个糟糕的世界做好准备了吗?"

走出办公室,汪海成的心情已经平复。他没有完成了一件大事的那种轻松感觉,没有如释重负,甚至都没有松一口气。

这些天,他头脑里一直有一幅幻影,不知为何总是想起成都大熊猫繁育基地的育婴室。那些巴掌大的熊猫像老鼠一样,睁不开眼,不能翻身,就那样放在透明的恒温室里。游客们隔着玻璃墙、塑料窗盯着这些刚刚长毛的小家伙尖叫。工作人员不断小声警告游客保持安静,照相机不能开闪光灯。

它们长大,然后放进月亮产房、太阳产房,卖萌,滚来滚去,伴着尖叫的游客和相机,没有人不爱它们。

然后有一天它们经过例行检查,被关进笼子,送往野外。这时候,它们才发现自己原来什么都不会,抱大腿、滚来滚去、露肚皮的吸粉绝技在这里一点用都没有。找不到食物,找不到住所,没有人每天给它们体检,找不到配偶,不知道怎么发情。于是有的饿瘦,有的饿死,变成一具尸体。

汪海成一直不明白为什么这个奇怪的幻影反复出现在脑海里,但是今天，他终于明白了。

　　他以为熊猫代表的是人类，是地球，但其实是他自己。他以为自己从小练就了一身屠龙技，打了一身钢筋铁骨，但被这个世界一口吞下去的那天，才知道自己连骨头都是那么入口化渣。到了这一天，他才知道真正的世界的样子。童话只会告诉你相爱永远在一起，不会教你怎么赚钱买房。直到昨天，他还是婴儿一样，生活在象牙塔的童话里，以为好好学习，天天向上，就会过上自己的梦想生活，幸福，快乐。

　　汪海成抬起头来，盯着西方天边已经缓缓落下的夕阳。太阳系外面罩着童话播放机，这个播放机不知道工作了多少亿年，但不知道为什么在那天结束了播放，退场了。在退场的那天，地球文明的摇篮曲停止了，起床号吹响，送来了通往成年宇宙的尖刺。

　　他想起安森青给他讲的那个故事，那个在非洲草原上拉起那根越来越粗的绳子的故事。

　　只要地球这个育婴室的宇宙规则不改变，外星文明无论多强大，都无法踏入地球。这里光速太慢，普朗克常量和四种基本作用力的参数都与外界不同，那些在人类看来比魔法更神奇、可以毁天灭地的科技根本无法在太阳系内使用。

　　只有这根绳子才能在这个原始的宇宙规则里运转，然后一点点把育婴室外面的真正宇宙规则拉上来。

　　人类好像是被这根看不见的绳子操纵的木偶。

　　汪海成已经一身是汗，也不知是天气热的，还是别的什么原因。他抱着装有私人物品的纸箱子往回走，审查虽然结束，但为了安全和保密，所有工作人员都被安排在基地专门的宿舍区域。在群星工程运转期间，所有的工作和生活都会被限制在军事基地里进行，需要外出，需要单独申请。自己没法再像以前一样还能在中山大学里面随意出入。

汪海成自然也要从审查区搬往宿舍,他还没有去过,也不知道在哪里。基地给了他详尽的指南和地图,地图上附有各个区域的说明,本来是有勤务兵帮忙,但是军人站在旁边让他浑身不自在,汪海成还是决定自己找过去。

往宿舍区走的时候,天色骤变。

夕阳很快被漫天的乌云遮盖,像是妖怪一样,只用了几分钟,整个天空就一片昏红,犹如染血的末日。又几分钟,半隐入海面的太阳就只剩一个惨白的影子,乍眼望去日月难辨,雷光穿行在云间,轰鸣爬行着,像崩坏的机器遮在天上。

雨瓢泼落下。

汪海成抱着一箱子东西,里面多是衣服和电子产品,淋不得雨。但自己又跑不起来,他想找个屋檐避一下。这基地本是一个大型新装备实验场,办公区到宿舍区是一大片空地,风裹挟着豆大的雨滴迎面扑上来,一时居然找不到去处。

这时候背后传来一串噼噼啪啪的脚步声,轻快地奔着宿舍区跑去,一个男人的声音叫道:"慢一点,那么高的跟,也不怕摔?"

汪海成回头,想看这几个人熟不熟,能不能请他们帮忙搭把手带自己去宿舍区。群星工程的工作人员现在已经肃清了一批,又重新大幅扩充了很多,新人他未必认识。头还没有转过去,就听到一个熟悉的女声欢快地喊道:"不跑快点就要湿透啦!你是老年人吗?跑得这么慢?"

"你不管跑多快,穿过的迎雨面积是一样的,不会因为跑得快就少淋雨的!你算一下积分。"

"……谁信你啊!"

"你连我都不信,你要相信谁?等我一下,湿身也不要紧的……"

"你才失身呢!"

白泓羽一边跑一边回头笑骂,直到离汪海成很近了,她才注意到自己的老板。白泓羽愣了一下,一个急刹,反而差点摔一跤。那个不认识的年轻男子一个箭步冲上来,一把抓住她的手,这才没让白泓羽落一身泥。

"老板?你……"白泓羽想说你终于被放出来了,但好在没出口就咽了回去。"太好了!"她叫道,"我们盼你好久了!"

"我们?"

男子主动上前伸出手来,"汪老师好!真是慕名已久,一直盼着跟您见面。我是新来的,做能源工程的,现在在做'摩西'的工程化可行性评估。听小白说你饭量比较大,我们一直在等您一起拼伙点菜,两个人点菜什么都吃不了。"

白泓羽一跺脚,"姓姜的!你都胡说些什么啊!帮老板拿东西啊,你是不是脑子进水了?"

汪海成只搞明白了这男人的姓就被抢走了行李,跟着他们两个一路跑回了宿舍。白泓羽两人帮他找到房间,把行李放好,又帮他介绍了一下宿舍设施的常见毛病,这才退出来,让汪海成去洗澡。

男子退出去关门的时候,才一拍自己脑门,朗声大笑道:"哎呀,汪老师,我是不是没告诉你名字?一时短路,我叫姜成,成功的成。"

白泓羽从他的肩膀上伸出脑袋,笑道:"什么一时短路,他本来就这么傻。老板快点,我们等你出来吃晚饭!"

22 反叛

THE STARS

白泓羽是在基地食堂遇到的姜成，她在审查的时候听过这人的名字，但最开始没有反应过来。姜成在她后面排队等打菜的时候，手舞足蹈地讲"摩西"的电力工程化，声音太大，引得人人侧目。白泓羽被他的大幅度动作撞到了后腰，吓得姜成后跳了一步，连声道歉，一叠对不起说完了，才抬起头来看到姑娘的脸。这个人高马大的男人一愣，脸突然红了。

"您……是不是姓白，叫白泓羽？"

白泓羽吓了一跳。他慌忙摆手解释："不不不，别误会，别误会。我不是什么奇怪的人。我跟你是一样的……不不不，我不是那个意思。我……"他拍了一下自己的脑门，"您当年是不是也报名参加'火星一号'移民项目，被骗了钱？"

白泓羽愣了一下，"火星一号"的事情在审查的时候也被提起过。回想起来那是一件愚蠢得可爱的往事，一个毫无航天和科研背景的荷兰公司在媒体上宣称，要面向全球普通人选拔火星移民项目的候选人，先选出一百个种子选手，再从里面挑出两男两女，经过培训后搭乘载人宇宙飞船前往火星。审查员问白泓羽她为什么会报名，还交了一笔不算小的报名费。这件事最不理喻的是两点：第一，对方明确说了这个计划有极大可能会失败，即使是万幸之中成功登陆火星，也很难保证在火星顺利生存下去，而且是百分之百不可能返回地球；第二，只要报名就要交钱，绝不退费。

审查员没有办法理解以他们的知识背景，有什么理由看不出这是个骗局。

"呃……大概是因为……骗局能骗到人，不是因为它有多像真的，也不是因为被骗的人有多笨，关键是被骗的人有多希望它是真的吧？"姜成绞尽脑汁回答，生怕政审就因为这个愚蠢的往事被干掉，与群星工程擦肩而过。审查员看他脸色僵硬,安慰他说:"没事儿,你不要太担心,工程里有一个天文学家也被这玩意儿骗过。回头说不定你们可以交流一下被骗心得。"

在群星基地食堂吃第一顿晚饭的时候,白泓羽和姜成把这事当段子讲给汪海成听,汪海成除了偶尔搭腔以外什么也没说,只觉得乳鸽滴了太多的柠檬,酸得发苦。他本来担心白泓羽在审查的时候被问了什么关于自己的事情,不知道以后要怎么面对她,现在却发现这都不重要了。汪海成本打算跟白泓羽谈一谈自己关于构造体的思考,却因为担心审查员问过白泓羽些什么引发尴尬,不知道怎么跟她开始这个话题,但现在他明白谈不谈可能都没什么意义了。

白泓羽跟姜成是一类人,他是另一类。

草草吃完饭,汪海成便推说太累了,想早点去休息。他很久没有睡得这么早,身处荒郊,听见外面虫鸣阵阵,自己翻来覆去,热得难受。起身开了空调,温度最开始太低,便调高了一点。

只听见压缩机嗡嗡地响,停机,启动,停机,启动,好像无数苍蝇在耳边吵。

嗡嗡嗡……

嗡嗡嗡……

他记得自己有一副隔音耳塞,于是跳下床翻箱倒柜地找起来。东西很小,不知道收拾在哪里,先把箱子翻了个底,每个角落都翻了一遍,没有。是不是掉进了哪件衣服的口袋里了?在每个口袋里掏,上衣、外套、裤子,卷起来的衣服打开,翻在床上,堆出去,丢在地上。

鞋子里,书页,小提琴琴箱里。所有东西都翻开,丢在满屋都是,没有,没有,全都没有。

想要的东西全都没有,再小,再无关紧要,都没有。

嗡嗡嗡……

嗡嗡嗡……

从来没有一个声音像这样从耳朵直接钻进脑子里，不断回响着，好像要把所有的一切撕开，扯烂，钻进去，让他发疯。

他想要大喊，却不敢出声。白泓羽他们的宿舍就在楼上。

汪海成把丢在床上的衣服一把抓起来，用尽全力朝墙壁扔过去，衣服只是瞬间飞了起来，然后就落了下去。没什么声音，也扔不远，只能落在床脚边。汪海成关上灯，一身臭汗地倒在床上。

床很硬。他回忆起拿到房子钥匙的时候，自己曾经去试过三万一张的进口床垫，睡上去像云一样。

回到宿舍的时间是晚上七点四十，睡着前最后一次看时间，却已经是凌晨六点四十七。

接下来两天，汪海成连续去找了吴主任，询问上面的意思，需不需要自己写更详细的报告。他可以更详细地从费米悖论开始说明，不管是计算宇宙规则常数改变对技术的准确影响，是计算核弹的失效点、太阳的熄灭点，还是对卫星通信的影响，都没问题。

吴主任说这没有太大必要。自己是赞同他的想法的，一定会尽一切努力来让上面明白构造体的危险。吴主任坦诚地告诉他，这里面的关键问题不是对现有技术的影响，而是掌握构造体技术可能获取的利益。群星工程的参与者内部已经分化出了代表不同声音的派系，这些派系对汪老师的看法有的赞成，有的反对。即使吴主任认同汪老师的看法，但也要想法争取大家的支持，掌握不同派系的方向，让自己反对的声音能压过对方，这才是关键。

"放心，"吴主任说，"我相信你说的是对的。我也跟其他一些科学家交流过了,很多人都跟你站在一起。你不要急,我一定会想办法的。"

第四天的时候,汪海成又去找吴主任,吴主任却不在了。问其他人,也不知道主任去了哪里。

汪海成心里一时发紧,觉得事情不对,不由为吴主任担心起来。他虽然不懂政治,但身为中国人,也明白这里面暗流涌动,稍有不慎就是万劫不复。整个群星项目已经牵涉太多的利益和势力,科学已经不是左右它走向的唯一,甚至不是最重要的因素。吴主任是不是因为自己的缘故"站错了队"?

每当有上级领导视察,他都心里一惊,害怕是要历数吴主任的八项大罪,宣布新负责人接替。

这样在惴惴不安中又过了四天时间,他才终于在傍晚见到了吴主任。

吴主任这次的出现让基地所有人都惊讶不已。对于基地里其他人来说,重要的不是她消失了好些天,而是跟在她身后一胖一瘦两个外国人,她把这两个人直接带到姜成的组里。

"根据中央的指示,我们从今天开始跟这两位美国的专家共同进行'摩西'的能源化开发,希望大家能够合作无间。"

基地里所有叽叽喳喳的声音都在讨论这突如其来的敌友骤变,揣测美国人用什么代价换来了合作。有的人感慨政治的纷繁复杂不是普通人能理解的;有年轻人自嘲不知道被间谍害死的同事换来了什么,是否保本;有人揣测驻日美军和第五舰队预算被美国国会驳回的新闻与此有关。整个基地里都洋溢着不该属于这里的八卦气息和奇妙活力来。

只有汪海成觉得无法呼吸,他扶着墙拼命大口喘着气,却觉得没有一丝氧气进入自己的血液,眼前阵阵发黑。

他只觉得自己蠢得可笑。想来也是,汪海成啊汪海成,你何德何能,指望别人用乌纱帽来为你这个不着边际的"想法"买单?人家吴主任有自己的前程,有自己的远大理想和抱负,要面对无数理不清剪不断的现实——就像那个明明属于自己却住不进去的房子一样,现实和理想,隔着雾气沉沉、越不过的纱帐。

这些天来,汪海成心中只留着吴主任这最后一个支撑,此时支撑垮掉,他只觉全身像石头一样,一丝一毫也动不了。姜成和两位美国学者中英文混杂着流利地交谈着,汪海成感觉自己的脑子从头顶飘了出来,昏昏然飞了出去,像是传说濒死时灵魂出窍一样。

他抬头看了看四周,一言不发地开始往自己的宿舍走,路上只顾埋头想心事,没留神一连撞上了两个人,汪海成像木头一样没说话没道歉,径直地走了。

这时候他心中一片清澈,好像第一次彻底明白了自己应该做什么。很难,但不是不可能。不过在那之前,自己还要先处理一些事情,解决一个小麻烦。

他给基地打了外出申请。申请批复得很快,一方面是因为汪海成自从被强制带到基地以来从没有出去过,另一方面是因为今天基本没有这样的申请——大家都窝在基地里八卦这万万没想到的合作。

这个计划在汪海成被带到军事基地那天就开始酝酿,最开始是因为愤懑和无处发泄的怒火,随后是为了打发日日夜夜的无所事事。在审查员问他跟白泓羽情况的那些天,痛苦和愤怒达到了顶点,每天晚上他都打磨着这个计划酝酿瞌睡,只有这样才能让自己平静下来。

在等班车的时候,他开始按网上找到的联系方式打电话,留的是自己的真实姓名和身份,跟计划有出入,但是这样更好一些。

开班车的是部队的战士,一路从北边的丘陵往南面珠海城区驶去,开得有点狂野。车上只有他一个人,另有他肩上的挎包,还有脚边的小提琴琴箱。这把小提琴是他读大学后买的,花的是自己做家教赚来的钱,这些年一直带在身边,时不时拉一拉。所有的联系和准备都已经完成。他确认了所有人的行踪,又看了一遍自己收集的信息——那些东西本来打算作为起诉的证据,但是马律师告诉他,这一切作为证据链很困难。他不明白困难在哪里,马律师说这些信息要作为证据链必须基于一个假设——对方的行为是恶意的。

"这是一个倾向性假设,法庭是不会采纳的。你要先证明他们的恶意。"

这逼得他发疯。

到了市区以后,他用取款机取了现钞,又打了一辆车回到中山大学附近,"自己的房子"的小区门口。这时候已经是晚上八点多,天色已暗,路灯昏黄。十多个年轻力壮的汉子光着膀子蹲在大门口抽烟打牌,引得小区进出的人侧目。他们也不在乎别人盯着自己看,他们的脖子上挂着金链子,打牌的时候甩来甩去,威风得很。

江海成在边上站了一会儿,才鼓起勇气。蹲着的汉子中早有人注意到他的异常,还不等他讲话便起身,迎了上来。这人个头不高,比汪海成还矮半个头。

"汪老师是吧?"他说着,看汪海成的眼神就知道没有猜错,"我就是跟你联系的陈生。你好你好。"

汪海成不太自在。他以为自己已经鼓足勇气,下定决心,但这时候还是本能地想逃。陈生见状,很有经验地开口道:"能先给我看一下您的房产证吗?违法犯罪的事情我们可不做。"

这话吹走了汪海成最后一丝疑虑,他掏出不动产证,跟包里一沓钞票一起递了过去。"你们只收现金,对吧?"

对方拿过证件只瞄了一眼,便递回给了他。钱上手认真点过,大大方方揣进了口袋。"没事儿,哥们儿,剩下你甭管了。"就听陈生吆喝了一声,"起来起来起来,牌都给我撂了。烟也给我掐了。干活了。早干完早喝酒,走走走。跟着汪老师。烟掐了,文明点!"

汪海成拉着这十六个人——一个加强班的队伍往楼里走,小区居民们远远看着这群面目不善的家伙,纷纷躲到了一边。

这么多人分了两个电梯才装下。

八点,屋里是有人的。汪海成在楼下的时候又抬眼看了一眼屋里的灯光灯。人回来得比较晚,专门等到八点,等屋里有人。

乌泱泱一群人留在过道,陈生走到门口,重重地拍了两下门。

"谁啊?"

"送外卖的!你们谁叫的外卖,2003。"

"送错了吧?"说着,门向外打开了。

陈生的钢头靴往门缝一别卡了进去,开门的是那个中年妇人,还没反应过来,门就被陈生双手拉开。不用人招呼,守在过道的十五个汉子潮水一样涌了进来,把妇人挤在一边。那妇人吓呆了,一开始没有反应过来,等人都冲进了客厅,才尖叫起来:"你们是干什么的?!"

里屋的男人蓬头垢面踩着拖鞋跳出来,吓得脸色发白,"你……你们,你们要做什么?"

汪海成听里面一团乱,迟疑着不敢往里面走。陈生冷笑着说:"胆子屁点大,还学人玩家伙事儿!别怕,我们是搬家公司的,房东汪老师听说你们搬家比较麻烦,请我们来给你们搬家。钱都给齐了,你不用管啦!"

他吆喝着自己的手下:"开搬开搬,利索点儿,干完了回去喝酒。

全搬完,别漏了东西。回头人家说我们不专业,把口碑做坏了,我抖你们的肉。快点!"

完全无视屋里的两个活人,十五个人旋风一样动作起来。妇人呆了几秒,冲上去要关门,大喊:"你们这是抢劫啊!你们要把东西给我们搬到哪里去?!还有没有王法了?"

听到这句话,汪海成终于挺着胸口迈入房间,高声叫道:"有王法啊!你们去告我啊!"

说这句话的时候,他虽然尽量保持着平静,却也知道自己的嘴角忍不住上扬起来。妇人一见到他,愣了一下,就要冲上来。陈生一抬手抓住她的胳膊,也不知道怎么用的力气,就把她扬手扔到了沙发上。她手脚乱动地想要爬起来,两个汉子一边一抬沙发,把她又扔在了地上,就扛着沙发出了门。

"你们要搬去哪里?"妇人尖声大叫,躺在地上就回头大骂自己的男人,"废物啊,人家都来抄家了,你在干吗?!"

"搬回你们自己的房子,三灶那边那个。"汪海成说,"放心,搬家的时候什么坏了什么丢了,我赔。"

"你……你这是抢劫!"她手忙脚乱地从地上爬起来想要冲上去,被陈生抬手一挡,吓得又缩了回去,"来人啊,中山大学的教授入室抢劫了!"

汪海成摇了摇头,"不,这不是抢劫,这是合同纠纷。属于商业案件引发的冲突纠纷,如果你对我的做法有什么意见,可以去法院起诉,告我,要求我赔钱,要求法院强制执行租约。去吧,快去吧,我等着你。"

稍顿,汪海成又发出了咬牙切齿的怒吼:"去啊,去告我啊!"吼完,自己的嘴角忍不住地翘了起来。

"我跟你拼了!"妇人一边大喊着,一边从茶几上抓起一个不知是花瓶还是什么笔插的东西就要冲上来,还没起步,背后一个汉子抓住她的头发一扯,人就整个失去重心,仰面摔了下去。扯她的人反应很快,马上又托了她背上一把,她就这样平平无力地躺了下去,也没撞到什么,好像根本就没爬起来过一样。

这个妇人再也没起来过,就躺在地上怒骂,先是骂汪海成,然后骂这群搬东西的人,最后是骂自己的男人。她那五大三粗的男人缩在一边,既不说话,也不动手,任由这群人在身边挤来挤去,把这一屋子东西往下扛。十二个人往出搬,三个人往下面送,一屋子东西眼见越来越少,只有妇人在客厅满地打滚。她男人被骂得太狠了,突然冲上去扑在妇人身上疯了一样扇起自己老婆耳光来,边打边骂:"我之前他妈有没有给你说过这样不行?!我他妈是不是说了你那表哥不靠谱?!他妈的是不是你非要来贪这个便宜,说反正不会有损失?!报应了吧?爽了吧?家被人抄了吧?!你去告啊!拿那个什么租房合同去告啊!你表哥不是能耐吗?"

这对夫妻就在客厅地上厮打起来,也顾不上自己的东西就这样被人清了出去。汪海成在边上看着,整个人都有些恍惚。他原以为他们会报警,会叫保安,会有很多麻烦,但没想到就这样轻易丢盔卸甲地怂了。

隔壁邻居门开了一下,看了一眼就关上了。一个小时后,房间空无一物了。那对夫妻也打累了,鼻青脸肿、满面血痕地坐在地板上,看着最后的一点东西被送出门。

陈生问道:"你们两个走不走啊?送你们回家去。省点车钱晚上买点红花油擦擦。你们不走,这车家具呢到时候就堆你们家门口。回头少了东西再找我们可就不认了。"

这两个人木偶似的一声不吭跟着他们下了楼。陈生等他们进了电梯,才对汪海成开口说道:"汪老师,我给你说过事情就这么简单,快刀斩乱麻。你看一个小时,六千块钱,结了。要解决事情,只要下狠心,哪有解决不了的?你跟我电话里扯那些蛋都没用,就一句话,想不想干。想干,干,完。我干这行,平的事儿比你听过的多,没有解决不了的,就是你想不想解决,看看是代价高还是事情大而已。来来来,我给你打个九折,还你六百,就算恭贺你乔迁新居啊。恭喜恭喜,六六大顺,万事如意。"

说完,陈生也出门,下了楼。

电梯关了门,一切安静了下来,突然之间,烦恼了他那么长时间、好像永远都不能解决的房子问题,就这么解决了。他准备了那么多后备预案,警察来了怎么办,保安怎么解决,邻居上来拦事儿怎么说,全都没有用上。就这么完了。

这让他一时有点不习惯,有点恍惚。

他木然地关上大门,关了灯,屋里一片漆黑。汪海成这才发现小提琴的琴箱就在脚下,自己倚着客厅的墙,慢慢地坐了下去。他扭过头,看了一下背后的墙。

他想起那张打算贴在这里的星图,那天本来是拿在手上的,后来在学校里遇上了爆炸,等被送到安全屋的时候已经找不到了,许是战士保护自己的时候掉在了地上没有注意到。

如果自己一早就这样,是不是星图也早就贴在这里了,说不定连家具都买好了呢?

他慢慢平静了下来,打开琴箱,取出小提琴来,想拉一曲什么,却觉得身上的力气一丝丝退去。

二十楼的窗外,天空一片黑蓝,没有月亮,漫天的星星矮矮地挂在天上。

成千上万颗星星，不，上亿颗星星紧挨着，像撕开夜空的爪子。那是千亿颗熊熊燃烧的太阳，不，不对，也许在外面的宇宙规则里，每一丝灰烬都有蒸发太阳的能量，光芒穿过千亿光年的宇宙，在寒冷的时光里静静地等待着，如千亿个幽灵。

汪海成曾在无数个夜晚，仰望着星空颤抖过，电光闪过他的脑袋，脑中如一颗超新星爆炸。他回忆起小的时候，怕黑，害怕黑暗里藏着怪物，后来知道黑暗只是没有光子，便不怕了。夜空和群星是双生的，浩瀚无垠的时空中，千亿个太阳只占据微不足道的空间，却给了黑暗生气。

现在，这挂满了天际的群星闪烁着，好像要掉下来，砸在头上。

恐惧，迷恋，恐惧，像是一个循环。

他有一个未曾讲给任何人的担忧，即使之前用尽全力去说服吴主任的时候，也没有说出口。

这个猜想最开始来自白泓羽，她提到或许瞬间出现的戴森云是"反暗物质化"，如果暗物质是物质的一种状态，那么宇宙的物质可以用某种方式切入这种状态，又切出去。

这虽然可以解释戴森云突然出现，没有修建过程，但还是无法解释为什么两个相距几千光年的戴森云会同时出现。

直到接受隔离审查时，汪海成想到了另一种可能：反暗物质化的不是戴森云，而是太阳系。地球自己开始脱离了与真实宇宙隔绝的"暗物质"状态，所以在一瞬间接触到了真实宇宙的信息，于是同时看到了两个戴森云——也许那是离地球最近的成年宇宙文明。

随着构造体渐渐把太阳系从"培养皿"的保护里拉回真实宇宙，外界的宇宙规则会逐渐渗入这里，人类会看到更多强大的、超越想象和理解的文明。

它们也会终于看到地球。

他不自觉地站起来朝阳台走去。阳台护栏上放着一个盛水的小瓷杯，里面满是烟头，汪海成没有注意到，衣服扫过，撞了下去。

汪海成看到杯子从二十楼掉下来，摔在二楼的平台上，好在没有伤到什么。杯子变成了粉末，只留下一个溅射的印记。

如果不是二十楼，汪海成真想把这屋子里仅有的一点东西全都从窗户丢出去，砸在路边，点把火！之前自己计划的时候，他无数次这样想过，天人斗争，最后终于忍住了。

烧！

碾碎！

撕成粉！

什么也别想留！

那摔成粉末、尸骨无存的杯子勾起了他心底原本的恶魔，汪海成整个人攥紧了阳台栏杆颤抖着，听见不锈钢嘎吱嘎吱地响。

这个恶魔指挥着他，他上半身伸出栏杆，努力朝外探着，双手害怕地握紧栏杆，却踮起脚来。好高，好高，一定会粉身碎骨吧？

他望着天顶那些自己熟悉的群星。

这些群星只是宇宙的很小一部分，就物质量而言，只是整个宇宙物质量的百分之五到百分之十。

那么剩下的百分之九十到百分之九十五，是不是都是成年的超级文明？千万万亿未曾见到的群星，千万万亿的超级文明，幽灵一样喧嚣在那个看似清冷寂静的宇宙里。

地球是不是一条刚离开培养皿的鞭毛虫，就闯进了死星？"鞭毛虫"还需要再过十亿年才能长出算作"脑子"的结构，而成年文明已经在等待原力的平衡。

可怕的不是落后和弱小，而是无处容身。"人类"会怎么对待"鞭毛虫"？

当汪海成以这样的心情看着眼前那百分之五已知的群星时，他看到的已经不再是无数个核聚变星体，不再是点亮暗夜的精灵。

构造者能塑造空间的规则，创造出一个个培养皿和育婴房，隐藏了百分之九十五的宇宙真相，那剩下那些可见的荒凉的没有生命的百分之五的群星又是什么？

它们真是从宇宙的诞生开始本就如此，从未有条件孕育文明？

一个比之前所有的想法更恐怖、更深寒的念头就这样浮了出来：

或许亿万群星的每一颗都曾是文明的培养皿。

我们看到的所有恒星的文明都全部死去，尸体像垃圾一样被清理，只在星空里留下那凛冽而冰冷的微光，无声地闪耀。

也许死在百分之九十五的超级文明手里，也许毁在培养皿裂开的一瞬间。

这百分之五的亿万群星，都发生了什么？

他想到了点燃地球，想起了真空衰变。

量子力学推算出的"真空衰变"，意味着我们所处的空间本身拥有超乎理解的能量。这个推算是基于太阳系的育婴室物理规则，而不是真实宇宙的规则。

这是否意味着构造者用了这么庞大的能量，来创造和维持太阳系的规则？

当构造体像针一样戳破这个育婴室规则气球的时候，这些"真空势能"会发生什么？

真空衰变？点燃、焚灭一切，毁掉所有行星，只留下那颗孤零零的太阳？

有可能吗？不知道。但这个念头让汪海成发疯，他想找人谈一谈，却一直连说出口都不敢，像是害怕放出一个魔王。

太阳系也会像那个从二十楼摔下去的烟灰缸一样粉身碎骨，变成其他恒星那样的寂静世界吗？

不知道。

对于这个宇宙，人类真的什么都不知道。这是汪海成从未说出口的恐惧。

构造体背后是一个令人颤抖的巨大秘密，它意味着人类文明现在探知的所有基本物理规则：光速、普朗克常量、四大基本作用力等等，都是育婴室的保护壳。随着构造体的成长，如今这个育婴室正在打开，物理规则正在重塑。

这是多么伟大的真相！这个宇宙隐藏在面纱下的本源秘密会随着构造体的成熟而揭开。从人类第一位哲人开始，所有学者、术士、科学家都梦想过，但却从未梦见真理会在这里被揭开。汪海成希望能像白泓羽一样抛去心中的恐惧，一往无前地探索这些秘密。

但他做不到，他忍不住会先想起构造体揭开的另一层可怕真相：物理规则是世界的底层基础，它决定了所有的一切。当这个规则发生变化的时候，世界所有一切都会改变。

光速改变会影响质能方程，太阳聚变放出的能量会不同。也许地球会变成金星一样几百度高温，烧死一切生命。

引力的改变又会影响所有星体的轨道，太阳系中所有星体都会改变轨道，也许地球会被抛向一个距离太阳更远的位置，变得像火星一样冰冷，冻成白色的冰球。

更可怕的是，人类拥有的绝大多数科技都会因为宇宙常数的改变而失去作用，单说弱相互作用对化学能的影响就会推翻所有内燃机的技术积累，电池、发动机、计算机……人类所有的技术都会发生改变，甚至是从头来过。

如果这还不够的话，在太阳系外，在暗物质外壳下百分之九十五的潜藏宇宙中，还有数不清的"成年外星文明"，他们早就拥有了至少达到戴森球级别的科技力量。有多大的可能，这些文明会像好莱坞电影里一样"我们为和平而来"？亿万分之一？

当育婴室揭开之时，人类的科技会被废除，宇宙的自然环境会无法预料地发生崩解。就在人类赤身裸体在全新宇宙努力活下去的同时，数不清的外星文明会探向这个太阳系，向人类伸出目的不明的触手。

构造体完成自己的使命之时，宇宙将会揭开现在的面纱，露出自己的真容。但人类还有多少机会在那个新宇宙中活下去？

想到这里，他觉得筋疲力尽。汪海成很想知道：如果他把这些话告诉白泓羽，她会说些什么呢？她一定会有很多乐观甚至天真的念头，也许可以抚慰自己的恐惧，甚至说服自己，让自己相信构造体不会毁灭人类。

但是白泓羽不在。

自己真的已经尽力了。

驱动这个世界的不是理智，不是恐惧，而是纷争。地球上有七十亿人，有近两百个国家，有数不清的势力，交错着无限的纷争。你就像是瀑布中逆流而上的鱼，也许瀑布上等着你的是饥饿的棕熊，但身边鱼不断葬身渊底，你只能往上，往上。

无论构造体是什么，只要它存在，就会有人去拉它的绳子，区别只是拉的人是谁而已。

只要它存在。

在黑暗中，汪海成想起了什么，转过身来，望着客厅的墙，呆了半晌。

自己真的尽力了吗？

在绝望中，他看着这个房子，看着这面本打算张贴星图的墙。

在一个小时前，他以为自己人生中的一切都是无法解决的——房子、构造体。所有东西都超越了自己的控制，都在跟自己为敌。

"没有解决不了的事情，就是你想不想解决，看看是代价高还是事情大而已。"

陈生说得对，也许那才是这个世界的运行规则，只是自己愿不愿意付出足够的代价而已。

连光速都变了，还有什么代价不可以付呢？

汪海成没有开灯，在已经搬空的房子里四处搜寻，最后在厨房里找到了一个削皮器，大小尺寸都算合适。回到客厅，他站在中央，又看了看这面墙。

他知道自己的字很难看，用削皮器迟钝的尖头往墙上刻就更难看，墙意外的硬，不断打滑。但这不重要。

写完所有的字，花了差不多十分钟，一切都在黑暗中进行，没有开灯。刻完之后，他也没有再看墙上的字，刻得歪歪扭扭，但这不重要。

他平静地离开这个终于不再被别人霸占、属于自己的房子。房子里已经没了真正的主人以外的痕迹。真正的主人从来没有在这里生活过，专程带来的小提琴收回箱里又带走了，唯一留下的只有客厅墙上的几行字而已。

透过夜空的星光，可以隐约看到墙上那几行很丑的字：

愿中国青年都摆脱冷气，只是向上走，不必听自暴自弃者流的话。能做事的做事，能发声的发声。有一分热，发一分光，就令萤火一般，也可以在黑暗里发一点光，不必等候炬火。

此后如竟没有炬火：我便是唯一的光。

三个月之后，基地里凌晨换班的哨兵发现一个战士在监控室"睡着"了。

大概是趁着深夜换班前的混乱，汪海成悄声无息地进入构造体保存室，随后从重重安全布防下的基地里离开。汪海成作为整个项目的第一发现者的身份给他的行动提供了很大帮助，他毕竟是群星工程的基石，在经过层层严苛的审核被认定为"可靠"后，项目重新赋予了他极高的安全权限。

最后一次捕捉到汪海成身影的是基地外门的摄像头，那时他背着小提琴的琴箱，之后再也没有找到他的影踪。下一次汪海成出现，已经是四年以后。随他一起消失的是一批构造体，包括四个"摩西"、三个"多莉"和六个"造父"。这些构造体的失窃虽然严重，但对群星工程而言并不致命。真正致命的，是全世界仅有一个的构造体"蜂后"也被汪海成带走了。

失去"蜂后"的中央枢纽作用，其他所有构造体的进一步发育都静止了，不再往下一阶段演化。

这时，群星工程已经不只是中国自己的项目，摩擦之后各国选择了通力合作，让它成了一个真正的国际工程。汪海成的叛逃暗示着一个可怕的事实：在群星工程的参与者中，在这些最精英的大脑里，有那么多人怀着类似汪海成的恐慌和不安，以及对构造体的质疑。这就像干透的稻草，只需要汪海成一丝萤火就燃烧了起来。如果不是这样，凭他一个人绝不可能如此顺利甚至简单地绕过所有安保措施。

之后几年，群星工程又两次审查所有的内部人员，但是，萤火的网络像野草一样除之不尽。

23 影子

THE STARS

群星工程中央基地的天花板离地表，也就是环球中心一楼地板的准确距离是一百七十三米。如果这个高度是从地表往上修，大约是一栋四十层左右的摩天大楼的高度。在如今的城市里，这个高度不算很高。

但这个距离通往地底，就成了一个不见天日的深渊，遮挡一切的天堑。整个四川的工业体系大半是在核战争的阴影下建立的，笼罩整个二十世纪后半叶的核冬天阴影，让那个时候的中国举全国之力在大西南兴建了一个为末日后重建而准备的工业体系，但即使在这个体系下，也从来没有谋划过一个地下一百七十三米的基地。

中央基地通向地表只有四条垂直通道，两进两出。只要封锁住这四条通道，就算整个城市被占领，要突破这个基地也至少需要半个月的时间，就算整个城市被核弹化为灰烬，这里也能丝毫无损。

但这看似完美的防卫在构造体面前就像一层透明的硫酸纸，玩具似的在几分钟内就暴露在外面。部里做好了一切准备，却没有派上丝毫用场。挖开这个巨大通道的是构造体"多莉"，关于它的研究给这个世界提供了很多知识，包括基因改造技术和大量的医疗科技，但部里并没有想到这样的用途。

"多莉"是一个探测器，它会记录自己接触到的所有生物的基因信息，之后可以将这些生物构造重现。所有的"多莉"个体以某种还不能理解的方式相连，就像"蜂后"和其他构造体一样。任何一个个体记录下来的信息都可以在其他个体上重现，研究者认为，"多莉"的目的是为了侦测和记录地球生命的演化情况，它可能没有改变宇宙规则的能力，只是一个单纯的探测器。

但即使这样，它也足以成为超乎理解的武器，把将近两百米的地壳轻易撕开。

云杉沿着"多莉"掘出洞窟的最后一段小心地爬下去,她害怕有人把守在洞口,动作很慢,不敢异动。周围有不少积着的碎石,一个不小心碰落下去,就会引起怀疑。

这时候,云杉一身已经沾满了黏液和渣土,它们混成一起如同保护色一样,倒也不那么容易被人发现。

越来越亮。

慢慢接近洞口,她小心翼翼地探出头去,适应光线的变化。等眼睛终于能看清,下面的一切让她大吃一惊。

她原以为这下面跟电力枢纽的地下一样,是几层地下房间,但透过洞口看到的竟是距地十米来高的巨型穹顶,自己的头从天顶探下,倒悬在几层楼高的半空顶上。任她再胆大,也吓了一大跳,于是赶忙缩了回去。

这简直可以当成小一号的环球中心。要知道随着岩层向下,过了风化土壤和疏松层之后,地底从未见过空气的花岗岩硬度惊人,挖掘的难度胜过浅层千百倍。何况还要设法把渣土运出,这直上直下将近两百米洞窟,制造这个基地真的是处心积虑,不惜成本地挑战工程学奇迹。

但下面却没有见到人,五人里面云杉撞晕了一个,剩下四个连汪海成在内都没有看见。云杉仔细看过去,整个空间呈球形,直径可能有两百米,壁上是纯白的弧形饰板,封得很严实。整个空间并没有太多东西,只有半空中悬着的几个支架,线缆吊着,离地有三四米。地上也能看见几个台子,架着一些不知道是什么的东西在上面。

云杉突然明白过来。这巨大的空间也不是基地的本体,这应该是茶桓所说的构造体研究用的实验室。

这巨大的穹顶只是基地的一部分!

整个基地可能比地上的环球中心更大。

她这下完全理解了为什么汪海成非要潜入到这样的地下动手，要毁掉这样的地方，如果想在地上动手，怕是要把半个四川省化成灰才行。

云杉小心地攀着藤蔓，从壁上爬了下去。万幸有汪海成这奇怪的构造体藤蔓，要不自己还真不知道怎么从十来米高的顶上跳下去。下到地底，就看到汪海成一行满是灰土的脚印，脚印消失的地方，隐隐露出一扇没有关严的门。

她没有直接推门出去，而是抬起头又朝上看了一眼那个通往地面的巨大通道，心中忍不住跳出一点古灵精怪的想法：这东西要是拿去挖地铁，岂不是会很省钱？这一想，她又是一惊。不对，或许这个基地本来就不是靠人力开凿出来的，或许原本在挖掘修建的时候，用的就是那个叫"多莉"的构造体，让它深入地心，从地底啃食出这么一个巨大的地宫来？

这样一想，她觉得自己好似待在一个巨大怪物的胃里，又好似头顶的通道是精子游向子宫的轨迹，而自己则是潜伏在里面的病毒，撞进了这个卵细胞。

云杉平静了一下心神。面前是这个巨大的半球形实验室的门，门锁已经融化了，看样子是被铝热剂之类烧掉的。汪海成手上的东西就是这么不一样，没有塑胶炸药，但是却攥着不知道会用来做什么的构造体。

她听着脚步声渐远，才轻轻推开门跟过去。大概是"多莉"硬挖出来的通道影响了基地供电线路的缘故，照明有些闪烁，走廊宽度只有两米左右，却很深。云杉远远躲在拐角跟着，吊着四五十米的距离，只能看见那一行人模糊的背影。

汪海成四人虽然都是灰头土脸，但脚步有力。之前的外套都丢下了，几个人身上是短打扮的夹克，满是口袋，看不出里面装了什么。两个壮硕的汉子在前，汪海成居中，断后的一个人脚步略有些迟缓，正是茶桓。

这时，基地警报长鸣，伴随着金属落闸和转动的声音：

"警报，警报。B区紧急封锁，所有工作人员沿C区通道紧急疏散。奇点实验室附近根据红色警报封锁，附近员工立刻向A区撤离。"

周围厚重的防护门快速落下，红光一波一波涌过。云杉见状，暗想茶桓说的果然不假，中央基地根本不会考虑转移构造体，遇到入侵之后只会立刻把构造体的保险箱死死锁住，严防它们离开这里。

如果是普通的入侵，就算是设法闯入地下，面对这样的封锁也无能为力。听防护门的声音，厚度基本都在三十厘米以上，即便不采用特殊强度的合金，也足够挡住常规巡航导弹的攻击。

云杉料想这东西拦不住汪海成他们，但也猜不到他们会怎么动手。她躲在拐角忍不住小心翼翼地探出头来，要看个究竟。

只见汪海成从上衣口袋里掏出一颗黑珠，在手上点了一下，珠子亮了起来。这已经是云杉第三次见到这个构造体，这时候再见又和上次有所不同。之前只觉得这东西是脱离了世界自然规律的魔法，直到昨天茶桓被捕之后，自己才算是知道了这东西的秘密。虽然时间仓促，来不及细问，但现在她心里至少对这东西有底了。

这东西应该就是被叫作"造父"的构造体，正是之前她给汪海成亲手送去的那几个之一。"造父"拥有强大的时空影响能力，最初发现的是它会让光速变快，随着它的继续成长，更展现出对空间塑造的能力。

在武侯祠里，"造父"把空间切割出来的表演其实只是这东西在物质和暗物质状态切换的一个副作用。当它把静匿的黑色保护膜展开之后，闯入它所在空间的物质像是被吞进了另一个时空，不知道是转化成了暗物质状态，还是跌入了某种时空虫洞。

但这并不是"造父"在汪海成手里真正的用途——多个"造父"会像坐标点一样彼此连接，坐标构成的空间连接成一套规则隔离室，其他构造体改变规则的能力会被限制在这个空间内。如果操控得当，可以在"造父"限制住的空间内让"摩西"全面释放，空间内所有的物质会朝更低能态快速跌落，释放出可怕的能量，直至焚灭殆尽。

据茶桓说，这是他们本来的计划。按那个计划，他们无须闯入地下的基地，只用把"造父"放在车辆上作为定位坐标，把环球中心及其研究所框进去，然后就可以把这里湮灭于虚空中——就像对德国格拉苏蒂小镇的欧洲研究中心做法一样。

云杉不知道汪海成是怎么控制住"造父"的作用的，只远远见到那颗黑珠展开，附着在大门上，半径一米左右的空间整个透明起来，好像不锈钢的大门被拉进异界，现实与异界在这里短暂交会，彼此幽灵一样重叠。片刻之后，异界和它吞进去的那部分大门离开了现实，在金属厚墙上留下一个正好容得下成年人弯腰进去的大洞。

"造父"刚刚恢复原状，前面的壮硕汉子正要伸手接它，一梭子弹就从洞口里打了出来。

显然，基地发现有人入侵之后，赶在封锁前派了战士驻守在构造体的保管舱。汪海成四人赶忙闪在一边，驻守的士兵显然战斗经验丰富，一梭子弹后见没有人，就熄了火。

汪海成早料到会有抵抗，他没有慌张，只是朝身后轻挥了一下手。后面的人递过一枚晕眩弹，汪海成利索地拉环，在手上握了两秒才丢进去。晕眩弹丢进保管舱，在空中就爆炸了，就算自己在三十米开外，而且还被拐角挡着,云杉还是感觉尖锐的震荡波直冲天灵盖,整个房间都摇晃起来。

几声枪响,云杉探头,只见四人鱼贯而入。她觉得有两个人脚步不稳,动作也有些迟缓,想来也没经过多少战斗训练,也被晕眩弹搞得七荤八素。

"留活口!"汪海成叫道,几个人跳进舱内,继而传出两三声枪响和闷哼,然后是枪被踢走,撞在金属墙壁的声音。

云杉心下疑惑,都这会儿了,还说什么留活口?留与不留,汪海成不也马上要连基地和人一起都化作尘埃吗?

或者说,这人又另有打算,终于想明白了,放弃了自杀式的行动?

如果真是这样,云杉想,那真是再好不过了。她稳了稳心神,轻手轻脚地跟过去,在那个挖得浑圆的洞口外贴墙站定,侧耳倾听。

"吴主任,"汪海成的声音冷得像一团冰,在舱室里面发出了回声。"五年了,没想到会在这里跟你见面。"又是一声哎哟的惨哼,金属撞击的声音,云杉听出是手枪被踢走,想必是那位吴主任最后的防身武器。"看来这五年时间您也高升了啊,最后要跟中心共存亡呢。"

"职责所在。"声音是一个中年女性,很镇定,毫不慌乱,"彼此彼此吧,我也没想到你会变成这个样子。当然,我更没料到这两位原来也是你的人。"

主任的声音缓了一缓,"你们两个在这边也有三年多时间了吧?两个都是最开始就进入群星工程的老人了。看来审查工作很不彻底,留下这么多漏网的。"

虽不知道这位吴主任说的是谁,但云杉也大概明白了怎么回事:跟着的这四个人里面就有中心基地的内鬼。她转念一想,这不是显而易见吗?从最开始汪海成每次行动就没有缺过内鬼,他们每一步都能驾轻就熟地突破情报网的监控，无视严密的安全措施，都是因为目标内部就有他的盟友。

吴主任虽是女性，面对枪口却镇定自若，横眉冷对，不落下风，"汪教授，我还可以叫你汪教授吧？这是你想要的吗？你是一个科学家，不是一个杀手，你到底在干什么？"

汪海成昂首站着，深深叹了一口气，却没有马上答话，而是转身朝外说道："小马，老李，验一下东西。"他做了个手势，两人应声动作起来。这小马和老李恐怕就是主任提到的那两个内鬼，云杉想，这时候她完全不敢探头进去看，也不知道那两人长什么样。"不要慌张，外面警卫至少要二十分钟才会赶来。他们会先封锁外面，不用急。"

舱室贴墙是两排保存箱，数厘米厚的漆黑金属把里面的东西封得严严实实，保存箱一字排开，上下五排，每个大概二十厘米见方，总共有一百来个。两人轻车熟路地在一边操作起来，只听咔嚓两声，一个箱门已经弹到了一边。

"吴主任你是打算用几句话拖住我们，等外面的增援赶来吧？"汪海成说，"最好不要，现在人来得越少越好，我只想把这些东西抹掉，不希望拉太多无辜的人下水。这些构造体我花了五年时间才找到摧毁的办法。本来希望能用尽少的代价来完成这个任务，但是拜你们所赐，来不及了。"

虽被识破，主任还是面不改色，"摧毁？你不是要抢构造体？我听说……"

"抢它？你忘了，五年前，我跟你说过，构造体会毁掉整个太阳系，我们必须把它从世界上抹掉。"

果然没有错，他们想把这些东西抹掉。云杉想，连续几次面对这些构造体的恐怖经历接二连三地冲进脑海，虽然已经过去，还是后怕得握枪的手都出了汗。

消失有什么不好吗？云杉一个闪念划过，马上自己叫停。短短时间内，这样的念头已经冒出来过两次，太危险了。也不知道郭远会不会受这样的影响，他那个异常的心智应该能冷静处理这些事情吧？想到这里，她稍微安心了一些。

小马和老李从保管箱里取出里三层外三层封着的盒子，银色的能认出是电磁屏蔽层，黑色和红色包裹就不知道是什么用处了。这些一看就知道造价不菲的保护层直接被一手撕开，抓出里面的构造体，然后随手倒在了房间中间的台子上。

"他们给我说，你被CIA策反了。"吴主任说。

"CIA？"汪海成一笑，随手拿起桌上一只柱状的构造体把玩起来，"CIA还真是厉害呢。你有没有想过，策反收买一个人容易，要收买很多人可就难了？而是研究构造体的人怎么就这么容易被收买？因为CIA钱特别多吗？"

吴主任没有说话。

"越了解这东西，就越明白这东西的可怕。我不相信你不知道这点，吴主任。"

云杉小心翼翼地探头看了一眼。舱室不是很大，大概十米见方，房间中间的桌子上已经堆了好些构造体，桌子的台面是某种柔性软胶，构造体落在上面陷下去了一丝，稳稳不动。棱形柱状体、小球、环状体三种不同类型的构造体慢慢地堆了上去，已经堆了一桌。云杉默数着声音，有的保管箱里是空着的，但大多数里面都存放着构造体。

"你在怪我五年前没有把研究叫停吗？"吴主任说。

汪海成笑了笑，"曾经有过。后来我想通了。这一切都是不可避免的，这个系统里是没人有办法把它叫停的。这就是构造体的可怕之处，就像毒品一样，不管你是否明白它会毁了你，你自己都是不可能戒掉的。"

"这么说来，倒是我们有毒瘾，您是缉毒警察。惭愧，惭愧。啊……"吴主任忍不住呻吟了一声，看来之前是受了伤。她靠墙倚坐在地上，捂着自己的胳膊。

"你说得对。"汪海成玩着手中的菱形构造体，"这东西就是为我们设计的毒品。人类最大的优点在它面前也就是最大的漏洞。"

"智力？"

"不，是好奇。潘多拉的盒子，走廊尽头的最后一扇门，午夜十二点之后的镜子。不管哪个文明，在什么时期，人类永远像作死一样非要弄清楚一个东西到底是什么，为什么。这东西是写在基因里的，你逃不掉，你就是要知道。你没有看过《2001：太空漫游》吗？类人猿就是非要去摸那块黑石碑。你亿万年前的基因就是这样，你能做什么？提着自己头发离开地球？"

汪海成叹了一口气，吴主任没有说话。所有的保管箱都已经打开了，存放在里面的构造体一共是七十六个。按汪海成所说，这里就是剩下所有的构造体了，其他的早已被他毁掉了。

这就是一场猫鼠游戏，部里想以中心基地为诱饵夺回汪海成手中的"蜂后"，汪海成想借着"蜂后"的诱饵把整个基地从地球上抹掉。为了引他孤注一掷，借着十九国峰会的机会，中心基地将所有构造体都集中了起来，汪海成却又借着构造体的能力突入重围，现在所有东西都在他手上了。

"你知道构造体最可怕的是什么吗？"汪海成一边说着，一边从怀里掏出"蜂后"。这东西在地球上只有一个，但看起来非常普通，扁平，勾玉状，只有两厘米长，有点像鹅卵石。和其他构造体一样，因为绝

389

对的黑暗，视觉上看不出任何细节，实际上是略有些凹凸的——这凹凸只有摸过的人才知道。

"这算是用生命来谈闲话了吧？"吴主任明白他要做什么，他慢慢抚摸着转动着"蜂后"，是想让自己镇定下来。"汪教授，把东西放下。我知道你也在犹豫，要不早就动手了。"

汪海成没有理她，又重新问道："你觉得构造体里面，最可怕的是哪一类？"

"我记得五年前你跟我说过，可能别人觉得最可怕的是改变四大基础力的'摩西'，但你觉得最可怕的是'造父'，因为它改变了光速，改变了整个宇宙的时空距离关系。"吴主任老老实实地答道。

"不，不对。"他左手转动着多莉，"最可怕的是'多莉'。"

"什么意思？"

"你们不觉得很奇怪吗？我知道你们研究最多的是'摩西'，最少的是'多莉'。虽然这东西也很神奇，但跟其他两类构造体放在一起，就显得太平凡了。跟改变宇宙规则常数的能力相比，这东西仿佛就是根平凡的棍子。或许我们用自己的科技折腾几十年，也能做出具有类似功能的东西。"

"这……"

"但你们难道不诧异，为什么这东西是构造体里数量最多的一种？为什么一个这么普通的东西会跟'摩西''造父'这种可怕的东西在一起？"

"你是说，'多莉'才是构造体组合的真正目的？"

"不。"汪海成轻轻地摇头，"只是'多莉'的意义被大家忽视了。构造者改造了太阳系的物理规则，给了太阳系生命不受外界干扰演化的环境，在几个构造体里，只有'多莉'在收集这个星球生命的演化情况,只有它是构造者的监控探头。太阳系是一个培养皿,'摩西'和'造父'是揭开培养皿盖子的工具,只有'多莉'在揭开盖子之前就能告诉构造者,这个培养皿里养出的是什么东西。"

基地里安静得像坟墓一样,一层层封锁闸都已经落下,但现在远远地传来一个几乎不可闻的声音,轻轻地回荡在狭长的甬道里。云杉竖起耳朵,一开始以为是自己下来的那个巨大深洞终于跟来了大部队,但随后来发现不太对,声音是从另一个方向传来的,是保管舱另一边正门的那个方向。会是什么人?是基地自己的安全部队吗?

汪海成没有等主任接话,继续说了下去。现在他可以动手,完成自己最后的使命,完成这个自己等待了五年的任务,但是他想再等等。他自己也说不清自己在等什么,这些事情甚至连站在这里的组织成员也有人没听过。

曾经,他自己就这样一个人孤独地、暗暗地恐慌着。

"你来基地的时候,这边还有进行细胞培养研究吗?应该有吧?有时候培养一个周期,一旦探针发现培养基被杂菌污染了,整个培养皿就直接倒掉,消毒灭杀,然后倒进生化废料处理桶。有时候发现培养得还不错,取出来,破壁,粉碎,过柱子……"他问吴主任。

"所以,你不想培养皿的盖子被揭开?"吴主任说。有了这几年的经验,她自然明白汪海成比喻的意思。也许太阳系是一个培养皿,也许"构造者"正通过这个被他们叫作"多莉"的构造体检查着这个太阳系,看这个世界是需要被倒进废料桶,还是粉碎过柱子。

汪海成没有说话。他伸出手来,从桌子上拣出"摩西""造父",轻轻地堆在一起。五年时间,整个地球已经悄悄地被这些东西改变了运行规则,能源格局、食物来源、医疗科技。假托可控核聚变的"摩西"永动机电站已经在极短时间内占据了全球能源供应的百分之三十七,瓜分和利用"摩西"已经是国际政治舞台上最重要的幕后议题。等构造体被全部抹去，真正给这个世界留下巨大伤痕的并不是可能会蒸发消失的成都市，而是再次清盘重洗的能源真空、技术崩盘和食物短缺。战争很可能是不可避免的。

值得吗？

跟这些比起来，汪海成历次行动中牺牲的那么多无辜者性命，其实不值一提。他也许会真正成为人类历史上最大的屠夫和恐怖分子，就像官方宣传的那样。

但是培养皿被一双巨手揭开，里面的一切都被倒入粉碎机的景象又一次浮现在他眼前，他想起整个宇宙八百亿光年空间里空寂的群星，想起费米悖论：它们在哪里？

那浩瀚银河中的亿万恒星系荒凉无声，如同倾倒后空空如也的培养皿。

汪海成握着"蜂后"，靠近桌子上已经拣出来的构造体，碰了上去。

这些已经存在了五个地球年的超智慧构造体早就发育成熟，却过早失去了自己的"蜂后"。就像在幼年期停留太久的幼虫，这时它们终于等到了蜕变的信号，争先恐后地倾泻出准备已久的能量。

汹涌的光瀑从那些堆在桌子上的构造体里喷薄而出，绝对黑暗的表面瞬间爆发出流彩，改变了外貌，交织着盘卷生长起来，不同于任何一次所见的变化。光流莹彩变幻，先是淡黄，然后夹杂着赤红和绿，光有如实体触须一样撞在墙壁上，折回去，如气流一样在房间里涌动着，一股夺目的光在不大的保管舱内来回反射，从那个圆形洞口冲出来。

光流迎面扑来，云杉一下慌了神。几次亲眼见识过构造体的力量，她知道这东西一旦开始生效，人类所有的力量在它面前都如螳臂当车一般。按照计划,她应该等待郭远的信号,但不知道为何,到现在也没有任何消息。

来不及去想郭远那边到底发生了什么了,再不动手就真的来不及了。她决定冲出去,不管能做什么,先把这几个人制伏!再过几分钟,这里的一切就要化为尘埃了。

就在迈出右脚的瞬间,里面传来咔嗒的一声。

是保管舱层层封锁的正门,四重安全锁一一解开,门朝外转动了起来。

为什么会从那边来人?所有人都是一惊。构造体群快速发育涌动着,光流好像有了生命和意识,卷织起来,光流以"蜂后"为核心,不断地在舱内循环、变强。汪海成他们警惕地盯着开启的正门,握紧了枪。

门开了,像压力被释放出来一样,如有形的狂风一般,一股光挤开大门穿了出去,把门外照得透亮。他们看到的是一个女人的剪影等在门外,光着脚,裙子膝盖往下被撕断,胸口剧烈地起伏着。构造体强烈的光流下,看不清她是谁,但这时,能违反疏散令从基地远处一路狂奔过来,这人的权限想必是极高的,否则绝不可能这时还能从外面打开保管舱的门。

光的触手穿过她的胸膛,现出里面的骨架,好像声音的共鸣都变了。

白泓羽喘息着,盯着汪海成手上的枪和"蜂后",只说了两个字:"老板。"

24 群星

THE STARS

如果说汪海成没有想到会在这里见到白泓羽，他一定是在说谎。五年前他盗走了"蜂后"，包括白泓羽在内的所有人都受到了冲击。当时白泓羽还是个没毕业的博士生，然而只用了很短的时间，她就证明了自己对构造体有着特殊的敏感，很快承担起越来越多的职责。

五年之后，她已经是中心基地的三个副主任之一。这些事情汪海成非常清楚。

看到白泓羽的时候，汪海成感到一股难以抑制的怒火。安全部很早之前就知道自己的计划，在地上环球中心布置了重重埋伏，却没有通知中心基地的研究员，让他们以防万一去避难。

汪海成只花了半秒的时候，就猜到了十九国峰会和所有这一切猫鼠游戏的关系，恐怕整个世界的压力都顶了这次行动的设计者脑门上。在这次构造体利益分配的会议之前如果搞不定"蜂后"，估计会被各国政要要求"提头来见"。五年时间，他见过了太多真实世界的邪恶，但却不知道今天再见的副主任白泓羽女士，是不是还是当年的模样？

只需要在构造体进化阶段搅乱"蜂后"和其他构造体的连接，汪海成的使命就完成了。构造体的阶段进化状态是它们唯一不稳定的时候，旧的结构已经破坏，新的稳定结构还没有成型。就像是一个拆掉重修的机器，只要在重构之前破坏掉它们和枢纽"蜂后"的连接，构造体就会崩坏，但那些足以改变宇宙常数的力量也会从构造体的束缚中泄漏出来，不可控地对这个现世的宇宙造成破坏。

如果失控得很严重，这股力量足以毁灭一切，吞没城市，整个四川盆地，甚至在地球上掏出一个足以埋下青藏高原的洞来。在场的任何人只要沾到那力量的边缘便会被撕成基本粒子。汪海成自然是知道这一点的，但他思考这些的时候，白泓羽并不在自己面前。

褪去了黑色外壳的构造体开始融汇，它们暗物质化的实体这时候已经看不见，但从它们结构里不断外溢的光流还是勾出构造体的形状来，抛出的湍流一样的光也开始发生变化。之前那些光还像气流一样，撞上实体会散开之后重新聚合，这时候已变得虚化而通透了。不管是保管舱的金属构造还是人体都已经不能再挡住它，再一次的，像是另一个宇宙与这里重叠了，像是暗物质那样不与正常物质发生交互效应，却又不像暗物质那样不可见，光涌穿过了现世的物质，喷发而出，被它穿透的物质内部透亮，能看清里面的丝丝结构。

"不要！"白泓羽呼吸急促，对汪海成大喊。

汪海成犹豫了一下，在这样的情况下再见，他不知道该说什么。构造体阶段演化只有一个很短的时间窗口，一切开始虚化的时候就是窗口的开启之时，那离结束也不远了。

"五年时间，你还是没有想明白吗？"汪海成说。光涌已经穿透了整个保管舱，覆盖了周围几十米的空间，把在场所有人映出诡异的颜色，他们站在怒涛的核心，但这时怒涛还对一切毫无影响，云杉即使被光涌穿过，也没有感觉到任何异样，好像那些只是根本不存在的幻觉。

"你这个愚蠢的人类！"白泓羽贝齿紧咬，用尽力气大喊，"没有想明白的不是我，是你啊。你啊！"

舱室狭小，声音冲出去，在走道上都有了回声。

"我到今天也不明白，老板你怎么会变成了像宗教审判官一样的货色？"

"你说什么？"汪海成从未听过这样的指控，"我在努力避免人类毁灭。"

"难道不是吗？你像中世纪的宗教审判官给布鲁诺上火刑一样绞

杀真相，像害怕地心说破灭一样害怕真正的宇宙。"构造体展现出新的形状，朝外面拉出来，亮度越来越强，但白泓羽好像看不见一样，双眼紧盯着汪海成，"我们是科学家啊，我们相信的不是正义和公平，我们相信的是真理，不是吗？

"不管宇宙是什么样子的，地球是不是宇宙的中心。人类是上帝创造的还是进化而来的，宇宙的规则是自然形成还是被创造的，那又怎么样？我们在乎的不是真相吗？你现在与害怕地球不是宇宙中心、信徒就会道德沦丧堕落的教会判官有什么区别？"

很久没有人这么跟汪海成说过话了。他当然在乎真理，只是这个真理会毁灭人类。咆哮的光流以汪海成的手为中心，或者说以手中的"蜂后"为中心，开始渗出黑色的光。没有光是黑色的，是什么东西在吸收原来流淌的光。

"你为什么想要我们像白痴一样活着？就算整个宇宙都是试验场，那又怎么样？"

"你没有想过，我们宇宙的规则障壁一旦打开会发什么？如果……"一瞬间，汪海成好像回到了多年前正在进行一场思辨的讨论，而不是手上拿着随时会在下一秒毁灭一切的东西。

"如果什么？！如果有外星人？如果构造者会把我们解剖？"白泓羽的语速快得像子弹，"那就让它发生啊！让他们来啊！老板，我真的不理解，你想要一辈子都当饲养场里的猪吗？永远不知道真相，永远遮住自己的双眼？只是活着。真相就在那里，被盖着，我们就蒙着自己眼睛，假装不知道。我们是科学家，是追寻真相的人，不是吗？"

汪海成看着自己的学生，五年改变了很多，但很多也改变不了。他答道："我们是科学家，是追寻真相的人。但在这之前，我们是人。如果追寻真相的代价是人类的末日，我宁可蒙住自己的眼睛。"

白泓羽望着他,"但如果我们就这样蒙住自己的眼睛,那人类的世界就被宇宙规则永远隔离在外了。我们就像生活在幼稚园里,安全,没有风险,但是永远没有长大的机会了。我们未来的一切可能就被限制在这个幼稚园的宇宙规则里面了!"

"蜂后"上的光开始收敛,原本看不见实体,但被不断涌出的光覆盖的桌台上开始有了点点黑斑。另一些光芒开始浮现出现,不是来自构造体的,而是周围所有的一切。在场所有人的身体都开始渗出红润通透的光,"摩西"的力量无比直接地反映出来,构造体的最后演化接近了终点。

要诱发构造体的崩溃,就现在了。毁灭还是改变,就在这一秒的最后窗口。

汪海成没有动。我们未来的一切可能都被限制在这个幼稚园的宇宙规则里面了。他理解白泓羽这句话的意思:这个守护着太阳系的宇宙规则障壁如果不被打破,人类将永远存在于宇宙的一个渺小角落里。

构造体的黑色外衣开始显现,它们不再是单独的个体,而是彼此连接了起来,正如汪海成认为的那样,所有的东西虽然独立,但却是一个整体,一个超越这个世界规则的超限机器。这个东西开始从虚空中浮现,很快,它就会把太阳系从隔绝宇宙的规则障壁里拉出来,浮现在群星之中。

值得吗?值得,如果这是唯一让人类活下去的办法。

但是……

他看着白泓羽的眼睛。她当然明白规则障壁的作用,明白外面的规则潮水般淹没进来的时候,我们的世界会发生多大的灾难。但她天真地相信,人类能挺过去。

是的,白泓羽相信人类能挺过去,然后蜕变,破茧成蝶。

这没有什么证据,这只是……天真的信念。

太天真了……天真得可笑,但又天真得……耀眼……

在他迟疑间,忽然惊雷般的三声枪响接连爆起。子弹从右侧穿过汪海成的手掌,正中"蜂后",碰撞的火光乍现,又被"蜂后"的黑光吞噬,血裹在了"蜂后"的黑衣上,一瞬间,屋子里所有的光都消失了。

开枪的是老李。从见到白泓羽那一刻开始,他就明白情况有变。他没有说话,暗自掏出了手枪。所有人的注意力都在汪海成和白泓羽身上,没有人注意到他躲在了角落里。一直等到最后一刻也不见汪海成动手,老李果断地掏枪,瞄准"蜂后"一梭子弹就打了出去。三发子弹一颗打空,两发穿过汪海成的右手,其中一发正中"蜂后"。"蜂后"被子弹击中,并不见破损,只是弹丸一样脱开汪海成开了血洞的手,飞了出去。

骤变突生,所有人都愣住了。只有待在一边的茶桓瞬间反应过来,回身对着老李抬手就是两枪。老李没有明白怎么回事儿,应声倒地,茶桓一把撞开汪海成,赶忙满屋子寻找"蜂后"的下落。

这时才有人发现茶桓脸上的异样,所有一切都在"摩西"影响下透着微微的光,所有的人体都果冻一样泛红,薄薄的脸部皮肤甚至能见到血管,但茶桓没有。他脸上是一层微厚的胶体,一个活灵活现的伪装面具——郭远换上这张脸一直等着。

云杉从洞口冲进来,但此时已经不需要她动手控制汪海成这一伙人。她一眼就看到了地上滚动的"蜂后",那黑石虽小,但拉着闪烁的光带与桌面上泛光的构造体群相连。光带开始断裂,一道淡灰色的裂痕出现在构造体群里,随后一道灰色的激波从裂隙爆涌出来,正朝老李倒下的方向喷射过去,然后直冲天际。

刚才老李中弹之后还活着,这时候被激波掠过,瞬间整个人模糊了,然后像无数像素颗粒一样散开,被激波带来的剧烈气流吹起来,化在了空气里。失控的效应露出狰狞的面目,激波光流改变了,不再是无害之物,显出了毁灭的力量。激波朝上冲出几十米,又被构造体牵引着吸了回来,金属和岩石的屋顶上瞬间划出一个巨大环形甬道——没有落灰,激波途经的物质就这样凭空消失了,突然出现的巨大空洞形成惊人的气流,飓风一样把保管舱里的东西吸了上去。

虽然其他人没有被掠到,但瞬间的飓风让他们连站也站不住。汪海成、云杉、郭远、小马本能地朝地上的"蜂后"扑去。云杉仗着超人的反应踢开小马,一手抄住了"蜂后"。

构造体群的灰色裂隙开始扩大,裂纹越来越多,第二波激波涌出来的时候,汪海成大喊了一声:"小心!"环状激波在一米左右的高度横着掠了出去,云杉扑在地上,一手抓着"蜂后",一手赶忙伸出拽住白泓羽的脚,把她拉倒在地,激波掠过她被吹起来的长发,斩掉了一半。小马却只来得及无谓地用手挡了一下,就和吴主任一起消失殆尽。汪海成被郭远抓住头按在地上,右手的血丝被激波牵引着撒了出去,短短几秒,舱内就只剩下四个人。

"老实待着,乱动老子一枪毙了你!"烈风凛凛,郭远摁着汪海成叫道。见那激波愈发狂乱,他暗骂一句"该死",手上用力压向汪海成的太阳穴,"一定有什么办法,说!"

"办法?"突然间情势大变,汪海成却并不惊慌,望着远处耀眼的光说:"这就是办法。避免人类毁灭的办法。"

裂痕亮了起来,光芒四射的激波,朝上面火山爆发样喷射出去,所有人趴在地上不能动弹,连呼吸都困难,强大的负压把所有东西朝上吹,卷进激波内,消失,形成更大的负压。激波的回荡范围从最开始的几十米不断变大，郭远在他的方向看到了奔流而下、越来越大的瀑布——地上的锦城湖底被挖开，水泄了进来，但还不及落下，就被接连而上的激波切开，吞噬无形。

"你们不该来趟这浑水的，抱歉了。"汪海成语气很真诚。

不到半分钟，激波像盛放的花儿一样，向上掏出巨大的花穴，基地的照明完全熄灭了，但一切都散发着光。激波已经掏空到地表，环球中心地基整个开始朝下陷落，这个全世界最大的单体建筑就这样朝他们头顶砸下来，拉动着整个空间颤动的巨响。但这个建筑根本砸不到他们面前，连千万吨的水都泄不下来，巨大的钢筋巨物砸落，好像陷入幻境一样，被真空之刃一刀刀卷入虚空。

四人缩在一处，周围一切都在土崩瓦解，坠入虚空化为粒子，谁也不敢乱动。汪海成低声对白泓羽说了什么，烈风中她却完全听不清，抬眼茫然地望着曾经的老师，他又用力大声喊道："对不起，我没有想过会变成这样，会把你卷进来。"

白泓羽转过头去盯着顶上，答道："有什么区别吗？老板，你有没有想过，如果在这么一个太阳系里，人类穷极整个文明都没有办法走出太阳系，生在这里，死在这里，那我卷不卷进来又有什么区别呢？"

她转回来看着汪海成，好像当年给老师解释自己写的古怪内容一样，"老板，你一直没有明白我们。我们不愿意在这么一个连自己摇篮都走不出去的宇宙里生活。我们想走向群星啊，就算去外面是飞蛾扑火，我们也想走出去。"

白泓羽伸出自己的手，从地底探向天空。就在这时候，占地几十万平方米的环球中心终于整个被掏空，脱开了地面，瞬间如落入黑洞一样被切成粉末，消失不见了。他们与天空之间再无阻隔，夜空突然在头顶展现出来，构造体群向上喷发的激波像翅膀，又像巨手冲向星空。他们身在喷薄冲天的光柱中心,周围的一切都比星星亮得多,看不见夜空中遍布的群星,但它们就在那里,静静地等着。白泓羽伸着手,她和群星的距离有千亿光年,她伸出的手让自己和群星之间的距离缩短了,短了半米不到。

汪海成看着她,撑着地板半坐了起来。气流已经弱了下来,地上的东西被不断卷起,地面的负压因此小了很多。他爬过去,想用满是血的右手抓住郭远,腕骨已经碎裂,用不上力。

"有比活下去更重要的东西吗?"汪海成犹豫地问着郭远。

"有时候怎么活,比活下去本身更重要。"郭远望着越来越大的激波回答道。

蜷缩在宇宙的角落,生在育婴室,死在育婴室,放弃了站立、行走、奔跑、飞行,只是为了不被伤害和威胁,只是为了活得久远。永远活在被保护的茧中,不会被捕食,不需要蜕变,也永远不会有翅膀。

值得吗?相信自己能长大,会破茧成蝶,是不是太天真?

汪海成抬头往云杉那边望了一眼,马上又收回了目光。这一瞬的动作难以察觉,唯独没有逃过郭远的眼睛。

"云杉!"郭远叫道,云杉闻声转过身,手甲抓着之前抢来的那颗黑色勾玉。郭远隐隐猜到了什么,一把抓起汪海成的头按在墙上:"这个乌漆嘛黑的东西是什么?还有救!是吗?"

汪海成一言不发,只望着喷薄着光流的核心中央。郭远朝他太阳穴暗下猛力,汪海成只冷哼一声,咬紧牙关。

这时,边上的白泓羽明白了过来,"'蜂后'!对,'蜂后'!"

"什么'蜂后'?"郭远急问。

白泓羽指着云杉手中的黑球说:"'蜂后'!理论上如果能让'蜂后'重新跟构造体连接,崩坏的构造体就有修复的可能。"

"理论上？"郭远皱眉。

"是的，现在也只有理论上了。"白泓羽说。

"好吧。"郭远看了汪海成一眼，又抬头望向地表浮上去的构造体群，"怎么操作？怎么重新连上？"

"'蜂后'和构造体的连接是一种近场效应，最安全的连接方式是接触。如果想办法把它放进那些构造体的中间……"白泓羽快速地说，"但是现在……"

"已经来不及了。"汪海成说，"规则障壁已经安全了。"

"闭嘴！"郭远再施暗劲，对方险些痛晕过去。他望着从构造体群喷射出的激波：与它接触的任何物质都化为虚无，也不知道是撕碎成了微观粒子还是暗物质化了。激波的力量虽然狂暴猛烈，但激波随着不断延伸，竟拉扯得如丝线般纤细，这些"丝线"编织在自己面前，如同一道门。

真实的宇宙就将通过这道纤细的小小的门涌入太阳系，将它隐藏了亿万年、隐藏在外壳之下的真相展现在这个世界面前，脱掉身上那个为了适应世界而扭曲的伪装外壳，在人类面前露出让他们或惊恐，或不安，要费尽心力去掩盖和埋葬的真实面孔。

这是一道破损、撕裂、眼见就要崩坏、眼见就要毁掉这个城市的门。

想靠近，去接触，去修复这道门是绝无可能的。任何接近的物质都会在一瞬间被那看似纤细如丝的光流吞没，从这个世界彻底消失。

"你说的接触，是指把那个黑家伙放在那里？"郭远指着那些构造体问白泓羽。构造体群长成一个占据两三立方米的怪异几何结构，仔细看去，奇怪的交叉和叠合像是从怪梦中长出来一样层层相叠，分不出始终，分不清结构的头尾。如果这是一个因为失去核心蓝图而生长异常的结构，那它的核心该怎么弄回去，怎么把它纠正过来？

涌流开始朝下倾泻，可能跟空间结构有关系，它或许并不打算朝地心进发，所以一直是朝上的，但现在开始出现缓慢的橙色喷涌朝下面冲出来。

"不知道。"白泓羽摇头，"我也没有试验过，没有人亲眼见过这个东西。"

"做不到的。"汪海成在一旁说，"就算找得到位置，你也躲不过激波。"

"嗯，是啊，你说得对！"郭远一脚踹开汪海成，一道激波正穿过他原来的位置，地裂开，留下一条深缝。

没有时间了，这已经是无路可走的巨洞底部。只要再划开几个口子，就算这座城市不化为虚无，自己也会葬身地底。

郭远叹了口气，喊道："姑娘，靠你了！"

云杉盯着头上这个像是有着无数触手的活物，侧身躲过一道激波，"怎么弄？"

这时，构造体群像爆米花似的，黑色外壳膨胀出无数裂纹，光从裂纹里透着，然后奔涌而出，如果不是任何物质都会在奔流而出的涌流中毁灭，那彩芒流转倒是极美的——像黑洞合并，像超新星爆发，像恒星闪灭，那不属于人类的、来自浩瀚残暴宇宙的美。

"给我。"郭远伸手，云杉疑惑地把"蜂后"递给他。他以为能找到构造体群里的某个中心，喷涌汇集的地方，但根本看不出来。他掂量了一下，想把它扔出去，撞进构造体里。可现在那些黑衣碎裂、光幻流转的东西是实体的吗？还是虚无之体，"蜂后"能直接穿过去？

转瞬之间，构造体群越来越亮，朝下的喷涌变得更加猛烈。

"垫我一步。"郭远说道，没有时间再解释，他加速朝云杉冲过去，云杉眼睛朝后一瞥，明白了他的意思。来不及反对，也来不及再说什么，她双手交叠，迎上郭远跃起的右脚，把他往后面垫抛了出去。后面本是保管室的合金墙，构造体第二道涌流喷出时把墙齐齐切开，留下齐胸的深痕，这时候变成了一道可以借力的坎，郭远一步踏上去，然后反身一扑，整个人从一侧朝已经离地近三米的构造体群撞了进去。

似乎是察觉了"蜂后"的靠近，喷发的激波接连朝郭远迎了上去，瞬间就把他吞没了。

郭远没有听见下面的尖叫，甚至没有感觉到激波的光，只觉得突然间自己好像轻了一些，呼吸也没有那么艰难了。手上的黑石颜色变了，原来的黑色外衣突然消失，露出了里面。那里面并不是虚空，而是一个经脉盘卷、复杂得不可名状的柔软物，在掌心微微跳动，和眼前的构造体同步呼吸着。

他发现整个地球都消失了，脚底的一切，汪海成、白泓羽、云杉，都消失了。唯有自己和构造体悬在漆黑的星空中，连太阳也不见了。

构造体群那枝丫交错的外形消失了，只留下一座星点相接的长塔，塔体泛着斑斓的微点，而这些点随即衍生成简单的几何图形，如分形般展开，无尽地交叠铺展出去，像显微镜下的集成电路似的。

不对，他顺着那塔望上去，星空并不是漆黑的。太阳是不见了，但苍穹上铺满了他从未见过的群星，数倍，甚至数十倍自己曾见过的星空，遮蔽了整个天际。在川西高原稀薄的空气里，他也曾见过无比璀璨的银河，但与此相比根本不值一提。他眼前这惊人的璀璨群星像是假的、人造的，像是贴在孩子摇篮上的灯，遮天蔽日，无穷无尽。

郭远明白过来，自己的整个肉体都已经暗物质化，坠入了构造体的内部。他只觉得身体一轻，仿佛压抑自己几十年的一切终于都随着物质地球一起离他而去，终于不再和自己发生任何关系了。

他已经明白了自己的命运：整个地球，整个太阳系，连所有依托的物质都离自己而去，变得看不见、摸不到，与自己断绝了一切物理效应。以他不多的物理知识，他知道自己身在虚空中，失去了空气，失去了电磁力作用的维持，自己的肉体也很快就会消散，弥失在这个空间里，只剩下一点点微弱的引力效应遗留。

但郭远却没有感到一丝的恐慌，没有一点不安。连他自己也未曾想过，当真正面对死亡的时候，他内心是一种从未有过的平静——心满意足。

怎么活，比活下去本身更重要。他将像英雄一样死去，在被体内的深渊吞噬之前，在变成一个恶魔之前，就像他最初梦想的那样。但这只是郭远心满意足的一小部分原因。最大的原因，是他得到了自由，从未有过的自由。

束缚，所有的束缚，人类的，社会的，精神的，物质的，电磁力，弱相互效应，全部消失了。他是第一个，也是现在这个世界上唯一一个见到了宇宙真相的人类，整个宇宙将那掩盖了亿万年的真相吐露在郭远面前。在最后的时间里，郭远再也不需要任何伪装。

虽然这样的自由只有那么一瞬间，但对于郭远来说，这已经足够了。在这一瞬间，他拥有了人类诞生以来从未有过的最大自由，穿透了物理规则的屏障。

在这一瞬间他见到了构造体的真相，看到"蜂后"在这个最终结构里应该在的位置。丝丝光流在构造体的中央偏下的地方留下了一个洞，所有东西绕过这里，中断了，逸散，然后喷发出去。

郭远的身形开始消散，他放松了，明白了自己的归处。这不再是责任，而是他的自由、他的选择、他的命运。借着在物质地球最后一跃的那点惯性，郭远飘过去，手中勉强抓住了"蜂后"，把心脏一样跳动的"蜂后"送了进去……

黑色巨塔从地下一百七十三米一直展开到地上四百多米。像是塔，又像是柱子，又像是天线。

端木汇乘着直升机缓缓降入黑色巨塔塔基所在的巨大深洞底部，这时，云杉已经搀着白泓羽站了起来。在这之前，她已经给汪海成上了手铐，汪海成没有反抗，老老实实地呆立在那里，仰着头，不知道是在看黑塔，还是在看天。端木汇询问郭远的下落，却没有人能回答。

MIA，行动中失踪，这是郭远档案的最后一笔。

似乎什么也没有发生，再没有什么东西发光，物质也没有继续向低能态跌落，没有放出能量发出光，一切异样都消失了，和郭远一起消失得彻彻底底，无一丝踪迹。但他们知道，在目光不及的地方，来自无垠宇宙的海啸正向这个小小的太阳系涌进来。我们的星系如同一片浅浅的礁滩，只能漂浮着舢板和独木舟，千百米高的海水被构造伟力挡在了外面，今天这伟力屏障终于消失，潮涌了进来。人类会明白舢板和独木舟在海啸下是多么的无力和脆弱，很多人会被怒涛吞噬，尸骨无存，钢铁巨轮、战舰、航母会驾着海啸来到这片曾经无法驶入的浅滩。

光速和普朗克常数、四大作用力，这个世界的一切底层逻辑都在改变。离开保温箱的人类文明将正视这个真实的宇宙，迎接来自物理底层的挑战。

正如汪海成的"萤火"所恐惧的那样，来自底层的规则海啸一定会带来很多文明级别的灾难。现在的科学、技术、工程，我们几千年来积累的一切都会经历崩溃，其破坏和毁灭的程度或许会大到汪海成和白泓羽无法想象的地步。

人类一定会耗尽自己的全力。

最关键的是，我们会与一千光年外星云的来客、与九千光年外戴森云的主人相遇，会迎接"构造者"不可避免的到来。到时候，人类有能力在那个超然存在面前，发出自己的声音吗？

但总有人贪婪而狂妄地选择希望，希望穿越规则海啸的狂涛之后我们能活下来，然后学着去造巨轮，最后终于能够航向群星。而不是诞生在育婴箱里，灭绝在育婴箱里。

一千四百光年的距离还是一千四百光年的距离，却又不再是一千四百光年的距离。规则之潮涌起，将浩瀚无垠的空间淹没，光速涨了起来，四种基本作用力，宇宙常数重新改变，空间还在那里，但是时空规则已经改变，需要千亿年才能跨过的距离将变得触手可及。汪海成被手铐铐着，人有些恍惚，似乎对自己将来的命运浑不在意。他顺着这个通天塔向天顶望去，直至夜空尽头。在巨坑的另一边，白泓羽也抬着头，望着同样的天穹深处。

"去迎接群星吧。"她轻轻对自己说。

旅 行 者

THE STARS

"旅行者1号"从发射那天算起，到2025年，已经过了四十八年。

如果有人在"旅行者1号"探测器上的话，他已经很难再用肉眼分辨出太阳和其他恒星的差别——其实很早之前就已经如此。

公元1977年，"旅行者1号"启程之时，人类还远不能靠自己将飞行器加速到第三宇宙速度。换句话说，以人类当时的科学技术水平，是不可能将飞行器送出太阳系的。

1977年，离人类发明飞机还不到一百年；离成功发射第一枚人造卫星不到二十年；离能够发射飞行器离开地球轨道不到十年。

但那是一个奇妙的时代。我们选择登月，不是因为它容易，而是因为它困难。一个地球是不够的，一个太阳是不够的，我们要更多，我们要走向星空。我们幻想登月的炮弹，幻想前往金星的火箭，梦想着在火星与章鱼模样的触手怪并肩。

一个世界对人类永远是不够的。我们站在这里，是因为梦想和贪婪。

乔治·卢卡斯是在1977年拍出《星球大战》的，那个时候人类梦想着能在无限太空中任意飞跃，拥有千百个殖民星。现实中的1977年，人类已经送十多位宇航员登上了月球。但大多数人并不能真正理解，面对无垠的宇宙，人的力量多么渺小——当时最强的火箭"大力神3号"如果前往海王星，需要三十年；而离开太阳系，则是一个难以实现的梦。

也许直到文明的终点，人类可能都无法离开太阳系。

那时，人们对任何事情不满就会说："人类都踏上月球了，怎么还没……"好像踏上月球本来应该是人类文明解决所有问题的最后一步。在这之前，应该早就实现共产主义、人类和平，早就应该消灭疾病，甚至实现永生……

几乎地球上所有人对宇宙的浩渺都毫无了解，以为人类离《星球大战》中的银河帝国只有一步之遥。

但天文学家和火箭科学家都明白，自己连把一个足够大的人造体送出太阳系都做不到——而太阳在宇宙天体序列中简直渺小得不值一提。

不过二十世纪的六七十年代似乎是被神明赐福的。1965年，轨道分析专家盖瑞·弗兰德罗进行木星任务的可行性基础研究时，发现十二年之后，太阳系的几颗大行星将进入一个罕见的排列结构。

不是世界末日的九星连珠。这个罕见排列结构对普通人毫无意义，但对行星际飞行器意义重大——太阳系一百七十六年才重现一次的超级行星引力弹弓。

这时，人类单靠自己最强大的飞行器要离开太阳引力范围需要几百年时间。但借助这近两百年一次的引力弹弓，探测器飞行经过太阳系所有的大行星只需要九年！每经过一颗行星，飞行器就能够提升一次速度，更快地飞向下一颗行星。

一百七十六年一遇！偏偏就发生在人类刚发射第一颗卫星之后二十年！

1965年到1977年，十二年的准备时间，不算长，也不算太短。这个时间对科学家们精心准备来说足够长，而作为科学目标来说又足够近，机会实在太好了，令人无法拒绝。

很难说清楚科学家是以怎样的喜悦和紧张来面对这次机会的，可能就像是荒野求生时发现了剩下的最后一根火柴。

于是，他们做了两个备份。

而这个时候，1961年开始的登月计划正在最紧张的关头。

一边选择登月，一边准备将两只飞行器送出太阳系。是的，人类就是这么贪婪。没有人能保证这两个伟大计划中任何一个会成功，但他们没有选择放弃其中一个，把所有资源投入另一个。

1977年8月20日和9月5日，以《星际迷航》中的旗舰之一"旅行者"命名的两只探测器接连发射。

"旅行者1号"和"旅行者2号"。

两只探测器踏上征途时，科学家们相信或许在一百年内，人类再也没有办法把另一只大型飞行器送离太阳这颗恒星的引力束缚了。

于是，这成了一场漫长而忧伤的告别。

两只飞行器都携带着一张特殊的镀金唱片《地球之音》。上面录制了有关人类的各种音像信息：六十个语种向"宇宙人"的问候语、三十五种自然界的声音、二十七首古典名曲，还有一百一十五帧照片。

这张唱片派上用场的可能几乎为零，以这两只探测器的渺小和恒星际空间的无垠，它被别的文明播放的可能无限接近于零。

所以这张唱片更像是飞行器对人类告别时的浪漫挥手，当它离太阳越来越远，人类会想起这张唱片，与它挥别。

四十八年后，"旅行者1号"终于撕开包裹着太阳系的那层虚空膜。外太阳系不一样的宇宙规则破坏了它的核动力电池。已经工作了四十八年的钚元素电池因为强相互作用的改变而熔毁，瞬间超载的电流烧掉了最后仅存的几台仪器，通信设备也瞬间完全静默，只留下一副靠最后惯性飞行的躯壳，它的速度在太阳系的微弱引力下会越来越慢，直到某一天，它的旅行迎来终点。

撕裂的虚空膜开始执行它的最后一项使命：在太阳系里回荡起特殊的信号。这个信号写在60K黑体辐射波段，保证不会被任何其他电磁信号波段干扰，也不知道准备了多久，可能在太阳诞生之初就印在了那里。

这是飞向星空的"旅行者1号"最后的回响。

那时候,汪海成和白泓羽刚在贵州平塘县下了车,望着山洼里 FAST 二十五万平方米的巨大镜面,准备开始自己的朝圣之旅。

后　记

决定开始写这篇小说的时候还是在2016年的年中，那时我刚刚回到阔别十多年的四川，并且定居下来。这一次动笔离我上一次写小说已经过去了八年，离我最开始写小说已经过去了十六年。

算是某种意义上的"处女作"吧。

自己已经过了而立之年，而那些在我最开始写小说的大学时代认识的朋友，不管是作者还是读者，也都纷纷跟我一样过了三十岁。大概是自己上的大学还算凑合的缘故，虽然我研究生一毕业就果断投身更有前途的互联网行业去了，但自己的同学和朋友们依然有不少成了科学工作者——也就是当年自己写科幻小说的时候会当上主角的"科学家"们。

小说里许多科学家都以我的朋友作为原型人物：比如汪海成的原型人物是中山大学物理与天文学院的汪洋老师。不过买房的经历并不是他本人的，而是我另外同学的故事。不知道你是否还记得小说里出现过一位陈铧博士，他因为考虑到清华附近的房价问题而放弃了清华大学的面试。这倒是陈先生的本色出演，现在陈铧老师是美国科罗拉多州立大学理论物理学的 assistant professor，祝他早日拿到 tenure。

当身边有这样一堆年轻的科学工作者成天跟自己聊天闲扯的时候，我发现自己过去写的小说里的科学家、自己看的国内其他作者写的科幻小说里的科学家，跟这些活生生的样本全然不同。

小说里提到一个名词：真空球形鸡。这是我特别喜欢的一个冷笑话。如果你没听过，我很乐意讲一遍，故事是这样的：

农场的鸡生了病。农场主着急地请来生物学家、化学家和物理学家看看有什么办法。

首先是最对口的生物学家，他对鸡做了一番检查，摇了摇头说："抱歉，完全不知道怎么办。"

然后化学家来想办法，他作了一番试验和测量，最后也没查出什么所以然。

物理学家只是站在那儿，对着鸡看了一会儿，甚至都没去动一下那只鸡，然后就拿出笔记本开始写了起来，最后经过一番复杂的计算，物理学家说："事情解决了！只有一个小小的微不足道的问题。"

农场主惊喜地问："什么小问题？"

"解决方案只适用于真空中的球形鸡。"

真空球形鸡，这大概就是科幻小说里出现最多的科学家形象了。除了科学相关的，他们不需要做任何事情，没有任何烦恼，也没有任何科学以外的欲望和需求。不光是小说，还有从小读的各种科学家传记，都反复强化着这样的形象。

《群星》被我的朋友开玩笑叫作《关于汪老师是怎么因为买不起

房而被暗恋的女生抛弃了于是决定去当一名有前途的恐怖分子的故事》。光听名字,就是一篇特别有前途的轻小说。这玩笑的名字却也说出了我写这篇小说最原始的动因:一个关于买房的故事。

这个原因实在太不科幻了,也跟我过去想象中科学家的生活没有任何关系。但是等到自己身边确实出现很多青年科学工作者以后,好像自己才恍然大悟:对啊,科学家也是要过日子的。

受到这些科学工作者朋友讲来的乱七八糟的故事刺激,我开始写这么一部小说,一个科学家发现了人类历史上最惊人的秘密却偏偏把自己的生活搞得一塌糊涂的故事,一篇真空球形鸡回到地面的故事。

这还挺难的,尤其是怎么把自己搞得一塌糊涂这方面。好在我这些年的工作经历提供了类似的丰富经验。

还是说点跟科幻有关的吧。

《群星》的科幻设定很复杂,但是我有一个简化版:把它当成一个小鸡仔啄破蛋壳,看到蛋外面世界的故事。换句话说,这是一个关于梦想和勇气的故事。

不知道为什么,好像最近这些年来,科幻小说无论国内还是国外,都越来越内卷,弥漫着一种"外面的世界很危险,大家都在准备抢我家鸡蛋"或是"外面有什么意思啊,让我们来好好用心地用一百万倍显微镜来发掘一下内心世界的问题吧"这样的味道。

不能说我反感这样的科幻,但提起科幻,第一时间涌上我心头的始终是更老的小说带给我的勇气和梦想。

首先是《群星,我的归宿》,《群星》的名字便是从这里而来。当灵魂满是窟窿的格列佛·佛雷为自己找到了救赎,用生命把太空思动教授给世人时,他说:"格列佛·佛雷是我名,地球是我的母星,深深的宇宙是我的居所,群星是我的归宿。"

然后是《进入盛夏之门》。有那么多门,有的门通往冬天,有的通往水坑,通往泥潭,通往寒风,但认定总有一扇门通往温暖的盛夏,金光灿烂的盛夏。"他从未放弃寻找进入盛夏之门。""每个门我都会走进去试试看,总想着下一个就肯定是'进入盛夏之门'了。"

还有《童年的终结》,人类作为种族走向终结,又作为文明拥有了恒星。

The list can go on and on(这个名单可以一直列下去)……

很不幸的,我很难在最近的作品里找到这样的感动。那种不顾一切,就像"旅行者"、像"登月计划"一样,这些承载着人类的妄想、贪婪、野心,那些闪耀迷人的梦的作品几乎不再出现了,跟登月火箭一样停止发射了。

所以我决定写一个"我们都生活在阴沟里,但仍有人仰望星空"的小说。

于是在倒霉的汪海成老师对面,出现了我用尽无限宠爱和赐福的人:白泓羽。

白泓羽身上凝聚了太多我私人的宠爱,包括本人的中二期幻想,随时随地胡思乱想的特质,并且总在关键时刻开挂发现真相。

史铁生写过一篇《好运设计》,文章颇有些絮絮叨叨地幻想如果设计一个"完美"的人生,应该是什么样。这么说来,白泓羽就是我的好运设计了吧。

小说有太多需要致谢或者致敬的人和作品。

首先必须提的是构造体的"摩西"。这是一个了不起的幻想点子:

物质在不同宇宙常数规则下来回振荡，像永动机一样释放能量，同时让两个不同的宇宙规则越来越接近。这点子来自阿西莫夫的《神们自己》，同样是几十年前黄金时代充满梦想光芒的老科幻。

然后是《水晶天》。文明必须自己发展出航天器，才能从内部戳破的太阳系蛋壳，就来自大卫·布林所写的这篇精妙的科幻短篇。

吾妻阳曦女士在我开始写第一稿的时候，一边看一边说："你说你这个小说有啥意思？"一直唠叨到第二稿删改得面目全非，除了构造体的设定以外几乎全部重写，她才说："现在还挺好看的嘛。"

汪洋老师和陈铧老师两位该死的物理工作者害我大改了好几次物理相关内容。最后我因为实在看不懂他们到底在说啥，决定就这么着吧。我随便引用一段以飨读者："中性氢在靠近恒星的区域受到辐射基本都会变成电离氢（HII 区，和中性氢的 HI 区相对应）。电离氢会有轫制辐射，是一个连续的射电谱，相当于一个本底，在和中性氢的交界区由于复合作用可以观测到复合射电谱……"

所以，我决定，就这么着吧……

感谢不愿透露姓名的苏无安律师提供法律方面的专业意见，万幸她没让剧情重写。

小说于 2017 年完稿，完稿一年之后，2018 年看到一篇新闻《中国天眼年薪十万难觅科研人才》。年薪十万，月薪八千，FAST 的科研工作人员。心情复杂，不知道该说什么好。

想和这个世界聊的话呢，都被我写进小说里了。就像"旅行者号"一样，发射已经完毕，吾书已成。剩下的，就是感谢有人看它了。

最后，感谢你阅读这本书，如果你能从中收获一点科幻的快乐，我将无比荣幸。

图书在版编目（CIP）数据

群星/七月著. —北京：人民文学出版社，2019（2021.10重印）
（光分科幻文库）
ISBN 978-7-02-015470-8

Ⅰ.①群… Ⅱ.①七… Ⅲ.①科学幻想小说—中国—当代 Ⅳ.①I247.5

中国版本图书馆 CIP 数据核字（2019）第 209554 号

责任编辑　赵　萍
责任印制　宋佳月

出版发行　人民文学出版社
社　　址　北京市朝内大街 166 号
邮政编码　100705

印　　刷　三河市博文印刷有限公司
经　　销　全国新华书店等

字　　数　330 千字
开　　本　880 毫米×1230 毫米　1/32
印　　张　13.5
印　　数　11001—14000
版　　次　2019 年 11 月北京第 1 版
印　　次　2021 年 10 月第 3 次印刷

书　　号　978-7-02-015470-8
定　　价　45.00 元

如有印装质量问题，请与本社图书销售中心调换。电话:010-65233595